대구 공간과 문화어문학

# 대구 공간과 문화어문학

**초판 인쇄**  2019년 6월 24일
**초판 발행**  2019년 6월 28일

**엮은이**  경북대학교 국어국문학과 BK21플러스 영남지역 문화어문학 연구 인력 양성 사업단
　　　　정우락·전영권·박규홍·최형우·최은숙·조유영·황명환·김성은·김소연·이철희·정병호
**펴낸이**  이대현
**편　집**  홍혜정
**디자인**  안혜진
**펴낸곳**  도서출판 역락
　　　　서울시 서초구 동광로 46길 6-6(반포4동 577-25) 문창빌딩 2층
　　　　전화 02-3409-2058(영업부), 2060(편집부)
　　　　팩시밀리 02-3409-2059
　　　　이메일 youkrack@hanmail.net
　　　　역락블로그 http://blog.naver.com/youkrack3888
　　　　등록 1999년 4월 19일 제303-2002-000014호

ISBN  979-11-6244-402-3 93810

# 대구 공간과 문화어문학

경북대학교 국어국문학과 BK21플러스
영남지역 문화어문학 연구 인력 양성 사업단 엮음
정우락·전영권·박규홍·최형우·최은숙·조유영·황명환·김성은·김소연·이철희·정병호

역락

경북대학교 국어국문학과 BK21플러스 <영남지역 문화어문학 연구 인력 양성 사업단>은 소통과 융합의 인문정신을 구현하고자 2013년 하반기부터 '문화어문학'이라는 의제(議題)를 세우고 영남지역의 어문학 자산을 새롭게 연구해 오고 있다. '문화어문학'은 한국어문학에 대한 문화론적 접근을 의미하며, 문화라는 열쇳말을 통해 우리의 어문학 자산을 현대 사회가 요구하는 가치와 실용의 차원에서 살펴보자는 의미에서 설정된 우리 사업단의 교육 의제이자 연구 의제이다. 우리는 이 의제를 실천하기 위해, 두 가지 경로의 접근을 시도해 왔다. 하나는 외적 접근법으로, 한국어문학 자산을 둘러싼 사회적 특성과 문화적 요소를 통해 어문학 자산을 연구하는 것이다. 다른 하나는 내적 접근법으로, 한국 어문학 자산에 용해되어 있는 당대인들의 삶과 문화를 연구하는 것이다. 우리는 이 두 가지를 병행해 왔다. 문화어문학은 지금까지의 한국어문학 연구가 축적해 온 학문적 성과를 발전적으로 계승하면서도, 현대 사회와 일정 부분 괴리를 보이고 있는 한국어문학 연구의 한계를 우리 나름대로 극복해 보고자 하는 도전적 의지를 담고 있다.

우리 사업단이 터전을 잡고 있는 경북대학교 대학원 국어국문학과는 영남의 중심부인 대구에서 오랫동안 지역의 언어문화 자산을 연구하는 데 특별한 관심을 쏟아왔다. 이에 영남 지역민들의 언어가 가지는 내적 구조와 특성, 그 속에 녹아 있는 문화적 속성들을 지속적으로 조명해 왔으며, 오랫동안 지역에서 생성된 문학 작품을 통해 당대의 인간과 사회를 깊이 탐구해 왔다. 미래 인재 양성을 위한 우리의 연구와 교육은 영남지역 어문학 자산이 가지는 본질적 특성을 규명하고, 한국 어문학 자산에 내포된 다면적 의미를 도출하는 데 기여해 왔다. 우리는 이제 경북대학교 대학원 국어국문학과가 가진 이러한 학문적 전통을 계승하면서 본 사업단이 내건 '문화어문학'을 통해 영남지역 어문학을 포함한 한국어문학 연구의 혁신을 도모하고자 한다.

우리의 원대한 꿈을 이루기 위해 이 책은 먼저 현재 우리가 발 딛고 있는 대구라는 공간에 주목하였다. 대구에 최초로 인간이 거주하기 시작한 것은 대략 구석기 시대인 것으로 알려져 있다. 이후 대구는 읍성 국가로 존재하다가 신라에 복속된 이후, 통일신라의 신문왕 때에 경주(서라벌)에서 대구(달구벌)로의 천도가 논의될 정도로 중요한 지역으로 부상하였다. 고려 시대를 거쳐 조선 중기에 대구는 1601년 경상도 감영이 설치되면서 명실 상부한 영남지역의 중심지로서 굳건히 자리 잡게 되었다. 근세까지 대구는 영남지역의 행정・군사・경제의 요충지로서 그 역할을 다해 왔다. 그리고 다양한 사람들과 사건들은 오랜 시간 동안 지역의 역사와 문화를 만들어왔다. 이러한 역사적 상황을 고려해 볼 때 대구가 가진 문화적 역량은 여타의 지역과 비교해 보더라도 결코 가볍지 않다. 그러한 까닭으로 지역의 어문학 자산을 통해 대구의 문화를 문화어문학적인 시각에서 새롭게 접근해 보는 것은 더욱 중요한 일일 수밖에 없다. 특히 대구의 문화 역량을 현대사회적 관점에서 새롭게 발견하고 그 의미를 정립하는 과업은 지역민들에게 지역에 대한 자긍심을 높일 수 있는 계기가 될 것이며, 중앙 중심의 헤게모니에 의해 소외되고 있는 지역의 문화와 학술에 새로운 힘이 될 수 있을 것이다.

경북대학교 국어국문학과 BK21플러스 <영남지역 문화어문학 연구 인력 양성 사업단>에서는 대학원생의 연구 역량을 키우기 위해 대학원생이 참여하는 학술서를 꾸준히 간행해 왔다. 『문화어문학이란 무엇인가』(커뮤니케이션북스, 2015)라는 책을 통해 사업단의 의제인 '문화어문학'의 개념을 정립하였고, 『영남 어문학의 문화론적 해석』(역락, 2015)에서는 영남지역 어문학 자산을 대상으로 문화론적 관점에서의 연구를 시도하였다. 이후 최근에 출판한 『한국 고전문학과 문화어문학』(역락, 2018)에서는 한국 고전문학에 대한 문화론적 접근을 다각도로 시도하였다. 이러한 과정 속에서 우리 사업단은 문화어문학이 가진 가능성을 새삼 다시 확인하고, 이를 구체화하는 데 모든 역량을 쏟았다. 이 책은 대학원생의 연구 역량을 높이려는 노력의 결과물이다.

이 책의 첫머리에 놓인 총론은 지역의 문화 공간으로서 대구가 가지는 위상과 이러한 지역공간을 문화어문학으로서 접근해야 하는 필요성과 이유에 대해 논한 것이다. 1부에서는 대구를 대표하는 팔공산을 중심으로 대구지역 공간에서 생성된 지역 어문학 자산을 문화어문학의 관점에서 검토하고 평가하였다. 여기에는 팔공산과 대구지역의 문화유적들을 지리적, 역사적으로 논한 연구도 있으며, 대구지역의 어문학 자산에 내재해 있는 지역문화적 특성을 심층적으로 논한 글도 있다. 2부에서는 대구지역의 주요 하천인 금호강과 낙동강을 중심으로, 이 공간들과 지역의 어문학 자산이 맺고 있는 관계의 양상을 다양한 관점에서 연구한 결과를 실었다. 2부의 연구는 대구의 구곡문화, 하천 연안의 누정 문화, 하천을 중심으로 이루어졌던 선유(船遊) 문화 등 다양한 문화들이 대구의 시공간 속에서 존재했었음을 밝혔다는 점에서 유의미한 가치를 가진다. 3부는 모음 변화를 중심으로 대구 지역어가 가진 내적 특질을 밝혀 지역 문화어문학 연구의 방법을 언어학적 차원으로 확장한 것이다. 이 책의 말미에는 우리의 선현들이 남긴 팔공산 유산기와 유산시를 수집하여 그 원문과 번역문을 함께 실었다. 향후 이 자료들은 지역 문학 연구에 더욱 크게 기여할 수 있을 것이다.

이 책에 실린 이러한 다양한 연구 논문들은 경북대학교 국어국문학과 BK플러스 사업단이 적극적으로 추진하고 있는 문화어문학을 지역학의 차원에서 적용한 실제적 성과이다. 이 책의 집필에 참여한 사업단의 참여교수들과 참여대학원생들은 문화어문학에 대해 함께 공부하고 토론하며, 연구에 전력을 다해 왔다. 우리의 노력은 한국어문학 연구의 새로운 변화를 추동하는 밑거름이 될 것이라 믿는다.

우리 사업단의 목표 성취를 위해 이 책과 같은 연구를 기획하고 이끌어 오신 정우락, 최은숙 참여교수 두 분과, 크고 작은 일을 직접 처리하면서 한 권의 책으로 엮어낸 조유영 박사의 노고에 감사드린다. 특히 이 책이 기획한 연구 목표를 이루어내기 위해 연구에 매진하여 훌륭한 논문을 완성한 대학원생 여러분의 노고를 치하한다. 그리고 아무런 대가 없이 귀한 논문을 보내 주신 여러 필자들에게 이 자리를 빌려 깊이 감사드린다. 이 책의 편집과 출판을 위해 수고해 주신 역락출판사 편집진 여러분께도 고마운 뜻을 전한다.

2019. 6. 1.

경북대학교 국어국문학과 BK21플러스

영남지역 문화어문학 연구 인력 양성 사업단장

백두현 씀

# 차 례

## 제1부 팔공산과 대구의 문화어문학

# 제2부 낙동강과 금호강의 문화어문학

# 부록 보론 및 팔공산 여행

# 문화어문학으로 대구 공간 읽기

정 우 락 | 경북대학교 국어국문학과 교수

## 1. 지역학과 지역 공간

최근 우리 학계는 지역학에 많은 관심을 갖고 있다. 지역학은 특정 지역을 중심으로 한 다양한 학문, 예컨대 문·사·철 등의 인문학은 말할 것도 없고, 의학이나 공학 등 근대의 분과 학문 전체를 포괄한다. 지역학에 대한 관심은 기본적으로 중앙 중심의 학문권력에 맞서기 위한 것이며, 동시에 지역의 정체성을 확인하면서 이것의 연대를 통해 학문 생태계를 복원하자는 의도를 갖고 있다. 이 때문에 지역학은 두 가지 층위를 거느리고 있다. 지역이 지닌 특수성에 의거하여 해당 지역이 지닌 정체성을 파악하고자 하는 것이 하나이고, 그 지역이 지닌 보편성을 한국적 차원으로 확장하고자 하는 것이 다른 하나이다.

지역학은 근대의 산물이다.[1] 자본주의가 발달함에 따라 성장 위주의 시

---

[1] 이러한 측면에서의 논의는 구모룡(2019), 「지역문학의 현단계」, 『사람의문학』 통권 91호, 도서출판 사람을 참조할 수 있다.

스템이 작동하면서 중심과 주변의 위계가 발생하였고, 여기에 따른 반작용으로 지역의 문제가 부각되었다. 사실 근대 이후 인적, 물적 자원의 대다수를 중심부가 흡수하면서 중심과 주변이라는 위계가 만들어지게 되었고, 이에 따라 지역은 소외되고 말았다. 중심부의 비대화와 주변부의 빈곤화를 도인한 근대의 자본은, 역설적이게도 지역에 대한 새로운 자각이 일어나게 하였다. 한국적 차원에서는 서울 중심주의, 세계적 차원에서는 미국 중심주의가 학문 생태계를 교란시키고 있어, 이러한 현상을 더이상 묵과할 수가 없었던 것이다.

　지역학은 미시사의 산물이기도 하다. 20세기 후반, 우리 문학계는 학문적 관심영역을 확대하면서 미시사 혹은 신문화사라는 역사학계의 새로운 조류와 만나게 되었다. 이 조류는 국가주의나 민족주의가 내세우는 근대의 역사학적 태도와는 구별되는 것으로, 소수자들의 일상과 그들의 내면을 주목한다.2) 이로써 중앙문단을 중심으로 한 근대적 담론 방식을 탈피하여 문화가 지닌 복합성과 다양성, 그리고 총체성을 검토할 수 있게 되었다. 이는 소위 주류문학사가 간과하거나 왜곡시킨 부분을 바로잡는 동시에 지역문학에 새로운 생기를 불어넣는 일이기도 하다. 이로써 문학과 관련한 지역적 차별은 조금이나마 타파될 수 있었다.

　지역학은 각답지(脚踏地)를 중시한다. '각답지'는 자신이 발을 딛고 선 땅을 의미하니 자신이 살고 있는 지역 '공간' 바로 그것이다. 한 개인은 지역을 옮겨 다니기도 하지만 일정한 지역에서 태어나서 자라고, 배우자를 만나 결혼하여 아이를 낳아 기르는 등 일상을 영위하게 된다. 이러한 일상은 그 지역이 처해 있는 자연환경이나 사회환경과 결부되는데, 이로 인해 인간은 투쟁과 화해, 기쁨과 분노, 보람과 좌절 등을 겪으면서 지역

---

2) 문학과 미시사의 만남은 백승종(2007), 「한문학과 미시사의 풍요로운 만남」, 『동양한문학연구』 제24집, 동양한문학회를 참조할 수 있다.

의 문화를 만들어 가게 된다. 문학은 그 문화를 담는 보배로운 그릇이기 때문에, 지역 문학은 지역 문화를 담는 매우 중요한 자구(資具) 역할을 한다. 바로 이러한 측면에서 우리는 지역의 '공간'과 '문학'과 '문화'를 주목하고자 한다. 이때의 공간은 물론 문학 생성공간으로서의 기능을 담당한다.

우선 지역학과 밀착된 공간을 주목해 보자. 인간(人間)은 누구나 시간(時間)과 공간(空間)의 지배를 받으며 산다. 여기서 인간, 시간, 공간으로 구성된 삼간론(三間論)이 발생한다.3) 이 삼간론은 천지인(天地人)이라는 삼재론(三才論)과 맞물리면서 인간과 세계를 이해하는 데 있어 매우 중요하게 활용되었다. 인간을 중심으로 시간과 공간의 변화를 살필 수도 있고, 시간을 오르내리며 인간과 공간의 변화를 따질 수도 있다. 또한 공간을 중심에 두고 인간과 시간의 변화를 확인할 수도 있다. 시간은 과거와 미래처럼 오르내리는 것이고, 공간은 이곳과 저곳처럼 넘나드는 곳이다. 오르내리고 넘나드는 것이 결국 인간을 이해하기 위함이니, 시공을 다루는 것도 종국에는 인간 이해로 귀결된다.

문학 생성공간 이해를 위해 우리는 문학지리학을 염두에 둘 필요가 있다. 이는 '문학+지리학'의 학제적 융합이라기보다는, '문학지리+학'의 개념으로 파악되어야 한다. 이때 지리는 지리적 공간 내지 환경을 의미하는 것이니, 문학지리학은 지리적 환경이 어떻게 문학에 영향을 주며, 또한 지리적 환경이 문학에 어떻게 구현되는가 하는 부분을 주로 다룬다. 보다 적극적으로 문학이 지리적 환경에 영향을 미치기도 하고, 문학과 지리적 환경이 상호 작용하기도 한다. 이러한 생각에 기반하여 중국 광주대학 증대홍(曾大興)은 문학과 지리적 공간에 대하여 다음과 같이 언급한 바 있다.

---

3) 삼간론에 대해서는 정우락(2018), 「덕천서원, 경의학을 밝히는 문화발전소」, 『덕천서원』, 한국학중앙연구원출판부를 참조할 수 있다.

지리환경은 작가라는 매개를 통해 문학에 영향을 끼치며, 그 완성 형태가 바로 각종 문학작품으로 나타난다. 그러므로 문학지리학 연구의 핵심은 각종 문학작품이라 할 수 있다. 문학작품은 사상(思想), 정감(情感), 경관(景觀), 실물(實物), 인물(人物), 사건(事件), 언어(言語), 풍격(風格) 등 각종 요소들을 포함하고 있다. 가령 이러한 요소들이 지역성을 띠고 있다면 작가의 창작을 통하여 공간의 조합이 이루어짐으로써 문학작품 안에서 여러 형태의 지리공간이 구성될 수 있다. 그리고 이러한 지리공간은 객관 세계를 투영하면서 작가의 주관적 상상력과 허구를 포함하기 때문에 객관 세계와 주관 세계의 통일이자 지리 사유와 문학 사유의 통일이라 할 수 있다. 그러므로 문학지리학이라는 시각에서 문학작품을 연구한다면 문학작품의 지리공간을 연구의 중점에 두어야만 한다.[4]

인간은 시간과 공간 속에 존재한다. 이로 볼 때 문학 연구는 시간에 기반할 수도 있고 공간에 기반할 수도 있다. 전자를 문학사학이라 한다면 후자가 바로 문학지리학이다. 이러한 측면에서 문학지리학은 작가가 지닌 공간감성(空間感性)의 산물이라 하지 않을 수 없다. 위 인용문에서 증대흥은 이러한 공간감성을 작가의 지리사유와 문학사유의 통일체라고 말한다. 결국 문학지리학은 문학에 중요하게 영향을 미치는 지리 공간과 이에 따른 작가의 문학적 반응을 탐구하는 학문이라 할 수 있겠다. 이것은 '한국'이나 '영남' 등 하나의 지역 단위로 나타나기도 하고, '영남루'나 '관수루' 등 구체적인 경관으로 나타나기도 한다. 작가는 그 공간을 감성적으로 인식하고, 그 인식한 바를 미적 구조물로 창작하게 된다.

지역학은 중심과 주변, 서양과 동양이라는 이분법적 사고를 배격한다.

---

4) 曾大興(2017), 『文學地理學槪論』, 中國 商務印書館, 3-4쪽. 증대흥은 문학지리학을 '문학과 지리환경의 관계'로 정의하고, 주요내용을 문학과 지리환경의 관계, 작가들의 지리적 분포, 문학작품의 지리 공간, 문학의 수용과 확산, 문학경관, 文學區로 제시하였다. 중국어 번역은 경북대 박사생 량짜오(梁釗)와 전설련이 했다.

중심과 서양도 하나의 지역에 다름 아니기 때문이다. 또한 지역학은 근대
와 전근대, 문명과 자연 등의 대립항도 인정하지 않는다. 이 둘을 한편으
로 수용하면서 다른 한편으로 부정하기 때문이다. 이러한 수용과 부정의
과정에서 우리는 우리가 발 딛고 있는 각답지를 문학의 주요 생성공간으
로 파악하게 된다. 우리는 이러한 지역 공간과 다른 지역의 연대를 도모
하면서 공존과 상생의 비전을 제시해 나갈 수 있어야 한다. 학문 생태계
는 이로써 복원될 수 있기 때문이다. 바로 이러한 측면에서 지역학과 지
역의 연대는 자신이 발 딛고 있는 지역을 기반으로 하되, 그 지역에 함몰
되지 않는 길을 열 수 있게 된다.


## 2. 대구 공간의 문화어문학적 접근

대구시는 대구분지를 중심으로 북부산지, 남부산지, 중앙저지로 대별된
다.5) 북부산지는 팔공산괴를 둘러싼 환상산맥(環狀山脈)을 형성하고 있고,6)
남부산지는 서남쪽의 비슬산을 주봉으로 하여 앞산괴, 최정산괴(最頂山塊),
용지산괴(龍池山塊)가 서로 연결되어 있다. 그리고 중앙저지는 대구분지의
분지상(盆地床)에 해당되며, 금호강이 북류하면서 동쪽으로부터 남천(南川),
율하천(栗下川), 불로천(不老川), 동화천(桐華川), 신천(新川), 팔거천(八莒川), 달
서천(達西川), 이언천(伊彦川) 등이 합류하며 달서구 파호동 부근에서 낙동강
에 유입된다. 이를 염두에 두면서 대구시를 대구분지, 북부산지, 남부산지,

---

5) 대구시사편찬위원회(1995), 『대구시사』, 대구시 참조.
6) 팔공산괴를 둘러싼 환상산맥은, 서쪽으로부터 架山(901m), 道德山(660m), 鷹蟹山(516m), 門
   岩山( 431m), 龍岩山(381.5m), 綾泉山(476.2m), 舞鶴山(590m), 鳴馬山(499m), 胎室峯(466m),
   시루봉(73m), 春山(655.3m)으로 구성되어 있다.

중앙저지로 나누고 이에 대한 문화어문학적 접근7)을 시도해 보자.

첫째, 대구분지의 경우, 대구를 둘러싼 지리환경에 주목하여 집경시를 지은 것은 서거정(徐居正, 1420-1488)의 <대구십영(大丘十詠)>이 대표적이다. <금호의 뱃놀이[琴湖泛月]>, <입암의 낚시[笠巖釣魚]>, <연구산의 봄 구름[龜岫春雲]>, <금학루의 밝은 달[鶴樓明月]>, <남소의 연꽃[南沼荷花]>, <북벽의 향림[北壁香林]>, <동화사의 스님 방문[桐寺尋僧]>, <노원의 송별[櫓院送客]>, <팔공산에 쌓인 눈[公嶺積雪]>, <침산의 저녁놀[砧山晚照]>이 그것이다. 오숙(吳䎘, 1592-1634) 등이 이들 십경에 대하여 차운시를 짓거나 논의를 펼친 경우가 있기도 하지만, 이 공간 하나하나가 모두 중요한 문학 경관이다. 이 가운데 달성관(達城館, 객사) 동북쪽에 있었던 금학루(琴鶴樓)의 경우를 보자.

| 순번 | 작가명 | 작품명 | 출전 |
|---|---|---|---|
| 1 | 김종직 (1431-1492) | <和兼善送鄭學諭 致詔 之大丘> | 『점필재집』 권1 |
| 2 | 어득강 (1470-1550) | <琴鶴樓有得 呈主人崔允孫, 比安縣監朴亨幹> | 『관포시집』 |
| | | <琴鶴樓> | 『관포시집』 |
| | | <琴鶴樓 呈主人崔允孫> | 『관포시집』 |
| 3 | 김극성 (1474-1540) | <大邱琴鶴樓次韻> | 『우정집』 권3 |
| 4 | 유홍 (1524-1594) | <次大丘琴鶴樓韻。奉太守朴公元> | 『송당집』 권1 |
| 5 | 허진동 (1525-1610) | <琴鶴樓 贈南嶽> | 『동상집』 권4 |
| 6 | 구봉령 (1526-1586) | <送朴直講之任達城 承侃> | 『백담집』 권4 |

---

7) 고전문학과 문화어문학의 관계에 대해서는 정우락(2018), 「활학을 위한 고전문학 연구」, 『한국 고전문학과 문화어문학』, 역락에서 포괄적으로 다루었다.

| 7 | 권문해<br>(1534-1591) | <偶吟> | 『초간집』권1 |
| 8 | 강항<br>(1567-1618) | <長沙館別成吏部 晉善> | 『수은집』권1 |
| 9 | 강석규<br>(1628-1695) | <送慶尙都事沈汝器 枰> | 『오아재집』권3 |

금학루는 1425년(세종 7) 당시 대구읍지군사(大邱邑知軍事)였던 금유(琴柔)가 세운 것으로 알려져 있다. 김조(金銚, ?-1455)의 <금학루기>에 의하면 '지금 금후(琴侯)가 정사를 맡았으며 읍에 금호(琴湖)의 이름이 있고, 누의 그림은 학이 춤추는 형상'이기 때문에 그렇게 명명한 것이라 했고, 강진덕(姜進德)은 "땅이 넓어 사람이 많이 살고, 다락이 높아서 시계(視界)가 밝다."8)라고 하였다. 이처럼 조선초기부터 금학루라는 문학경관은 작가들의 상상력을 자극해 왔다. 이는 조선후기까지 지속되었는데, 위의 조사는 그 가운데 몇 가지 사례이다. 금학루는 누각의 형태로 되어 있어 사방을 조망하기에 좋았고, 객관이므로 나그네의 객수를 신기에 안성맞춤이었다. 이러한 점을 인식하면서 어득강은 금학루에서 다음과 같은 시를 지었다.

維嶺東南路   영남의 동남쪽 길,
州治是厥中   고을의 치소가 그 속에 있네.
樓觀六州盡   누각은 여섯 고을을 모두 볼 수 있고,
湖受萬源窮   호수는 수많은 근원을 모두 받아들이네.
公岳雲生白   팔공산에는 구름이 하얗게 피어나고,
倻山日入紅   가야산으로는 해가 붉게 넘어가네.
倩誰描畫得   누구에게 그림을 잘 그리게 하여,
卷却與俱東   말아두었다가 동쪽에 펼쳐놓을까.9)

---

8) 『新增東國輿地勝覽』 卷26, 「大丘都護府」, "地大人居密, 樓高眼界明."

수련에서는 대구의 위치를, 함련과 경련에서는 금학루에서 본 근경와 원경을, 미련에서는 그림을 그려두고 감상하고 싶은 마음을 각기 제시했다. 금학루가 문학 생성공간으로서 조금도 손색이 없음을 보인 것이다. 치소로서의 대구, 이에 속한 여러 고을들, 금호강, 팔공산과 가야산 등은 어득강이 금학루에서 본 풍경들이다. 구봉령이 이 금학루에 올라 "아득한 팔공산 푸른빛은 창문에 가득하고, 가까이로는 신천의 빛이 안석과 기둥에 머무네."10)라고 한 것도 모두 같은 맥락에서 이해된다. 대구에 금학루와 같은 경관이 적지 않았다는 점을 감안할 때, 대구는 그 자체가 하나의 거대한 문학 생성공간이었던 것이다.

둘째, 북부산지의 경우, 팔공산이 대표적인 공간이다. 팔공산은 국가수호의 산신 신앙지와 함께 개인의 수련 영지였다. 또한 고려와 후백제의 쟁패과정에서 일어난 동수대전(桐藪大戰)으로 인해 왕건과 견훤을 둘러싼 다양한 전설을 만들어내기도 했다.11) 임진왜란기에는 공산성으로 대구인들이 숨어들며 의병을 일으켜 호국의 산으로 평가되기도 하였다. 이러한 팔공산을 중심으로 한 전쟁과 이에 따른 치유의 과정은 불교의 약사신앙(藥師信仰)으로 성장한다. 그리고 최흥립(崔興岦)의 <유팔공산기(遊八公山記)> 등에서 볼 수 있듯이, 선비들은 유산을 통해 인지(仁智)를 터득하고자 하였고, 한밤마을이나 옻골마을 등 전통마을이 산기슭에 포진해 있어 팔공산은 일상공간으로 편입되기도 했다. 특히『삼국유사』<심지계조(心地繼祖)>에는 동화사의 연기설화가 존재한다. 이 설화는 대구 문화의 원형을 보여준다는 측면에서 주목된다. 이에 대한 의미단락을 보이면 다음과 같다.

---

9) 魚得江,『灌圃詩集』, <琴鶴樓>.

10) 具鳳齡,『栢潭集』卷4, <送朴直講之任達城 承侃>, "公岳翠搖軒戶滿, 新川光襯几楹多."

11) 이에 대해서는 정우락(2009),『문화공간, 팔공산과 대구』, 글누림, 25-38쪽에 자세하게 소개되어 있다.

① 속리산 길상사에서 진표율사로부터 영심(永深)에게 불골간자가 전달되는 과증법회가 열린다.
② 팔공산에서 수도하던 신라 제41대 헌덕대왕의 아들 심지도 이 법회에 참여한다.
③ 법회를 마치고 팔공산으로 돌아오는 심지에게 불골간자 두 개가 따라온다.
④ 돌아가 영심에게 간자를 돌려주었으나 같은 일이 반복되어 영심의 승인 하에 간자를 받들어 머리에 이고 팔공산으로 돌아온다.
⑤ 팔공산 산신이 심지를 맞이하고, 더욱 나아가 바위 아래 엎드려 그로부터 정계를 받는다.
⑥ 팔공산의 산신과 함께 간자를 서쪽으로 던져 떨어진 곳에 동화사가 창건된다.

심지는 헌덕대왕의 아들로 15세에 속세를 벗어나 중악(中岳, 팔공산)에서 불도를 닦았다. 위의 이야기는 '진표 → 영심 → 심지'로 간자(簡子)가 전해지는 과정을 보인 것인바, 심지가 진표율사를 '조(祖)'로 하여 의발을 전수받아 동화사를 창건하는 과정이 나타나 있다. 간자를 머리에 이고 팔공산으로 돌아온 심지는 팔공산 산신의 입회 하에 서쪽을 향해 간자를 던진다. 간자가 떨어진 곳은 첨당(籤堂) 북쪽에 있는 작은 우물12)이었다. 이러한 과정을 거치면서 동화사가 창건되는데, 다음 대목은 팔공산 및 대구 지역의 문화 원형을 파악하는 데 있어 매우 중요하다.

심지가 간자를 머리에 이고 산으로 돌아오자 산신이 두 선자(仙子)를 데리고 산꼭대기에서 맞아 심지를 인도하여 바위 위에 앉히고 그들은 바위 아래로 내려가 엎드려 공손히 정계를 받았다. 심지가 말하기를, "이제 터를 골라 불타의 간자를 모시려 하는데 우리들로서는 터를 정할 수가 없소

---

12) 지금의 동화사 극락전이 간자가 떨어진 곳이라 전한다.

이다. 청컨대 세 분과 함께 높은 곳에서 간자를 던져 점을 칩시다."라고
하고는 즉시 산신과 함께 봉우리 꼭대기로 올라가 서쪽을 향해 간자를 던
졌다.[13]

산신은 전통신앙을 대표하고 심지는 불교신앙을 대표한다. 불교의 유입
과 이차돈의 순교에서 볼 수 있듯이, 외래종교의 유입과정에는 희생이 따
르기 마련이다. 그러나 팔공산의 경우는 달랐다. 산신이 오히려 그들의 무
리인 '선자'를 데리고 와서 간자를 이고 오는 심지를 적극 맞이하였기 때
문이다. 그리고 심지를 높은 바위 위에 앉히고 그들은 바위 아래 엎드려
정계를 받는다. 우리는 여기서 팔공산이 지닌 문화 원형을 발견하게 된다.
즉, 전통신앙과 불교신앙의 회통정신(會通精神)과 정계를 주고받는 질서의
식(秩序意識)이 그것이다. 이러한 회통정신과 질서의식은 대구 정신의 원형
이라 해도 좋을 것이다.

셋째, 남부산지의 경우, 비슬산이 대표적인 공간이다. 비슬산은 경상북
도 청도군 각북면과 대구시 달성군 가창면, 옥포면, 유가면에 걸쳐 있는
산이다. 비슬산은 유교적 측면에서 볼 때 도학과 충의를 바탕으로 하고
있다. 조선도학의 개조라 할 수 있는 김굉필(金宏弼, 1454-1504)과 그를 모신
도동서원(道東書院)이 그 기슭에 있기 때문이다. 그리고 임진왜란이 발발하자
가장 먼저 기의(起義)하여 여러 전투에서 공을 세웠던 곽재우(郭再祐, 1552-
1617), 임진왜란 때 경상도병마절도사 박진(朴晉)에게 귀순하여 누차 큰 공을
세움으로써 가선대부(嘉善大夫)를 제수받은 김충선(金忠善, 1571-1642)도 이 지
역에서 활동한 대표적인 인물이다.

---

13) 一然, 『三國遺事』 卷4, 「義解」 제5, <心地繼祖>, "地頂戴歸山, 岳神率一仙子, 迎至山椒, 引
地坐於嵓上, 歸伏嵓下, 謹受正戒. 地曰 今將擇地奉安聖簡, 非吾輩所能指定. 請與三君, 憑高
擲簡以卜之, 乃與神等陟峰巓, 向西擲之."

불교적 측면에서 비슬산은 단연 일연(一然)의 산이라 할 수 있다.[14] 1227년(고종 14) 22세의 나이로 승과에 급제한 일연의 초임지가 바로 비슬산 보당암(寶幢庵)이었다. 이후 일연은 같은 산의 묘문암(妙門庵)과 무주암(無住庵)을 거쳐, 1249년(고종 36) 44세에 남해의 정림사(定林社), 1261년(원종 2) 개경의 선월사(禪月寺), 1264년(원종 5) 영일의 오어사(吾魚寺)를 거쳐 비슬산을 떠난 지 15년 만인 59세에 다시 비슬산 인홍사(仁弘社, 1275년 仁興社로 개호)로 돌아온다. 이후 비슬산 동쪽 기슭에 있는 용천사(湧泉寺, 뒤에 佛日寺로 개호)에 주석하였다가, 1277년(충렬왕 4) 72세로 청도의 운문사(雲門寺)로 이석(移錫)한다.[15] 이렇게 보면, 일연이 비슬산에서 활동한 것은 1차 22년, 2차 13년으로 도합 35년이 된다. 당시 그는 비슬산 이야기를 수집하여『삼국유사』에 수록해 두었는데, 다음 자료는 그 일부이다.

    (가) 신라시대에 관기와 도성이라는 두 분의 성사가 있었는데 어떤 사람인지 알지 못하나 함께 포산[비슬산]에 숨어 살았다. 관기는 남쪽 고개의 암자에, 도성은 북쪽 굴에 살았다. 서로 10여 리쯤 되는 거리였으나 구름을 헤치고 달을 노래하며 늘 서로 왕래하였다. 도성이 관기를 부르고자 하면 산중의 나무들이 모두 남쪽을 향해 굽혀 상대를 영접하는 것 같으므로 관기는 이것을 보고 도성에게로 갔다. 관기가 도성을 맞이하고자 하면 역시 마찬가지로 모든 나무가 북쪽으로 쓰러졌다. 그러면 도성이 곧 관기에

---

14) 일연과 비슬산의 관계에 대해서는, 문경현(2013),「≪삼국유사≫ 撰述의 史的고찰 : 達城毗瑟山撰述處를 중심으로」,『신라사학보』제27호, 신라사학회 ; 한기문(2017),「고려시대 일연과 비슬산」,『역사교육논집』제63집, 역사교육학회에서 자세히 다루었다.

15) 한기문(2017:131)은 일연의 생애를 다음과 같이 네 시기로 구분하였다. 첫째, 包山의 여러 사찰에서 住錫하던 시기(1227~1248), 둘째, 鄭晏의 초청에 따라 南海의 定林社와 지리산 吉祥庵에 거주하던 시기(1249~1256), 셋째, 元宗의 명에 따라 禪月社에 住錫한 이후 비슬산 인홍사에서 주로 주석하던 시기(1261~1276), 넷째, 충렬왕의 명에 따라 雲門寺에 住錫하다가 國尊에 책봉되고 입적할 때까지의 시기(1277~1289)가 곧 그것이다. 일연은 인각사에서 5년을 살다가 1289년(충렬왕 15) 7월 8일 새벽에 세상을 뜬다. 향년이 84세, 법랍이 71세였다.

게로 왔다. 이렇게 여러 해를 지냈다.16)

　　(나) 지금 산[비슬산]중에는 일찍이 아홉 성인의 행적이 기록되어 있는
데 자세하지는 않으나 아홉 성인은 관기, 도성, 반사(橃師), 첩사(㯬師), 도의
(道義), 자양(子陽), 성범(成梵), 금물녀(今勿女), 백우사(白牛師) 등이다. (중략) 반
(橃)은 음이 반(般)인데 우리말로 비나무라 하고, 첩(㯬)은 음이 첩(牒)인데 우
리말로 갈나무라 한다. 반사와 첩사 두 분 스님은 오랫동안 바위틈에 숨어
살며 인간 세상과 교유하지 않았다. 모두 나뭇잎으로 옷을 엮어 입고 추위
와 더위를 다스리며 습기와 부끄러운 곳을 가렸을 뿐이었다. 이로 인해 반
사와 첩사로 이름하였다.17)

　(나)에서 보듯이 비슬산에는 숨어산 사람 아홉이 있었다고 했다. 이들은
자연과 회통한 사람이라 할 수 있다. 관기와 도성은 나무와 정서를 주고
받을 수 있는 능력이 있어, 나무를 매개로 서로의 마음을 전하였다고 하
니, 회통의 성과를 극적으로 보인 셈이다. 반사와 첩사 역시 세상을 떠나
산속에 살며 나뭇잎으로 옷을 만들어 입고 생활하면서 자연과의 회통성을
보였다. 이에 대하여 일연은 "일찍이 금강산에도 또한 이러한 이름이 있
다는 것을 들었다. 이는 옛날 세속을 떠나 숨어 지내는 사람들의 뛰어난
운치가 이와 같음을 알겠으나 다만 따라 하기 어려운 일이다."18)라고 하
였다. 자연과 인간이 회통하면서 원시적 일체감을 이루기 위한 노력과 그

---

16) 一然, 『三國遺事』 卷5, 「避隱」 제8, <包山二聖>, "羅時有觀機·道成二聖師, 不知何許人.
　　同隱包山, 機庵南嶺, 成處北穴, 相去十許里, 披雲嘯月, 每相過從. 成欲致機, 卽山中樹木, 皆
　　向南, 而俯如相迎者, 機見之而往, 機欲邀成也, 則亦如之, 皆北偃, 成乃至, 如是有年."

17) 一然, 『三國遺事』 卷5, 「避隱」 제8, <包山二聖>, "今山中嘗記九聖, 遺事則未祥, 曰 觀機·
　　道成·橃師·㯬師·道義·子陽·成梵·今勿女·白牛師 (중략) 橃音般, 鄕云雨木, 㯬音牒,
　　鄕云加乙木. 此二師久隱嵓叢, 不交人世, 皆編木葉爲衣, 以度寒暑, 掩濕遮羞而已."

18) 一然, 『三國遺事』 卷5, 「避隱」 제8, <包山二聖>, "嘗聞楓岳亦有斯名. 乃知古之隱倫之士, 例
　　多逸韻如此, 但難爲踏襲."

결과라 하지 않을 수 없다.

넷째, 중앙저지의 경우 금호강과 낙동강이 대표적인 공간이다. 특히 금호강이 낙동강으로 유입되는 곳은 강폭이 넓어져 호수를 이루는데 사람들은 이를 서호(西湖)[19]라 불렀다. 그 연안에는 고산서당(孤山書堂),[20] 연경서원(硏經書院), 사양정사(泗陽精舍), 용호서원(龍湖書院), 선사재(仙槎齋), 이강서원(伊江書院), 이락서당(伊洛書堂),[21] 금암서당(琴巖書堂) 등의 서당 및 서원이 있거나 있었고, 아양음사에서 건립한 아양루(峨洋樓),[22] 채응린의 소유정(小有亭)과 압로정(狎鷺亭), 전응창의 세심정(洗心亭), 능성구씨의 화수정(花樹亭, 일명 抱琴亭), 이주의 환성정(喚惺亭), 평해·창원·장수 황씨의 황씨동원각(黃氏同源閣), 정구의 관어대(觀魚臺), 윤대승의 부강정(浮江亭), 정사철의 아금정(牙琴亭),[23] 윤인협의 영벽정(暎碧亭), 이종문의 하목정(霞鶩亭) 등 다양한 누정이 있거나 있었다. 이 가운데 소유정은 작자 시비가 있기는 하지만 박인로(朴仁老)가 와서 <소유정가>를 지은 곳으로 유명하다. 그 들머리는 이러하다.

> 琴湖江 느린 믈이 十里밧쯰 구븨지어
> 之玄乙字로 白沙의 빗쯰 흘러
> 千丈 絶壁下의 萬族淵藪 되얏거든
> 琵瑟山 훈 활기 東다히로 버더ᄂᆞ려

---

19) 중국 저장성 항저우시 서쪽에 있는 서호를 떠올리는 한편, 서쪽의 금호강이기 때문에 이렇게 명명한 것이다. 정구의 제자 도성유가 지은 <西湖舟行賦>가 있다.

20) 서석보와 채헌기의 <孤山書堂八景>이 있다.

21) 박광보의 <伊洛十六景>이 있고, 박영언, 이성용, 이수영 등이 차운시를 지었다.

22) 영남사림의 후예들이 峨洋吟社를 결성하여 해방 직후부터 현재까지 시회를 열어 시집을 발간하는 등 활발하게 작품 활동을 벌이고 있다. 아양음사는 峨陽樓를 중심으로 활동하며, 누각은 현재 비지정 문화재이다. 嚴泰斗의 <峨洋八景>이 있다.

23) 정광천의 <琴巖雜詠> 13수가 있다.

　　가던 龍이 머무는듯 江頭에 두렷거놀
　　小有亭 두세 間을 바회 지켜 여러 내니
　　蓬萊仙閣을 새로 옴겨 내여온듯
　　龍眼妙手인돌 이곳치 그릴런가[24]


　　소유정은 1561년(명종 16)에 채응린(蔡應麟, 1529-1584)이 압로정(狎鷺亭)과
함께 건립하였으나 지금은 압로정만 남아 있다. 압로정 안쪽 벽면에 초서
로 된 소유정 편액이 걸려 있어 지난날 소유정이 근처에 있었다는 사실을
말해준다. <소유정가>는 정자의 위치를 제시하며 위와 같이 시작한다.
금호강이 사행을 그으며 흰모래 위로 흐르고, 비슬산 한 줄기가 동쪽으로
달리다 강가에 멈추어 선 곳, 그 바위 위에 소유정 두세 칸이 있다고 했
다. 이이서 그 너머로는 '八公山 건너보니 노프락 느즈락, 峭壁鑽峯이 날
위흐야 버러는 듯'이라고 하면서 높고 낮은 팔공산의 봉우리가 앞으로 펼
쳐져 있다는 것도 밝히고 있다. 이 정자는 정구가 1617년 9월 4일 동래온
천에 목욕을 하고 돌아오는 길에 들러 여러 제자들 및 채응린의 아들 선
길(先吉), 그리고 경상감사 윤훤(尹暄) 등과 함께 점심을 먹으며 한나절을 보
낸 곳이기도 하다.
　　낙동강과 금호강은 강 자체가 중요한 작품의 대상이 되기도 하고, 강심
에 배를 띄우고 선유시회를 개최하는 공간이기도 했다. 또한 낙동강에서
금호강으로 거슬러 오르거나, 금호강에서 낙동강으로 내려가면서 구곡시
가 창작되기도 했는데, 도석규(都錫珪, 1773-1837)의 <서호병십곡(西湖屛十曲)>,
우성규(禹成圭, 1830-1905)의 <운림구곡(雲林九曲)>, 신성섭(申聖燮, 1882-1959)의
<와룡산구곡(臥龍山九曲)> 등이 대체로 그것이다. 선유시회는 정구의 봉산욕

---

24) 김문기(1989), 「소유정가의 특징과 가치」, 『한국학논집』 제16집, 계명대학교 한국학연구원.
　　원문은 이 논문의 뒷부분에 영인되어 있다.

행 시에도 이루어지고, 관어대선유(觀魚臺船遊)도 있지만, 서사원(徐思遠, 1550-1615)과 장현광(張顯光, 1554-1637) 등 정구의 제자들을 중심으로 한 23명[25]의 문인들이 1601년 3월 23일에 벌인 금호강 시회[琴湖同舟詠]가 그 대표적이다. 금호강과 낙동강을 중심으로 한 이 같은 공간감성은 대구인의 문화 창조를 이해하는 데 있어 긴요한 것이 아닐 수 없다.

요컨대 대구는 하나의 문화공간이자 역동적인 문학 생성공간이었다. <대구십영>과 같은 대구분지를 중심으로 한 집경시, 팔공산과 비슬산 이야기에 나타난 대구의 문화 원형, 금호강과 낙동강의 강안과 강심에서 이루어진 강학과 유식의 문화는, 이 지역 사람들의 학술문화와 공간감성을 이해하는 데 있어 매우 중요한 것이다. 물론 여기에는 대구인들도 있었지만 외부에서 유입된 사람들도 있었다. 이 같은 상생의 문화구조는 대구의 전통문화를 더욱 숙성시키는 역할을 했을 것이다. 문화어문학적 접근은 이에 대한 하나의 긴요한 방법론을 제공할 것으로 기대된다.

## 3. 대구 공간의 몇 가지 연구와 전망

근대문학 전공자들은 지역에 대한 뚜렷한 인식을 전제로 그 학문적 영역을 확보하였다. 창작계에서도 『분단시대』나 『사람의문학』 등의 잡지를 만들며 지역학으로서의 성격을 직접 드러냈다. 이에 비해 고전문학 전공자들은 지역의 인물이나 지역에서 창작된 문학을 개인적인 차원에서 다루는 데 그쳤다. 대구시나 대구의 각 구청에서도 그 지역의 전설을 수집하

---

25) 23인은 徐思遠, 呂大老, 張顯光, 李天培, 郭大德, 李奎文, 宋後昌, 張乃範, 鄭四震, 李宗文, 鄭鐮, 徐思進, 都聖兪, 鄭鑰, 鄭錘, 都汝兪, 徐恒, 鄭埏, 鄭銑, 徐思選, 李興雨, 朴曾孝, 金克銘 등이다.

거나 문화재를 조사하는 과정에서 일련의 성과물을 낸 적이 있기는 하지만, 대체로 단발성에 그쳤다. 바로 이러한 측면에서 대구 공간을 문화어문학적 측면에서 접근하여, 대구의 문화 역량을 새롭게 발견하는 것은 매우 시급하면서도 중요한 일이라 하지 않을 수 없다.

경북대학교 국어국문학과 고전문학 전공에서는 지난해 『한국 고전문학과 문화어문학』(2018, 역락)이라는 책을 출간했다. 이것은 우리가 기존에 낸 『문화어문학이란 무엇인가』(커뮤니케이션북스, 2015)와 『영남 어문학의 문화론적 해석』(2015, 역락)에 이어 고전문학에 대한 문화론적 접근을 다각도로 시도한 것이었다. 여기서 고전문학 연구의 새로운 가능성을 감지한 우리는, 고전문학을 지역학적 측면에서 더욱 뚜렷하게 부각시킬 필요성을 느꼈다. 이 때문에 그 공간을 '대구'로 설정하고, 이를 하나의 문학 생성공간으로 인식하면서 몇 가지 연구를 진행하게 되었던 것이다.

첫째, 팔공산의 지리적 환경은 어떠하며, 또한 어떤 시각에서 바라볼 수 있는가 하는 문제이다. 팔공산이 거느린 지리적 환경은 전영권이 맡았다. 그는 지리학자로서 팔공산이 거느린 수려한 지형경관을 제시하면서, 그 기슭에 존재하였던 대구 최초의 사액서원인 연경서원의 복원도 함께 주장하였다. 팔공산을 바라보는 시각은 매우 다양할 수 있는데, 박규홍은 호국 정신에 입각해 팔공산을 이해하고자 했다. 김유신의 수도처인 중악 석굴, 왕건의 동수전투와 일인석, 동화사와 부인사를 거점으로 한 대구의 임란의병, 6·25동란과 다부동전투 등을 그 예로 들었다.

둘째, 팔공산을 중심으로 문학활동이 어떻게 전개되었는가 하는 문제이다. 여기에는 한시와 한문산문, 고전시가와 고전산문, 그리고 구비문학 등 문학의 전 장르가 그 대상이 된다. 최형우는 18세기 팔공산 지역에서 활동했던 기성(箕城) 쾌선(快善)을 주목하고, 그가 창작한 <염불환향곡>과 함께 그가 향유한 문학을 제시하며 이 지역 불교문학의 창작과 향유에 대하여 살폈다. 그리고 최은숙은 『지서지자명록』을 중심으로 1920년대 팔공산 지묘동에 세거하던 향촌 지식인의 생활과 그들의 현실인식을 살폈다. 또한 정병호는 부록에서 팔공산 유산기와 유산시를 번역 소개하여 이 지역을 중심으로 창작된 작품의 구체상을 밝힘으로써, 팔공산 문학연구의 새로운 가능성을 보였다.

셋째, 대구의 대표적인 문학경관은 무엇이며, 대구 고전문학의 대중화는 어떻게 이루어질 수 있는가 하는 문제이다. 일찍이 서거정은 대구의 대표적인 문학경관 10곳을 제시하며 작품을 남긴 적이 있다. 조유영은 이를 주목하여 금학루(琴鶴樓) 등 서거정이 지정한 대구십경과 그것이 지닌 지역문학적 의미를 탐구했다. 문학경관은 일정한 공간을 거느리고 있으므로 문화답사 등 대중화의 길로 나아갈 때 더욱 의미가 있다. 이러한 측면에서 서거정이 제시한 문학경관은 새롭게 조명될 필요가 있을 것이다. 또한 이철희는 보론을 통해 대구지역 언어의 특성을 따져 이 지역 문화어문학 연구의 가능성을 언어학적 차원으로 확장하였다.

넷째, 낙동강과 금호강이 문학 생성공간으로 어떻게 작동하고 있었는가 하는 문제이다. 대구의 중앙저지에는 금호강과 낙동강이 여러 하천을 받아들이며 흐르고 있다. 대구의 구곡문화도 이곳을 중심으로 생성되었는 바, 이들 작품에는 금호강변에 사양정사를 건립하고 강학하였던 정구의 학문적 자장이 두루 미치고 있었다. 이 문제는 정우락에 의해 논의되었다. 낙동강과 금호강의 강심과 강안은 문학생성을 위한 중요한 공간이었다. 강심에서는 장현광과 서사원 등이 중심이 되어 선유시회를 개최하였고, 강안에는 윤대승의 부강정, 채응린의 소유정이 있어 문학 생성공간으로 손색이 없었다. 이러한 사정을 염두에 두면서 김소연, 황명환, 김성은이 관련 논의를 펼쳐 일정한 성과를 거두었다.

멈추어 선 것은 산이고 흐르는 것은 강이다. 팔공산과 비슬산은 멈추어서 있고, 낙동강과 금호강은 흐른다. 대구를 노래하거나 이야기한 작가들의 공간감성은 이러한 산수를 기반으로 하여 이루어졌고, 그 공간에 건립된 서당이나 누정도 문학 창작을 위한 주요 대상이었다. 이 책에서 펼친 다양한 논의는 동일한 방법론에 의한 것이 아니고, 대구문화를 구성하는 데 있어 중요한 역할을 한 비슬산권 문화도 제외되었다. 이뿐만 아니라, 경상감영을 바탕으로 이룩한 문화 역시 논의의 대상에서 제외되었다. 이러한 측면에서 우리의 논의는 일정한 한계를 지니고 있다. 그러나 고전문학을 문화어문학적 논리에 입각하여 지역 공간을 중심으로 다루고자 하는 노력은 지속되어 마땅하다. 이를 통해 이 지역의 문화역량과 문학역량을 새롭게 이해할 수 있기 때문이다.

앞에서 언급한 바 있듯이 일연은 팔공산과 비슬산을 회통적 시각에서 바라보았다. 전통신앙과 불교신앙이 회통하고, 인간과 자연이 회통하고 있음을 전하였던 것이다. <심지계조>나 <포산이성>은 모두 이러한 시각에서 읽을 수 있는 자료들이다. 낙동강과 금호강도 마찬가지다. 조선시대의 경우를 보면 강을 넘나들며 퇴계학과 남명학이 회통하였고, 강을 오르내리며 영남학과 기호학이 회통하였다.[26] 회통은 두 가지의 서로 다른 요소가 만나 새로운 질서와 문화를 만들어간다는 측면에서 단순한 소통과 다르다.

대구 문화의 회통성은 <봉산욕행록>에 잘 나타난다. 이 자료는 정구가 1617년(광해군 9) 75세의 나이로 금호강 가에 있었던 사양정사를 떠나 동래온천으로 목욕을 갔다가 동년 9월 4일에 다시 사양정사로 돌아올 때까지를 기록한 것인데 도합 46일이다.[27] 여기서 주목되는 것은 화담학(花潭

---

26) 정우락(2008), 「江岸學과 高靈 儒學에 대한 試論」, 『퇴계학과 유교문화』 제43호, 경북대학교 퇴계연구소 참조.
27) 정우락(2018), 「<봉산욕행록>에 대한 문화론적 독해」, 『한국 고전문학과 문화어문학』, 역

學)을 계승하였던 윤효전(尹孝全, 1563-1619)이 정구의 문하에 든다는 점이 다.28) 정구는 동래온천을 떠나 양산, 경주, 영천을 거쳐 대구로 돌아오는 데, 윤효전은 8월 28일에는 사람을 보내 안부를 물었고, 9월 1일에는 지금의 경주시 내남면 노곡리의 형산강변인 노곡천변(奴谷川邊)에 천막을 설치하고 양산에서 오는 정구를 맞이하였다. 그는 여기서 정구 앞으로 나아가 인사하고 다과와 점심을 올렸다. 이처럼 윤효전은 경주에서 노곡천변까지 마중 나가 정구를 극진히 대접하였으며, 그가 떠날 때에는 영천까지 따라가서 배웅하기도 했다.

　(가) 황혼이 되어 집들마다 등불이 걸린 것을 보고 견여를 타고 산을 내려와 선도관(仙桃觀)으로 들어가 거처했다. 선도관은 관아 안에 있는데 부윤[윤효전]이 어버이를 받들고자 새로 지은 까닭에 이름을 '선도(仙桃)'라고 한 것이다. 부윤이 선생[정구]을 대접하는 성의와 공경이 극진하여 몸소 제자의 예를 갖추었다.29)

　(나) 황혼이 되어 도천(道川)의 정담(鄭湛) 씨의 여사(廬舍)에 투숙했다. 정종윤(鄭宗胤) 자장(子長), 손해(孫澥) 숙호(叔浩), 정홍도(鄭弘道) 경중(景中), 박점(朴點) 성여(聖與), 박문효(朴文孝) 백순(伯順), 정계도(鄭繼道) 행가(行可), 성이직(成以直) 여방(汝方)이 와서 뵈었다. 부윤[윤효전]이 선생[정구]을 모시고 강론하여 밤이 깊어서야 그쳤다.30)

----

락 참조.

28) 윤효전은 서경덕으로부터 主靜說을 듣고 크게 감화되어 그의 문하에서 수학했던 閔純의 제자이며, 1601년에 초간본 『화담집』의 발문을 쓴 바 있다. 그의 아들 윤휴는 중간본 『화담집』의 서문을 썼는데, 이 글에서 그는 "내[윤휴]의 선인은 곧 민습정[민순] 선생에게 배웠고, 습정은 또 노선생[서경덕]에게 직접 배웠으니, 오늘의 일을 내가 실로 돕고자 하는 바다."라고 하였다. 화담학이 自家의 학문연원임을 밝힌 것이다.

29) <蓬山浴行錄> 1617年 9月 1日條, "黃昏, 觀村家擧燈後, 以肩輿下山, 入寓仙桃觀. 觀在衙內, 蓋府尹爲奉親新創, 故名以仙桃. 主尹, 待先生極其誠敬, 親執弟子之禮."

30) <蓬山浴行錄> 1617年 9月 2日條, "黃昏投宿于道川鄭湛氏之廬, 鄭宗胤子長, 孫澥叔浩, 鄭弘

(가)는 <봉산욕행록> 1617년 9월 1일의 기록이고, (나)는 9월 2일의 기록이다. 앞의 자료에서는 윤효전이 경주 관아에 있는 선도관에서 몸소 제자의 예를 갖추었다고 했고, 뒤의 자료에서는 영천의 도천까지 따라와 강론을 들었다고 했다. 우리는 여기서 화담학과 한강학이 상호 회통하는 지점이 있음을 확인하게 된다. 윤효전은 9월 3일 정구와 작별하였으니 3일 동안 정성을 다해 정구를 모셨다. 이후 그는 서찰을 통해 스승 정구에게 난해처를 질의했고, 사양정사를 두 차례 찾아가 가르침을 받기도 했다. 1619년 윤효전이 경주 관아에서 죽자, 정구는 "무엇보다 예법을 삼가여, 어긋날까 두려워하였네. 나를 무시하지 않고, 의심나면 물어왔으니, 나의 견해가 형편이 없어서, 도움 준 게 별로 없지만, 정분이 날로 가까워져, 절차탁마를 이룩하였네."[31]라고 하면서 학문적 교융을 특기하며 제문을 썼다.

정조 연간에 제작된 <달구장축(達句長軸)>도 대구지역의 문화적 회통성을 이해하는 데 일정한 도움을 준다. 1783년(정조 7) 가을에 이덕무(李德懋), 성대중(成大中), 홍원섭(洪元燮), 이병모(李秉模), 정지순(鄭持淳) 등의 서울관료와 지역에서 문학활동을 하고 있었던 김득후(金得厚), 원득정(元得鼎) 등이 시를 주고받았다. 이 가운데 홍원섭은 달성통판이었고 이병모는 경상도안찰사였다. 이들이 지어서 만든 시축이 바로 <달구장축>이다. 홍원섭은 이 시축의 중심에 있는데, 시축의 서문을 써서 시축이 만들어지는 과정을 밝혀두기도 했다. 요약해 보이면 다음과 같다.

① 이덕무가 정지검에게 올린 22운을 갖고 와서 홍원섭에게 보였는데,

---

道景中, 朴點聖與, 朴文孝伯順, 鄭繼道行可, 成以直汝方, 來謁. 府尹, 奉先生講論, 夜深而罷."

31) 鄭逑, 『寒岡集』 卷12, <祭尹慶州孝全文>, "尤謹於禮, 懼不克遵. 公不我鄙, 有疑必詢. 我慚覼聞, 無以傾困. 情義日親, 切切闇闇."

좋은 작품이어서 두고 가게 하였다.

② 성대중이 홍원섭을 찾아와 각촉(刻燭)을 한 뒤, 이덕무의 운을 따라 우열을 가리며 시를 지었다.

③ 지역 사람 원득정도 차운시를 짓자 홍원섭은 그와 함께 시를 갖고 감영으로 들어가 이병모에게 보였는데, 이병모 역시 단숨에 시를 지어 원득정으로 하여금 적게 하였다.

④ 정지순이 와서 놀다가 금호강을 건너 북쪽으로 가다 홀연히 시를 지어 보내왔다.

⑤ 김득후가 와서 연거푸 시 두 편을 짓자 옆에 있는 여러 사람들도 따라 지었다.[32]

이덕무, 성대중, 이병모, 정지순 등 서울에서 활동한 문인들과 지역 문인 김득후, 원득정이 홍원섭의 매죽헌(梅竹軒)에서 만나 7언고시 22운을 지어 시축을 만들었다. 이 시축을 만든 사람은 경상도안찰사 이병모였다. 우리는 여기서 관료와 선비, 서울 문인과 지역 문인이 만나 서로의 시적 재능을 겨루며 회통하였던 지점을 발견하게 된다. 홍원섭은 명도(名都)인 대구에서 기이한 만남은 있을 수 있지만, 이 일은 백 년에 한 번 있을 일[33]이라면서 당시를 회고한 바 있고, 성대중의 아들 성해응(成海應)도 아버지의 행장에서 이 일을 특기하며 '교남(嶠南)의 성사(盛事)로 전해진다'[34]고 했다.

지역학 연구가 오랫동안 진행되어 왔음에도 불구하고, 대구라는 공간에서 생성된 고전문학은 본격적으로 연구된 바 없다. 고전문학이라는 전공

---

32) 이에 대한 구체적인 기록이 이덕무의 『청장관전서』 69, <達句長韻>에 전한다.

33) 洪元燮, 『太湖集』 卷3, <余與曲江偶成長句, 巡相喜而俯和, 酒泉癯仙又次第而作, 甚盛事也. 遂疊前韻而廣之.>, "名都往往邂逅奇, 此事百年天一與."

34) 成海應, 『硏經齋全集』 卷10, <先府君行狀>, "癸卯拜興海郡守, 時洪公元爕判大邱, 李相國秉模爲按使, 鄭公持淳爲醴泉守, 相見歡甚, 與之唱和, 有達句長軸, 傳爲嶠南盛事."

영역을 분명히 하면서 독자적인 길을 개척해서 걸어가 본 적이 없다는 것이다. 우리는 여기에 일정한 문제를 제기하면서 '대구'를 문학 생성공간으로 보고 문화어문학적 측면에서 그 깊이를 해명하고자 하였다. 필자들 사이에 충분한 토론이 이루어지지 않았고, 장기 기획을 갖고 연구된 것도 아니기 때문에 체계성에는 다소의 문제가 있다. 그럼에도 불구하고 우리의 이러한 노력은 지역의 문학전통을 새롭게 이해하는 중요한 계기가 될 것이다. 심화와 확장이라는 커다란 과제를 남기고 있지만 그 가능성은 이로써 확인되었다고 하겠다.

## 참고문헌

### 1. 기본자료

『灌圃詩集』
『栢潭集』
『三國遺事』
『新增東國輿地勝覽』
『寒岡集』

### 2. 연구논저

구모룡, 「지역문학의 현단계」, 『사람의문학』 통권 91, 사람, 2019.
김문기, 「소유정가의 특징과 가치」, 『한국학논집』 제16집, 계명대학교 한국학연구원, 1989.
대구시사편찬위원회, 『대구시사』, 대구시, 1995.
문경현, 「≪삼국유사≫ 撰述의 史的고찰 : 達城毗瑟山撰述處를 중심으로」, 『신라사학보』 제27호, 신라사학회, 2013.
백승종, 「한문학과 미시사의 풍요로운 만남」, 『동양한문학연구』 제24집, 2007.
정우락, 「江岸學과 高靈 儒學에 대한 試論」, 『퇴계학과 유교문화』 제43호, 경북대학교 퇴계연구소, 2008.
정우락, 『문화공간, 팔공산과 대구』, 글누림, 2009.
정우락, 「덕천서원, 경의학을 밝히는 문화발전소」, 『덕천서원』, 한국학중앙연구원출판부, 2018.
정우락, 「<봉산욕행록>에 대한 문화론적 독해」, 『한국 고전문학과 문화어문학』, 역락, 2018.
정우락, 「활학을 위한 고전문학 연구」, 『한국 고전문학과 문화어문학』, 역락, 2018.
曾大興, 『文學地理學槪論』, 中國 商務印書館, 2017.
한기문, 「고려시대 일연과 비슬산」, 『역사교육논집』 제63집, 역사교육학회, 2017.

# 제1부

팔공산과 대구의 문화어문학

# 팔공산의 지리적 환경과 연경서원*

전 영 권 | 대구가톨릭대학교 지리교육과 교수

## 1. 머리말

대구는 '교육도시', '학자지향(學者之鄕)'이라 불릴 만큼 교육에 대한 열의가 높은 도시다. 해마다 시행되는 대학수학능력시험에서도 전국 최고수준의 성적을 거두는 곳이 대구다. 팔공산 주능선 동편 끝자락 관봉(冠峰, 853m) 정상부에는 갓바위 부처로 불리는 보물 제431호 팔공산 관봉 석조여래좌상이 있다. 지극정성으로 기도하면 한 가지 소원은 들어준다는 속설 때문에 많은 사람이 찾는다. 대학수학능력 시험일이 다가오면 전국에서 많은 사람들이 찾아와 시험에서 자녀들이 좋은 성적을 거두기를 열망하는 기도가 하루 종일 이루어지는 곳이다. 어떻게 보면 갓바위 부처의 존재는 교육도시인 대구의 정체성과도 잘 맞아 떨어지는 것 같다. 특히 조선시대 선비들의 강학 배경지로 팔공산과 팔공산으로부터 이어지는 금

---

* 이 글은 필자의 글들을 수정·보완한 것이다.

호강 그리고 낙동강변의 풍광은 대구지역 선비들이 그들의 학문적 소양을 풍성하게 하는 데 큰 기여를 한 것으로 판단된다.

조선시대 대문장가인 사가 서거정을 비롯해 비록 성주에서 태어났지만 학문적 근거지를 대구에 둔 한강 정구와 그의 문인들이 대구에서 태어났거나 대구에서 강학을 한 선비들이다. 대구가 덕망 있고 학문적 소양이 탁월하면서도 성정이 곧은 선비들을 많이 배출시킨 배경에는 많은 서원이나 서당들이 자연경관이 수려한 곳에 위치하여 선비들의 심성과 학문적 깊이를 더해주었기 때문이다. 그 중에서도 동화천 변 인근의 경관이 수려한 곳에 1563년 매암 이숙량에 의해 대구 최초로 설립된 연경서원(研經書院)은 교육도시 대구의 자존심이자 정체성과도 깊은 관계를 가진다. 그러나 지금 연경서원은 사라지고 없을 뿐만 아니라 그 터마저 알 수 없는 지경이다. 그래서 필자는 교육도시 대구의 이미지 제고와 정체성 확보라는 차원에서 연경서원의 복원을 제안한다. 이를 위해 연경서원의 장소 고증을 통해 서원 복원에 필요한 기초자료를 제공하며, 대구지역의 학풍을 형성시키는 데 크게 기여를 한 것으로 판단되는 팔공산 일대에 대한 지리적 환경을 고찰해보고자 한다.

## 2. 대구분지와 팔공산의 형성

대구는 250만의 인구를 품는 대도시다. 북쪽으로 팔공산(1193m), 남쪽으로 비슬산(1,084m)이 병풍처럼 둘러싸는 전형적인 분지다. 세계적으로 봐도 인구 100만 이상 거대도시(metropolitan)를 1,000m 이상의 해발고도를 가지는 산지가 에워싸고 있는 경우는 대구가 유일하다. 그만큼 대구는 축복받은 도시임에 틀림없다. 대구의 주요 생태축(팔공산-동화천-금호강-신천-비

슬산)의 북쪽에 위치하는 팔공산은 대구가 가지는 천혜의 생태공간으로 그
것의 중요성은 대구지역의 모든 학교 교가에 빠짐없이 등장하는 사실에서
도 잘 알 수 있다.[1]

　대구를 구성하는 암석의 경우 대구지역은 크게 3가지의 암석으로 분류
된다. 가장 먼저 형성된 암석은 약 1억 년 전 중생대 백악기 호수에 퇴적
된 퇴적암으로 대구 분지를 구성하고 있다. 신천, 욱수골, 고산골 등지에
서 볼 수 있는 공룡발자국화석이 이 때 형성된 것이다. 다음으로 중생대
백악기 후기인 약 7천만 년 전 거대한 화산폭발로 형성된 비슬산(앞산 포
함) 일대로 형성당시에는 지금보다 훨씬 높은 약 3,000~4,000m 이상의
화산으로 추정된다. 그러나 오랜 세월이 흐르는 동안 깎여 나가 지금의
모습을 보인다. 마지막으로 중생대 말기와 신생대 3기 경계인 약 6,500만
년 전 지하 깊은 곳으로부터 올라온 마그마가 서서히 식어 형성된 화강암
으로 팔공산과 비슬산 일부 지역에 분포한다.

　팔공산을 구성하는 화강암이 처음 형성될 당시는 지금보다 최소 2천여
미터 이상 높은 곳에 위치했던 것으로 판단된다. 그러나 오랜 기간 동안
진행된 풍화와 침식으로 인해 생성 초기보다 약 2천여 미터 이상 낮은 모
습을 보이게 되었다.[2] 한편 팔공산 화강암체가 형성될 무렵 주변의 퇴적
암이 굽혀 단단한 바위로 변하게 되었는데, 이것을 변성퇴적암이라 한다.
변성퇴적암은 타원체의 팔공산 화강암괴를 둥글게 둘러싸고 있다. 굽히지
않은 주변의 퇴적암지대가 침식에 약해 평지를 이루는데 반해 변성퇴적암
으로 구성된 부분은 단단하여 침식에 견뎌낸 결과 산지를 형성한다. 이처
럼 변성퇴적암으로 이루어진 단단한 산지들은 팔공산 화강암괴를 둥글게

---

1) 전영권(2012), 「대구 팔공산의 가치와 활용방안」, 『한국지역지리학회지』, 19-2, 한국지역지
　리학회, 54-55쪽.
2) 전영권(2003), 『이야기와 함께하는 전영권의 대구지리』, 도서출판 신일, 20-24쪽.

둘러싸고 있어 '환상산맥'이라 부른다.

환상산맥은 대구분지에서 팔공산으로 진입하는 도중 만나게 되는데, 칠곡군 동명면의 삼봉(550m), 지마산(551m)을 비롯해 대구의 도덕산(660m), 응해산(526m), 응봉(456m), 문암산(431m), 용암산(382m), 능천산(357m) 등이 환상산맥에 속한다. 공산터널은 환상산맥의 변성퇴적암에 조성된 곳으로 이곳을 통과하는 동화천은 단단한 바위를 조각하듯이 깎아 협곡을 이룬다. 이곳에 대구 상수원의 하나인 공산지가 조성돼 있다(<그림 1>). 팔공산을 구성하는 화강암은 그것의 성분 중 장석의 수질여과 속성 때문에 화강암 풍화층을 관류하는 수질은 매우 우수하다. 팔공산 화강암 풍화대를 통과해 흐르는 수류는 대구지역 하천 수량을 풍부하게 함은 물론이고 수질 또한 더할 나위 없이 좋게 해 준다. 이처럼 산자수명한 대구지역의 자연환경은 예로부터 인류의 거주지로 주요하였음은 대구지역에서 발굴된 선사시대의 풍부한 유적과 유구에서도 잘 알 수 있다. 월성동의 후기 구석기유적을 비롯해 신석기, 청동기시대 등 선사시대 이래 대구는 인류의 주요 삶터였다.

특히 팔공산 일대의 수려한 자연풍광은 대구 지역민의 심성과 성정 도야에도 큰 기여를 한 것으로 판단된다. 비록 손해 볼지언정 의와 예를 중시해온 대구지역민들의 독특한 성격은 때로는 다른 지역 사람들로부터 오해를 받아 순수한 심성이 왜곡되기도 했다. 그럼에도 불구하고 예로부터 이어져 오는 대구지역의 투박한 의리와 기질은 국가적 난관을 극복하여 민족의 창대한 장래를 밝혀 나가는 데 드 없이 소중했다. 임진왜란 당시 지역의 선비들의 주도로 이루어진 팔공산 공산회맹을 비롯해 동화사의 승병 사령부, 1907년 대구에서 발단된 주권수호운동 국채보상운동, 민족 최대의 비극인 한국전쟁 당시 낙동강 방어선의 견고한 구축 등은 풍전등화에 처한 국가를 위기에서 구해 내는 데 대구지역민의 기질과 성품 그리고 자연환경이 크게 기여했음은 명약관화한 일이다.

<그림 1> 팔공산 화강암체와 접촉변성대 개략도[3]

<그림 2> 팔공산 주능선 전경

3) 전영권(2011), 「대구 팔공산의 지형자원」, 『한국지형학회지』 18-4, 한국지형학회, 248쪽.

## 3. 다양하고도 수려한 팔공산의 지형경관

### 1) 주능선

팔공산과 주능선은 가산-팔공산(천왕봉, 비로봉)-환성산-초례봉(<그림 1>)에 이르는 능선 구간으로 주요 지형 경관들이 능선을 따라 집중적으로 발달한다. 주능선에서 볼 수 있는 대표적인 지형경관으로는 핵석(core stone, 돌알), 토르(tor, 탑바위), 급애, 거터(gutter, 홈통바위), 나마(gnamma, 가마솥바위) 등이다. 토르에 해당하는 대표적인 지형으로는 갓바위 부처로 불리는 보물 제431호 관봉석조여래좌상을 비롯해 팔공산 동봉 석조약사여래입상, 팔공산 마애약사여래좌상, 낙타를 닮은 낙타바위, 신선봉, 농바위, 노적봉 등 주능선에 발달하는 지형 대부분이다. 한편 팔공산 최고의 급애인 병풍바위(바위병풍)는 바위가 병풍 모양으로 펼쳐져 있어 장엄한 광경을 보인다. 동화사 부속암자 중 하나인 염불암 위쪽에 위치하는 염불봉(광석대) 역시 급애로 이루어져 있어 접근이 쉽지 않은 지형경관이다. 본 급애 정상부에는 직경 약 3~4m 크기의 거대 핵석 5개가 있다. 핵석 위에는 규모가 다른 나마가 두 곳에 발달하고 있으며 사람의 발을 닮은 불족암도 보여 흥미롭다. 이 밖의 급애 지형으로는 설악산 공룡능선에 비유되는 톱날바위와, 평평하게 생긴 가산바위 등이 있다. 변성퇴적암으로 이루어져 있는 가산바위를 제외하면 모두가 화강암으로 구성되어 있다.

관봉석조여래좌상

톱날바위                            병풍바위

염불봉(광석대)의 흔들바위        5개의 거대한 핵석

핵석 위의 나마                  염불봉(광석대)의 불족암

가산바위의 십자형 절리                신선봉

<그림 3> 주능선의 주요 지형경관

## 2) 남서부

주능선을 경계로 남서부에 해당하는 지역을 편의상 남서부로 분류하고 자 한다. 남서부에 발달하는 대표적인 지형으로는 고위평탄면을 비롯해 암괴류(block stream, 돌강), 토르, 나마, 폴리고널 크래킹(polygonal cracking, 다각형균열바위)지형, 풍화동굴, 판상절리지형(sheeting joint), 급애, 타포니(tafoni, 벌집바위), 거터, 폭포, 하식애(하천가 바위 절벽), 기반암하상 등이 있다. 고위평탄면의 지형적 특성을 보이는 가산에는 가산산성이 축조돼 있다. 가산 일대는 팔공산의 전략적 요충지로 예로부터 중요했다. 가산은 화강암과 변성퇴적암이 함께 나타난다. 팔공산에 발달하는 최대의 암괴류는 가산의 암괴류로 길이가 약 1km에 달하고 있어 천연기념물 제435호인 비슬산암괴류에 버금간다. 학술적인 가치는 물론 경관도 수려한 본 암괴류는 산지 정상 부근에서 시작하여 여러 갈래로 발달한다. 토르는 곳곳에 발달한다. 대표적인 토르는 수태골에 잘 발달한다. 강바닥에는 다양한 크기와 형태의 거터와 폭포가 발달한다. 규모면에 있어서는 수태골의 국두림폭포와 수태골폭포가 대표적이다. 염불암폭포는 규모에 비해 수량이 비교적 풍부하여 폭포의 모습을 잘 보여준다. 수태골에 발달하는 급애(암벽훈련등반지로 이용됨)에는 판상절리지형이 잘 발달한다. 수태골에는 풍화동굴 초기단계의 지형이 발달하며, 등산로를 따라 몇 곳에는 폴리고널 크래킹도 발달한다. 역암 퇴적층에 발달하는 동화천변의 하식애인 화암(畵巖)은 기묘한 모양새는 물론 퇴계 이황 선생이 읊은 시 <연경화암(研經畵巖)>에도 소개돼 유명세를 더한다. 대구 생태축의 하나인 동화천에는 인구 250만 대도시인 대구의 생태하천으로서의 주요한 기능을 가진다. 동화천 하류에 발달하는 왕버드나무 군락은 생태학적으로 중요하다.

불로천 하식애

도동측백나무숲

불로천 거터와 포트홀(pothole, 돌개구멍)

동화천변의 화암(하식애)

동화천의 왕버드나무 군락

동화천의 습지

수태골폭포

국두림폭포

염불암폭포

인봉의 다각형 균열바위

수태골의 판상절리지형

가산의 암괴류

<그림 4> 남서부의 주요 지형경관

## 3) 북동부

팔공산괴 주능선의 북동부에 해당하는 지역을 편의상 북동부로 부른다. 남서부에 비해 북동부 지역에 발달하는 대표적인 지형은 하천지형이다. 먼저 청통천 상류 유역에 해당하는 은해사와 상부 계곡들로 은해사 일대는 변성퇴적암지대이나 상부에 위치하는 은해사의 부속암자인 묘봉암, 백흥암, 운부암, 중암암 등지 일대는 화강암 기반암이 주를 이룬다. 대표적인 지형으로는 기기암 주변의 '안흥폭포'와 '안흥폭포' 상류에 발달하는 장군폭포다. 전자가 변성퇴적암으로 이루어진 데 반해 후자는 화강암으로 이루어져 있다. 폭포와 더불어 폭포 주변에는 하식애도 발달한다. 청통천 상류 유역에서 수려하고 흥미로운 지형경관이 발달하는 곳은 중암암 일대다. 중암암 일대에는 '돌구멍 절' 유래를 탄생시킨 천왕문(天王門)를 비롯해 거터가 발달하는 삼인암(三印巖), 토르의 핵석에 해당하는 건들바위, 원효대사·김유신 장군의 설화를 간직하는 극락굴(極樂窟)과 장군수(將軍水) 등 흥미로운 문화지형이 많이 분포한다. 또한, 신녕천 상류인 치산계곡에는 팔공산 최대의 폭포인 선주암폭포(공산폭포, 치산폭포)가 슬라이드 형태를 보인다. 치산계곡은 설악산의 한 계곡을 연상케 하며, 판상절리지형이 곳곳에 발달한다. 선주암폭포를 중심으로 상·하류에는 이보다 규모가 작은 폭포가 몇 곳에 발달한다. 남천 상류의 동산계곡에는 치산계곡처럼 넓은 계곡을 형성하지는 않지만, 대부분의 구간이 화강암 기반암 하상을 보이고 있어 기묘한 지형들을 많이 만들어 놓았다. 곳곳에 중규모 이하의 폭포와 소(pool), 하식애, 판상절리지형, 거터 등을 형성하고 있어 수려한 경관미를 느낄 수 있다. 한편 명마산의 장군바위는 김유신 장군과 관련한 설화를 가지는 문화지형으로 규모나 외양에 있어 북동부 지역을 대표하는 토르지형으로 분류된다.

안흥폭포

장군폭포

선주암폭포

중암암의 천왕문

중암암의 만년송

중암암의 삼인암

| | |
|---|---|
| 중암암의 건들바위 | 중암암의 극락굴 |
| 중암암의 장군수 | 군위 삼존석굴 |
| 명마산의 장군바위 | 동산계곡의 거터(gutter) |

<그림 5> 북동부의 주요 지형경관

## 4. 팔공산과 주요 인물

대구의 동구·북구와 경북의 경산시·영천시·군위군·칠곡군 등 6개의 지자체에 걸쳐 분포하는 팔공산은 대구·경북의 자연적 및 인문적 동질성을 확보해줌은 물론 대구·경북을 대표하는 명산이다. 팔공산에는 대한불교조계종 제9교구 본사인 동화사, 제10교구 본사인 은해사를 비롯해 신라 선덕여왕의 추모제를 집전하는 숭모전이 있는 부인사, 고려 광종 임금이 머물면서 속병을 고친 도덕암, 조선 영조의 원당이었던 파계사 등이 있다. 이러한 사실은 팔공산이 시대를 넘어 역대 왕들과 깊은 인연을 맺어온 명산임을 잘 보여준다.

　팔공산은 통일신라시대 이래 3산5악의 중심 산지인 중악으로서의 큰 위상과 정체성을 확보해오고 있다. 신라시대에 부악, 중악, 공산 등의 지명으로 불려오던 팔공산이 후삼국시대부터는 공산이라는 지명으로 통일된 것으로 판단되며 조선시대에 들어 공산과 더불어 팔공산 지명도 함께 사용된다. 팔공산 지명이 처음으로 등장하는 문헌으로는 점필재 김종직이 세상을 떠난 후인 1497년에 발간된 『점필재집』이다.

　『점필재집』 제13권 '시(詩)편'의 <월파정 아래서 중소를 보내다. 중소가 병 때문에 대구를 사직하고 서울로 돌아갔다(月波亭下送仲素 仲素以疾辭大丘還京)> 한시를 소개하면 다음과 같다.

| | |
|---|---|
| 擺落塵埃向玉京 | 먼지를 떨쳐 버리고 옥경으로 향하여 가니, |
| 長途軋軋筍輿鳴 | 먼 길에 삐걱삐걱 순여 소리 울리누나. |
| 八公錦樹秋將晚 | 팔공산의 단풍숲은 가을이 저물어 가는데, |
| 雙闕靑規子有名 | 대궐의 청규에는 자네가 이름이 있으리. |
| 沿路樓臺勞望眼 | 연로의 누대는 바라보는 눈이 수고롭겠고, |
| 滿江魚鳥識離情 | 강에 가득한 어조는 이별의 정을 알겠지, |
| 月波亭下河梁曲 | 월파정 아래에서 하량의 곡조를. |
| 今日琴中一再行 | 오늘에 거문고로 한두 번 타는도다. |

<月波亭下送仲素 仲素以疾辭大丘還京>[4]

　팔공산 지명이 나오는 또 한 편의 시는 『점필재집』 제7권 '시(詩)편'의 <범어역 노상에서 본 것을 기록하다(凡於驛路上記所見)>이다.

---

4) 한국고전번역원(임정기 번역, 1996).

九月靑靑禾未收    구월인데도 푸르고 푸르러 벼곡식 못 거두니,

八公山下不宜秋    팔공산 아래는 아직 가을이 아니로다.

老翁拾得蕪菁了    늙은이는 밭에서 무를 줍더니,

背立西風滿眼愁    서풍을 등지고 서서 눈에 가득 시름이로세.

<凡於驛路上記所見>5)


특히 통일신라 당시 중악으로 불렸던 팔공산은 천신께 중사를 지내던 오악의 중악에 해당하는 중요한 산이다. 동악은 토함산, 서악은 계룡산, 남악은 지리산, 북악은 태백산으로 그 중간인 팔공산을 중악이라 했다.

<그림 6> 팔공산 천왕봉 천제단 추정지(현재 모습(위)), 1958년 사진 재촬영(아래))

---

5) 한국고전번역원(임정기 번역, 1996)

17세의 젊은 나이에 김유신은 중악의 석굴에서 삼국 통일의 위업을 위해 도를 닦던 중 '난승'이라는 도인을 만나 비법을 전수 받는데, 바로 그 석굴이 팔공산에 있다고 한다. 오도암의 원효굴(서당굴)이라 하는 경우, 불굴사의 원효굴이라 하는 경우, 중암암의 극락굴이라 하는 경우 등 여러 가지 설이 전해오는데, 모두 일리가 있다. 특히 불굴사의 원효굴에서 김유신이 도를 닦고 나올 때, 맞은편 산에서 흰 말이 울면서 하늘로 올라가는 것을 보았다고 하여 '명마산'이라 명명된 산 정상부에는 희귀한 바위가 있다. 마치 장군의 단검 같기도 하여 이곳에서는 '장군바위'로 부르고 있어 김유신 장군이 찾아 도를 닦았다는 중악의 석굴이 불굴사의 원효굴이 아닌가 생각되기도 한다. 그러나 중암암의 경우에도 극락굴, 장군수, 인근의 장군폭포 등 김유신과 관련된 설화가 많아 명확하지 않다.

원효와 관련한 전설로는 원효암을 비롯해 불굴사의 원효굴, 오도암의 원효굴, 중암암의 극락굴 등이 있다. 동화사 창건설화와 관련한 심지, 은해사와 인연을 가지는 일연, 은해사 현판의 글씨 '보화루', '은해사', '불광' 등의 글씨를 쓴 추사 김정희 등도 유명한 인물이다. 또한 연경동의 기묘한 바위 '화암'을 시로 읊은 퇴계 이황을 비롯해, 공산·운부사 등을 시로 읊은 조선 초 유학자 유방선, 팔공산·동사심승·공령적설 등을 읊은 사가 서거정, 망공산(望公山)을 읊은 매월당 김시습, 팔공산 최대 폭포 선주암폭포의 수려한 경관을 한시로 읊은 신녕 현감 금계 황준량을 비롯한 많은 선비들, 하시찬의 '공산팔경', 정시한의 '산중일기' 등은 팔공산을 대표하는 이야기 거리로 명품의 문화 콘텐츠다.

또한 고려 태조 왕건과 후백제 견훤 간 927년에 벌어진 공산전투의 자취가 곳곳에 배어있어 역사적 관광자원도 풍부하다. 팔공산은 맑은 빛을 띠는 화강암을 기반암으로 하는 거대한 산괴로 수려하고도 다양한 화강암 지형이 곳곳에 발달한다. 화강암 풍화층을 통해 흐르는 물은 최고의 청정수를 자랑하며, 화강암이 풍화되어 이루어진 토양을 기반으로 이루어지는 동·식물의 종 다양성은 생태환경과 자연경관의 관점에 있어서도 매우 중요한 생태공간이다.

## 5. 유·불·선, 가톨릭이 조화를 이루는 팔공산

팔공산의 다양한 문화적 자원 중에서도 종교적 문화의 다양성은 팔공산을 대표하는 가치임에 틀림없다. 팔공산은 통일신라시대 중악으로서 왕이 천신께 제사를 지내온 이래 홍익인간을 구현하려는 선도(仙道)문화와 도교적 색채가 곳곳에 배어있다. 천왕봉(비로봉) 서편에 위치하는 마애약사여래좌상(대구광역시 유형문화재 제3호)의 경우 우리나라 불상 중 연화대좌 아래에 유일하게 쌍룡(청룡과 황룡)이 조각돼 있어 특이하다(<그림 7>). 이것은 불교가 이 땅에 자리 잡기 이전부터 존재했던 우리의 토속 신앙적 색채가 혼합돼 나타나는 불상으로 팔공산이 토속신앙지의 메카였음을 잘 알 수 있게 해준다.

<그림 7> 팔공산 마애약사여래좌상(대구광역시 유형문화재 제3호)(좌(左))
대좌 아래 쌍룡이 조각(우(右))돼 있어 특이하다.

　김유신 장군 설화의 배경이 되는 명마산의 용왕당을 비롯하여 기생바위와 천왕나무(소나무), 능성동 내릿골의 당산, 동화사 부도암 주변 기자석(祈子石) 등지에는 지금도 좋은 날을 택해 무속인은 물론 일반인도 찾아 와복을 빌기도 한다. 또한 마을의 당제와 동제의 존재는 팔공산 일대의 토속신앙이 여전히 전승되고 있음을 알게 해준다. 당제와 동제는 토속신앙의 요소에 불교적, 유교적, 도교적 의례가 혼합된 방식을 보이며 나무(느티나무, 소나무, 팽나무), 돌탑, 돌무더기, 솟대, 선돌 등을 수호신으로 삼고 있다. 특히 팔공산 능선부에 위치하는 명품의 경관 노적봉과 동화사 봉황문부근 폭포골 하류 계곡일대는 기복신앙지로 이름 나 있다.

<그림 8> 동구 용수동의 당산　　　<그림 9> 능선부의 농바위(좌(左))와
　　　　　　　　　　　　　　　　　　　　노적봉(우(右))

　팔공산에서 토속신앙과 도교에 뒤이어 나타나는 종교 문화적 색채는 불교문화이다. 신라의 불국토라 불릴 정도로 불교 유적과 문화재가 많은 팔공산은 신라시대 이래 역대의 여러 왕들과 불교적 인연을 가지는 곳으로도 유명하다. 팔공산 골골 마다 산재하는 다양하고도 품격 있는 불교적 유적과 유물은 팔공산을 보다 팔공산답게 해준다. 국보 2점, 보물 12점을 비롯해 수많은 문화재와 유적이 그 빛을 더해주는 팔공산에는 남사면의 동화사, 북사면의 은해사 등 조계종 본사가 2곳이나 소재하고 있어 현재도 불교적 진가를 유감없이 발휘하고 있다. 특히 정성껏 기도하면 한 가지 소원은 들어준다는 속설로 유명세를 더하는 갓바위 부처(보물 제431호 관봉석조여래좌상)의 존재는 팔공산이 왜 불교의 성지인가를 잘 알게 해준다. 신라시대 이래 융성하게 발전해 오던 불교문화는 유교적 사상이 국가의 이념으로 설정되었던 조선시대에 들어서는 침체의 길에 들어서게 된다. 국가의 '숭유억불정책'으로 인해 불교적 토양은 황폐해지는 반면 유교적 사상과 문화적 토양은 빛을 발하게 된다. 팔공산 또한 이러한 큰 흐름에서 자유로울 수 없었다. 팔공산의 유교적 문화색채는 다양한 모습으로 나타난다. 대구 최초의 서원인 연경서원을 비롯해 군위의 양산서원, 대구 동구 용수동의 농연서당, 영천 신녕면 치산리의 귀천서원, 유학자의 학문적 소양과 심성을 닦고 배양시킬 목적으로 설정한 동구 용수동 용수천의 농연구곡과 동화천의 문암구곡의 존재는 팔공산의 유학적 사상과 이념을 풍성하게 해 준다.

특히 명유들의 팔공산 산행기나 유람기는 팔공산의 수려한 자연경관을 유려한 문체로 담아내고 있어 팔공산의 멋을 한층 돋보이게 해준다. 한편 조선시대 임진왜란과 정유재란 양란으로 국가적 위기에 처했을 때, 지역의 유림들은 팔공산 공산성에 모여 공산회맹을 통해 국가적 위기를 타개하는 데 앞장서기도 했다. 또한 팔공산 남·북사면에는 유림의 전통마을이 대도시의 개발 압력에도 불구하고 온전히 존재한다. 남사면의 경주 최씨 전통마을인 대구시 동구 둔산동의 옻골마을과 북사면의 군위 부계면의 한밤마을이 그것이다. 본 전통마을은 돌담길이 아름다워 많은 사람들이 찾기도 한다.

<그림 10> 돌담길이 운치를 더해주는 옻골마을(위)과 한밤마을(아래)

　이처럼 팔공산은 토속신앙으로부터 시작하여 도교, 불교, 유교를 거쳐오는 동안 종교적으로도 다양한 문화적 스펙트럼을 보여주고 있음을 알 수 있다. 조선시대 후기에 들어서는 유·불·선과는 확연히 다른 가톨릭이 서구로부터 유입되어 오는 시기를 맞이하게 된다. 유교적 이념이 강했던 경북에서는 1800년대 유교적 이념과 대립되던 가톨릭 종교의 보급으로 인해 가톨릭이 배척당하던 시기로, 많은 순교자가 생겨났다. 특히 팔공산 한티에 위치하는 한티 가톨릭 성지는 한국을 대표하는 가톨릭 성지다.

이처럼 팔공산에는 우리의 토속신앙을 비롯해 유・불・선 그리고 가톨릭
이 공존하면서도 조화로움을 추구해나가는 특이한 장소성을 보이고 있어
세계적으로도 유례를 찾을 수 없는 곳이다. 21세기 혼돈의 시대에 각각
다른 종교적 이념을 가지는 다양한 종교가 한 지역에 온전히 둥지를 틀고
상생하고 있다는 것은 우리 인류가 지향해야 할 보편적 가치가 무엇인가
를 잘 보여준다.

<그림 11> 팔공산 한티재 남사면에 위치한 한티성지

## 6. 화암(畫巖)의 지리적 특성

『대구읍지』 '제영(題詠)편'에 보면 퇴계 이황이 지었다는 한시 <연경화
암(研經畫巖)>이 실려 있다. 시에서도 언급했듯이 퇴계는 "화암의 좋은 경
치(形勝) 그리기도 어렵네" 하였다.

여기에 그 한시를 소개한다.

| | |
|---|---|
| 畵巖形勝畵難成 | 화암의 좋은 경치 그리기도 어렵네. |
| 立院相招誦六經 | 서원을 세우고 서로 모여 육경을 배우리라. |
| 從此聞仹明道術 | 이제 도술을 밝혀가며 듣게 될 테니, |
| 可無呼寐得群醒 | 능히 몽매한 자 깨우치지 못하겠는가. |

<硏經畵巖>

말 그대로 화암인 것이다. 또한, '산천(山川)'편에 보면 화암에 대해 다음과 같이 설명하고 있다. "부의 북쪽 15리쯤에 있다. 붉은 벼랑과 푸른 암벽이 높이 솟아 가파르다. 기묘한 형상들이 화폭을 펼쳐 놓은 듯하여 사람들이 화암이라 부른다."6) 즉, 연경서원 근처에 있다고 전해지는 화암은 동화천의 공격사면부에 위치하고 있는 일종의 하식애(河蝕崖)다. 기반지질은 하층부의 경우 약간 붉은 빛을 띠는 사암 또는 셰일층으로, 상부는 역암층으로 구성되어 있으며 지금으로부터 약 1억여 년 전 호수에서 형성된 퇴적암이다(<그림 4>). 본 암석은 대구분지의 대부분을 구성하는 중생대 백악기 퇴적암과 같은 암석이다.

본 경관은 화강암으로 이루어진 팔공산이 흰 빛의 수려한 외양을 보이는 것과는 달리 약간 어두운 색상을 띠는 퇴적암이다. 퇴적암으로 이루어져 있는 화암은 암석의 구조적 특성과 기묘한 외양으로 인하여 흥미를 더해 준다. 화암에는 벌집 모양의 풍화혈인 타포니와 상층부의 돌출 부위로 인한 기묘한 형상이 화암을 예로부터 특이한 지형경관으로 인식케 하는 원인으로 판단된다.7) 화암은 그 앞을 흐르는 동화천과 더불어 매우 수려한 경관을 연출하고 있어 마치 한 폭의 동양화를 펼쳐 놓은 듯하다. 그러나 본 화암의 이러한 중요성에도 불구하고 한때 화암은 산악인들의 암벽

---

6) 대구광역시(김규택·박대현 편역)(1997), 『대구읍지』, 신흥인쇄소, 7쪽.
7) 전영권(2008), 「대구의 문화생태환경 복원과 활용방안」, 『한국지역지리학회지』, 14-3, 한국지역지리학회, 194-195쪽.

훈련 등반지로 이용됐을 뿐만 아니라 왕복 2차선 도로에 접해 있어 차량에서 배출되는 매연으로 많이 변색되었다. 또한 관리가 제대로 이루어지지 않아 화암 곳곳에는 사람의 이름이 페인트나 조각 도구로 새겨져 있다. 더욱 염려되는 일은 현재 연경동 일대에는 대구 4차 순환도로 공사와 더불어 연경동 택지개발이 조성중이어서 화암의 아름다운 경치는 물론 연경서원의 옛 터로 추정되는 일대의 풍광이 심하게 훼손되어 가고 있다는 사실이다<그림 12>. 특히 화암 옆에 있었다고 전해지는 연경서원은 대구지역에서는 최초로 설립된 서원으로 의미가 크다. 연경서원 터에 대한 정밀 조사와 발굴을 토대로 서원 복원이 시급히 이루어져야 하는 이유도 여기에 있다.

<그림 12> 대구 4차 순환도로 공사와 연경동 택지개발이 동시에 진행 중인 연경동 일대와 동화천 변은 수려했던 풍광이 사라져 가고 있어 안타깝다.

## 7. 『대구읍지』 기록에 나타난 연경서원

『대구읍지』 '학교(學校)' 편 <연경서원>에 보면 다음과 같은 기록이 나와 있다.

연경서원은 부에서 북으로 20리가량 떨어진 화암 아래에 있다. 가정(嘉靖) 계해년(1563년)에 창건하고, 다음 해인 갑자년에 문순공 퇴계 이황 선생을 봉헌하여 주향하고, 문목공 한강 정구 선생과 문정공 우복 정경세 선생을 배향하였다. 현종 경자년(1660년) 3월에 도의 유림들이 상소를 올려 현액을 하사받았다. 매암 이숙량이 연경리 화암 아래에 서당을 지어 생도들을 가르쳤다. 그 후에 본 읍의 유생들이 사당을 지어 제사를 올렸으니, 문목공은 퇴계의 문인으로서 배향되었고, 문정공은 본 읍의 수령이 되어 학교를 드러내어 밝게 하고 유교의 교화를 크게 일으켰던 까닭에 도의 유림들이 논의를 발하여 추가로 배향하였다.8)

한편 정묘년(1567년)에 매암 이숙량이 작성한 <연경서원기>를 옮기면 다음과 같다.

알맞은 땅을 골라 팔공산 기슭에 건축을 시작하니, 부에서 20여리 떨어진 곳이다. 그 위에 마을이 있으니 지묘(智妙)이고, 아랫마을은 무태(無怠)이다. 서원 건물이 그 사이에 자리하니 마을 이름이 연경(研經)이다. 이곳은 처음에 풀이 우거진 들판이었으나, 지난번 사또께서 공전(公田)으로 교환하였다. 맑은 시냇물 한 줄기가 그 남쪽으로 흐르는데, 산을 따라 굽이돌아 서쪽으로 흐르다 10리 채 못 미쳐 금호강에 다다른다. 상류 2리쯤 되는 곳에는 왕산(王山)이 있다. 왕산은 우뚝이 솟아 있는 모양새를 보이며, 아름다운 기운이 왕산 줄기를 빈틈없이 감싸고 있다. 남쪽에는 층층이 늘어선 산줄기와 봉우리들이 용이 나는 듯, 봉황이 춤을 추듯 어지럽게 꿈틀거리고 뒤섞여진 모양새를 보이는데 이것이 서원 남동쪽 풍경이다. 서원 북쪽에 있는 산은 성도산(成道山)이다. 산봉우리가 나지막하고 골짜기가 고요하며, 흰 돌과 푸른 솔이 숨었다 나타났다 하며 서쪽으로 이어지다가, 문득 큰 바위가 있어 천 길이나 깎아지른듯하니 이것이 화암이며 서원의 서쪽을 지켜준다. 붉고 푸른 절벽이 우뚝하게 솟아 기이한 형상이 스스로 그림을 이루니 화암이란 이름을 얻은 것은 이 때문이다. 그 아래 깊고 맑은 푸른 못이 있어, 노니는 물고기가 이루 헤아릴 수 없이 많다. 이곳은

---

8) 대구광역시(김규택 · 박대현 편역)(1997), 『대구읍지』, 신흥인쇄소, 29쪽.

서원에서 내려다 볼 수 있다. 갑자년(1564년) 춘삼월에 상량을 하고 이듬
해 겨울 10월에 공사를 마치니 40여 칸의 집을 이루었다. 정당(正堂)은 세
개의 기둥이 있는데, 건물이 우뚝하고 처마가 날아오르는 듯하며, 산의 형
태와 지세가 모두 가운데로 읍하는 듯하니, 어질고 지혜로운 사람이 즐길
만한 곳이므로 인지당(仁智堂)이라 명명하였다. 왼쪽은 집이 깊고 고요하
며 체세(體勢)가 존엄하니 수방재(收放齋)라 하였고, 오른쪽은 시원하며 맑
아 마음이 절로 밝아지므로 경수재(警隨齋)라 하였다. 동쪽 재실은 보인재
(輔仁齋)라 하였고, 서쪽 재실은 시습재(時習齋)라 하였다. 긴 회랑 가운데
에 초현문(招賢門)이 있고, 문의 서쪽에 동몽재(東蒙齋)가 있다. 문 동쪽의
시원한 건물 두 칸은 양정재(養正齋)이고, 그 서쪽의 따뜻한 건물 세 칸은
유학재(幼學齋)이다. 부엌과 창고는 동쪽 담장에 붙어 있다. 건물이 사면으
로 둘러싸고 있는데, 합하여 부르기를 연경서원이라 한다.9)

　특히 퇴계 이황은 '서이대용기후(書李大用記後)'에서 "나는 일찍이 <십서
원시(十書院詩)>를 지었는데, 연경서원이 그 중 하나다"라고 밝힌 적이 있
어 연경서원의 중요성을 잘 나타내고 있다.


## 8. 연경서원 옛 터에 대한 장소적 고찰10)

　연경서원 복원을 위해서는 장소적 고증이 반드시 필요한 부분이다. 현
재까지 서원이 있었던 위치에 대해 참고할만한 자료로는 정묘년(1567년)에
매암 이숙량이 작성한 <연경서원기>의 기록과 18세기 중엽에 발간된
<해동지도> 등이 있으나 고지도의 경우 축척이 일정치 않아 고증에는 한

---

9) 대구광역시(김규택·박대현 편역)(1997), 『대구읍지』, 신흥인쇄소, 31-32쪽.
10) 연경서원 장소 고증은 이숙량의 <연경서원기>와 18세기 중엽에 발간된 '해동지도'를 토
　　대로 하였으며, 현장 답사에서 연경동 주민과의 인터뷰 내용을 보완하여 분석했다.

계가 있다. 또한 연경서원의 규모와 건물 배치 등에 대한 기록도 <연경서
원기>에 비교적 상세하게 나타나 있어 연경서원 복원을 위해서는 본 기
록을 참고할 필요가 있다. 본 글에서는 실질적인 발굴 이전의 사전조사로
<연경서원기>에 나타난 지리적 특성을 지형도에 대비시켜 연경서원의
장소적 고증을 시도해보았다.

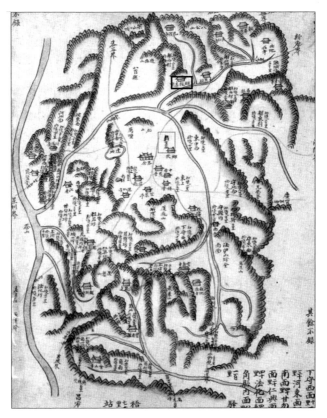

<그림 13> 18세기 중엽 제작된 해동지도 대구부(□ 안은 연경서원)

1) 매암 이숙량의 <연경서원기>에 제시된 연경서원 장소 고증에 필요

한 자료는 다음과 같다.

(1) 연경서원은 대구부에서 약 20여 리 떨어진 팔공산 기슭에 위치한다.
(2) 연경서원 터 윗마을은 지묘동이고, 아랫마을은 무태이다.
(3) 연경서원이 들어서기 전에는 풀이 우거진 들판이다.
(4) 연경서원 아래로 맑은 시냇물 한 줄기가 남쪽으로 흐르며, 산을 따
    라 굽이져 흘러 10리 채 못돼 금호강으로 합류한다.
(5) 연경서원에서 상류로 2리쯤 되는 곳에 왕산이 위치한다.
(6) 연경서원 남쪽의 풍경은 층층이 늘어선 산줄기와 봉우리들이 용이
    나는 듯, 봉황이 춤을 추는 듯 어지럽게 꿈틀거리고 뒤섞여진 형상
    을 보인다.
(7) 서원 북쪽은 성도산으로 산봉우리가 나지막하고 골짜기가 고요하며
    흰 돌과 푸른 솔이 숨었다 나타났다 하며 서쪽으로 이어지다가 문득
    화암에 다다르며, 화암은 큰 바위로 천 길이나 깎아지른 듯한 형상
    으로 서원의 서쪽에 위치한다.
(8) 화암 아래에는 맑고 깊은 푸른 못이 있어 많은 물고기가 보이는데,
    연경서원에서 이곳을 내려다 볼 수 있다.
(9) 연경서원의 규모가 약 40여 칸으로 이루어져 있어 비교적 규모가 커,
    일정 규모의 평지가 있는 장소로 판단된다.
(10) 화암으로부터 북동쪽 산기슭에 위치하는 것으로 판단된다.

## 2) 장소고증을 위한 자료 분석

상기에 제시된 자료들을 토대로 연경서원 장소 고증에 대한 분석을 하
고자 한다. 우선 개략적인 위치는 북구 연경동과 동구 지묘동의 경계부에
위치하는 화암의 북동편으로 현재 '서원연경'이라는 자연마을이 여기에
해당한다. 좀 더 구체적으로 접근하자면, (3)항의 들판이라는 지형적 특성,
(4)항의 서원 아래 동화천이 굽이져 흐르는 모습, (8)항의 서원에서 화암

하식애 아래 소(沼)를 내려다볼 수 있는 위치적 특성, (9)항의 비교적 규모
가 큰 서원이 들어설 정도의 평지 등의 조건을 동시에 만족하는 지형적
특성을 가지는 곳이어야 한다. 그런데 (3)항의 서원 위치가 들판이 될 경
우 (8)항의 화암 아래 소에 노니는 물고기를 볼 수가 없어 지형적으로 상
반되는 결과를 나타낸다. 따라서 (3)항의 들판이라는 개념은 연경서원 주
변 일대를 포괄적으로 언급한 것으로 판단된다. 그러나 연경서원이 위치
하는 곳은 들판 중에서도 산자락에 이어지는 낮은 언덕배기에 위치했을
것으로 추정이 된다. 물론 16세기의 지형을 20세기 이후 많은 인위적 변
화를 받아온 현재의 지형만으로서 설명하는 것이 쉬운 일은 아닐 것이다.
따라서 보다 합리적인 관점에서 접근하기 위해 근대화 이전의 지형도인
일제강점기 당시 연경동 일대의 지형도를 참고로 하였다. <그림 14-1>은
일제강점기 당시 조선총독부가 제작한 지형도로 위에서 언급한 연경서원
의 지형적 특성을 보이는 장소를 표시한 것이다. 즉 표시된 장소는 기 언
급된 연경서원의 장소적 지형 특성을 가지는 곳으로 볼 수 있다. 물론 정
확한 고증을 위해서는 발굴이 필요하다.

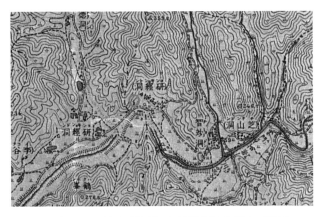

<그림 14-1> 연경서원 옛 터 추정장소(1918년 지형도)

<그림 14-2> 연경서원 옛 터 추정장소(네이버 위성사진)

## 9. 맺음말

대구에서 최초로 설립된 서원인 연경서원이 대구지역 학문의 토대 구축은 물론 학문적 깊이를 더해 주었음은 주지의 사실이다. 그러나 지금까지 우리는 연경서원의 복원계획은 고사하고 연경서원의 장소조차도 알 수 없을 만큼 무관심해 온 것 또한 사실이다. 이것은 교육도시, 학자지향을 표방하는 대구의 위상과는 전혀 어울리지 않는 행태라 판단된다. 본 글에서는 연경서원의 장소적 고증을 통해 향후 연경서원 복원을 위한 기초자료를 마련하고자 하였다. 아울러 연경서원을 중심으로 대구 선비들의 학문적 소양을 풍성하게 해 준 팔공산 일대의 지리적 환경을 파악해보고 다음과 같이 요약할 수 있었다. 첫째, 팔공산의 수려하고도 다양한 풍광은 대구지역의 학문적 소양과 깊이를 더해주는데 큰 기여를 한 것으로 판단된다. 둘째, 1567년 매암 이숙량의 <연경서원기>에 나타난 내용들을 토대로 연경서원의 옛 터에 대한 장소적 고증을 시도해 보았다. 본 글에서 밝혀진 성과는 향후 지표조사 발굴과정에서 보완될 수 있다면 연경서원 장소 고증에 효율적으로 활용될 수 있을 것이다.

셋째, 연경서원의 복원은 교육도시를 표방하는 대구의 위상을 위해서라도 반드시 추진되어야 한다. 이것은 대구의 정체성 확보와 지역민들의 자긍심 고취를 위해 반드시 필요한 일이다. 아울러 대구 4차 순환도로 공사와 연경동 택지개발 공사로 심각하게 훼손되어가고 있는 동화천 변 일대의 수려한 풍광들에 대한 복원과 지속적인 보존을 위한 방안이 마련되어야 할 것이다.

## 참고문헌

### 1. 연구논저

국립대구박물관, 『대구 오천년』, 통천문화사, 2001.

대구광역시(김규택·박대현 편역), 『대구읍지』, 신흥인쇄소, 1997.

대구광역시, 『2014 팔공산자연공원 자연자원조사』, 2015.

대구광역시 남구문화원, 『팔공산 가는 길』, 평화당출판사, 2016.

대구시, 『달구벌』, 경북인쇄소, 1977.

대구시사편찬위원회, 대구시사, 제1권, 대구경북인쇄공업협동조합, 1995.

대구직할시·경북대학교, 『팔공산-팔공산사적지표조사보고서』, 삼정인쇄소, 1987.

대구직할시·경북대학교, 『팔공산 속집』, 명인문화사, 1991.

매일신문사 특별취재팀, 『팔공산하』, 매일신문사, 2006.

이찬, 『한국의 고지도』, 범우사, 1991.

전영권, 『이야기와 함께하는 전영권의 대구지리』, 도서출판 신일, 2003.

전영권, 「대구의 문화생태환경 복원과 활용방안」, 『한국지역지리학회지』 14-3, 한국지역지리 학회, 2008.

전영권, 「대구 팔공산의 지형자원」, 『한국지형학회지』 18-4, 한국지형학회, 2011.

전영권, 「대구 팔공산의 가치와 활용방안」, 『한국지형학회지』 19-2, 한국지형학회, 2012.

전영권, 「팔공산의 지리적 환경과 연경서원」, 『퇴계학논집』 11, 영남퇴계학연구원, 2012.

전영권, 『살고 싶은 그곳, 흥미로운 대구여행』, ㈜푸른길, 2014.

전영권, 『이야기로 풀어보는 대구지명유래(2)-북구·동구 편-, 도서출판 신일, 2018.

팔공산문화포럼 부설 팔공산문화연구원, 『중악, 팔공산을 말한다』, 도서출판 학이사, 2016.

황보규태, 『팔공산영고』, 태양인쇄소, 2000.

# 호국의 성지, 팔공산

박 규 홍 |(사)대학정책연구소 이사장

## 1. 머리말

3·1운동과 임시정부수립 100주년을 맞았다. 1875년 군함 운요호로 강화해협에 불법침입하여 무력을 과시한 일제는 이듬해 불공정 한일수호조규를 체결한 뒤, 명성황후를 시해하는 등 천인공노할 폭력도 서슴지 않다가 1910년에 기어이 우리의 국권을 강탈했다. 일제강점기 36년 동안 자행된 만행의 후유증은 광복 70여 년이 지난 지금까지도 한국사회의 고통이자 한일갈등의 뇌관이 되고 있다. 후유증도 잘 치유되어야겠지만, 또 다른 불행이 일어나는 일도 없어야 할 것이다.

제2차 세계대전 패전국 일본은 항복 이듬해인 1946년에 미국의 주도로 만들어진 이른바 '평화헌법'을 공포하는데, 그 헌법의 제9조에는 '군사력 보유 금지, 국가 교전권 불인정' 등의 내용이 담겨 있다. 일본은 국력을 회복하면서 UN헌장 제51조의 <집단적 자위권>에 기대어 평화헌법의 안전장치를 해체하려는 노력을 집요하게 경주해왔다. 실제 2016년 3월 집단적 자위권 행사를 가능하게 하는 안보법이 시행되면서 평화헌법은 사실상 무력화되었지만, 일본은 여기에 만족하지 않고 '전쟁할 수 있는 나라'로의 헌법개정을 계속 추진하고 있다. 한국 군함에 대한 일본 초계기 저공 위협비행이 예사롭게 보이지 않는 것도 이런 지속적인 움직임 때문이다.

일본이 군사력을 증강하는 한편으로 중국도 계속 팽창하여 미·중 대립이 격화하는 모양새다. 북한 비핵화 문제를 논의하는 북미회담의 결과도 아직은 가늠하기가 어렵다. 동북아의 안보환경이 심하게 요동치는 지금, 역사의 교훈을 통해 전쟁을 피하고 우리의 주권을 더욱 공고히 하는 길을 살펴보는 것도 의미 있는 일이 될 것이다. 팔공산에는 이런 생각을 도울 여러 유적지가 있다.

팔공산은 대구광역시 중심부에서 북동쪽으로 약 20㎞ 떨어진 지점에 자리한 이 지역의 진산으로, 대산(大山) 이상정(李象靖. 1711-1781)은 그가 남긴 「남유록(南遊錄)」에서 팔공산은 "영남 지역의 벼리(嶺之南紀)"라고 표현하기도 했다. 이 팔공산에는 국가를 지키는 힘이 어디에서 비롯하는가를 말해주는 여러 역사의 자취가 남아 있다. 본고에서는 그 자취를 따라 이 시대의 호국에 대해 몇 가지를 생각해보고자 한다.

수많은 호국의 영령들이 잠들어 있는 팔공산의 이름 모를 꽃 한 송이에도 긴 이야기가 필요한 그들의 넋이 깃들어 있으리라 믿지만, 본고에서는 우선 호국의 의미가 특별한 몇몇 곳만 살피도록 한다.


## 2. 중악 석굴

팔공산에 감도는 호국정신을 이야기하자면 먼저 김유신(金庾信, 595-673)을 떠올리지 않을 수 없다. 『삼국사기』에는 김유신이 17세 때에 "고구려·백제·말갈이 국경을 침범하는 것을 보고 의분에 넘쳐 침략한 적을 평정할 뜻을 품고 홀로 중악 석굴에 들어가 재계하고 하늘에 고하여 맹세하였다."[1]고 기록되어 있다. 대한불교조계종 제10교구 본사인 경상북도 영천시 소재의 은해사(銀海寺)와 그 말사인 백흥암(白興庵)을 거쳐 팔공산 정상을 향해 올라가면 돌구멍(돌구무)절이라고도 불리는 중암암(中巖庵)을 만나게 된다. 이 절 뒤에 장군굴이라는 천연의 석굴이 있는데, 이것이 곧 그 '중악 석굴'이다.[2]

중암암은 팔공산 천왕봉(1192m)에서 동쪽으로 뻗은 종주능선이 느패재를 지나 늑패산에서 동쪽으로 갈라져 인종대왕 태실봉으로 이어지는 중간에 위치한 제비집처럼 얹혀있는 작은 암자로 834년에 심지왕사(心地王師)가 창건했으며, 1823년에 태여사(太如師)가 중수했다고 전한다. 이 암자 뒤에 집채만한 거대한 화강암 덩이가 층을 이뤄 만들어진 석굴이 동서로 길게 뚫려있다. 김유신이 수도처로 삼았던 이 중악 석굴에서 나와 북쪽으로 조금 내려가면 김유신이 마셨다는 장군수(將軍水) 약수터도 나온다.[3]

김유신이 이곳 석굴에서 어떤 수련의 과정을 거쳤는지 자세히 알 길은

---

1) 『三國史記』卷41, 「列傳」第一, <金庾信>, "公年十七歲, 見高句麗百濟靺鞨, 侵軼國疆, 慷慨有平寇賊之志, 獨行入中嶽石窟, 齋戒告天盟誓"(李丙燾 校勘(1983(4판)), 原文 『三國史記』, 을유문화사, 394쪽)

2) 1969년 신라삼산학술조사단(新羅三山學術調査團)은 경주 단석산(斷石山) 신선사(神仙寺)에 있는 석굴을 중악 석굴로 판단한 바 있으나, 본고에서는 홍종흠·조명래(2017)의 『팔공산, 그 깊은 역사와 경승의 향기』에서 밝힌 "단석산이 곧 중악이라는 설은 단석산의 암석 형상을 김유신 전설과 결부시킨 후대의 전승을 수록한 신증동국여지승람의 기록에서 비롯되었다. 따라서 삼국사기 김유신전의 중악석굴 기사는 중사오악(中祀五岳)이 전국으로 확대된 이후의 기록이며, 중악석굴은 팔공산 은해사 산내암자인 중암암 뒤의 석굴이 분명하다."는 주장에 좌단한다. 충청북도 진천군에도 장수굴이 있고, 이 굴 옆에는 마애불상이 조각된 큰 바위가 있다. 이곳 주민들은 '중악 석굴'이 바로 이 장수굴이라는 전래의 이야기를 굳게 믿고 있다. 진천은 김유신이 성장한 곳이기도 하다.(박규홍(2013), 『화랑유적지에서 리더십을 배우다』, 학이사, 74-76쪽)

3) 홍종흠·조명래(2017), 『팔공산, 그 깊은 역사와 경승의 향기』, 민속원, 344쪽.

없으나, 난승(難勝)을 만난 장면에서 그의 지극한 우국충정을 읽을 수 있다. 『삼국사기』에 의하면, 석굴에 머문 지 나흘이 되는 날 한 노인이 나타나 "이곳은 독충과 맹수가 많아 무서운 곳인데, 귀하게 생긴 소년이 여기에 와서 혼자 있음은 무엇 때문인가?"하고 묻는다. 그리고 자신의 이름이 난 승(難勝)이라고 밝힌다. 김유신은 '나라의 원수를 보니, 마음이 아프고 근심이 되어 여기 와서 만나는 바가 있기를 바란다'며 눈물로 방술을 간청하여 마침내 노인으로부터 비법을 전수받게 된다. "의롭지 못한 일에 쓴다면 도리어 재앙을 받을 것'이라는 당부를 남기고 떠난 노인은 2리쯤 걸어가다 갑자기 사라지고 산 위에 오색의 광채만 빛나는 신이함을 보인다.4) 이듬해에는 홀로 보검을 들고 열박산을 찾아 하늘에 기도하니, 사흘째 되는 날 허성(虛星)과 각성(角星)이 그의 보검에 감응을 했다고 한다.5)

나라의 안위에 대한 소년 김유신의 '간절한 염원'을 읽을 수 있는 대목이다. 김유신은 왜 이렇게 남다른 행동을 한 것인가? 김유신에 관한 많은 설화가 있는 것으로 봐서 삼국통일을 견인한 영웅을 하늘의 도움과 연결시키려는 결과론의 소산물인 이야기로 받아들일 수도 있겠다. 하지만 15세에 이미 열다섯 번째의 풍월주가 된 김유신이 17-18세 때 홀로 중악이나 열박산을 찾은 것은 분명 한 시대를 이끄는 지도자로서의 역할이나 사명감에 대한 자각이 있었기 때문이라 봐도 좋을 것이다.

---

4) 『三國史記』卷41, 「列傳」第一, <金庾信>, "居四日, 忽有一老人, 被褐而來, 曰此處多毒蟲猛獸, 可畏之地, 貴少年爰來獨處, 何也. 答曰, 長者從何許來, 尊名可得問乎. 老人曰, 吾無所住, 行止隨緣, 名則難勝也. 公聞之, 知非常人, 再拜進曰, 僕新羅人也. 見國之讐, 痛心疾首, 故來此, 冀有所遇耳, 伏乞長者憫我精誠, 授之方術. 老人默然無言. 公涕淚懇請不倦, 至于六七. 老人乃言曰, 子幼而有幷三國之心, 不亦壯乎. 乃授以秘法曰, 愼勿妄傳. 若用之不義, 反受其殃. 言訖而辭行二里許, 追而望之, 不見, 唯山上有光, 爛然若五色焉."(李丙燾 校勘(1983(4판)), 原文 『三國史記』, 을유문화사, 394쪽)

5) 『三國史記』卷41, 「列傳」第一, <金庾信>, "建福二十九年, 隣敵轉迫, 公愈激壯心, 獨携寶劍, 入咽薄山深壑之中, 燒香告天, 祈祝若在中嶽, 誓辭仍禱, 天官垂光, 降靈於寶劍, 三日夜, 虛角二星光芒赫然下垂, 劍若動搖然."(李丙燾 校勘(1983(4판)), 原文 『三國史記』, 을유문화사, 394쪽)

　지금의 우리는 김유신이 느꼈던 시대적 사명감이나 호국에 대한 의식이 전혀 불필요한 세상에 살고 있는 것인가? 그런 세상이 온다면야 마다할 이유가 없지만 급격한 변화를 겪고 있는 현재의 동북아 정세만 보더라도 아직 그런 세상과는 거리가 먼 것으로 보인다. 국가 간의 이해관계는 매우 복잡하게 얽혀 있고 변수 또한 다양하다. 어쩌면 지금의 우리 젊은이들은 삼국이 대립했던 시대보다 더한 호국정신, 사명감과 지혜를 발휘해야 할는지도 모른다.

　호국에 대한 강한 열망으로 중악 석굴을 찾았던 김유신이 난승의 가르침에 어떤 깨달음을 얻었는지 일일이 알 수는 없지만, 그가 전공 세우기에 급급하지 않았던 것은 분명해 보인다. 김유신이 전장에서 두각을 나타내기 시작한 것은 35세 때인 낭비성 전투에서였다. 629년 신라가 고구려의 낭비성을 공격할 때 이찬 임영리, 파진찬 김용춘과 그의 아들 춘추, 소판 김서현과 그의 아들 유신 등이 참전했다. 신라의 전세는 매우 불리했고, 군사들의 사기는 꺾여 있었다. 이때 중당(中幢)의 당주(幢主)였던 김유신은 그의 부친 서현에게 허락을 구한 뒤 곧장 적진으로 달려들어가 적장의 머리를 베어 들고 돌아왔다. 신라 군사들은 이 기세를 타서 공격하여 수천의 고려군을 죽이고 사로잡아 성을 함락했다.[6] 김유신의 '장수로서의 용맹함'보다 '리더로서의 판단과 결행'이 더욱 돋보인 전투였다.

　이후 김유신의 뛰어난 지도력을 도처에서 만날 수 있다. 김유신은 50세 때인 644년 소판이 되었고, 9월 가을에는 상장군이 되어 백제의 7성을 점

---

6)『三國史記』卷41,「列傳」第一, <金庾信>, "建福四十六年己丑秋八月, 王遣伊湌任永里 波珍湌龍春 白龍 蘇判大因 舒玄等, 率兵攻高句麗娘臂城, 麗人出兵逆擊之, 吾人失利, 死者衆多, 衆心折衄, 無復鬪心. 庾信時爲仲幢幢主, 進於父前, 脫冑而告曰, 我兵敗北, 吾平生以忠孝自期, 臨戰不可不勇, 蓋聞振領而裘正, 提綱而網張, 吾其爲綱領乎, 迺跨馬拔劍, 跳坑出入敵陣, 斬將軍, 提其首而來, 我軍見之, 乘勝奮擊, 斬殺五千餘級, 生擒一千人, 城中兇懼無敢抗, 皆出降."(李丙燾 校勘(1983(4판)), 原文『三國史記』, 을유문화사, 394쪽)

령하는 등 크게 활약했다. 이듬해 정월에 귀환하여 아직 왕을 접견하지 못했는데, 백제 대군이 매리포성(거창)을 공격한다는 급보에 유신은 그곳을 방어하라는 왕명을 받고 처자식을 볼 겨를도 없이 곧장 출정하여 백제군 2천 명을 베었다. 3월에 서라벌에 돌아와 역시 미처 집에 들르기도 전에 왕명으로 다시 국경으로 달려가게 된다. 유신은 집앞을 지나면서 밖에서 기다리던 가족들을 돌아보지도 않고 행군했다. 이때 잠시 멈춘 그가 말 위에서 집에서 가져온 물 한 모금을 마시고 '물맛이 변함이 없다'고 한마디 한다. 잘 알려진 이야기인데, 주목되는 것은 병사들의 반응이다. 그들은 "대장군이 이와 같은데 우리들 무리가 어찌 골육과의 이별을 한탄하겠는가."라고 입을 모았다.[7] 가족들을 살필 겨를 없이 전장으로 향하는 부하들과 똑같이 가족들을 지나치는 김유신에게 무한 신뢰를 보내고 있는 것이다. 김유신의 의도된 '보여주기'였다 할지라도 병사들의 마음을 읽어내는 것 또한 지휘관의 능력인 것이다. 잠시 쉴 틈도 없이 다시 대군을 몰아 전투를 해야했던 김유신은 그들과 고락을 함께 할 줄 알았다. 그것이 승리로 가는 지름길이었고 거느린 장병들의 희생을 줄이는 비결이었다.

　김유신과 같은 리더의 자세는 삼국통일을 여는 중요한 열쇠가 되었다. 660년의 황산벌이 그것을 확연히 입증했다. 사비성을 향하던 신라의 5만 정예는 황산벌에서 죽음을 각오한 계백의 5천 결사대에 가로막혔다. 돌파구가 절실했던 신라군 지휘부는 자신들의 가장 소중한 혈육을 제물로 삼

---

7) 『三國史記』卷41, 「列傳」第一, <金庾信>, "十三年爲蘇判, 秋九月, 王命爲上將軍, 使領兵伐百濟加兮城 省熱城 同火城等七城, 大克之, 因開加兮之津, 乙丑[當作巳]正月歸, 未見王, 封人急報百濟大軍來攻我買利浦城, 王又拜庾信爲上州將軍令拒之, 庾信聞命卽駕, 不見妻子, 逆擊百濟軍走之, 斬首二千級, 三月, 還命王宮, 未歸家, 又急告百濟兵出屯于其國界, 將大擧兵侵我, 王復告庾信曰, 請公不憚勞遄行, 及其未至備之, 庾信又不入家, 練軍繕兵向西行, 于時其家人皆出門外待來, 庾信過門, 不顧而行, 至五十步許駐馬, 令取漿水於宅, 啜之曰, 吾家之水尙有舊味, 於是軍衆皆云, 大將軍猶如此, 我輩豈以離別骨肉爲恨乎"(李丙燾 校勘(1983(4판)), 原文 『三國史記』, 을유문화사, 396쪽)

는다. 관창에 앞서 희생한 젊은이는 반굴이었다. 반굴은 김유신의 아우 흠순의 아들이자 유신 자신의 사위로 영윤(令胤)이라는 어린 아들을 둔 '젊은 아빠'였다. 『삼국사기』 신라본기 태종무열왕조에는 당시의 상황에 대해 "전세가 불리하여 사졸들은 힘이 다하게 되었다. 이때 장군 흠순이 그 아들 반굴에게 이르기를 '남의 신하가 되어서는 충성을 다하여야 하고, 남의 아들이 되어서는 효도를 다해야 한다. 위급한 일을 보고 목숨을 내놓는 것은 충성과 효도를 다하는 일이다.'고 하매, 반굴은 '삼가 명을 듣겠습니다.'하고 적진으로 뛰어들어가 힘써 싸우다가 죽었다."[8]고 기록하고 있다. 그 다음에 우리가 익히 알고 있는 관창이 적진으로 몸을 날렸다. 관창은 좌장군 품일의 아들이었다.

　제19세 풍월주를 지낸 흠순은 제12세 풍월주였던 보리공의 두 딸 보단과 이단을 차례로 아내로 맞아 보단에게서 일곱 아들, 이단에게서 세 딸과 두 아들을 얻었는데, 『화랑세기』에서 "두 낭주 및 자녀들과 노는 것이 마치 어린아이와 같아 그가 삼한의 영걸인 줄 누가 알겠는가? 전쟁에 임하면 초목이 모두 떨고 집안에서는 닭과 개가 모두 업신여긴다고 한 것은 공을 두고 한 말"[9]이라 적었을 정도로 처자(妻子)를 끔찍이 사랑했다. 그런 흠순이 삼남 반굴을 사지로 몰아넣은 것이다. 삼국통일을 이끈 신라의 지도자들은 냉혹하게도 자신들의 소중한 것을 주저없이 희생했다. '신라형 노블레스 오블리주'라 할 만한 지도층의 책임감과 희생이 삼국통일을 이룬 주요한 동력이 되었던 것이다.

　계백 결사대의 강력한 저항에 지체했던 신라군이 당나라와의 약속 날

---

8) 『三國史記』 卷5, 「新羅本紀」 第五, <太宗武烈王>, "庚信等 進軍於黃山之原, 百濟將軍堦[列傳作階]伯擁兵而至, 先據嶮設三營以待, 庚信等分軍爲三道, 四戰不利, 士卒力竭, 將軍欽純謂子盤屈曰, 爲臣莫若忠, 爲子莫若孝, 見危致命, 忠孝兩全. 盤屈曰, 謹聞命矣. 乃入陣, 力戰死."(李丙燾 校勘)(1983(4판)), 原文 『三國史記』, 을유문화사, 54쪽)
9) 김대문 저, 이종욱 역주(2009(3쇄)), 『대역 화랑세기』, 소나무, 271쪽.

짜를 지키지 못하였다. 당나라의 총사령관 소정방은 신라군이 기일을 어겼다는 죄를 물어 신라독군(新羅督軍) 김문영(金文穎)을 참하겠다고 나섰다. 이에 김유신이 노기충천하여 ˮ대장군이 황산벌의 싸움을 보지 못하고 다만 기일을 어긴 것으로 죄를 주려하니, 기필코 먼저 당군과 결전한 뒤에 백제를 격파하겠다.“고 소리치자 기세에 압도된 소정방이 물러서지 않을 수가 없었다. 김유신이 삼국통일을 견인했던 과정은 신라의 지도자들이 무엇을 취하고 무엇을 버리는가를 보여준 과정이기도 했다.

역사를 읽는 데에는 다양한 시각이 있을 수 있다.『조선상고사』의 저자 단채 신채호 선생은 '신라의 음모'를 지적하며, 김유신에 대해 "지용이 있는 명장이 아니요, 음험하기가 사나운 독수리 같았던 정치가이며, 그 평생의 공이 전장에 있지 않고 음모로 이웃 나라를 어지럽힌 자"라고 혹평했다. 이웃 일제에 의해 망국의 한을 뼈저리게 느꼈던 신채호 선생의 시대 정신이 묻어나는 평가라고 하겠다.[10] 하지만 김유신에게 어떤 평가를 내리더라도 그가 보여준 엄정한 공사 구분의 태도, 리더로서의 절제와 희생으로 점철된 삶까지 부인하기는 어렵다. 고구려·백제·말갈의 침범에 의분을 느껴 중악 석굴에서 삼한의 병합을 서원하던 한 젊은이가 종내에는 신라를 통일의 주역으로 이끌었다. 그가 수련처로 삼았던 땅에서 분단 현실을 사는 우리에게 필요한 호국의 지혜를 생각해보는 것이 전혀 무의미한 일은 아닐 것이다.

---

10) 박규홍(2013),『화랑유적지에서 리더십을 배우다』, 학이사, 59쪽.

## 3. 동수전투와 일인석

팔공산은 고려 태조 왕건(877-943)이 후삼국 통일로 가는 길목에서 만난 커다란 고비의 땅이기도 했다. 왕건이 고려를 연 지 10년째 되던 927년, 팔공산은 왕건과 후백제 견훤의 처절한 격전지로 변한다. 이른바 동수(桐藪)전투 혹은 공산전투의 전장이 된 것이다. 반야월, 무태, 안심 등 대구의 여러 지명이 이 전투로 인해 붙여진 것으로 전할 정도로 공방이 치열했다.

널리 알려진 바와 같이 이 전투의 결과는 태조 왕건(재위 918-943년)의 참패였다. 그가 세운 고려가 10년만에 운수를 다해 사라질 운명이 되었을지도 모를 참담한 패배요, 왕건 자신으로서는 죽음의 그림자가 코끝까지 다가왔던 위기의 시간이었다. 신하들의 희생으로 간신히 살아난 왕건은 긴 도주의 고통을 겪고서야 사지를 벗어날 수 있었다. 그 도주의 길목에서 잠시 머물렀던 곳이 '일인석(一人石)'이다.

팔공산 동화사의 한 부속암자인 염불암(念佛庵) 위쪽에는 '일인석'이라 불리는 바위가 있다. 『대구읍지』에는 "대구부의 북쪽 팔공산에서 견훤의 난리로 인해, 고려 태조 왕건이 단신으로 적병을 피해 푸른 숲에 숨었다가 염불암으로 가게 되었다. 암자에 '선돌'이 있어 그 위에 앉았더니, 암자의 고승이 나와 '이 돌은 일인석이거늘 누가 와서 앉았는가?'하고 물었다. 태조가 말하기를 '나의 군사가 패해 이곳에 왔다.'라고 하니, 고승이 맞아들이면서 돌아갈 길을 알려 주었다. 그 일이 있은 후 이 바위를 '일인석'이라고 칭했다."라는 기록이 있다.[11]

우리는 1천여 년 전 이 일인석에 앉았던 역사의 주인공을 생각하며 한 나라의 명운에 관한 여러 가지 질문을 던져볼 수 있다. 만약 왕건이 동수

---

11) 네이버 지식백과(한국지명유래집 경상편 지명, 2011. 12.)

전투에서 목숨을 잃었다면, 고려의 500년 역사가 가능하였을까? 신숭겸과 김락 두 장수가 전사하기 전 가장 소중하게 여겼던 것은 과연 무엇이었을까? 팔공산에서 죽음의 문턱까지 갔던 왕건이 후삼국시대 최후의 승자가 될 수 있었던 힘은 어디에서 비롯한 것일까? 국가의 흥망에는 그럴 만한 까닭이 있는 것이고, 여기서 일인석이라는 역사의 현장을 통해 주목하고자 하는 바도 바로 그것이다.

후삼국시대 당시 여러 호족들 중에서 후백제의 견훤과 고려의 왕건이 양대세력으로 성장했다. 927년 팔공산 동수전투에서 왕건을 상대로 대승을 거둔 견훤은 기세를 살려 낙동강을 건너 대목군(大木郡, 칠곡군 약목면)을 빼앗고 벽진군(碧珍郡, 경북 성주)을 침략했다. 견훤은 이후의 몇몇 국지전에서 계속 승리하자 그해 12월 왕건에게 '활을 평양의 다락 위에 걸고 내가 총애하는 말에 대동강 물을 먹이겠다'는 호기를 드러낸 국서를 보내기도 했다. 이듬해인 928년, 견훤은 대야성이 위치한 합천읍과 초계지역을 장악한 뒤 강주(康州, 진주)까지 차지하여 고려의 남해안 지역 해상활동까지 봉쇄했다.

이렇게 기세등등하던 후백제가 몰락의 나락으로 떨어지게 된 이유는 무엇인가? 다각도의 분석이 가능하겠지만, 견훤이 후삼국시대를 살던 백성들의 마음을 얻는 데 실패한 것은 분명해 보인다. 우선 경주 침입 양상에서부터 실패의 전조를 엿볼 수 있다. 견훤의 경주 입성 후에 일어난 군사들의 약탈, 음행, 경애왕의 자진(自盡) 등은 기록이 승자의 것임을 십분 감안하여 읽는다 하더라도 미래를 내다보는 지도자의 리더십에 의한 것이었다고 하기는 어렵다.

왕족 김부(金傅)를 신라왕으로 세우고, 동수전투에서 대승하면서 승승장구하던 견훤이 한풀 꺾인 것은 930년 고창(古昌, 지금의 경상북도 안동) 지역의 전투에서였다. 이때에도 왕건이 대군을 이끌고 참전했는데, 이 전투에서 안동 호족 장정필(張貞弼), 김선평(金宣平), 권행(權幸)의 도움을 받은 유검필(庾黔弼) 등의 무장이 대승을 거두었다. 안동의 호족들이 왕건을 도운 이유가 견훤의 패륜과 포악을 미워했기 때문이라고 한다. 이후 고려는 경상도 일대에서 후백제의 세력을 몰아내면서 934년 운주(運州)전투의 승리로 이북 30여 성을 차지하는 등 확실한 우위를 점하게 된다. 935년, 신라 경순왕이 귀부하기로 결정한 나라는 금성에 침입하여 무력을 과시했던 후백제가 아니라 고려였다.

설상가상으로 후백제의 몰락을 부채질한 것은 내분이었다. 견훤이 넷째 아들 금강(金剛)을 후계자로 정하자 신검(神劍), 용검(龍劍), 양검(良劍) 형제들이 견훤을 금산사(金山寺)에 유폐했다. 후백제는 고구려가 그러했던 것처럼 안으로부터 무너지는 길을 택한 것이다. 견훤은 사위 박영규(朴英規)의 도움을 받아 왕건에게 투항했다. 견훤을 상보(尙父)로 우대한 왕건은 견훤의 뜻에 따라 후백제 토벌에 나서 일리천(一利川, 지금의 선산)에서 신검을 굴복시킨다. 936년의 일이었다. 927년 팔공산 일인석에서 도주로를 고민하던 왕건이 9년 후 후삼국 통일대업을 이룬 최후 승자가 된 것이다. 외세를 빌지도 않은 자력의 통일이었다.

통일신라 말기 송악 일대에서 세력을 키운 호족 왕융·왕건 부자는 896년 임진강 일대를 중심으로 세력을 구축하던 궁예(弓裔, ?-918)에 귀부한다. 왕융을 금성 태수로 삼고, 약관의 왕건을 송악산 기슭의 발어참성(보리참성 혹은 밀떡성) 성주로 삼아 세력권을 넓히던 궁예는 901년 고려(후고구려)를 건국하고 국호를 마진(摩震), 태봉(泰封) 등으로 고치며 18년을 통치한다. 하지만 미륵관심법을 내세워 부인과 두 아들을 살해하는 등의 포악함을 드러내다 918년 왕건과 그를 따르는 홍유·신숭겸·배현경·복지겸 등이 일으킨 정변으로 왕위에서 쫓겨나 죽음을 맞는다.

『동사강목(東史綱目)』을 지은 조선 후기의 실학자 안정복(安鼎福, 1712-1791)

은 '찬탈자와 반역자를 엄하게 평할 것'을 역사가의 중요한 원칙으로 꼽
기도 했는데, 왕건 자신도 이 부분이 심리적인 약점이 되었을 법하다. 그
런 탓인지 왕건은 혼인을 통한 호족들과의 우호관계를 추구하는 노력
외에도 백성들을 위무하는 데 많은 힘을 쏟은 것으로 보인다. 왕건은 궁
궐이나 의복 등을 검소하게 하여 백성을 사랑하는 군주의 모범을 보이기
도 하고, 고구려의 진대법을 본떠 흑창(黑倉)을 설치해 빈민을 구제하는 사
업도 벌였다. 왕건은 죽기 전 개국공신인 박술희(?-945)를 불러 <훈요십조
(訓要十條)>를 남기는데, 여기에서도 '백성의 신망'을 잃지 말 것을 주문하
고 있다.

　『맹자』 '양혜왕장구 상'에서 맹자는 "만승의 나라에서 그 군주를 시해
할 사람은 천승을 가진 공경의 집안이요. 천승의 나라에서 그 군주를 시
해하는 이는 백승을 가진 대부의 집안이다. 만에서 천을 취하고, 천에서
백을 취하는 것이 많지 않은 것은 아니지만, 진실로 의리를 뒤로 미루고
이익만을 좇는다면 빼앗지 않고는 성에 차지 않을 것이다.(萬乘之國, 弑其君
子, 必千乘之家, 千乘之國, 弑其君子, 必百乘之家, 萬取焉, 千取百焉, 不爲不多矣, 苟爲後
義而先利. 不奪不饜.)"라고 했다. 역시 '양혜왕장구 상'에서 "의로운데도 자기
왕을 버린 사람은 없다(未有義而後其君子也)"고도 했다. 홍유·배현경·복지
겸과 함께 궁예를 몰아내고 왕건을 왕으로 추대했던 신숭겸은 왕건을 살
리기 위한 방법에 서슴없이 자신의 목숨을 내던졌다. 신숭겸은 주군 왕건
을 위해 목숨을 내놓음으로써 이전의 주군 궁예를 몰아낸 일이 '이익'을
추구해서가 아니라 '대의(大義)'를 위한 일이었음을 스스로 입증했다. 이것
은 또한 왕건이 궁예와는 달리 군신간의 의리를 소중히 했던 지도자였다
는 의미도 될 것이다.

　동수전투가 벌어진 927년에 태어난 최승로(崔承老, 927-989)는 12살 때
태조 왕건을 만나 논어를 줄줄 외는 총명함을 보였다. 최승로의 천재성에

감탄한 태조는 상을 내리고 그를 원봉성(元鳳省) 학생으로 보내어 영재교육을 받도록 했다. 최승로는 태조에서부터 6대 성종까지 섬기게 되는데, 성종에게 '시무 28조'를 올리면서 태조부터 경종에 이르는 다섯 임금에 대해 언급했다. 왕건에 대해서는 "어진 사람을 좋아하고 착한 일하기를 좋아했다. 자기 생각을 미루고 남의 생각을 존중하며, 공손하고 검소하며 예의를 지켰다. 모두 천성에서 우러난 것이다."고 적었다. 찬사가 불가피한 글이었다 하더라도 왕건이 그런 장점의 리더였던 것은 부인하기 어려워 보인다.

팔공산에서 고려 창건 이후 가장 큰 고비를 맞았던 왕건이 평소에 베풀었던 배려와 존중의 힘으로 사지에서 벗어났고, 고려 500년 왕업을 가능하게 했다고 해도 터무니없는 해석은 아닐 것이다.

## 4. 연경서원과 동화사 · 부인사

1592년에 발발한 임진왜란 7년 전쟁은 조선이란 나라의 생명력을 시험하는 가혹한 시련이었고, 한반도 전역에서 들불처럼 일어난 의병은 그 시험에 대한 응답이었다. 팔공산에서도 유림들이 모여 의병을 일으켰다.

팔공산 부인사를 거점으로 창의한 대구의병을 이끌었던 주축은 팔공산 자락에 자리한 연경서원(研經書院)에서 공부하던 유학자들이었다. 퇴계학 대구 전파의 교두보 구실을 했던 연경서원은 1563년 이숙량(李叔樑, 1519-1592)과 전경창(全慶昌, 1532-1585)이 건립을 추진하여 1565년에 완공한 대구 최초의 서원이었다. 동화천의 화암 옆이라서 처음엔 화암서원이라 했으나 뒤에 연경서원으로 부르게 되었다.

연경서원은 전쟁 중 소실되었지만, 이곳에서 강학을 펼쳤던 전경창, 정사철(鄭師哲, 1530-1593), 채응린(蔡應麟, 1529-1584)의 제자들은 대부분 의병장

이 되어 왜적들과 싸웠다. 임란 전에 이미 연경서원은 왜란 극복의 주요
한 공간으로 기능을 했던 셈이다. 서원 건립을 주도하고 화암서원의 기문
(記文)까지 썼던 이숙량은 1592년 임란이 일어나자 창의를 독려하는 격문
을 작성하고, 당년 74세의 고령임에도 진주성 전투에 참전하여 진중에서
타계했다. 이숙량의 제자 이간(李幹, 1576-1637)은 임진년 당시 불과 17세였
음에도 스승의 뜻을 좇아 영천성 전투에 참전하여 큰 공을 세우기도 했다.
서원 건립으로 촉진된 도학(道學) 공부가 국난을 당하자 창의(倡義)로 이어
졌으니, 당시의 서원 건립 움직임이 조선의 왜란 극복에 큰 도움이 되었
다고 하겠다.

대구의병 창의는 다른 지역에 비해 다소 늦었다. 대구의병의 첫 의병대
장이 되었던 서사원(徐思遠, 1550-1615)은 5월 28일 창의를 독촉하는 자인의
이승증(李承曾, 1515-1599)과 청도의 박경선(朴慶宣, 1561-1592)의 통문을 보고,
그날 일기에 "우리 고을이 큰 고을인데도 한 사람도 창의하지 못하였으니
개탄스럽고 부끄러워 견딜 수 없다."12)고 적었다. 임하 정사철(鄭師哲,
1530-1593)은 이 시기 임금의 교서를 읽고 뜨거운 눈물을 흘리며 창의를
서두른다. 그는 이미 63세의 노인으로 6월 1일 아들 정광천(鄭光天, 1553-
1594)을 팔공산으로 보내어 서사원(徐思遠, 1550-1615), 이주(李輈) 등과 창의
를 논의하게 한다. 대구유림들이 부인사에서 향회를 열어 대구의병을 결
성한 것은 7월 6일이었다.

이런 움직임과는 별개로 신속하게 의병을 일으켰던 선비들도 있었다.
해안현 지묘에 세거하던 최씨삼충은 왜적 침입 소식에 즉각 의병을 결성
했다. 한천(寒川) 최인(崔認, 1559-?), 태동(台洞) 최계(崔誡, 1567-1622) 형제와
이들의 조카 우락재(憂樂齋) 최동보(崔東輔, 1560-1625)가 그들이다. 최동보는

---

12) 서사원, 『樂齋日記』, 임진 5월 28일.

4월 16일 왜적이 울산에 이르렀다는 소식을 접하고, 19일에 고을 사람 70명을 모아 부대를 만들어 스스로 대송장군(大松將軍)이라 칭했다. 이들은 왜군이 대구에 진입한 이튿날인 4월 22일 반야월 지역에서 첫 전투를 벌이고 다음날 다시 삼구지역에서 접전을 벌였다. 이어 26일 금호강변의 화담(花潭)에서 왜적을 기습하여 총과 긴창 등을 탈취했다. 5월 4일에는 경산의 임당에서 접전을 하여 긴창 27자루, 총 32자루, 말 12마리를 획득하는 전과를 올리기도 했다.13) 행정(杏亭) 정여강(鄭汝康, 1541-1593)도 고을의 장정들을 모아 5월 7일 하빈지역에 들어와 약탈을 자행하는 왜적을 이천(伊川)에서 모조리 죽여 땅에 묻어 흔적을 없앴다. 그는 이후 여러 차례 매복전을 승리로 이끌고 7월에는 이천의 금호진(琴湖津)에서 큰 승리를 거두기도 했다.14)

창의하는 데 완급의 차이는 있어도 의식에 '진충보국(盡忠保國)'이 자리하고 있는 것은 조선의 선비였다면 모두가 마찬가지였다. 이들은 때때로 시로 자신들의 충정을 드러내기도 했는데, 곽재우(郭再祐, 1552-1617)와 교유가 많았던 서재겸(徐再謙, 1557-1617)의 시 한 수를 인용해보도록 한다. 곽재우에게 주는 시 <증곽형계수운(贈郭兄季綏韻)>인데, 계수(季綏)는 곽재우의 자(字)이다.

| | |
|---|---|
| 妖氣日滿海東天 | 요사스런 기운이 날로 해동의 하늘에 가득한데 |
| 忠義嶠南幾箇賢 | 교남에 충의로운 몇 사람의 어진 이 있네 |
| 巡遠城中同誓死 | 멀리 성을 순찰하는 중에 함께 죽음 맹세하니 |
| 孤誠一片玉樓懸 | 한 조각 외로운 마음 진실로 옥루에 걸려 있네15) |

---

13) 최동보, 『憂樂堂實記』, <倡義事實目錄>.
14) 구본욱(2014), 『대구유림의 임진란 의병활동』, 삼일사, 31쪽.
15) 서재겸, 『죽계일고』, 「詩, 銘」, <贈郭兄季綏韻>. ; 구본욱, 앞의 책, 128쪽에서 재인용.

이 한 수의 시로도 오직 호국 일념으로 함께 죽음 맹세하며 하나된 이들의 깊은 교감을 느낄 수 있다. 대구에서 의병을 이끈 모당(慕堂) 손처눌(孫處訥, 1553-1634), 연정(蓮亭) 류요신(柳堯臣, 1550-1618), 투암(投巖) 채몽연(蔡夢硯, 1561-1638), 죽계(竹溪) 서재겸(徐再謙, 1557-1617), 달서재(達西齋) 채선수(蔡先修, 1568-1634), 계암(溪巖) 구회신(具懷愼, 1564-1634), 파수(巴叟) 전계신(全繼信, 1562-1614) 등 유림들의 의병활동은 구본욱의 책『대구유림의 임진란 의병활동』(2014)에서 상당 부분 정리된 것으로 보인다.

대구의병의 창의 장소였던 부인사(夫人寺, 符仁寺)는 현재 대한불교조계종 제9교구 본사인 동화사의 한 말사이나, 신라와 고려 때에는 39개의 부속 암자를 관장하고 2천여 명의 승려가 수도했던 거찰이었다고 전한다.

고려 초조대장경(初彫大藏經)을 봉안했던 사찰이었다는 점이 당시 부인사의 위상이 어떠했던가를 말해주고 있다. 초조대장경은 거란(契丹)의 침입을 불력으로 물리치겠다며 1011년에 발원하여 1087년에 걸쳐 완성했던 대규모의 호국 역사(役事)였다. 그런 바람과 오랜 기간의 제작 노력도 헛되이 초조대장경은 1232년 몽고군의 방화로 소실되었다. 호국의 법력을 발휘해야 했을 초조대장경이 한줌 재가 되어버린 결과는 실망감을 안기기에 충분했다. 이규보(李奎報, 1168-1241)는 1237년 재조대장경을 발원하며 지은 대장각판군신기고문에서 '이에 부인사(符仁寺)에 소장된 대장경 판본도 또한 남김없이 태워버렸다. 아! 여러 해가 걸려서 이룬 공적이 하루아침에 재가 되어버렸으니, 나라의 큰 보배가 상실됐다.'고 탄식했다.[16]

고려의 호국 염원이 담긴 초조대장경이 부인사에서 몽고군의 방화에 의해 오유(烏有)로 돌아가는 안타까운 역사가 있었지만, 조선조에서 임진왜란을 겪으면서 부인사는 또다른 면모의 호국 사찰로 거듭나게 된다. 대구

---

16) 홍종흠·조명래(2017), 앞의 책, 50쪽.

의 유림들은 부인사에서 향회를 열어 대구의병을 결성하고, 부인사를 의병소로 삼아 여러 활동을 펼친다. 7월 8일에는 완성된 격문을 여러 사람이 베껴쓰는 작업을 하고, 7월 13일에는 면·리의 장을 차임하는 문서를 각 동네로 보낸다. 대구의병은 수성현 4개면, 해안현의 5개 면, 하빈현의 4개 면과 7개의 리, 모두 20개 지역에 향병장과 유사를 두는 조직으로 완성하게 되는데[17] 부인사가 그 지휘소 기능을 했다. 의병대장으로 처음에는 임하 정사철이 추대되는데, 노구의 그는 다리의 종기 때문에 임무 수행이 어렵다고 부인사로 통보해왔다. 7월 18일 10여 명의 면리장과 유사들은 동화사에서 긴급 회동하여 낙재 서사원을 추대했고, 서사원은 7월 24일 대구의병의 격문을 인근 지역에 돌려 창의를 알린다. 그리고 7월 30일 동화사로 가서 향병도목을 완성하고 향병입약을 재수정하였는데, 대구의병은 이즈음 조직적인 모양새를 갖추게 된다.[18]

　팔공산 동화사는 조계종 8대 총림의 하나다. 832년 심지대사가 중창할때 오동나무가 겨울에 상서롭게 꽃을 피웠다하여 동수(桐藪)로 불렸고, 그 뒤 동사(桐寺) 또는 동화사(桐華寺)라 하였다.[19] 대구부사 윤현(尹睍, 1536-1597)은 왜의 침입 소식에 전 함창군수 박충후를 유진장(留鎭長)으로 삼아 방비를 서둘렀으나 부산성 함락 후 불과 1주일만인 4월 21일 대구성에 입성하자 일전을 벌일 엄두를 내지 못하고 군사를 이끌고 동화사로 들어온다. 대구부사가 동화사에 와 있다는 소문에 경산, 영천, 군위, 칠곡 등지의 백성들이 동화사 주위로 피난했다. 동화사는 한동안 대구부사의 임시 관아로 관민 공조의 본부가 되었다.

17) 구본욱(2015), 「대구유림의 임진란 창의와 팔공산 회맹」, 『朝鮮史硏究』 제24집, 47-49쪽.
18) 우인수(2015), 「대구지역 임란 의병의 성격과 선비정신」, 『2015년도 壬辰亂史學術大會, 제2차 大邱地域의 壬辰亂史硏究』, 壬辰亂精神文化宣揚會, 12-22쪽.
19) 홍종흠·조명래(2017), 앞의 책, 60쪽.

임진란 발발 초기부터 발군의 활약을 했던 사명당(四溟堂) 유정(惟政, 1544-1610)은 1595년 여름에 삼가의 악견산성, 성주의 용기산성을 축성한 뒤 겨울에 팔공산의 공산성 수축에 착수했다.[20] 사명대사의 인장(印章)인 '영남도총섭인(嶺南都總攝印)'과 승군을 지휘할 때 불었던 소라나팔과 비사리 구시(나무로 만든 밥통) 등이 현재 동화사 성보박물관에 남아있어 동화사와의 인연을 말해주고 있다. 동화사 봉서루에 걸려 있는 '영남치영아문(嶺南緇營牙門)'이라는 편액은 동화사가 영남승병의 지휘소였다는 사실을 입증해주고 있다. 사명대사의 동화사 체류 시기는 분명하지 않는데, 『사명당대사집』에 <동화사 상방에서 야반의 종소리를 듣고(桐華寺上房聞分夜鐘)>라는 다음의 시 1수가 전하고 있다.

| | |
|---|---|
| 中虛外厚形圓直 | 속은 비고 밖은 후한 둥글고 곧은 모양 |
| 隨扣而鳴歲月深 | 하고 많은 세월 속에 치는 대로 울어줬네 |
| 夢裏初驚聞虎嘯 | 꿈속에선 범이 으르렁거리나 놀랐고 |
| 醒時更覺聽龍吟 | 깨어나선 용이 신음하는 줄 알았다오. |
| 曾爲靈隱黃昏響 | 영은에서 황혼에 울리던 그 음향이요 |
| 又作寒山半夜音 | 한산에서 야반에 울리던 그 소리로세. |
| 幾度令人發深省 | 몇 번이나 사람을 깊이 깨닫게 하였을까 |
| 至今風颭振幽林 | 지금도 바람에 날려 그윽한 숲 진동하네.[21] |

동화사는 근대에 와서 항일투쟁의 본부가 되기도 했다. 1908년에는 산남의진 영천 서부지역 책임을 맡았던 우재룡(禹在龍, 1884-1955)이 동화사를 본부로 하여 팔공산 일대에서 유격전을 펼쳤다.[22] 1919년 3월 28일에는

20) 조영록(2010(2쇄)), 『사명당평전』, 한길사, 694쪽.
21) 사명 유정, 이상현 옮김(2014), 『사명당대사집』, 동국대학교출판부, 117쪽.
22) 정만진(2018), 『대구독립운동유적 100곳 답사여행』, 독립운동정신계승사업회, 국토, 30-31쪽.

동화사의 학림 학생들이 동화사 심검당에 모여 만세운동 동참을 결의하고, 3월 30일 대구 덕산정시장에서 독립만세운동을 주도하기도 했다.[23]

예나 지금이나 전쟁은 삶을 처참하게 파괴한다. 전란을 읊고 기록한 여러 시문(詩文)을 통해 그 참상의 일단을 읽을 수 있다. 다음은 임란 종식 후 동래부사로 부임한 이안눌(李安訥, 1571-1637)의 시 <동래사월십오일(東萊四月十五日)> 한 토막이다.

| | |
|---|---|
| 投身積屍底 | 몸을 날려 시체로 쌓일 적에, |
| 千百遺一二 | 천 명, 백 명 중 한둘만 남았더라오. |
| 所以逢是日 | 이런 까닭에 이 날을 맞이하면 |
| 設奠哭其死 | 제사를 차리고 죽음을 서러워하노라. |
| 父或哭其子 | 아비는 아들을 위해 곡하기도 하고, |
| 子或哭其父 | 아들은 아비를 위해 곡하기도 한다오.[24] |

임진왜란이 일어나고 부산성에 이어 바로 함락된 동래 백성들의 원통함이 행간을 메우고 있다. 필설로도 형언하기 어려운 민초들의 비극이 시어(詩語) 저편에서 고통스런 울음으로 이어지는 듯하다. 이런 시문이 피해자인 우리의 것만 있는 것은 아니다. 침략자들도 여러 기록을 남겼다.

임진란보다 더 잔혹하게 조선 백성들을 학살했다고 하는 정유재란 때, 일본 규슈 우스끼[臼杵城]의 성주 오다 가즈요시[太田一吉]의 군의관으로 참전했던 안요지[安養寺]의 주지 케이넨[慶念]은 그 참혹상을 목격하고는 그의 일기에 "들도 산도 섬도 죄다 불태우고, 사람을 쳐 죽인다. 그리고 살아남은 사람은 쇠줄과 대나무 통으로 목을 묶어서 끌고 간다.", "조선 아이들

---

23) 정만진(2018), 앞의 책, 22-23쪽.
24) 조동일(1994), 『한국문학통사3』, 지식산업사, 34쪽에서 재인용.

은 잡아 묶고, 그 부모는 쳐 죽여 갈라놓는다.", "마치 지옥의 귀신이 공격해 오는 것 같다.", "성 안의 사람들은 남녀노소 할 것 없이 모두 죽여서 생포한 사람이 없다." 등으로 적고 있다.25) 가해자인 그들 자신의 눈으로 봐도 광란의 살육행위였던 것이다.

임란 때 도체찰사(都體察使)로 조선군 지휘를 주도했던 서애(西厓) 류성룡(柳成龍, 1542-1607)은 이런 불행이 다시는 반복되지 않기를 바라는 경계의 마음으로 자신의 경험을 『징비록(懲毖錄)』에 담았다. 하지만 못난 후손들은 300년 후 그냥의 전란이 아니라 국권을 빼앗기는 불행을 맞는다. 임진왜란 때에도 무능하거나 비열한 인물들이 없었던 것은 아니었으나, 호연한 기상으로 의병을 일으켜 왜적에 맞섰던 조선인들의 기운이 승했던 데 비해 300년 후에는 더욱 무능하거나 비열한 모리배들이 더 많이 영향력을 행사하는 자리에 앉아 국권을 팔아넘긴 것이다.

이미 임란 때 보였던 그 불행의 싹을 최현(崔晛, 1563-1640)은 가사 <용사음(龍蛇吟)>에서 '이빨 좋은 수령들은 백성을 씹고, 변방의 장수들은 군사들을 톱질해서 괴롭히기만 한다'고 읊었다. 이어서 '재화로 성을 쌓았으니 만장이나 되는 것을 누가 넘으며, 고혈로 해자를 팠으니 천 척이나 되는 것을 누가 건너겠느냐'는 반어로 분노를 표출했다.26) 오한(螯漢) 손기양(孫起陽, 1559-1617)은 무능한 관찰사가 주위의 모두를 위기로 몰아가는 데 대한 통분의 마음을 『공산지(公山誌)』에 담기도 했다. 무능하고 비겁한 관리에 의해 도의 물력을 다 고갈하면서까지 새로 제작한 무기가 팔잠에서 수성까지 길가에 버려지고, 군기고를 짓고 창고를 보수하여 안동 이북의 양식을 재촉하여 모은 1만여 섬의 군량미가 허망하게 왜적에 의해 약탈당

---

25) 이민웅(2012), 『이순신 평전』, 책문, 327쪽.
26) 조동일(1994), 앞의 책, 36쪽.

하고 불태워졌다고 울분을 토했다.[27]

　　팔공산 공산성에는 지금도 "세상에 이러한 책임을 맡아 후환을 경계하
는 자는 반드시 이 「공산지」를 보고 분개함이 있을 것이다.(世之任是責而慮
後患者, 其必有憤慨于此誌.)"[28]며 우리를 일깨우려는 오한 손기양의 절규와 같
은 목소리가 들리는 듯하다. 선인들의 무엇을 본받을 것이며 무엇을 교훈
으로 삼을 것인가? 팔공산이 지금의 우리에게 던지는 질문이다.


## 5. 다부동 일대

　　팔공산 자락에는 호국의 의미를 또 한번 되새기게 만드는 격전지가 있
다. 대구 북방 22km, 상주와 안동에서 대구로 통하는 두 개의 도로가 합
쳐지고 왜관에 이르는 지방도로가 시작되는 조그만 마을, 다부동이 그곳
이다. 한국전쟁의 수많은 격전지 중에서도 손꼽히는 이곳에서 짧은 생애
를 조국을 위해 바쳤던 수많은 무명 용사들의 명복을 빌며 거듭 호국의
의미를 생각하게 된다.

　　6·25전쟁 발발 후 대한민국 정부가 얼마나 황급했는지 임시 수도의 궤
적만으로도 짐작할 수 있다. 1950년 6월 25일 새벽 4시 북한이 기습공격
을 시작한 지 나흘째인 6월 28일 서울이 함락되었다. 바로 전날 대전을
임시 수도로 삼아 피난했던 정부는 7월 16일 다시 대구로 임시 수도를 옮
기고, 8월 18일에는 부산을 임시 수도로 하여 피난을 간다.

　　파죽지세로 남하한 북한군이 전선사령부를 수안보에 두고 제1군단과

---

27) 대구광역시 문화원연합회(2017), 『누각을 세우고 등불을 켜서』, 태일사, 60-70쪽.
28) 대구광역시 문화원연합회(2017), 앞의 책, 70-74쪽.

제2군단의 사령부를 각각 김천과 안동에 두었을 때, 김일성이 수안보까지 내려와 "8월 15일까지는 반드시 부산을 점령하라."고 한 것이 7월 20일이 었다고 한다. 북한군은 8월 1일 진주-김천-점촌-안동-영덕을 연결하는 아군의 방어선까지 진출했다. 개전 후 1개월 남짓한 기간에 낙동강전선 이남을 제외한 한반도 전역이 북한군의 손아귀에 들어간 것이다.

6월 25일 북한군 침입 소식에 당일 유엔안전보장이사회를 소집한 미국은 북한의 '침략행위'를 즉각 중지하기를 요청하는 결의문을 채택하고, 6월 27일 미국 대통령 트루만(Truman.H.S.)은 미국 해·공군에 한국군 지원을 명령했다. 6월 28일, 동경에 있던 미 극동군 사령관 맥아더(MacArthur. D. S.) 원수는 내한하여 전선을 시찰하고 미 국방성에 지상군 파견을 요청한다. 7월 7일, 안전보장이사회는 한반도에 유엔군 파견을 결정하고 미국에 최고 지휘관을 위임하는 결의를 채택하여 맥아더 장군이 유엔군 총사령관에 임명된다.

미국과 유엔의 신속한 대응으로 일본에 주둔하던 미 제24보병사단이 즉시 한국으로 이동했으나 만반의 준비를 갖추고 침공한 북한군을 막기에는 역부족이었다. 당시 상황의 긴박함은 낙동강전투가 시작되기 직전인 1950년 7월 29일 미 25사단을 방문한 미 8군사령관 월튼 워커(Walton Walker) 장군의 말에 잘 나타난다. 그는 "지금부터 더 이상의 철수, 후퇴는 있을 수 없다. 더 이상 물러설 곳도 없다. 각 부대는 역습으로 실지를 회복하고 그것을 고수하지 않으면 안 된다. 부산까지 후퇴한다는 것은 사상 최대의 살육을 의미하는 것으로 우리는 끝까지 싸워야 한다."고 했다. 워커 장군의 명령은 "버티느냐 아니면 죽느냐(Stand or Die!)란 말로 요약되어 미 언론에 보도되기도 했다.[29]

---

29) 김종순·전영권·홍원식·박규홍·조명래(2016), 『팔공산 가는 길』, 대구 남구문화원, 162-163쪽.

개전 2개월이 채 되지 않아 대한민국의 영토는 종심 130km의 낙동강 방어선 안으로 쪼그라들었다. 낙동강 저지선도 8월 초보다 더 후퇴한 것이었다. 다부동, 신령, 영천, 기계, 경주, 포항, 장사 등지의 전장 어느 곳으로도 뚫리면 국가가 붕괴될 절체절명의 위기에 직면한 것이다. 그 중에서도 제1사단이 방어선을 펼쳤던 다부동 일대가 가장 주목되는 요충지였다. 이곳이 무너지면 임시 수도인 대구가 바로 위험에 처하기 때문이다. 실제 8월 18일 팔공산 가산산성으로 침투한 북한군이 쏜 박격포탄이 대구역에 떨어졌다. 대구에는 위기감이 고조되고, 대전에서 대구로 옮겨왔던 피난정부는 이 날 임시 수도를 부산으로 옮겼다.

8월 초, 우리 제1사단과 대치한 북한군은 전차로 증강된 보병 2개 사단이었는데, 8월 13일부터는 보병 1개 사단이 증원되어 약 21,500명의 적군이 다부동 일대에 투입되었다. 아군은 불과 두어 시간에서 1주일 미만의 속성 훈련을 받은 학도병 500-600명을 포함하여 7,600명 규모였으니 병력 수만으로도 1/3에 불과한 열세였다. 제1사단장 백선엽 준장은 328고지-유학산-741고지(가산산성)을 연결하는 최후 방어선을 구상하고 제2군단에 건의했다. 어느 곳도 피차 양보할 수 없는 피아간의 요충지였다. 이 방어선에서 아군과 북한군은 8월 13일부터 24일 사이에 시체가 산을 이루고 피가 강을 이루는 혈전을 벌였다.

북한군 3사단에 맞서 아군 제1사단 제15연대가 벌인 328고지 전투에서 불과 2km 거리의 전장에 2천 구가 넘는 시신이 겹쳐져 있었다고 한다. 유학산 전투의 참혹함도 다르지 않았다. 8월 23일 국군이 유학산 주봉을 탈환하기까지 1천여 명의 아군이 희생되었다. 전사자 수도 경악할 일이지만, 전장의 참상 또한 형용하기가 어려울 정도로 참혹했다. 나뭇가지마다 걸려 있는 폭탄에 갈기갈기 찢긴 사지, 주검마다 새까맣게 달라붙은 파리와 들끓는 구더기, 썩은 시체에서 풍기는 악취 속에서 병사들은 시체의 진물과 피와 먼지로 뒤범벅된 손으로 파리떼가 달라붙은 주먹밥을 먹으며 싸워야 했다. 더욱이 한여름이라 불볕더위에 갈증의 고통이 더했고, 이글거리는 열기에 시신의 배가 풍선같이 부풀다가 펑하고 터져 병사들에게 또다른 공포가 되었다고 한다. 우리 병사들이 바로 지옥에서 싸운 것이다. 그리고 기어이 지켜내었다. 덕분에 9월의 인천상륙작전과 서울 수복이 가능했다.[30]

837고지 전투에 대한 증언에서 특히 두 가지 대목이 형언하기 어려운 슬픔과 감동을 자아낸다. 아군이 적진 아래의 칡넝쿨과 잡목이 뒤엉긴 절벽 중턱까지 기어오르면 어김없이 적의 수류탄이 굴러와 속수무책으로 목숨을 빼앗기는 전투가 매일 이어져 간밤에 보충된 70-80% 신병이 그렇게 희생되었다고 한다. 10여 차례 되풀이되는 돌격으로 유일한 접근로에 시체가 쌓이고 쌓여 선혈이 시내를 이룬 그 죽음의 절벽을 기어올랐던 병사들을 생각하면 가슴과 눈시울이 뜨거워지지 않을 수가 없다.

또 그 죽음의 절벽을 올랐던 비무장의 '지게부대'가 있었다. 837고지는 절벽을 기어오르는 아군 병사들이 전진하기 어려웠을 뿐 아니라 보급품 공급 또한 어려웠다. 허기와 갈증에 시달리는 병사들은 바위틈에 고인 핏물을 마셔야할 지경이었다. 이 병사들에게 보급품을 나르는 일, 그것이 곧 전투였다. 당시 보급품을 나르는 노무자들이 입었던 흰 바지저고리는 적에게 쉬운 사격의 표적이 되었다. 이 전투에 동원된 150여 명의 노무자들은 전투 초기 적의 총탄에 10여 명이 희생되자 잠시 주춤했다. 그러자 40-50대의 노무자들이 "우리가 싸우지 않으면 누가 합니까." 젊은 애들이 피를 흘리고 있는데 가만히 보고 있을 수 있겠습니까."라고 하며 60-70kg 무게의 보급품을 등에 지고 가파른 산길을 5-6시간이나 지고 올라가 일선

---

30) 대구직할시 · 경북대학교(1987), 『八公山』, 삼정인쇄소, 83-96쪽.

중대에 나눠주고 내려올 때는 부상병을 날랐다. 이들은 아무리 위급하고 적탄이 날아와도 서두르거나 당황하지 않았다고 한다.[31] 미군 밴 플리트 (James Alward Van Fleet) 장군은 "만일 그들이 없었다면 최소한 10만 명 정도의 미군 병력을 추가로 파병했어야 했을 것"이라고 그들의 공로를 인정했다.

병사들과 노무자들은 이 지옥의 전선에서 무엇을 생각했을까? 제15연대가 328고지의 혈전을 승리로 마무리한 뒤 한 학도병이 나지막히 시작한 전우가가 우렁찬 합창이 되어 팔공산에 메아리쳤다고 한다. 그들을 버티게 한 힘을 그 합창이 웅변해주고 있다. 합창 속에 자리한 고갱이는 지금도 여전히 필요한 호국의 요체이리라.

1981년에 설립된 다부동전적기념관에는 "자유는 공짜가 아니다(Freedom is not free.)"는 문구가 있다. 워싱턴 한국전 기념비에도 있는 이 문구는 지금 우리가 누리는 자유가 낙동강방어선의 피비린내 진동하는 전투에서 자신의 모든 것을 던졌던 용사들의 희생을 대가로 얻은 것임을 일깨운다. 한국전쟁 중 대한민국 육군사관학교 창설에 기여했던 밴 플리트 장군은 만 100세로 별세하기 2개월 전에 육사 생도들에게 보낸 편지에서 "자유를 사랑하는 국민은 그들의 '자유'를 수호할 의지를 가져야 합니다."라고 적었다. '자유'를 원한다면 마땅히 '자유를 수호할 의지'를 가져야 할 것이다. 그리고 역시 그 의지에 걸맞는 실천이 따라야 할 것이다.

한국전쟁 때 우리의 전쟁 상대국이었던 중국 지도자 마오쩌둥[毛澤東]의 아들이 참전하여 전사했듯이 당시 미8군 사령관 밴 플리트 장군의 아들도 공군으로 참전하여 1952년 4월 전사하였다 한다. 신라 지휘관의 아들들을 떠올리게 하는 이 시대의 이야기다.

---

31) 대구직할시 · 경북대학교(1987), 위의 책, 86쪽.

## 6. 맺음말

3·1운동과 임시정부수립 100주년을 즈음한 동북아의 정세가 심상치 않다. 북미협상이 아직은 오리무중인 한편으로 일본은 초계기 도발에 이어 우리 대법원의 '강제징용 배상판결'에 대한 불만을 노골적으로 토로하고 있다. 마치 내부의 문제를 외침으로 해결하려는 임진왜란 전의 분위기를 자아내고 있다고 하면 지나친 억측일까. 물론 이제는 그 어떤 부당한 위협도 우리에게 통하지 않을 것이지만, 경계의 마음가짐과 지혜로운 대응책 마련에는 소홀함이 없도록 해야 할 것이다. 그런 측면에서 호국의 성지 팔공산에서 선인들의 자취를 살핀 본고는 나름의 의미를 지닌다고 하겠다.

고구려·백제·말갈의 침범에 의분을 느껴 홀로 중악 석굴을 찾아 하늘에 서원했던 17세의 김유신은 후일 신라를 지켜내었을 뿐 아니라 삼국의 통일을 이끌었다. 김유신을 중심으로 한 신라의 지도층은 자신의 소중한 것을 먼저 희생하는 그들 방식의 노블레스 오블리주 정신을 발휘했다. 그것이 삼국통일의 주요한 동력이 되었음을 부인하기 어렵다. 작금의 어려움을 겪는 우리가 간과해서는 안 될 큰 무게의 메시지가 아닐 수 없다.

팔공산 동수전투에서 견훤에 대패하여 목숨이 경각의 위기에 처했던 고려 태조 왕건이 후삼국 통일의 최후 승자가 된 일련의 과정에서도 중요한 깨우침을 얻는다. 전투에서 참패한 태조 왕건이 도주하다 염불당 근처의 일인석에서 한숨을 돌리는데, 신숭겸과 김락의 신속한 결단과 희생이 없었더라면 그가 일인석에 앉는 일은 일어나지 않았을지도 모른다. 홍유·배현경·복지겸과 함께 궁예를 몰아냈던 신숭겸이 왕건을 위해 서슴없이 자신의 목숨을 던진 '임금과 신하의 의리' 이야기는 국가 구성원들의 어떤 관계가 필요한가를 말해주는, 시대를 초월한 웅변이다.

팔공산 자락에 설립된 연경서원은 대구 최초의 서원으로 이곳에서 강학했던 유림들은 임진왜란 때 대구의병 창의의 주역이 되었고, 팔공산에 자리한 동화사와 부인사는 의병과 승병 활동의 중요한 거점이 되었다. 팔공산은 7년의 왜란 동안 이곳에서 우리 민족이 겪었던 성공과 실패의 경험을 역사의 교훈으로 오롯이 간직하고 있고, 그 교훈은 지금도 여전히 유효하다.

한국전쟁의 여러 격전지 중에서도 손꼽히는 팔공산 자락의 다부동 일대에는 숱한 호국의 영령들이 잠들어 있다. 다부동전적기념관에 쓰인 "자유는 공짜가 아니다(Freedom is not free.)"는 문구가 말하듯, 대한민국은 수많은 젊은이들이 바친 목숨의 값비싼 대가로 지금의 자유를 누리고 있다. 한국 육군사관학교 창설에 기여했던 밴 플리트 장군의 언급처럼 "자유를 사랑하는 국민은 그들의 '자유'를 수호할 의지를 가져야" 한다.

일제의 망령이 준동하고 있는 이 시기에 팔공산은 분명하고도 준엄한 목소리로 호국의 힘이 어디에서 비롯하는지 말해주고 있다.

## 참고문헌

### 1. 기본자료

『樂齋日記』
『原文 三國史記』, 을유문화사, 1983.
『삼국유사』, 을유문화사, 2002(4쇄).
『憂樂堂實記』
『죽계일고』

### 2. 연구논저

구본욱, 『대구유림의 임진란 의병활동』, 삼일사, 2014.
구본욱, 「대구유림의 임진란 창의와 팔공산 회맹」, 『朝鮮史硏究』 제24집, 2015.
김대문 저, 이종욱 역주, 『대역 화랑세기』, 소나무, 2009(3쇄).
김중순·전영권·홍원식·박규홍·조명래, 『팔공산 가는 길』, 대구광역시 남구문화원, 2016.
대구직할시·경북대학교, 『八公山』, 삼정인쇄소, 1987.
대구광역시 문화원연합회, 『누각을 세우고 등불을 켜서』, 태일사, 2017.
박규홍, 『화랑유적지에서 리더십을 배우다』, 학이사, 2013.
사명 유정, 이상현 옮김, 『사명당대사집』, 동국대학교출판부, 2014.
우인수, 「대구지역 임란 의병의 성격과 선비정신」, 『2015년도 壬辰亂史學術大會, 제2차 大邱地
        域의 壬辰亂史硏究』, 壬辰亂精神文化宣揚會, 2015.
이민웅, 『이순신 평전』, 책문, 2012.
이성무·이태진·정만조·이현창 엮음, 『류성룡과 임진왜란』, 태학사, 2008.
정만진, 『대구독립운동유적 100곳 답사여행』, 독립운동정신계승사업회, 국토, 2018.
조동일, 『한국문학통사3』, 지식산업사, 1994.
조영록, 『사명당평전』, 한길사, 2010(2쇄).
홍종흠·조명래, 『팔공산, 그 짙은 역사와 경승의 향기』, 민속원, 2017.

# 18세기 팔공산의 불교문화와
# 기성 쾌선(箕城 快善)의 문학 세계*

최 형 우 | 대구한의대학교 기초교양대학 교수

## 1. 머리말

'팔공산'은 신라시대 때부터 많은 사찰들이 개창, 운영되었으며, 대구·경북 지역은 물론 전국적으로도 영향력이 큰 사찰들이 위치해 있는 소위 '불교문화의 중심지' 중 한 곳이다. 조선시대 이후 성리학의 영향으로 불교 사찰의 규모가 상당히 축소된 것으로 보고 있지만, 이러한 가운데서도 팔공산 소재 사찰은 비교적 상당한 규모로 운영되었던 것으로 보여 문화사적으로 중요하게 다룰 만한 가치가 있다.

사실 조선시대의 불교문화 관련 자료는 이전 시대의 것보다 훨씬 다채로운 편이지만, 이전 시대의 자료에 비해 크게 주목받지는 못하고 있는 실정이다. 그것은 고려 말 이후 국가의 구심점이 되는 사상적 기반이 불

---

\* 이 글은 최형우(2018), 「18세기 불교문화 공간으로서의 팔공산과 기성 쾌선(箕城 快善)의 문학 세계」(『어문론총』 제78호, 한국문학언어학회)에 실렸던 글을 수정·보완한 것이다.

교에서 성리학으로 넘어갔기 때문일 것이다. 또한 불교문화와 관련된 자료들이 다채롭기는 하지만, 대부분 임진왜란 이후인 조선 후기의 것이라는 점이나 이러한 자료들이 각 사찰의 성보박물관이나 해당 사찰에 소장되어 공개가 불가능한 경우가 많아 일반인의 접근이 어렵다는 점 역시 이유일 것이다.

사정이 이렇다고 하더라도 불교문화와 관련된 자료들에 대해 주목하는 것은 상당히 중요한 의의가 있다. 특히 문학 작품들의 경우에도 당대 지역 사회에 미치는 영향력이 상당했을 것으로 보이기 때문이다.[1] 18세기부터 본격적으로 창작되었던 불교가사 작품들은 물론, 이전부터 전승되던 양식인 게송(偈頌), 가(歌) 등은 조선의 지배체제가 성리학이라고 하더라도 지역 사회 속에서 상당히 유행하였다. 특히, 왕실이 고인(故人)들의 안녕을 위하여 사찰과 결탁하는 사례가 빈번히 보이는 사실이나, 사찰의 시주자 명단에 왕실의 궁녀, 지역의 명사 등의 이름이 빈번히 등장한다는 점을 통하여 이를 확인할 수 있다.

본 논의에서 18세기 팔공산 지역 불교의 문화 활동, 특히 문학 향유와 관련하여 주목하는 인물은 기성 쾌선(箕城 快善, 1693-1764)이다. 기성 쾌선은 팔공산 지역에서 주로 활동하였던, 당시 지역 사회에서 상당히 인정받았던 승려였다. 그렇기 때문에 불교에 관심이 있는 연구자들에게 몇 차례의 관심을 받기도 하였다.[2] 하지만, 이러한 관심이 뚜렷한 연구의 흐름으

---

1) 조선 중·후기부터 시작하여 아직까지도 사찰 공간 내에서의 다양한 의례활동이나 포교(모연) 활동이 비교적 원형을 잘 보존하고 있으며, 이러한 활동 가운데 조선시대 양식이었던 가사 작품이 연행되고 있다는 점만 보더라도 그 영향력을 쉽게 짐작할 수 있다. 현재까지도 일상적인 활동 가운데 그 원형을 유지하고 있다는 것은 해당 집단이 이에 대한 전승의식이 매우 강하거나, 사람들에게 유행한다는 것이다. 어떤 이유이건 간에 당대에서부터 지금까지 그것이 가지는 영향력이 상당하였다는 것은 확실한 것으로 보인다.

2) 고익진(1980), 「청택법보은문의 저자와 그 사상」, 『불교학보』 17, 동국대 불교문화연구원. 강동균(1990), 「기성 쾌선의 정토사상」, 『석당논총』 16, 동아대 석당전통문화연구원.

로 이어지지는 않았는데, 그 일차적인 이유는 자료의 부족이라고 할 수 있다. 사실상 기성 쾌선의 사상이나 활동을 알 수 있는 자료가 <청택법보은문>[3], <염불환향곡>[4], 대구 송림사 "기성대사비명"[5], "기성대사 행장"[6] 정도밖에 없기 때문에 다각도 접근이 사실상 불가능했던 것이다.

그렇다고 해서 기성 쾌선의 18세기 활동들이 가지는 가치가 낮아지는 것이 아니다. 전반적으로 승려들의 행적이 대한 기록이 많이 남아있지 않은 현실 속에서 쾌선의 행적을 짐작할 수 있는 자료들이 남아있다는 것은 적어도 팔공산 지역의 사찰에서 상당히 중요한 역할과 활동을 전개한 인물이었을 것이라는 점을 증명하고 있기 때문이다. 특히 팔공산 동화사에서 1764년 중간된 『대미타참략초요람보권념불문(大彌陀懺略抄要覽普勸念佛文)』(이하 보권염불문)[7]이 기성 쾌선의 행적과 밀접하게 관련되어 있다는 점을 통해 당시 불교 의례 및 문학 향유에 그가 크게 관여하고 있음을 알 수 있다.

따라서 본 논의에서는 18세기 팔공산 지역 불교문화의 일면을 기성 쾌선이 창작, 향유한 문학작품들을 통하여 확인하여 보고자 한다. 전제가 되

---

조홍원(2004), 「불교에서 "고향"의 비유와 그 상징의 종교,철학적 의미」, 『철학논구』 32, 서울대 철학과.

김종진(2007), 「<회심가>의 컨텍스트와 작가론적 전망」, 『한국시가연구』 23, 한국시가학회.

이종수(2008), 「18세기 기성쾌선의 염불선 연구」, 『보조사상』 30, 보조사상연구원.

3) 1권 1책의 목판본, 1768년 밀양 鳳泉寺 雲柱庵에서 개판하여 동화사로 옮겨 놓았다.

4) 1767년 밀양 鳳泉寺 雲柱庵에서 처음 간행한 『箕城大師錄』에 실린 노래. 이후 <청택법보은문>과 함께 따로 유통되면서 별도로 간행.

5) 경상북도 칠곡군 팔공산 자락에 위치한 송림사에 세워진 기성대사의 비에 새겨진 碑銘, 碑銘은 李蕙(1725-?)가 지었다.

6) 김월제 편(1922), 『霜峰門譜』, 선일인쇄소, 27쪽.

7) 이 원전은 1704년 명연에 의해 간행되었으며, 불자 및 대중들에게 염불을 권하기 위하여 여러 경전이나 글에서 염불에 관련된 부분을 뽑아 수록하여 구성된 책이다. 이후 1741년 신녕 수도사, 1764년 대구 동화사, 1765년 황해도 흥률사, 평안도 용문사, 1776년 합천 해인사, 1787년 고창 선운사 등에서 중간되었다. 이러한 중간 사항을 통해 이 원전이 당시 불교계에서 매우 중요하게 유통되었던 것임을 확인할 수 있다.

어야 할 것은 기성 쾌선이 창작한 작품, 향유한 작품을 어떻게 구분할 것
인가에 대한 것이다. 현재까지 기성 쾌선이 창작한 문학 작품이라고 할
만한 것은 염불체 <염불환향곡> 밖에 없다. 선행 논의에서 『보권염불문』
에 실린 <회심가>의 작자를 기성 쾌선으로 규정하는 경우도 있었으나,[8]
이러한 사항은 추측만으로 단언할 수 있는 부분이 아니다. 따라서 <염불
환향곡>은 기성 쾌선이 창작한 작품으로 주목하고, <서왕가>, <인과문>,
<회심가> 등의 작품은 기성 쾌선이 향유한 문학으로 논의를 진행할 것이
다. 특히 이 가운데 동화사본에 처음 실린 <회심가>를 중심으로 논의를
전개하고자 한다. 이러한 논의를 통하여 19세기 팔공산 지역의 불교문화
가운데 문학이 어떻게 창작되고 향유되었는지에 대한 일면을 밝혀낼 수
있을 것이다.


## 2. 18세기 팔공산 소재 사찰의 구성과 활동

현재 팔공산에 속해 있는 사찰은 동화사, 수도사, 송림사, 부인사, 은해
사, 도림사, 수법사, 파계사, 진불암, 내원암, 묘봉암 등 10여 소(所)가 넘는
다. 이 중 역사 기록에 여러 차례 등장하는 유서 깊은 명찰도 동화사, 수
도사, 송림사, 진불암 등 상당히 많다. 즉, 팔공산과 팔공산 주위에 위치한
대구, 영천, 칠곡 등의 지역은 불교의 세가 상당했던 지역이라고 할 수 있
다. 하나의 산에 많은 사찰과 암자가 창건되어 운영되었다는 것은, 이 사
찰들을 경제적으로 유지시킬 수 있는 신도를 확보하고 있었다는 증거가
된다.

---

8) 김종진, 위의 논문.

현재 팔공산에 위치한 많은 사찰들은 신라시대 창건된 것으로 인식되고 있다. 이러한 사찰의 창건에 얽힌 사실들이 진실이라는 가정 하에, 팔공산은 신라시대부터 많은 불교의 이적(異蹟)을 만들어낸, 영험한 지역이라는 것을 확인할 수 있다. 신라, 고려시대를 거치는 동안 이들 사찰은 기록을 통해 쉽게 확인할 수는 없지만, 나름대로의 경제력을 확보하고 운영되었던 것으로 보인다. 고려 불교에 지대한 영향을 미쳤던 지눌이 정혜결사를 조직하였던 장소가 팔공산 거조사9)였다는 점이나 고려 충선왕 때 강양공의 아들 왕후(王珛)가 동화사에 거주하며 천수백 호를 노예로 부린 점10) 등을 통해 당시 팔공산의 사찰들이 불교종단이나 왕실과 밀접하게 연결되어 있었음을 알 수 있으며, 고려시대에 중요한 역할을 하며 운영되었음을 확인할 수 있다.

조선시대로 접어들며, 조선의 억불정책으로 인하여 많은 사찰들이 사라지기도 하였지만, 팔공산 소재 사찰들은 상당한 규모를 갖추고 있었던 것으로 확인된다. 우리가 이러한 조선시대 팔공산 소재 사찰의 규모나 활동들을 살펴보는 방법은 두 가지가 있다. 첫째는 팔공산 소재 사찰과 관련된 직접적인 기록을 살펴보는 것이고, 다른 하나는 팔공산 소재 사찰에서 만들어진 불상, 건물, 회화, 전적 등을 통하여 그 규모를 살펴보는 것이다. 첫 번째 방법은 가장 확실한 정보를 접할 수 있지만, 조선시대의 기록이 유학자들이 중심이 된 것이기 때문에 구체적인 사항을 확인하기는 쉽지 않다.11) 두 번째 방법은 조선후기의 정보밖에 확인할 수 없으며,12) 세부

---

9) 현재 경상북도 영천시 청통면 신원리에 위치한 거조암.

10) 『고려사』 권 91, 열전 「江陽公滋」, "子珛屬塤 珛忠宣二年 封丹陽府院大君忠肅後二年 王在元珛爲權省 初貞和宮主兄僧住桐華寺冒良人爲隸蕃至千數百戶"

11) 이는 조선시대의 기록들이 주로 유학자들이 중심이 되어 기록되었기 때문이기도 하지만, 사찰에서 기록한 여러 기록물들이 화재나 폐사, 일제 강점기 사찰 조직의 개편 과정에서의 도난 등으로 인하여 거의 남지 않았기 때문이기도 하다.

적인 사항들을 확인하게 어렵다는 단점이 있다.

뒤이어 살펴볼 기성 쾌선의 행적과 유관한 팔공산 소재 사찰 송림사, 동화사, 수도사, 은해사 등은 17-18세기 다양한 변화를 겪은 것으로 보인다. 이러한 변화는 16세기 후반부터 17세기 초반까지 있었던 전란과 깊은 관련이 있다. 전란은 수많은 인명 피해와 함께, 사찰 건축물 대부분의 소실되는 사태를 불러왔다. 특히 동화사 및 수도사, 송림사[13]의 경우 사찰이 전소된 이후 새로 중창되었으며, 은해사의 경우 전란으로 인한 피해가 크지 않았다고는 하지만, 17-18세기 전각들의 단청 불사를 시행하고, 천왕문을 새로 세우는 등의 불사가 집중되었다는 점을 통해 전란의 영향을 받았음을 알 수 있다.

먼저 팔공산 내 사찰 가운데 가장 많은 불사를 진행한 사찰은 동화사이다. 17세기 초인 1606년 사명 유정에 의해 사찰이 중창된 이후 동화사는 내원암, 호법문, 관욕당, 화우당, 부도암, 영산전, 칠불전, 연경전 등을 건립하는 불사가 17세기에 모두 이루어졌다. 또한 1677년과 1732년에 사찰의 중창이 이루어지기도 하는 등 상당히 변화를 크게 겪은 사찰이라고 할 수 있다. 특히 법당을 새로 건립하는 불사는 불상을 안치하고, 불화를 그리는 다양한 불사를 함께 수반하기 때문에 이러한 불사 기록을 통해 16-17세기 동화사의 경제적 규모가 상당했으며, 팔공산 지역은 물론 조선 불교계에서 차지하는 위치가 상당히 높았음을 확인할 수 있다.

---

12) 사실상 조선 전기 사찰에서 만들어낸 회화나 불상, 전적 등은 대부분 전란을 거치면서 소실되었다. 팔공산의 사찰들 역시 전란에서 벗어날 수 없었으며, 많은 사찰들이 전란 이후 새롭게 중창되는 과정을 거쳤다.

13) 송림사가 임진왜란으로 인해 입은 사찰 건축물의 소실을 입증할 수 있는 1차적인 자료는 없으나, 대웅전, 명부전 등 사찰의 중심 건물 및 불상들이 17세기 중반에 한꺼번에 만들어진 점을 통해 전란이 사찰에 영향을 미쳤음을 확인할 수 있다. 이상 이강건(2007), 「송림사의 재건과 대웅전 건축의 연구」, 『강좌미술사』 27, 한국불교미술사학회, 85쪽 참조.

송림사와 은해사의 경우에도 16-17세기 다양한 불사가 이루어졌다. 송림사의 경우 1649년 박암당 조희가 사찰을 중창한 이후 대웅전 삼존불상을 새로 봉안하고, 극락전 아미타삼존불, 명부전 목조시왕상 등을 새로 봉안하였으며, 1755년 대웅전을 중수하였다. 은해사 역시 1651년 단청 불사가 있은 이후 천왕문을 중수하고, 대웅전 불상 개금, 영산전, 시왕전 불상을 개분하는 등의 불사가 지속적으로 이루어졌다. 수도사의 경우에는 이러한 불사에 대한 기록이 거의 남아 있지 않지만, 17-18세기 사이 두 차례의 이건 및 중창이 있었음을 기록을 통해 확인할 수 있다.[14]

주목할 만한 것은 이러한 불사에 사찰의 승려들은 물론 팔공산 소재 여러 사찰의 승려 및 지역민, 후원자들과 더불어 다른 지역의 승려들이 다양하게 참여하고 있다는 것이다. 특히 당시 승려들은 여러 지역의 사찰을 떠돌며 각 지역의 불사에 참여하고, 그 지역 불사의 모연(募緣)에 동참하였다. 이러한 과정 가운데 경제적인 기반 역시 일정 부분 공유하였을 것이며, 이를 통해 많은 사찰들이 중창되고, 운영될 수 있었다.

물론 팔공산 지역 사찰 역시 동화사나 은해사의 경우처럼 불교계나 왕실과 관련하여 상당한 영향력이 있었던 사찰[15]에서부터 소규모의 암자까지 다양하게 존재하였으며, 이들 역시 경제력을 공유하고 있었다. 이러한 사실을 확인할 수 있는 대표적인 자료 중 하나가 정시한(1625-1707)의 『산중일기』이다. 정시한의 『산중일기』는 전국의 여러 사찰의 모습들이 담겨 있는 생활사 자료라고 할 수 있으며, 이 가운데 팔공산 소재 사찰의 모습

---

14) 최형우(2017), 「18세기 경상지역의 『보권염불문』 간행과 수록 가사 향유의 문화적 의미」, 『열상고전연구』60, 열상고전연구회, 164-165쪽 참조.

15) 동화사는 임진왜란 당시 승병들을 모집, 훈련시켰던 사찰이며, 사명 유정이 깊이 관여한 사찰이라는 점에서 당시 불교계에서 중심적인 역할을 하였던 사찰이었음을 알 수 있다. 아울러 은해사의 경우 1712년 종친부에 귀속되기도 하고, 영조가 이 사찰을 잘 수호하라는 완문을 내린 점 등을 통해 18세기 왕실과 깊은 관련을 가지고 있음을 확인할 수 있다.

을 확인할 수 있는 기록이 있다. 이를 통해 지역 사찰이 다양하게 교류하며 경제력을 일정부분 공유하였던 모습들을 확인할 수 있다.

기록에 따르면 정시한은 1688년 5월 29일에 팔공산 은해사를 방문하였다. 이후 운부암, 상용암, 동화사, 염불암, 내원암, 수도사를 거쳐 같은 해 8월 28일 군위로 향했다. 약 90일 동안 팔공산 소재 사찰에 머물러 있었던 것이다. 그는 팔공산 소재 사찰에 머물며 여러 승려들을 만나고, 지역의 인사들과 교유하는 등의 활동을 하였으며, 이러한 일상을 빠짐없이 기록하여 놓았다. 사찰을 거점으로 하여 활동하였기 때문에, 사찰의 여러 모습들 역시 함께 기록되어 있다고 할 수 있다.

정시한이 머문 팔공산 소재 사찰 중 가장 중심이 되었던 곳은 동화사이다. 염불암, 내원암 역시 동화사의 사내 암자에 해당하며, 동화사, 염불암, 내원암에 머문 기간은 6월 2일부터 8월 19일까지 75일에 달한다. 사실상 팔공산 유람 대부분이 동화사를 거점으로 이루어졌던 것이다. 동화사를 중심으로, 은해사, 수도사 역시 잠시 머물렀던 것으로 보이며, 이러한 사찰들은 기성 쾌선의 행적과 깊은 관련을 가진 곳들인 것이다.

다음의 기록들을 살펴보도록 하자. 정시한은 팔공산 지역에 들어오며 가장 먼저 은해사로 들어와 운부암으로 향했다. 이 가운데 사찰의 규모를 짐작할 수 있는 다음과 같은 기록을 남겼다.

> 아침식사 뒤 노비네 집을 출발하여 20여 리를 가서 팔공산 은해사에 도착했다. 짐말을 먼저 운부사로 보냈다. 법당에 앉아 잠시 쉬었다가 다시 몇 리를 갔는데 경신이가 인종대왕 태봉이 보고 싶다고 하기에 은해사 스님과 같이 감상하고 왔다. 경숙이만 데리고 7, 8리를 가서 운부사에 닿았다. 종장 진언은 임술생(1622), 혜원은 정묘생(1627)인데 나를 맞아주었다.
>
> (중략)
>
> 이 절에서 공부하는 스님들은 100여 명인데 대부분 동냥차 마을로 내려

갔다고 한다. 불존 벽원 스님은 섭심에 뜻이 있는 재사인데 불지암으로 사철 수좌를 찾아간 적이 있다고 한다. 서로 조용히 이야기를 나누었는데 초선, 자신 스님도 자리를 같이하였다.

　　저녁에 약사전에서 대영 스님과 같이 잤다. 대영 스님은 병이 있으나 신심으로 불도를 깨우치겠다고 한다.[16]

위의 기록에서 지금의 은해사 운부암, 즉 운부사에 상주하는 승려가 100여 명이 되었다는 것을 알 수 있다. 이러한 대부분의 승려들이 동냥을 내려간 가운데에도 종장 진언을 비롯하여 혜원, 벽원, 초선, 자신, 대영 스님 등이 사찰에 머물러 있었다. 100여 명이 숙식을 해결하며, 사찰을 운영한다는 것은 사찰이 상당한 경제력을 갖추고 있다는 것을 의미한다. 은해사의 경우 인종의 태실이 봉해진, 왕실의 보호를 받는 사찰이었기 때문에, 운부사와 비슷한 규모이거나 오히려 훨씬 더 큰 규모였다고 할 수 있다.

정시한이 동화사를 '큰절[대사(大寺)]'로 표현하고 있다는 점[17]은 팔공산 소재 사찰 가운데 동화사가 가장 규모가 큰 사찰이었음을 나타내는 것이다. 정시한은 동화사에 머물며 아래와 같이 팔공산 소재 사찰에 많은 승려들이 거주하고 있음을 기록하고 있다.

　　홍민 스님이 아침에 돌아갔다. 스님들이 이 산에 많이 거주한다. 운부사에서 상민 스님이 올라와 벽원 스님의 답서를 전해주었다. 기룡이는 염불암에 갔는데 저녁이 되어도 돌아오지 않는다.[18]

정시한이 동화사에 머물며 굳이 승려들이 이 산에 많이 거주한다고 표

---

16) 정시한 저, 신대현 역(2005), 『산중일기』, 혜안, 439-441쪽, 5월 29일 庚子.
17) 정시한이 팔공산에 들어온 이후부터 수도사를 통해 군위로 나갈 때까지 큰 절은 일관되게 동화사를 가리킨다.
18) 정시한 저, 신대현 역, 위의 책, 489쪽, 8월 13일 癸丑.

현하고 있는 것은, 동화사에 거주하고 있는 승려가 많기 때문이기도 할 것이며, 팔공산 소재 주변 사찰에서 끊임없이 승려들이 그곳을 방문하였기 때문이기도 할 것이다. 현재까지도 불교 승려들이 여러 지역을 떠돌며 각 사찰의 모연에 동참하는 모습들을 확인할 수 있는데, 이러한 승려들의 생활이 당대에도 동일하였다는 점을 확인할 수 있으며, 팔공산 지역의 사찰 역시 마찬가지였다. 이러한 특징들은 결국 지역의 여러 사찰들이 하나의 문화권으로 만들어지는데 중요한 역할을 하였다.

특히 팔공산 소재 사찰에 머물고 있는 여러 승려들은 서로 왕래하며 생활하였던 것으로 확인되는데, 단순히 왕래만 하는 것이 아니라 경제력을 일정 부분 공유하고 있었다.

· 부도암의 스님이 승병(僧餠) 여러 가지를 가지고 왔다.(6월 4일 염불암)
· 불존승 여민 스님이 와서 잣씨 한 되 남짓을 주는데, 큰절의 여러 스님들이 조금씩 모아 보낸 것이라고 한다.(6월 8일 염불암)
· 식후에 내원암의 노스님 민호가 와서 미역 10여 장을 놓고 가셨다. 운부사의 처경 스님이 찰떡을 대접하였다.(6월 27일 염불암)
· 성연 스님은 큰절로 가서 소금 두세 되를 바꾸어 갖고 왔다.(7월 5일 염불암)
· 부도암의 누 화주 승철 스님이 국수를 가져와 암자의 스님들을 대접하고 갔다.(7월 21일 염불암)
· 큰절의 선정 스님이 재를 지내기 위해 쌀을 짊어지고 와서 암자의 스님에게 전하고 바로 돌아갔다.(7월 29일 염불암)
· 여민 스님이 와서 참외 4개를 주고 갔다.(8월 9일 내원암)
· 큰절의 승통 윤학 스님이 선운 노스님과 함께 국수와 떡을 준비해 주시고 돌아갔다.(8월 17일 내원암)[19]

---

19) 이상 정시한 저, 신대현 역, 위의 책, 482-491쪽.

위의 기록을 통해 팔공산 내의 여러 사찰들이 일상생활에 필요한 여러 가지 음식들을 서로 공유하고 있었다는 점을 확인할 수 있다. 아울러 7월 29일 재를 지내기 위해 쌀을 암자에 가져다 놓았다는 기록을 통해 특수한 불사를 지내기 위해 필요한 경제력 역시 어느 정도 공유하고 있었음을 알 수 있다. 이렇듯 당시 팔공산에 머무르는 승려들은 단순히 특정 사찰만을 운영하는 것이 아니라 경제력의 일정 부분을 서로 공유하며, 여러 불교 사찰의 운영에 참여하고, 영향을 미쳤다. 결국 이러한 경제적 공유는 문화적 활동 및 흐름의 형성에도 영향을 미치게 된 것이다.

아울러 다른 지역의 승려들 역시 여러 가지 이유로 팔공산 소재 사찰을 방문하고, 머물렀던 사실들을 아래 기록을 통해 확인할 수 있다.

- 북녘의 종장 천우 스님은 『화엄경』을 강하러 올해 3월에 이곳에 왔다. 이야기를 나눠볼 만했다.(5월 31일 운부사)
- 다시 묘봉암에 갔더니 수좌 진안, 묘훈, 초영 스님 등이 나와서 맞이한다. 여유, 시평은 원주에서 온 목수 스님이다.(6월 1일 상용암)
- 우징 스님은 원주 치악산 상원암에서 거처를 옮겨 수행하고 있다.(6월 4일 염불암)
- 오후에는 대둔산의 사인 스님이 왔다. 병자생인데 공부에 매우 힘을 쏟는 스님이다.(6월 16일 염불암)
- 저녁식사 뒤 객승 인겸 스님이 왔고, 지리산에서 탁심 스님도 왔는데 안국사 스님이다.(7월 1일 염불암)
- 통천에 있는 선징 스님이 왔다 갔다.(7월 5일 염불암)
- 아침식사 뒤 이천에서 성신 스님이 왔다. 무오생으로 나이 일흔한 살인데 여기에 왔다가 바로 갔다.(7월 17일 염불암)
- 성주 청암사의 종장 탁린 스님이 여심 스님과 함께 우징 수좌를 만나기 위해 왔다.(8월 3일 염불암)
- 금강산 마하연에서 온 희운 스님은 일흔한 살인데 지나가면서 들렀기

에 이야기를 나누어 보았다.(8월 9일 내원암)
· 김해 중봉사의 법일 스님이 금강산 영원암에서 겨울을 나고 김해로 돌
   아가는 길에 들러서 보고 갔다.(8월 15일 내원암)[20]

위의 기록에서 우선 알 수 있는 것은 팔공산의 사찰을 돌아다니며, 머
물고 있는 객의 시선을 통해서도 상당히 많은 타 지역 승려들이 팔공산의
사찰을 방문하고 있다는 것이다. 이들의 방문 목적이 분명하지 않은 경우
도 많지만, 경전을 강하거나, 수행에 전념하기 위해, 특정 승려를 만나기
위해 팔공산의 사찰을 방문하였다는 뚜렷한 목적이 드러난다. 또한 지나
가다 들른 경우도 여럿 있는데, 그만큼 팔공산의 사찰이 당시 다른 지역
의 승려들에게 널리 알려져 있다는 것을 알 수 있게 해준다.

이러한 기록들을 통해 팔공산 소재 사찰들이 인적, 물적으로 다양하게
교류하였으며, 이를 통해 사찰을 운영하였음을 확인할 수 있다. 특히 특정
사찰에 중대한 일이 있을 때면 다른 사찰에서 찾아와 함께한다거나[21], 재
(齋)와 같은 행사에 다 같이 찾아와 함께하는[22] 등 팔공산 소재 사찰의 구
성원들은 하나의 거대한 공동체로 사찰을 운영해 나갔던 것이다. 이러한
지역 불교의 운영은 그들의 문화 활동에도 영향을 미쳤으며, 불교가사와
같은 문학 작품들이 전국적으로 크게 유행할 수 있는 기반이 되었다.

본고에서 계속해서 살펴보고자 하는 기성 쾌선은 팔공산을 중심으로
송림사, 동화사, 은해사 등 다양한 사찰에서 활동하며, 팔공산의 불교문화

---

20) 이상 정시한 저, 신대현 역, 위의 책, 482-491쪽.
21) 정시한 저, 신대현 역, 앞의 책, 450-451쪽, "큰절의 벽담, 보철 스님이 불가사 점안차 와
    서 묵었다. (중략) 부도암에서 밀운, 운부사에서 처경 스님이 점안차 왔다. 점안식 뒤 모든
    스님들이 큰절로 갔다."
22) 정시한 저, 신대현 역, 앞의 책, 479쪽, "새벽에 재를 지냈다. 금고를 울리고 여러 사람들
    이 배례제를 했다. 먼저 상한제를 한 다음 침례의 괴일에서 끝났다. 재가 끝난 다음 음식
    을 스님들이 나누어 먹고 내려갔다."

역량을 한층 더 높였다. 특히 기성 쾌선의 문학 활동과 관련하여서는 수도사와 동화사에서 각각 간행된 『보권염불문』의 간행 및 유통과 <염불환향곡> 창작과 향유를 주목해 볼 만하다. 뒤이어 이들을 통해 기성 쾌선이 주도한 팔공산 지역 사찰의 문화 활동에 대해 살펴볼 것이다.

## 3. 염불회향 의식 표출과 <염불환향곡> 창작

현재 기성 쾌선이 쓴 것으로 명확히 알려진 것은 <청택법보은문>과 <염불환향곡> 두 자료뿐이다. <청택법보은문>의 경우 산문의 형태이며, <염불환향곡>은 염불 형태의 노래라고 할 수 있다. 물론, 기성 쾌선의 행적이나 활동을 고려해볼 때, 남아있는 자료가 상당히 소략한 편이지만, 그가 다른 승려들과 대중들에게 전하고자 하였던 바는 이 자료들을 통해 어느 정도 윤곽이 드러난다.

이 작품들의 내용에 대한 분석은 선행 논의를 통해 기본적으로 이루어졌다고 할 수 있다.[23) 대체로 이러한 논의들을 통해 얻어진 결론은 선문과 교문은 근기의 차이에 따라 나뉘는 것이고, 일시적인 것이지만, 염불문은 모든 근기에 다 통하는 일매의 가르침[24)이라는 것이다. 이러한 관점은 그의 저작인 <청택법보은문>과 <염불환향곡>에 모두 드러나 있다. 여기에서 주목해 볼 만한 것은 이 두 저작 가운데, 왜 자신의 생각을 <염불환향곡>이라는 노래에 담았는가에 대한 것이다.

---

23) 고익진(1980), 「청택법보은문의 저자와 그 사상」, 『불교학보』 17, 동국대 불교문화연구원.
　　강동균(1990), 「기성 쾌선의 정토사상」, 『석당논총』 16, 동아대 석당전통문화연구원.
　　김종진(2007), 「<회심가>의 컨텍스트와 작가론적 전망」, 『한국시가연구』 23, 한국시가학회.
　　이종수(2008), 「18세기 기성쾌선의 염불선 연구」, 『보조사상』 30, 보조사상연구원.
24) 이종수, 위의 논문, 159쪽.

<염불환향곡>은 전형적인 염불 형태의 노래로, 각 구마다 반복되는 "아미타불" 부분을 제외하면 4언으로 이루어져 있다. 이와 같은 형식은 『보권염불문』의 '찬불게'와 같은 예25)를 통하여 이미 일반적으로 활용되었던 것임을 확인할 수 있다. 기성 쾌선이 이러한 방식을 통하여 전달하고자 했던 것은 '선(禪)과 교(敎)를 아우를 수 있는 염불(念佛)'이다. 이 작품은 전체적으로 잃어버린 고향을 찾아가는 형태로 이 가운데 선과 교, 그리고 회향처인 염불(念佛)이 형상화된다.

家鄕(2편) - 失鄕(1편) - 失路(6편) - 問鄕(1편) - 趣鄕(18편) - 還鄕(2편)

작품의 구조상 고향을 잃어버리고, 이를 본격적으로 찾게 되는 '취향(趣鄕)' 부분이 작자의 비판적 의식이 가장 분명하게 나타나는 부분으로, 그가 가진 선(禪)·교(敎)에 대한 의식이 강하게 드러난다. 아울러 본래 고향으로 돌아가는 '환향(還鄕)' 부분은 이 작품의 결론 격에 해당한다고 할 수 있다. 작품 전체가 고향을 잃어버리고, 이것에 대해 다시 찾아나가는 과정들은 <십우도송(十牛圖頌)>의 시상 전개26)와도 닮아 있어, 사찰 구성원들에게는 상당히 친숙한 형태였을 것으로 생각된다.

---

25) 南無無見頂上相阿彌陀佛 南無頂上肉髻相阿彌陀佛 南無髮紺琉璃相阿彌陀佛 南無眉間白毫相阿彌陀佛 …(후략)
   물론 이러한 사례가 반드시 4언의 형태인 것은 아니지만, 동일한 글자수의 의도적 배치를 통한 리듬감의 형성과, '아미타불'이라는 용어의 계속적 반복을 통해 '염불'의 목적 및 의도를 표출한다는 측면에서 동일한 형태라고 할 수 있다.

26) 廓庵의 <십우도송>은 자신의 본성인 '소'를 잃어버린 상태에서부터 출발해 점차 자신의 본성을 찾아나가는 형태로 내용이 구성되어 있다. 이러한 과정을 통해 진정한 깨달음으로 나아가는 과정에서 '공간 회귀'는 중요한 키워드라고 할 수 있으며, 이러한 점에서 <염불환향곡>과 구조적으로 유사한 지점을 찾을 수 있다.
   이상 최형우(2016), 「불교가사의 연행과 사설 구성 방식 연구」, 경북대 박사논문, 80-81쪽 참조.

그는 팔공산 소재 불교의 계열이 그러하였듯이 서산 문하 편양 계열 승려였다. 당시 불교는 본격적으로 법통에 대한 의식이 유행하였던 시대로, 저마다 자신의 법맥이 조선을 대표하는 것이라 주장하며, 자신들의 법이 최상위의 법이라는 식의 분별적 사고가 유행하였다. 쾌선 역시 이러한 불교의 분열을 상당히 인식하고 있었던 것으로 보이며, 사찰 구성원들에게 다음과 같이 회통할 것을 강조하였다.

> 三百六十阿彌陀佛 廣設諸會阿彌陀佛
> 삼백육십회의 (아미타불)  널리 여신 여러 법회 (아미타불)
> 八萬四千阿彌陀佛 大啓法門阿彌陀佛
> 팔만사천 (아미타불)  크게 일깨우신 법문 (아미타불)
> 法門差別阿彌陀佛 人之各聞阿彌陀佛
> 법문이 서로 달라 (아미타불)  사람들이 각각 들되 (아미타불)
> 一音圓融阿彌陀佛 佛之法界阿彌陀佛
> 한 소리로 원융함이 (아미타불)  부처의 법계러니 (아미타불)
> 門門盡是阿彌陀佛 大海一滴阿彌陀佛
> 문문마다 이를 다하여 (아미타불) 대해의 물 한방울 (아미타불)
> 修之皆得阿彌陀佛 百川衆味阿彌陀佛
> 이를 닦아 모두 얻으니 (아미타불) 백천의 여러 물맛과 같네 (아미타불)[27]

18세기 유행하였던 법맥 의식은 물론, 불교 자체가 상당히 다양한 형태로 발전하였음은 다양한 사례를 통해 확인된다. 이러한 의식들은 사실 불교 교리 자체의 성격과도 관련이 있지만, 오랜 기간을 거쳐 전승되면서 각 시대의 정치, 사회, 문화와도 깊게 관련되어 있다. 사실 석가모니가 설한 법은 분별적인 것이 아니라 하나로 회통하는 것이며, 기성대사 역시 "한 소리로 원융함이 부처님의 법계라"와 같이 이를 표현하고 있다.

---

27) <염불환향곡>, 趣鄉三 摠會諸門.

그렇다면, 그가 주장하는 회통을 위해서는 종래 각 종파별로 주장하는 수행법 외에 다른 방법이 필요한데, 기성 쾌선이 주장한 회통의 방법은 염불이었다. <염불환향곡>의 창작 및 향유가 그가 팔공산 은해사 상류에서 결성한 '기기암결사'와 깊이 관련이 있는 것으로 설명되기도 하였는데,[28] 팔공산을 중심으로 주석하였던 기성 쾌선이 지역 불교에 전하고 싶었던 메시지가 '기기암결사'의 결성이나 <염불환향곡>, <청택법보은문>에 모두 드러나 있다고 할 수 있다.

念佛何爲阿彌陀佛 要生極樂阿彌陀佛
염불은 왜 하는가 (아미타불)  극락에 나기 위해 (아미타불)

往生何爲阿彌陀佛 樂見彼佛阿彌陀佛
왕생은 왜 하는가 (아미타불)  저 부처님 뵙기 위해 (아미타불)

見佛何爲阿彌陀佛 得聞正法阿彌陀佛
부처님은 왜 뵙는가 (아미타불) 바른 법을 듣기 위해 (아미타불)

聞法何爲阿彌陀佛 頓悟本心阿彌陀佛
바른 법은 왜 듣는가 (아미타불) 본심을 돈오하기 위해 (아미타불)

悟心何爲阿彌陀佛 發菩提心阿彌陀佛
본심 돈오는 왜 하는가 (아미타불) 보리심을 발하기 위해 (아미타불)

發心何爲阿彌陀佛 入正定趣阿彌陀佛
보리심은 왜 발하는가 (아미타불) 정정취에 들기 위해 (아미타불)

入正何爲阿彌陀佛 稱眞修行阿彌陀佛
정정취에 왜 드는가 (아미타불) 참수행을 하기 위해 (아미타불)

眞修何爲阿彌陀佛 十地行滿阿彌陀佛
참수행은 왜 하는가 (아미타불) 십지행을 원만히 하기 위해 (아미타불)

地滿何爲阿彌陀佛 入普賢門阿彌陀佛
십지행은 왜 원만히 하는가 (아미타불) 보살문에 들기 위해 (아미타불)

---

28) 이종수, 위의 논문, 151-152쪽.

入門何爲阿彌陀佛 成佛菩提阿彌陀佛
보살문에 왜 드는가 (아미타불) 부처의 보리를 이루기 위해 (아미타불)

成佛何爲阿彌陀佛 廣度衆生阿彌陀佛
성불을 왜 하는가 (아미타불) 중생을 널리 제도하기 위해 (아미타불)[29]

위의 예를 살펴보면, '염불'에 대한 기성 쾌선의 생각을 확인할 수 있다. 그가 생각하는 염불은 '극락의 아미타 부처를 만나 바른 법을 듣고, 이를 통해 본심을 돈오하는 것'이다. 선과 교가 서로 그 방법을 달리하지만, 결국 최종적으로 지향하는 것은 성불(成佛)이며, 성불 이후의 중생구제이다. 기성 쾌선이 이를 위하여 제시한 방법은 복잡한 교리를 공부하는 것도, 선 수행도 아닌 염불이다. 보다 쉽고, 누구나 행할 수 있는 방법을 제시하고 있는 것이다.

그렇다면 쾌선은 왜 이렇듯 염불을 강조하였을까? 행장에 기록된 '기기암결사'에 이 노래가 반드시 결사체 노래로 불렸다고는 할 수 없지만, 적어도 그가 자신이 수행하여 깨달은 바를 다른 사람들에게 전달하여 다른 사람들을 깨닫게 하고자 하는 의도를 가지고 있었음을 확인할 수 있다.

계해년(1743)에 동화사 부도암 상류 계곡에 초막집을 짓고 묵묵히 선정에 들어갔다가 한밤중이 되어서야 팔을 베고 선잠에 들 뿐이었다. 사람들은 팔공산의 정기를 기른다고 말하였다. 경신년(1740)에 동지 30인과 함께 은해사 상류 계곡에 절을 짓고 결사하였으니, 지금의 기기암이다.[30]

이와 같은 기기암결사와 이 작품을 연결점을 확인할 수 있는 분명한 자

---

29) <염불환향곡>, 回向二 捻授回向.
30) 『상봉문보』, "癸亥構草幕于桐華寺浮屠庵上谷 默會禪定 至夜半 曲肱假寐而已 人稱毓八公山精 庚申同志三十人 成精藍於銀海寺上谷 與之結社 卽今之寄寄庵也"

료는 없지만, 앞서 언급한 사찰 간의 교류와 이에 따른 지역 사찰의 문화권 형성의 측면에서 기성 쾌선이 주장하는 바는 뚜렷하다. 그가 기기암결사와 이 작품에서 공통적으로 강조하고 있는 것은 '염불'이며, 이는 여러 종파 구성원들은 물론 일반 대중들 역시 쉽게 접근하고, 함께 수행할 수 있는 방법인 것이다. 기성 쾌선은 '염불' 수행을 중심으로 당시 불교계의 문제였던 불교계의 분열에 대한 자신의 결론을 표출하고 있으며, 이를 노래로 만들어 향유함으로써 전달력을 높이고 있는 것이다.

아울러 4구마다 "아미타불"이라는 말이 반복되고 있는 것은 이 노래를 부른다는 행위 자체가 염불 수행과 동일한 의미를 가질 수 있도록 의도한 것이라고 할 수 있다. 불교의 의식 절차 가운데 이러한 형태의 염불문은 쉽게 발견할 수 있으며, 이러한 익숙한 양식을 노래에 적용시켜 노래 향유 과정 가운데 수행이 자연스럽게 이루어질 수 있도록 한 것이다. 이를 통해 기성 쾌선이 팔공산 소재 사찰의 구성원들에게 이러한 염불 의식을 전달하고자 하였다는 점은 확실하다. 즉, 기성 쾌선은 지역 사찰들이 서로 인적, 물적 교류를 하는 가운데 서로의 관점이 달라지는 분열 상황을 비판하고, 이를 모두 아우를 수 있는 '염불' 의식을 공유하고자 한 것이다.

마지막으로 덧붙일 것은 앞서 언급한 바대로 팔공산 지역의 사찰들은 다른 지역 사찰의 구성원들이 다양하게 오고갔다는 점이다. 이를 통하여 단순히 특정 지역의 문학 작품이 아닌, 불교 문화사의 전개 가운데 중요한 역할을 담당하는 노래로 기능할 수 있었던 것이다. <염불환향곡>이 1920년 내장사의 학명선사에 의해 반선반농운동을 전개하며 다른 가사와 함께 구송되었다는 점이나 『석문의범』의 장엄염불에 영향을 미쳤다는 사실들은[31] 불교문화에서 기성 쾌선의 위치는 물론 팔공산을 중심으로 한

---

31) 김종진(2009), 『불교가사의 계보학, 그 문화사적 탐색』, 소명출판, 92쪽.

불교 문화권의 문학적 역량을 증명하는 부분이라고 할 수 있다.


## 4. 『보권염불문』의 중간과 가사문학 향유

팔공산에서 『보권염불문』이 간행된 것은 1741년, 1764년 두 차례이며, 수도사, 동화사에서 각각 이루어졌다. 수도사에서의 간행은 1704년 간행된 용문사본의 목판을 가져와 그대로 쇄출하고, 뒤에 몇 편을 추가하는 방식으로 이루어졌으며, 이후 동화사에서의 간행은 전체의 판을 다시 제작하는 방식으로 이루어졌다. 따라서 동화사본의 중간이 이루어지는 과정에서 편집자, 구성원의 기호와 의식, 당시 팔공산 소재 사찰의 의례 절차 등이 반영될 수밖에 없었다.

특히 동화사에서의 『보권염불문』 중간은 문화적으로 상당히 큰 의미를 가지는 것이다. 18세기 초 명연(?-?)에 의해 『보권염불문』이 간행된 이후 경상지역을 중심으로 이 본이 중요하게 유통되었다. 앞서 살펴본 바와 같이 팔공산 소재 사찰의 규모가 상당했으며, 각 지역의 승려들이 빈번하게 왕래하였기 때문에 이 원전의 수요가 큰 것은 당연하였다. 그렇기 때문에 비슷한 시기 두 차례에 걸쳐 중간이 이루어진 것이다. 그런데, 수도사본에 비해 동화사본은 용문사본과 비교할 때, 내용이나 체제상의 변화가 눈에 띄는데, 이 지점이 팔공산 지역 불교 의례 및 문학 향유 문화의 특징을 나타내는 것이다.

이러한 이본 별 『보권염불문』의 체제 및 구성의 차이는 최근 주목을 몇 차례 받아왔다.[32] 우리 논의에서 중요한 사항은 <나옹화상서왕가>와

---

32) 정우영(2012), 「보권염불문 해제」, 『보권염불문』, 동국대학교출판부.
　　　최형우(2017), 「18세기 경상지역의 『보권염불문』 간행과 수록 가사 향유의 문화적 의미」,

<인과문> 외에 불교가사 <회심가>가 동화사본에서 처음 나타나고, 이후 중간된 다른 본들에서도 나타난다는 점이다. 동화사본의 공덕주가 쾌선비구으로 기록되어 있으며[33], 『보권염불문』 각 본의 간행에 있어 판각을 주관한 공덕주가 편집자의 역할을 하였다는 점을 통해[34] 기성 쾌선이 동화사본의 편집에 깊이 관여했음을 알 수 있다.

기성 쾌선의 문학 작품이 다양하게 남아있는 것이 아니기 때문에, 동화사본에 실린 <회심가>가 상당히 주목되는 부분이다. 이 <회심가>와 관련하여서는 주로 <회심곡>과의 차이를 전제로 한 문학적 특징에 대한 논의가 이루어졌으며,[35] 최근 들어 이를 기성 쾌선이 지은 것으로 추정하는 경우도 있다.[36] <회심가>가 동화사본에 처음 실리기 시작하였으며, 동화사본의 편집 및 간행에 기성 쾌선이 깊은 관련이 있다는 점을 고려해 보면, 어느 정도 설득력이 있는 추정이라고 할 수 있겠으나, 이를 성급히 단정할 수는 없다.

오히려, 이 작품을 『보권염불문』에 수록하여 정착시킨 편집자 기성 쾌선에 대해서는 주목해 볼 만하다. 애초에 『보권염불문』이라는 원전의 성격 자체가 다른 원전에서 가려 뽑은 글들을 수록한 경우가 대부분이며, 불교가사 역시 <서왕가>와 <인과문>의 예를 통해 이미 사찰 구성원들에 의해 널리 향유되고 있었기 때문이다. 따라서 <회심가> 사설을 기성 쾌선이 『보권염불문』에 수록한 것은 뚜렷한 이유가 있을 것이다. <인과

『열상고전연구』 60, 열상고전연구회.

33) 『보권염불문(동화사본)』, "伏爲普勸念佛功德主快善比丘"

34) 김종진(2007), 「<회심가>의 컨텍스트와 작가론적 전망」, 『한국시가연구』 23, 한국시가학회, 318-324쪽 참조.

35) 이승남(2001), 「불교가사 「회심가」와 「회심곡」의 대비 고찰」, 『어문학』 72, 한국어문학회.
전재강(2011), 「<회심가>의 이념구도와 청허 사유 체계의 상관성」, 『어문론총』 54, 한국문학언어학회.

36) 김종진, 위의 논문.

문>과 <서왕가>는 이 '염불작법차서(念佛作法次序)'에 실려 있어 실질적인
연행의 가능성을 충분히 확인할 수 있으나, <회심가>의 경우 이와는 떨
어진 위치에 수록되어 있기 때문에, <회심가> 사설의 내용과 이러한 수
록 위치 등을 통해 기성 쾌선이 가진 의도를 확인할 수 있을 것이다.

　<회심가>의 내용은 말법시대에 이른 현재의 시대에 염불을 행하여 극
락왕생하자는 내용이다. 어려운 경전의 내용을 그대로 가사 사설로 표현
하기 보다는 대중들이 쉽게 이해할 수 있도록 풀어 설명하고 있는 것이
특징이다. 팔공산 지역이 불교문화가 융성하였다고는 하지만, 당대인들의
주된 사고가 유학을 중심으로 이루어진 것은 국가의 체제상 당연한 것이
었다. 그렇기 때문에 <회심가> 사설 역시 유학의 세계관과 적절히 조화
를 이루는 방향으로 불려졌다.


　　(가) 텬디이의 분훈후에 삼나만샹 일어나니
　　　　유정무정 삼긴얼골 텬진면목 절묘호디
　　　　범부고텨 셩인되면 오직사룸 최귀호다
　　　　요순우탕 문무주공 삼강오샹 팔죠목을
　　　　티평셰에 장엄호니 금슈샹에 쳠화로다
　　　　동서남북 간디마다 형뎨굿티 화합호니
　　　　텬하티평 가감업서 안양국이 거의러니
　　　　어화 황공호다 우리민심 황공호다
　　　　태고텬디 느려오고 요순일월 볼가시되
　　　　야쇽홀셔 말셰풍쇽 츙효신힝 다보리고
　　　　애욕망에 깁히드러 형뎨투징 마댠느니
　　　　가련호다 빅발부모 의로홀디 바히업서
　　　　문외예 바잔일며 흘니느니 눈믈일다[37]


---

37) 『보권염불문』 <회심가> 제1-26구.(이하 작품은 구만 표기)

(나) 일변으로 넘불ᄒ고 일변으로 츙효ᄒ소
　　구텬이 감응ᄒ면 요슌태평 아니볼가
　　불법어디 일뎡ᄒ며 요슌어디 시이실고
　　넘불ᄒ면 불법이요 츙효ᄒ면 요슌이니
　　츙효가져 입신ᄒ고 넘불가져 안양가새[38]

　위의 (가)에서는 '요-슌-우-탕-문-무-쥬공'으로 이어지는 유교적 이상 세계에 대해 언급하고 있다. 삼강오상의 팔조목이 지켜지는 이 시대를 곧 태평성대라고 이야기하며, 이러한 천하태평이 곧 안양국, 즉 극락정토라고 설명하고 있다. 불교의 교리를 통해서도 충분히 설명할 수 있는 불교적 이상향을 군이 유교적 이상 세계와 연관지어 설명하는 것은 이를 향유하는 향유자들의 성향을 고려한 것이라고 할 수 있다. 아울러 현재의 시대를 '말법시대'로 칭하고 있는데, 이를 충, 효, 신행이 이루어지지 않는 시대로 이야기하고 있어 앞서 이야기하였던 유교적 관념과 연관된 사설임을 확인할 수 있다.

　(나)에서는 이러한 정황이 더욱 분명히 드러난다. (나)에서는 유교와 불교의 사회적 역할을 나누어 이야기하고 있다. 물론 이러한 설명의 궁극적인 목표가 둘로 나뉘어 있는 것은 아니지만, '충효→ 입신', '염불→ 극락왕생'의 공식으로 각각의 사회적 역할을 강조하고 있다. 결국 이 사설에서의 화자는 유교와 불교를 아우르는 형태로, 대중들에게 충효, 염불할 것을 권유하고 있다. 사회적으로 널리 퍼져 있는 유교 관념들을 아우르는 방식을 통해 대중들에게 전달력을 높이고 있는 구조라고 할 수 있다.

　이렇듯 기성 쾌선이 유학적 세계와 불교적 세계를 연결시켜 사설을 전개하는 것은, 지역 사회의 일반 대중들을 염두에 두고 있기 때문일 것이

---

38) 제45-54구.

다. 실제로 쾌선이 당시 팔공산을 중심으로 한 지역 사회에서 상당히 영향력이 있었던 것으로 보이지만, 국가의 전반적인 체제가 성리학 중심이었다는 점을 고려할 때, 당연한 선택이라고 할 수 있다. 또한 당시의 성리학자들과 불교 승려들 역시 교유가 빈번히 이루어졌으며, 지역의 성리학자들 역시 불교문화에 상당히 관심이 있었던 사례를 찾아볼 수 있다.

> 이에 나귀를 채찍질하여 들어가니 종렬이라는 승려가 나와서 맞이하였는데, 이가 바로 팔공산에 있던 승려이다. 객지에서 갑자기 만나니 놀랍고도 기뻤다. 잠시 후 이른바 교석이라는 승려가 비로소 나와서 알현하니 그 사기가 가히 함께 말할만 하였다. 이에 더불어 앉아서 여러 소승들에게 강학하게 하였는데, 그 규모가 비록 쾌선의 무리들이 하는 것보다는 못하였지만, 아마도 우리 유학자들에게는 이러한 위의가 없은지 이미 오래 되었으니 또한 탄식할 만하였다.[39]

위는 당시 팔공산 지역의 성리학자 중 한 명인 백불암 최흥원(1705-1786)의 기록이다. 그는 해인사를 방문하여 사찰 승려들과 대담을 나누었는데, 해인사의 강학회를 보고, 기성 쾌선의 강학회를 떠올리고 있다. 이를 통해 기성 쾌선의 강학회가 꽤 큰 규모였던 것임을 확인할 수 있으며, 당시 지역의 성리학자들 역시 불교문화에 상당히 관심을 가지고 있었음을 확인할 수 있다.[40] 승려들 역시 성리학자들과의 교유를 통하여 유학에 대해 다방면으로 지식을 가지고 있었을 것이다. 기성 쾌선 역시 마찬가지였던 것으로 보이며, 당시 지역의 이러한 분위기를 반영하여 유학과 불교 각각의 역할을 강조하는 형태로 사설을 구성하였을 것이다.

---

39) 『국역백불암선생문집』, 경주최씨칠계파종중, 2002, 350-351쪽.
40) 대산 이상정(1711-1781) 역시 최흥원을 찾아왔다가 팔공산 동화사를 방문하고, 승려들과 대담을 나누었으며, 이러한 내용이 『대산집』 권42 「남유록」에 기록되어 있다.

또한 불교 교리를 설명하는데 있어서 전대에도 유행하였던 '유심정토'에 대한 형상화나 <십우도송>의 이미지 등을 차용하는 등, 관습적 표현을 수용하는 모습을 보여 사찰 구성원 및 대중들에게 보다 익숙하게 접근하고 있다.

> 아미타불 외오다가 즈긔미타 친히보면
> 일보도 옴디아녀 극낙국에 니뢰ᄂᆞ니
> 부ᄂᆞᆫᄇᆞ람 요풍이오 볼근광명 순일이라
> 년화디예 올라안자 됴쥬쳥다 부어먹고
> 빅우거를 멍에메워 녹양쳔변 방초안에
> 등등임운 임운등등 즈직히 노닐면서
> 태평곡을 부르리라 나무아미타불 나라리
> 리라라 나무아미타불[41]

위의 인용에서도 극락이 곧 요순의 태평성대와 같다는 인식을 확인할 수 있다. 이와 더불어 염불을 통해 자성미타를 보면 곧 극락에 이르게 된다는 자성미타 사상을 형상화하고 있는데, 이러한 형상화는 전대의 불교 시가 문학에서도 활용되었던 방식이다.[42] 또 흰 소가 이끄는 수레를 멍에 메워 냇가와 언덕에서 기세 있게 마음대로 노닐면서 태평곡을 부른다는 표현은 <십우도(十牛圖)>의 제6 기우귀가(騎牛歸家)를 떠올리게 하는 표현

---

41) 제217-231구.

42) 예를 들어 경기체가 <서방가>의 1장의 후절 표현을 확인해 보면, '유심정토'에 대한 형상화를 분명히 확인할 수 있다. "唯心淨土 自性彌陀(再唱) / 爲 返淨卽是景 나는 됴해라"에서 자성미타를 확인하면, 정토로 '되돌아온다'는 표현을 통해 위 가사의 형상화와의 공통점을 확인할 수 있다. '되돌아온다'는 것은 원래 다른 곳에 정토가 있는 것이 아니라는 것을 표현하는 것이다.
이상, 최형우(2012), 「경기체가의 불교 수용과 시적 형상화 연구」, 경북대 석사논문, 33-34쪽 참조.

이다. '기우귀가'에서 목동이 무공적술 피리를 부는 대신에, 이 사설에서의 화자는 나무아미타불 태평곡을 부른다. 하지만, 피리를 부는 것이든, 태평곡을 부르는 것이든 그 본질은 동일하다고 할 수 있으며, 불교 사찰을 중심으로 널리 퍼져 있던 이미지를 활용하고 있음을 알 수 있다.

이렇듯, 기성 쾌선이 『보권염불문』에 수록한 <회심가>는 다분히 이를 향유하는 대중들의 성향에 맞춘 사설로 구성되어 있다. 성리학의 영향을 강하게 받고 있던 경북 지역, 특히 팔공산 지역에서 불교가 여전히 영향력을 유지하고, 경제력을 확보하기 위해서는 불자들뿐만 아니라 일반 대중들까지 아우를 수 있는 내용이 필요했으며, 그들의 사고에 절대적인 영향을 미치고 있던 유학과의 공존이 필요하였던 것이다. 이러한 필요에 의해 대중들을 의식한 사설인 <회심가>가 『보권염불문』에 실리게 된 것이다.

이제 다시 『보권염불문』의 편집 체제를 통하여 <회심가> 향유에 대한 정보를 확인하여 보자. 『보권염불문』은 대체로 경론(經論)에서 약초한 글로 구성된 부분, 극락왕생의 전범이 되는 이야기를 실어놓은 부분, 염불작법차서, 내용상 독립된 성격의 글을 실어놓은 부분의 네 부분으로 구성되어 있으며,[43] 이는 거의 모든 본에 동일하다. 편제상으로만 이야기하자면, 첫 번째와 두 번째 부분의 경우 불자를 비롯한 사찰 구성원들에 초점을 맞춘 글들이라고 할 수 있다. 이 글들을 읽고 이해하기 위해서는 불교 교리에 대한 어느 정도 이상의 식견을 요구하는 것이기 때문에 특히 그러하다. '염불작법차서'의 경우에도 염불의례의 절차이기 때문에 사찰 구성원들을 중심에 둔 내용이라고 할 수 있다.

하지만, 내용상 독립된 글을 싣고 있는 부분은 성격이 다르다. 이 부분에는 <임종정념결>, <부모효양문>, <회심가고>, <유마경>, <왕랑반

---

43) 명연 저, 정우영·김종진 옮김(2012), 『염불보권문』, 동국대학교 출판부, 7쪽.

혼전>이 실려 있다. 내용의 층위가 비슷하지 않기 때문에, 독립된 부분이며, 사실상 『보권염불문』의 부록에 가까운 성격을 가지고 있다. <유마경>이나 <임종정념결>의 경우 경론(經論)의 내용을 요약하여 실은 것에 해당하기 때문에, 앞선 부분들의 글과 성격이 비슷하다고 할 수 있다. 그렇지만, <부모효양문>이나 앞서 살펴본 <회심가고>는 대중적인 성격을 상당히 갖춘 글에 해당하며, <왕랑반혼전>은 사실상 소설과 같은 구조를 취하고 있다는 점에서 대중들의 기호가 반영된 글이라고 할 수 있다.

그렇기 때문에 이 부분은 앞선 부분들과는 달리 보다 일반 대중들까지 염두에 둔 글들이 실려 있는 부분이라고 할 수 있다. 또한 <회심가>가 불교가사 사설이라는 점 역시 보다 대중성을 갖춘 형태라고 할 수 있다. 즉, 팔공산 소재 사찰의 구성원 및 일반 대중 모두에게 익숙한 형태인 불교가사 <회심가>는 이 사찰 문화권에 방문하였던 많은 승려들 및 그들의 행적이 미치는 지역의 대중들에게까지 '염불'사상을 전파시키는 역할을 하였던 것이다.

결국 당시 향유되었던 <회심가>는 대중들에게 염불을 권하기 위해 만들어진 것이었는데, 정토 사상가였던 기성 쾌선이 『보권염불문』의 대중성을 한층 높이고자 가장 마지막 부분에 삽입하였다고 정리할 수 있다. 『보권염불문』이 발간된 이후 이 지역을 중심으로 향유되던 <회심가>는 '독서'를 기본 향유 방식으로 하여 유통되었으며, 이후 전국적으로 '독서물'의 형태로 퍼져나가게 된 것이다. 특히 불교가사가 아직 크게 유행하지 못하였던 시기에 불교가사의 향유 범위를 확대시키고, 의례 절차가 아닌 일반적인 권불, 권념을 목적으로 한 가사 향유의 모습을 기성 쾌선의 <회심가> 수록을 통해 확인할 수 있는 것이다.

## 5. 맺음말

이상을 통해 18세기 팔공산의 불교문화와 이 지역의 문학 향유에 중요한 역할을 담당하였던 기성 쾌선의 문학 세계에 대해 살펴보았다. 조선 후기 지역 불교 사찰은 전대에 비해 매우 위축되었던 것으로 간략히 설명되는 경우가 많았다. 하지만, 지역 불교 사찰들은 끊임없이 신도를 확보하고, 지역의 다른 사찰들과 경제력을 일정 부분 공유하는 등 세를 유지하기 위한 다양한 노력을 펼쳤다. 팔공산 소재 사찰 역시 예외가 아니었으며, 이러한 경제적 기반을 바탕으로 다양한 문화 활동을 전개하였다.

기성 쾌선은 18세기 팔공산 사찰 문화권의 문학 활동에 상당히 중요한 역할을 담당하였던 인물이었다. 특히, 그가 창작한 <염불환향곡>과 수집, 향유한 <나옹화상서왕가>, <회심가>, <인과문>은 모두 다른 불자 및 대중들과 소통하기 위한 도구라고 할 수 있다. 특히 <나옹화상서왕가>와 <인과문>이 경북 지역 사찰 문화권에서 『보권염불문』 유통을 통해 널리 향유되고 있었다면, <회심가>의 경우 기성 쾌선의 수집 및 향유 활동이 매우 주목되는 작품이다. 기성 쾌선이 창작하였거나, 수집, 향유한 작품이 이후 전국적으로 폭넓게 향유되었다는 점[44]을 통해 그가 가지는 문학사적, 불교문화사적 위치를 확인할 수 있다.

본 논의에서 살펴본 바와 같이 이러한 문화 활동은 1차적으로 지역에 기반하고 있다. 하지만, 아직까지 우리의 이러한 관심은 아직 시작 단계에 있는 것이 현실이며, 본 논의 역시 이러한 점에서 더욱 거시적이고, 깊은

---

44) 기성 쾌선이 창작한 <염불환향곡>이 전국적으로 확대되어 이후 일제강점기 학명선사에 의해 내장사를 중심으로 전라도에서도 향유되었으며, <회심가> 역시 쾌선이 동화사본에 사설을 수록한 이후 영변 용문사본, 고창 선운사본에도 수록되어 전국적으로 향유된 사실을 확인할 수 있다.

논의까지 이루어지지 못한 것이 한계이다. 본 논의에서 주목한 기성 쾌선 이외에도 팔공산을 중심으로 문화 활동을 전개하였던 수많은 인물들이 있으며, 이들이 보여주었던 문화 활동과 문학적 역량이 모여 지역 문화를 발전시켜 온 것이다. 보다 다양한 불교 문화권의 문학 활동에 대한 조명과 이를 통한 지역 문화사의 보완은 지속적으로 이루어져야 할 것이다.

## 참고문헌

### 1. 기본자료

경주최씨 칠계파 종중, 『국역백불암선생문집』, 대보사, 2002.
명연 저, 정우영·김종진 옮김, 『염불보권문』, 동국대학교 출판부, 2012.
정시한 저, 신대현 역, 『산중일기』, 혜안, 2005.

### 2. 연구논저

강동균, 「기성 쾌선의 정토사상」, 『석당논총』 16, 동아대 석당전통문화연구원, 1990.
고익진, 「청택법보은문의 저자와 그 사상」, 『불교학보』 17, 동국대 불교문화연구원, 1980.
김순석, 「경북 불교계의 근대성 모색」, 『국학연구』 34, 한국국학진흥원, 2017.
김용덕, 「불교의례 풍속의 의미 연구」, 『비교민속학』 46, 비교민속학회, 2011.
김종진, 「<회심가>의 컨텍스트와 작가론적 전망」, 『한국시가연구』 23, 한국시가학회, 2007.
김종진, 『불교가사의 계보학, 그 문화사적 탐색』, 소명출판, 2009.
신대현, 「『산중일기』를 통한 17세기 불교문화 고찰」, 『문화사학』 45, 한국문화사학회, 2016.
오세덕, 「팔공산 동화사의 창건시기와 가람의 변화과정 고찰」, 『불교학보』 79, 동국대 불교문
　　화연구원, 2017.
이강건, 「송림사의 재건과 대웅전 건축의 연구」, 『강좌미술사』 27, 한국불교미술사학회, 2007.
이경순, 「1688년 정시한의 팔공산 유람」, 『역사와 경계』 69, 부산경남사학회, 2008.
이승남, 「불교가사 「회심가」와 「회심곡」의 대비 고찰」, 『어문학』 72, 한국어문학회, 2001.
이종수, 「18세기 기성쾌선의 염불선 연구」, 『보조사상』 30, 보조사상연구원, 2008.
전재강, 「<회심가>의 이념구도와 청허 사유 체계의 상관성」, 『어문론총』 54, 한국문학언어학
　　회, 2011.
조홍원, 「불교에서 "고향"의 비유와 그 상징의 종교,철학적 의미」, 『철학논구』 32, 서울대 철학
　　과, 2004.
최형우, 「경기체가의 불교 수용과 시적 형상화 연구」, 경북대 석사논문, 2012.
최형우, 「불교가사의 연행과 사설 구성 방식 연구」, 경북대 박사논문, 2016.
최형우, 「18세기 경상지역의 『보권염불문』 간행과 수록 가사 향유의 문화적 의미」, 『열상고전
　　연구』 60, 열상고전연구회, 2017.

# 대구지역 인근 향촌사회의 가사 전승과 담론 양상*
## ― 한글자료 『지셔지자명록』을 중심으로

**최은숙** | 경북대학교 국어국문학과 교수

## 1. 머리말

본고의 목적은 1920년대 저술된 것으로 추정되는 한글자료인 『지셔지자명록』에 대해 개관하고 여기에 실린 가사 작품의 수록 양상과 작품의 담론 특성을 분석하는 것이다. 『지셔지자명록』은 최근 한글박물관에 기증된 자료로서 학계에 소개된 바가 없다. 1920년을 전후한 대구지역 향촌지식인의 생활과 인식을 확인할 수 있는 자료라는 점에서 주목할 만하다. 아울러 여기에는 9편의 가사 작품이 실려 있다. <수신가>, <시인격회가>, <지셔지가ᄉ>, <부부상경가라>, <은협ᄌ죡가라>, <지셔지교ᄌ셜이라>, <역ᄃᆡ열람가>, <지셔지중야물믹는셜이라>, <천품는이라> 등이다.

이들 가사는 교훈과 경계를 담고 있는 교훈가사의 범주에 속한다. 교훈

---

* 이 논문은 「『지셔지자명록』 수록 가사 작품의 담론 특성과 의미」(2019), 『동방학』 40집, 한서대학교 동양고전연구소, 156~180쪽에 실린 것을 수정, 보완한 것임을 밝혀둔다.

가사는 향촌사회와 가문 내의 구성원을 교육하고자 하는 목적으로 창작된 가사이다. 이에 대해서는 박연호[2]와 하윤섭[3]의 논의가 대표적이다. 이들 논의는 교훈가사의 향유와 전승, 작품에 담긴 오륜 담론의 변이 등을 확인할 수 있는 중요한 성과이다. 그러나 이들 연구는 주로 18-19세기를 중심으로 한 조선후기에 집중되었다.

20세기 초 국권강탈과 근대화의 요구 속에 새로운 형태의 학교가 세워지고 새로운 학문이 교육의 주요 내용을 차지하면서, 교훈가사의 향유와 전승은 많이 약화된 것이 사실이다. 그러나 20세기 초 향촌사회에서는 여전히 서당이나 사숙을 중심으로 전통적 교육이 지속되고 있었고, 이러한 맥락 하에 교훈가사 또한 아동과 부녀자 등을 대상으로 그 역할을 충실히 하고 있었다. 『지서지자명록』 수록 가사는 이러한 양상을 직접적으로 확인할 수 있는 자료이다. 특히 20세기 초 향촌사회의 전승 가사에 대한 실상 파악 및 당대적 변이 양상을 확인할 수 있다는 점에서 본격적인 논의가 필요하다.

이를 위해 본고는 먼저 『지서지자명록』의 가사 수록 목적과 배경을 먼저 살피고, 수록된 가사를 중심으로 작품의 담론 특성과 그것이 지닌 의미를 파악하도록 한다. 이러한 작업은 새로운 가사 작품의 소개와 분석이라는 의미도 있지만, 20세기 초 대구 인근 지역 향촌 사회의 가사 전승과 향유의 실상을 파악하는 중요한 기회가 된다는 점에서 의미를 지닐 것이다.

---

2) 박연호(2003), 『교훈가사연구』, 다운샘.
3) 하윤섭(2014), 『조선조 오륜시가의 역사적 전개 양상』, 고려대학교민족문화연구소.

## 2.『지셔지자명록』개관 및 가사 수록의 양상

『지셔지자명록』은 표지 포함 총 101면의 한글필사본 서책이다. 팔공산 지묘동에 세거하던 향촌 지식인에 의해 1920년대 저술된 것으로 추정된다.[4] 국가 및 가문의 내력, 경성 왕복 노정, 교훈과 경계, 축문식과 제사를 위한 진설 등의 내용을 담고 있어, 당대 향촌 지식인의 생활과 인식을 엿볼 수 있다. 이 시기 대구 근교의 향촌 지식인의 가사 작품을 만나기 어렵고, 본 저술을 통해 당시 도시 근교 향촌지식인의 가사 향유의 의도와 문화적 의미를 추정할 수 있다는 점에서『지셔지자명록』은 중요한 자료이다.

본 자료는 초계정씨 문중 탁와종회에서 국립한글박물관에 기증한 자료로서, 애초에는 탁와종회 문중 선조의 저술로 추정되었다. 그러나 이 자료는 팔공산 지묘동에 세거지를 둔 경주 최씨 문중 자료로 판단된다. <지셔지야화>에 가문의 내력을 일부 설명한 부분이 있는데, 임란 때 활약했던 경주 최씨 문중 인물의 사적이 소개되어 있다.

> 너가 일적 드르니 그전 임진연난의 우리 십일되조 병조춤판 티동긔옵셔
> 왜란을 당스와 즁서 한천공과 종자 우락지공으로 더부려 숡슉질이 한가지
> 로 팔공순하의서 충의하시기을 죽정하실시 충거스 학봉 김션셩이 티동공

---

4) 국립한글박물관에 따르면 본 책자의 저술연대는 1922년이다. 지묘동의 행정구역 변화 과정을 통해 임술년이 1922년임을 알 수 있다. 한편 책의 목차 아래에 '우는 우리 가군긔옵셔 저슐ᄒ시온바 낫낫치 긔듀ᄒ야 좌에 귀록ᄒ노라 임슐졍월일 지셔지 경북달성군 공산면 지묘동 칠오사번지'라고 명시되어 있고, 책 뒤편에 '경북 달셩군 공손면 지묘동 칠빅오십스번지 지셔지 소유칙자'라고 명기되어 있다. 여기서『지셔지자명록』의 저술자는 '지셔지'라는 호를 지닌 인물이고, 가사의 작자는 이 인물의 집안 어른임을 알 수 있다. 지셔지는 팔공산 지묘동에 있었던 서재의 이름이거나 본 저술자의 호일 가능성이 있다. 개인 서재에 자신의 호를 붙이거나, 자신의 호를 개인 서재의 이름으로 삼는 관습을 참고할 때, 본 책자는 팔공산 지묘동에 살던 향촌지식인에 의해 저술된 것임을 알 수 있다. 아울러 본 자료를 필자에게 소개하고 자료를 제공해주신 경북대학교 백두현 교수님, 탁와종회와 국립한글박물관측에 본 지면을 빌어 감사를 드린다.

을 의병중으로 나라의 츄천하시와

(중략)

나는 즈량큰디 반다시 인정흐기를 우리 선조 틱동공 유허지된 고로 후
인드리 그즁의 와지무장익을 감격흐야 이 동명을 지묘운운홈이라[5]

위에서 언급된 병조판서 태동공은 임진왜란 때 대구에서 의병을 일으켜
전공을 세웠던 최계(崔誡, 1567-1622)이다. 당시 최계는 동생인 최인(崔認), 조
카 최동보(崔東輔)와 함께 의병 활동을 하여 '최씨삼충(崔氏三忠)'으로 불린
인물이다. 위의 기록에서 화자인 '나'는 최계를 11대 조상으로 언급하며
이에 대한 자부심을 드러내고 있다. 그리고 기록 곳곳에 팔공산 지묘동이
선조의 세거지이자 자신의 삶의 터전임을 상세히 설명하고 있으며, 이에
대한 애착도 강하게 표현하고 있다. 따라서 『지셔지자명록』은 팔공산 지
묘동을 주요 세거지로 한 경주 최씨 문중의 자료로 보아야 한다. 이 자료
는 원래 경주 최씨 문중의 자료인데, 혼인 등에 의해 탁와종회에 소장되
었을 가능성이 높다.[6]

『지셔지자명록』에는 <지셔지야화>, <국가사기>, <삼대이력서>, <독
서시각처왕러설>, <경성왕복노정긔라>, <인슌쎠에 서울왕복노정긔라>
등과 같은 국가와 문중에 대한 역사, 독서와 노정기 등의 산문과 <수신
가>를 비롯한 가사 작품이 실려 있다. 또한 친족 및 집안의 내력과 생일,
축문, 진설도 등의 기록도 있다. '자명록'이라는 제목과 대체적인 내용을
참고하면 가문 내의 교훈서로서의 성격을 지닌다고 볼 수 있다. 그러나

---

5) 『지셔지자명록』, 14쪽(띄어쓰기 등-필자).
6) 기증자인 정유열(88세)의 증언에 의하면, 그의 종숙모님이 경주 최씨 문중에서 시집을 왔고,
　　문필력이 뛰어나 자녀들에게 한글 등을 가르쳤다고 한다. 이에 근거한다면 이 자료는 정유
　　열의 종숙모님이 그의 친정에서 가져온 자료일 가능성이 많다. 이에 대해서는 실증적 추적
　　이 더 필요한 부분이다.

일반적인 가문의 교훈서가 교화 대상을 향한 훈계나 행동지침 등에 주력하는 데 비해서, 『지셔지자명록』은 노정기와 같은 저술자의 개인 경험과 가문에 대한 소소한 기록 등을 포함하고 있다는 점에서 차별성이 있다.[7] 정연한 체계를 갖추고 있지 않다고 볼 수도 있지만, 20세기 초 팔공산을 중심으로 세거하던 가문 공동체의 생활과 이들이 중시했던 규범의 일면을 확인할 수 있다는 점에서 의미가 있다.

본 자료에 수록된 가사[8]는 <수신가>, <시인격회가>, <지셔지가ᄉ>, <부부상경가라>, <은협ᄌ족가라>, <지셔지교ᄌ셜이라>, <역뎌열람가>, <지셔지중야물믹는셜이라>, <천품는이라> 등 9편이다. 각 작품의 제목이 먼저 나오고, 제목 뒤에 노래에 대한 간략한 부기(附記)가 붙어 있는 것이 특이하다. 책자에 수록된 순서대로 부기를 정리해 보면 다음과 같다.

- <수신가> - 지서지훈계
- <시인격회가> - 긔탄한 회포를 격등ᄒ은 노러라
- <지서지가ᄉ> - 경북 달성군 공산면 지묘동
- <부부상경가라> - 닉이간의 서로 경계ᄒ는 노러라
- <은협ᄌ족가> - 손의숨은ᄌ가 스스로 지은 노러
- <지셔지교ᄌ셜이라> - 지서지에서 아히들 경계ᄒ는 말이라
- <역뎌열람가> - 부기 없음
- <지셔지중야물믹는셜이라> - 부기 없음
- <천품는이라> - 지셔지, 임슐졍월일기록

<역뎌열람가>, <지셔지중야물믹는셜이라>의 두 편을 제외한 나머지

---

7) 이에 대해서는 별도의 지면을 통한 본격적인 논의가 필요하다.

8) 본 책자에 '가ᄉ'라는 용어가 쓰이고 있고 저술자 자신이 이를 의식하여 본 텍스트들을 4·4조 형식의 율문체로 기록하였다. 본고는 이를 존중하여 이들을 가사 작품으로 보고 분석의 대상으로 삼는다.

7편은 모두 부기가 있다. 작품의 부기는 작품의 창작 의도와 내용을 이해하는 데에 도움을 주고, 가사 필사자가 실제 작품을 어떻게 이해하고 있는가를 확인하는 데에도 중요한 단서가 된다.

　<수신가>, <시인격회가>, <부부상경가라>, <은협ᄌ족가>, <지셔지교ᄌ설이라> 등의 부기는 노래의 내용을 언급한 것이고, <지셔지가ᄉ>의 부기는 작품의 제재, <천품ᄂ이라>의 부기는 가사를 기록한 장소와 일시에 대한 언급이다. 이들을 참고하면, 『지셔지자명록』 수록 가사는 수신을 비롯한 도덕 경계, 권학, 사적의 내용을 주로 담고 있음을 알 수 있다. 수록 작품의 부기를 통해 짐작할 수 있는 이들 가사는 교훈가사의 범주에 해당한다. '훈계, 걱정, 경계' 등등의 부기에 쓰인 용어는 이를 잘 보여준다.

　그렇다면 구체적인 교훈의 대상은 누구인가? 이와 관련하여 앞의 부기에 자주 언급된 '지셔지'를 주목할 필요가 있다. '지셔지'는 앞서 언급한 바와 같이 팔공산 지묘동에 있었던 서재의 이름이거나 본 저술자의 호일 가능성이 있다. 그렇다면 이들 가사 작품이 겨냥하는 교훈의 대상은 '지셔지'를 중심으로 한 장소적 경계 안에 있는 이들이다. <지셔지가ᄉ>의 부기는 그 장소가 바로 경북 달성군 공산면 지묘동임을 명시하고 있는데, 이는 가사 향유 및 교훈의 대상을 범주화하는 데 중요한 표지이다.

　이와 관련하여 주목할 또 다른 단서는 가사 작품과 저술 곳곳에서 찾을 수 있다. 먼저 책자의 첫 장에 '우난 우리 가군긔옵셔 저슐ᄒ시온 바 낫낫치 긔듀ᄒ야 좌에 기록ᄒ노라'라는 내용을 주목할 수 있다. 책의 목차 아래에 기록된 내용으로 '우리 가군(家君)'이라는 표현이 있는 것으로 보아 이 책자의 향유는 주로 가문 중심으로 이루어졌을 가능성이 많다. 한편 가사 작품 앞뒤에 수록된 기록 또한 가문의 내력과 자부심을 표현하는 부분이 있어 교훈의 대상과 범주는 가문 내의 구성원일 가능성이 크다. 결국 '지서지'는 경북 달성군 공산면 지묘동과 이를 근거지로 한 가문 공동체의 표상이 된다.

실제 가사 작품을 살펴보면, <부부상경가라>와 <지셔지교ㅈ설이라>의 경우 부부 사이의 규범과 자녀 교육을 다룬 작품이므로, 가족 구성원을 구체적 교육대상으로 하고 있다는 것을 알 수 있다. 특히 이들은 여성들을 중요한 교훈의 대상으로 포섭하고 있는데, 책의 맨 처음에 수록된 <지셔지야화>[9]가 집안의 여성들을 대상으로 한 글이라는 점과 무관하지 않다.

한편 『지셔지자명록』 수록 가사 중에는 <역ᄃ열람가>가 함께 들어있는데, 중국의 역사와 조선의 역사를 함께 나열한 가사이다. 역대가류는 양반 가문 여성 및 아이들이 교양과 규범을 쌓기 위해 널리 향유하던 가사 작품이다. 『지셔지자명록』에 역대가류 가사인 <역ᄃ열람가>가 함께 수록된 것은 넓게 보면 다른 가사 작품들과 마찬가지로 가문 교육의 목적에 부합한다고 볼 수 있다.

실제로 『지셔지자명록』의 가사 수록 양상은 조선시대 아동교육서의 체제와 연결된다. 조선시대 대표적인 아동교육서로 『동몽선습(童蒙先習)』, 『격몽요결(擊蒙要訣)』, 『소학(小學)』 등을 들 수 있다. 그 가운데에 『동몽선습』은 조선 후기부터 1930년대까지 서당의 주요 교재로 활용된 대표적인 서적이다. 그런데 이 『동몽선습』의 구성이 크게 오륜덕목과 중국 및 조선의 역사로 되어 있다.[10] 이렇게 볼 때 『지셔지자명록』의 가사는 이러한 기존의 교육서와 그 체제를 함께 한다고 볼 수 있다. <수신가>, <부부상경가

---

9) <지셔ㅈ야화>는 저술자가 집안의 자녀들에게 당부하는 글이다. 여기에 여성들의 역할과 의무에 대한 훈계가 다수 포함되어 있다.

10) 이상익(2016), 「조선시대의 동몽교재와 도덕교육」, 『동양문화연구』 24집, 영산대학교 동양문화연구원, 216-221쪽.

라>, <지셔지교ㅈ셜이라> 등이 오륜의 덕목에 기반한 윤리교육의 차원
이라면, <역디열람가>는 역사교육의 차원에서 수록한 가사로 볼 수 있다.
『지셔지자명록』은『동몽선습』의 내용 체계와 궤를 함께 하면서, 오륜과 역
사를 좀 더 쉽고 재미있게 교육하고자 한글가사를 삽입한 것으로 보인다.

  이처럼『지셔지자명록』의 가사 작품은 교훈가사의 범주에 드는 작품으로
서, 팔공산 지묘동을 근거지로 한 가문 공동체를 향유 대상으로 하고 있다.
교육의 대상에는 여성을 중요한 대상으로 포함하고 있음을 알 수 있다. 이
를 위해 가사 작품의 수록은 당대 대표적인 교육서의 체제와 궤를 같이하
고 있다. 한글가사를 통해 오륜과 역사 교육을 좀 더 원활히 하고자 한 것
이다. 이들 가사 작품은 특히 교훈가사 유통의 후대적 양상과 역할을 확인
할 수 있다는 점에서 의미가 있을 것으로 보인다.


## 3. 수록 가사 작품의 담론 특성

  『지셔지자명록』 수록 가사 작품은 9편의 작품이 연달아 기록되어 있으
며 전반적으로는 교훈과 훈계의 자장 안에 있다. 그러나 유교사상에 입각
한 전통적인 덕목을 준수하고 있으면서도, 저술자의 의도와 시대적 변화
에 따라 그 이전 오륜가 등의 교훈가사와 구분되는 특징을 지니고 있다.
교훈가사로서의 구심을 지키면서 가사 수록의 목적과 현실적 요구를 반영
하여 그 원심을 확대했다고 볼 수 있다. 이러한 변화는 18-19세기부터 지
속되었던 오륜가 등의 교훈가사의 지속과 변이를 확인할 수 있다는 점에
서 의미가 있다. 이에 본 장에서는 지속과 변이의 측면에서『지셔지자명
록』 수록 가사 작품에 담겨있는 담론의 특성을 살펴보기로 한다.

## 1) 가문 중심의 오륜 담론과 경계와 검열의 강조

오륜시가의 통시적 전개과정을 살핀 기존의 연구를 참고할 때, 18-19세기는 오륜이 다수 대중을 중심으로 일반화 되었으며, 오륜가가 그 역할에 충실히 기여했다는 사실을 확인할 수 있다. 이 시기는 특히 오륜가를 통해 오륜적 질서의 주체가 민중과 여성으로 확장되고, 시가와 소학이 결합되어 오륜의 항목에 대한 세칙이 제시되며, 복선화음의 논리가 오륜과 결합하는 양상을 보인다.11) 이러한 양상은 20세기 초반에 저술된 『지셔지자명록』의 가사에도 지속된다. 그러면서 19세기까지 나타났던 오륜 담론과는 다소 이질적인 양상을 드러내기도 한다.

『지셔지자명록』의 가사 중에서 오륜 담론을 담고 있는 작품은 <수신가>, <부부상경가라>, <지셔지교조셜이라>, <시인격회가> 등이다. <수신가>가 자기 수련을 위한 근거로 오륜 덕목을 강조하고 있다면, <부부상경가라>와 <지셔지교조셜이라>에는 오륜의 구체적 실현 방안이 제시되어 있고, <시인격회가>는 풍속 교화의 수단으로 오륜을 제안하였다. 나-가족-사회로 확장되는 일련의 계기적 관계 속에서 오륜 담론은 윤리적 덕목이자 수단이 되고 있다.

> 천지간만물중에 오직스람귀한이라 스람이라귀한바는
> 삼강오륜귀한빅라 조고금○귀한바는 수신흥기공부솜아
> 숨강오륜정한법이 이시상에발키시니 닉몸이귀할슈록
> 힝실안의된단말가 부모유톄으려느서 회망할사조심이라
> 형제간애 우익홈은 시비될가조심이라 닉몸이익중흥면
> 경각인달홀키하라 인의로서미갓구고 례지로서복을도와
> 불선한일혹이시면 회가조칙극히하고 축한일을힘을서서

---

11) 하윤섭(2014), 『앞의 책』, 382-427쪽.

수신ᄒ기조심하라 비례지힝안이하고 오성친졍미인마음
불리지ᄉ아니ᄒ야 이닉뎐군틱연ᄒ니 빅뎌(례)즁련하온지릭12)

&lt;수신가&gt;의 시작 부분인데, '천지간만물중에 오직ᄉ람귀한이라 ᄉ람이
라 귀한바는 삼강오륜귀한빈라'에서 알 수 있듯이 삼강오륜은 인간존귀의
근거로 제시되며, 이 가사가 오륜 담론의 자장 안에 있음을 강조한다. 특
히 이 구절은 『동몽선습』의 첫 구절을 차용한 것으로13), 오륜시조로 독립
되어 각편이 되거나 다른 가사 작품에도 자주 활용된다. 『지셔직자명록』의
가사 작품 또한 이 구절로 시작되는데, 이는 수록된 가사 작품의 주된 담
론이 오륜을 바탕으로 하고 있음을 시사한다.

그런데 이 작품에서 오륜은 수신과 수기의 중요한 근거가 되고 있다.
사람의 귀함은 오륜에 있는데, 이 귀함은 '수신'으로부터 시작된다. 수신이
먼저 되어야 오륜의 중요한 덕목인 부모에 대한 효와 형제간의 우애를 지
킬 수 있다는 논리이다.14) 이는 수신제가의 덕목을 강조한 『대학(大學)』의
논리와도 자연스럽게 이어진다. 이후 오륜은 개인의 수신을 넘어 어지러
운 세상 풍속을 회복할 수 있는 중요한 덕목으로 다시 강조된다.

인셩빅연덧업는ᄉ 세상ᄉ람 씨달손야 원이부동번한풍숙
참혹키로되는지라 삼강오륜졍한바는 부모형지즁ᄒ도다
부모형제즁건마는 즁한쥴노모리로다 부모을 모리거든
형제을 어이알며 형제을모리거든 친척을어이알며

---

12) &lt;수신가&gt;
13) "天地之間 萬物之衆에 惟人이 最貴하니 所貴乎人者는 以其有五倫也니라 是故로 孟子曰 父
子有親하며 君臣有義하며 夫婦有別하며 長幼有序하며 朋友有信이라하시니 人而不知有五常
이면 則其違禽獸 不遠矣리라."
14) 수신의 덕목이 『大學』에 근거를 두고 있고, 『대학』에서도 수신을 齊家治國平天下의 출발
로 삼고 있으므로 교훈가사의 출발을 이 &lt;수신가&gt;로부터 시작한 것이라 보인다.

친척을 모리거든 붕우를어이아리 그중에익석홈은
처즈전식쑨이로다 팅심홀스 세상인심 숨강오륜일치마소15)

여기서는 세상의 풍속이 참혹하게 되었음을 개탄하면서 이를 회복할 방법으로 삼강오륜을 제안하고 있다. 특히 부모-형제-친척-붕우로 확장되는 오륜의 연결과 당위성을 통해 삼강오륜의 중요성을 강조한 것이다. 한편 『지셔지자명록』 수록 가사에서 오륜은 가족 간의 윤리, 특히 부모와 부부 간의 윤리를 강조하는 데 효율적으로 활용된다. <지셔지교즈셜이라>와 <부부상경가라>를 통해 확인할 수 있다.

학문공부하난바은 슈신지가하런이와 졔가하는닉도리가
효경홈이면져로다 스친지도줄하기난 일복힝실근본이라
글비운다층탁흐고 혼정신셩모리나면 글뵈와셔무어하리
불효인스가려도다 소학딕학비운쓰질 너로되강아런이와
긔초명함관슈원 부모어찌셩역이오 슈신지가평쳔하은
졔가하기건원이라 어아느그숨형졔난 닉으말을명염하라
지하도리조심흐야 부모명영슌종하면 이가쏘한효경이라
슉야물망긔렴하여 조부모기효도홈은 형졔간에우의로다
노모노친모시오나 너의쎄난부모로다 부모유체흘려나셔
이지즁지하올지라 모시구○ 엄친모도 부모언히승각하면
팅산이라강고적고 흐히라도엿튼지라 사친지로이사람을
역역키말하리라 부완모은효앵홈은 쳔하지효지슌이오16)

학문과 수신의 근본으로 효가 강조되고 있으며, 이는 <지셔지교즈셜이라>의 중요한 가르침이 되고 있다. 공부하는 후학이나 자제들에게 제일

---

15) <시인격회가>
16) <지셔지교즈셜이라>

강조되는 덕목으로서 효를 다하는 것이 학문과 수신에 이르는 길이다. 모든 가르침의 내용이 효로 수렴되어 있다. 다음은 부부간의 윤리를 강조하는 <부부상경가라>이다.

> 인싱빅연덧엄신들 기한지신최겸이라 렴양천지이시샹에
> 부부되난사람드라 이닉말숨명렴ᄒ야 치손ᄒ기조심하오
> 외당거쳐가쟝으난 천ᄒ디큰힘으로서 춘경ᄒ윤명을도와
> 추수동풍ᄉᄒ두고 닉실주쟝안히드른 침션방직힘을서서
> 전구짐줄일을슴아 먹고시기조심하오 남녀간민인직분
> 다각각힘을시며 부ᄌ득명못ᄒ여도 기한지신엄논이라[17]

부부유별의 오륜 담론이 담겨 있다. 가장은 천하의 큰 힘으로 바깥일에 힘쓰고, 아내들은 바느질과 베짜기 등의 집안일에 힘씀으로써 남녀 간의 직분을 지켜야 한다고 주장한다. 그러나 실제 작품 전체의 담론은 아내의 직분에 주력한다.

> 이만ᄌ미업논지라 고진감닉안이은가 가쟝은하놀이라
> 둘너줄다람이오 뢰실빗믹홀잘하기는 부인의기미이시니
> 조심ᄒ고상양하야 손유치손조심ᄒ오　규문힝실ᄒᄌ하면
> 말소리도낫ᄎᄒ고 가즁불란업시하면 춤을인ᄯ등을슴아
> 총부긔부모인짐에 시비말고지너리며 조은이러히락ᄒ고
> 셩닐일의용서하야 동거일실로헌의으로 경각인달빈할손야
> 유ᄌ유손이닉집에 피숙상풍어리하리 먹이기도손양ᄒ고
> 입피기도조심ᄒ야 되기시려키와너고 보암직이길러너여
> 천셩만민졍한직분 직분되로가라치니 굴비우논ᄌ식으는
> 학문공부힘서하야 입신양명ᄒ자하니 부모의계영화되고

농ᄉ하는ᄌ식이란 본읍을힘업섯셔 격양가을낙을숨아
부모봉양극진토다 시상ᄉ람미인직분 부귀빈쳔인건마는
상담ᄉ의이른말리 여문짱에물리각고 듸북은지쳔이요
수복은지근이라 직숙이ᄀ호ᄌ하면 리츅시을쥬중숨아
삼농시졀당하거든 농불실시면부듸말고 삼츈시졀당하거든
양잠실시부듸말고 남경여직힘을시며 기한지심엄난이라[18]

치산, 자식교육, 부모 봉양 등 집안의 모든 일이 부인에게 달려있음을
강조한다. 부부유별을 통해 강조되었던 부부간의 균형 있는 관계가 여성
의 역할 강조와 경계의 담론으로 과하게 기울어진 것은 비단 이 작품에서
만 나타난 현상은 아니다. 이러한 현상은 조선후기 계녀가와 오륜가 등에
도 나타나는 현상이다. 남편에 대한 공경과 부부 사이의 구별이라는 추상
적이고 관념적인 사항만이 반복적으로 제시되던 조선전기에 비해 가부장
제의 논리가 강화되고 사회경제적 혼란이 가중되던 18-19세기 부부유별
의 담론이 여성들의 역할 강화에 더 초점이 맞추어졌고 그러한 상황이 계
녀가나 오륜가에 그대로 반영되고 있었던 것이다.[19] 이러한 흐름이 <부
부상경가라>에도 그대로 유지된 것이다.

이상으로 『지셔지자명록』 수록 가사의 주된 담론인 오륜을 표방하고
있는 작품을 살펴보았다. 『지셔지자명록』이 가훈서나 교훈서의 성격을 지
니고 있기 때문에 이들 가사 또한 도덕 및 윤리교육의 차원에서 수록된
교훈가사라 할 수 있고, 이러한 역할에 오륜 담론이 적극적으로 동원되었
다고 볼 수 있다. 나로부터 출발하여 세상을 바로잡을 수 있는 근거로서
오륜의 중요성이 강조되었다. 그러면서 특히 가족 윤리로서 효와 부부유

18) <부부상경가라>
19) 하윤섭, 『앞의 책』, 397-398쪽.

별이 강조되고 있음을 알 수 있다. 그리고 그것은 가족과 향촌 내의 질서를 확립하고 세상의 풍속을 바로잡을 수 있는 중요한 믿음으로 계승되고 있음을 확인할 수 있다. 그렇다면 『지셔지자명록』 수록 가사 작품은 오륜 담론을 어떻게 형상화하고 있는지 살펴보자.

이목구비단정토다 조혼일소오기하야 부모명영청종하고
악한소식멀리하야 부모근심들기흐고 이너몸을중키하라
부모유치안이온가 호식음쥬조심하야 방탕호소절금하고
호용투한안이키논 피람욕셜렴여로다 이러타시수신흐며
그뉘랏서말흘하랴 선한일도시승이요 악한일도소장이라
올른일을싹짜너고 망피한일멀이하며 길흉화복미인바에
흥망성쇠가려로다 행당호숙노기먹린시 이너몸을긋기싹가
호용투한잠인총둥 이너귀가중쳥이라 시상에야넘노다가
희금(급)기신쇠운이라 어리석고모난필부 몸싹기논안이흐고
망즌존더교만타가 축처봉피무숨일고 천금갓탄이너몸을
일점교퇴엄시흐라 일편영더어진마음 천성을회복하야
악할일을조키이기 즈포즈긔흐기되면 인형이야가즈신들
금슈되기쉬운지라 선한일노마다하면 악한길노드난이라
선악간의자시바셔 이너몸을조심하라 이너몸을너라하며
남이나은너라흐리 너에몸을네라흐면 남이너을네라하랴
너가너되여거든 너도리을발키뢰고 늬가늬되여쩌든
너도리을발키하라 현부형에훈기홈과 음스우의가라침을
기질총명발키너면 도덕성쵀되난이라 성인군즈하신말슴
일빅힝실발키시니 긔가치국평천하은 수신흐기근본이라
어화너의형지드른 형우지공한마음을 슉흥야미한평싱애
혼정신성조심하야 당상긔기문안할지 천천궁궁살펴여라[20]

<hr>

20) <수신가>

&lt;수신가&gt;의 일부인데, 수신의 방법은 자신의 몸을 천금처럼 여기어 천성을 회복하는 데에 두었다. 그리고 이를 위해 선악을 자세히 살피고, 몸을 조심해야 한다고 강조한다. 그리고 계속 강조하는 것은 한결같이 '조심'하는 것이다. 이는 『대학(大學)』에서 중시되는 '수신재정기심(修身在正其心)'과 차별되는 지점이다. 대학에서 수신은 마음을 올바르게 하는 것을 방해하는 분치(忿懥), 공구(恐懼), 호락(好樂), 우환(憂患)으로부터 벗어나 마음을 바르게 하는 것이다. 이에 비해 가사 작품 &lt;수신가&gt;는 악으로부터 물들지 않음, 이를 위한 경계와 조심을 수신의 방법으로 강조하고 있다. 이러한 양상은 &lt;지서지교즈셜이라&gt;, &lt;부부상경가&gt;에도 나타난다.

일평싱조심키난 남사람을두려하라  심술이나하즈하며
전두간의오난사람 니숙이나외ᄒᆞ는덧 아유구용하는지라
열뚠단이조컨마는 한변실슈어것치면 전일인정간업고
갈딕마다흠파로다 허물업시험한인심 니맘이난무리ᄒᆞ나
남사람이전같ᄒᆞ면 니집인심슈치로다 남사람이지뜻째로
일일닐리층증하면 니집고관되더라도 뉘가안이사례할가
남으로잘못할망졍 어이슈작금하여라 악한자의무황한일
이내몸을멀이하라 지가안만피려한들 니도리만올기하면
용열한일홈이서도 남은눈중간이라 니힝시을ᄒᆞ자하면
쥬막쥬쳠부디마라 열쑨가면아홉쑨은 남보기가누츄할쑌
염양지최엄는사람 슐취하면피류로다 방탕ᄒᆞ기쇠운지라
이니마음굿을손야 니것쥬고말들나면 남사람익관기되고
남으인심조키하야 주고밧긔조심하라 이른사람실인심은
니것찾째흠이되고 니집거쳐니가희도 남사람에침죽이요
일등호역분비젼은 니가쥬창감자쥬나 이런거난여사로라
뉘가나을참면하리 시상인심이려한바 묵염즁애그렴하니
니조심을날노하야 남어이름간여마라 잘되나면지운슈은

　　못되나면앙화로다 두문잠장장기이셔 닉가도만발키여라[21]

　자식에게 훈계하는 내용인데, 계속해서 강조하는 것은 조심과 경계이다. 그리고 일평생 조심하여야 할 것 중 하나가 바로 '사람'이다. 다른 사람의 심술, 악한 자의 무례한 일, 주고받기 등등 조심하여야 할 사항이 차례대로 나열되어 있다. 이 모든 것이 화의 원인이 되기 때문이다. 따라서 이를 피하는 방법은 조심하고 경계하며 내 몸을 멀리하고, 남의 일에 관여하지 않는 것이다.

　<부부상경가라>는 앞서 살폈듯이 여성으로서 지켜야 할 덕목을 강조한 가사이다. 여기서도 여성으로서의 의무에서 더 나아가 경계해야 할 행위를 구체적으로 제안하는 데에까지 확장된다.

> 치마쏘리분쥬하야 마실가기상칙삼아 이집져집단이미셔
> 말전흐기잘못하야 풍지풍파이려ᄂ면 스람츅에가단말가
> 츄립할쩌임박하야 침선흐기일이로다 가장출타틈을타셔
> 군동지가일리로다 그령져령ᄂ무릐며 오른다시거스리고
> 그리저리족치기ᄂ 일시부ᄌ되옴시를 미운소리통통하야
> 시간질질나무릐며 갓존이서춤아주며 이가쏘한종씨도라
> 안희되고이려흐면 무순ᄌ미이실손야 자고저운줌자기도
> 다자고야어이흐며 흐기실은일이라도 안이하고어이하리
> 흐기실타안이하면 손음치산낭피로다 먹고시기중한쥬를
> 그리도록 스일손야 방촌지구저근입이 육식을못먹으면
> 쥬린종자거너리고 들판슴시어이하리 일기척신중한몸이
> 의복을못입며 삼동설한촌바람의 몰골궁슝어이하리[22]

21) <지셔지교ᄌ셜이라>
22) <부부상경가라>

부부유별을 통해 서로의 분별이나 부덕을 강조하기보다는 바깥출입과 언행에 대한 경계, 절제와 근면에 대한 일방적인 훈계가 주를 이룬다. 그리고 이러한 훈계를 제대로 이행하지 않을 시에는 자손과 집안의 궁핍이라는 처벌이 기다리고 있음을 강조한다.

오륜은 원래 관계의 윤리를 다룬 덕목이다. 수신제가의 덕목 또한 이를 통해 평천하로 나아가기 위함에 있다. 그런데 이러한 오륜 및 유교의 덕목은 『지셔지자명록』 수록 가사 작품에서는 향촌과 가문의 구성원을 경계하고 훈계하기 위해 활용되면서, 근신과 보신의 덕목으로 수렴되고 있다. 자기 검열이 한층 강화된 모습이라고 볼 수 있다. 이는 18-19세기 오륜가 작품에서 보였던 생활윤리로서 유교덕목의 활용[23]과 연관되면서도 20세기 향촌사회에서 향유되었던 오륜가의 또 다른 변모이다.

이러한 면모는 조선후기 향촌사회의 중요한 변화 중의 하나인 동성마을의 증가와 연관이 있어 보인다. 동성마을이란 1-2개의 동성동본 집단이 마을을 배타적으로 장악한 곳을 의미한다. 일제강점기 조선총독부의 조사에 의하면, 1930년대 조선의 촌락은 절반 이상이 동성마을로 존재했다. 대구 인근의 팔공산 지묘동에 세거지를 둔 경주최씨 동성마을도 그 중 하나이다.[24] 동성마을의 형성은 부계적 친족질서가 강화되었음을 의미하며, 이러한 질서가 향촌사회로 확장됨을 뜻한다. 이러한 상황에서 자녀와 여성은 더욱 강력히 통제의 대상이 된다. 가문과 동성 중심의 향촌질서를 강화하기 위해 오륜 담론은 구체적 행위를 더욱 제한하고 규율하는 방향으로 기울어질 수밖에 없기 때문이다. 여기에 국권강탈과 근대화라는 격동하는 시대상황 속에서 가문을 지키고 마을을 지켜야 한다는 위기의식은

---

23) 하윤섭, 『앞의 책』, 403-415쪽.

24) 김경란(2018), 「조선후기 동성마을의 분화에 대한 연구-경상도 대구부 경주 최씨 동성 마을의 사례-」, 『사림』 65호, 수선사학회, 173-204쪽.

오륜 담론을 근신과 보신의 방향, 규율과 검열의 확대로 향하게 한 것으로 보인다.

## 2) 교양교육으로서 역사 읽기와 현실위기 강조

앞서 살폈듯이『지셔지자명록』수록 가사는 오륜 담론을 표방한 가사와 역대가류 가사를 병행하여 싣고 있다. 역대가는 중국과 조선의 역사를 서술한 가사로서 아동과 여성들 사이에서 주로 향유되었다. 오륜 담론을 담은 가사 작품들이 도덕교육의 역할을 했다고 본다면, 역대가류 가사 작품은 역사교육의 측면에서 이해할 수 있다. <은협ᄌ작가라>, <지셔지중야물미는설이라> 등에서도 사적과 역사적 인물이 주로 언급되지만, 역대가의 본격적인 면모는 <역뎍열람가>에서 확인할 수 있다.

> 어아우리인싱드라 싱이시녕ᄒ여시니 분영쳔셩타고나셔
> 이목총명발가도다 여금지시당히여셔 허송세월하지마라
> 신식도조커니와 구법을버일손야 지셔직상쇠는여가
> 서젹피람하니 틱고시졀쳔황시는 시기셥지무이화요
> 구복의소유스시난 심묵신은하여시고 수인시찬화후로
> 화식을비롯하야 복희시엄양모슐 하도용마팔괘되고
> 신농시시시교경은 축숙의사ᄶᅡ미숨고 헌원시족듀거에
> 히에만국상통이라 졔유시모한뱝은 평강만민하여시니[25]

본격적인 역사 서술 이전에 역사를 살피는 정황과 이유를 설명하고 있다. 빠르게 변화하고 있는 시류에 맞서 구법의 중요성을 인식하고, 이의 일환으로 지셔지의 여러 서적을 살핀다는 것이다. 그리고 이어 중국의 역

---

25) <역뎍열람가>

사가 서술되고 이어 조선의 역사를 서술하였다. 중국의 역사나 인물, 사적은 그와 관련한 배경적 지식이 있어야 쓰고 읽을 수 있다. 따라서 역대가의 향유는 이러한 내용을 지식과 교양으로 획득하고 누릴 수 있는 기회이기도 하다. 역사를 읽고 아는 것, 그것은 '이목을 총명하게 하고 허송세월을 보내지 않는' 수단이 되며, '여가를 즐기는 방법'이 되는 것이다. 여기까지는 여타의 역대가류 탐독과 크게 다르지 않다. 그런데『지셔지자명록』에 수록된 <역디열람가>가 단순한 교양과 도덕에 머무르고 있지는 않다는 점은 주목할 필요가 있다. 여타의 역대가에 비해 조선의 역사를 비중 있게 다루고 있다는 점이다.

> 중화고금역디사기 디강이나필한후의 평양산천지일이라
> 마한진한일몽이요 고구빅졔편시로다 일텬텬실나라국과
> 오빅제라고려국은 연디나만컨마난 부운유슈잠짠이라
> 아리조종국초에 한양의도읍하니 션리방초 뜻치피여
> 가지가지춘식이라 원긔슈려삼각산은 북쑥을외와잇고
> 불식쥬야한강슈은 금디로셔둘너시니 인왕순과종남순은
> 용호시존잠기쏘다 유지일월발가시니 순지건곤티평이라
> 천무금성한양국은 지방이이철이라 동귀졀이동니부요
> 서거철이이쥬부라 팔도구역정하니 삼빅육심사쥬로다
> 오운궁궐깊푼도디 일월갓치말근성군 요순우탕심민이요
> 문무쥬공성덕이라 예악문물갓촤시니 소중화가되여시라[26]

전체 가사 분량을 고려했을 때, 중국의 역사에 비해 조선의 역사가 훨씬 길게 서술되어 있으며, '중화고금역디사기 디강이나필한후의'라는 말에서도 알 수 있듯이 중국의 역사는 조선의 역사를 본격적으로 서술하기 위

---

26) <역디열람가>

한 형식적 수사처럼 느껴진다. 그리고 삼한시대, 삼국시대, 고려를 거쳐 조선의 역사로 이어진다. 그리고 한양의 자연환경과 문물, 임금에 대한 예찬을 통해 조선에 대한 자부심을 드러내었다. 이러한 양상은 여타 역대가류 가사에서도 나타나는 양상으로서 자국의 역사를 통해 자신의 정체성과 자긍심을 확인하는 과정이다. 그러나 <역뎌열람가>는 현재 나라 잃은 상황에 대한 개탄으로 이어진다.

> 어와우리신민드라 슉야불망북슈로다 우리국경조흔소식
> 현인군자모이쓰다 용광미간중결사은 사직종묘편키하고
> 고요직셜고렁신은 억조창싱건지두니 세강숙말이전하에
> 인심이퇴변할사 삼빅이열관고러고을 선악으로류남하니
> 우리국가깁푼근심 탐관오리금큰마는 즌미할사이빅셩을
> 슈화중이들기한다 천중식노의귀한영화 국은이야망극하나
> 북국진중안이하고 쥬민고틱엿잔일고 인들ᄒ다난신적자
> 이려하고종구할사 을사지원십사인의 국사변경되야시니
> 가련하고통분할사 퇴상황제어진마음 단죽으로무가니하
> 경술치원십오일이 합방되기원이런지 인구정사간더업고
> 무오낭원십판이 오호통지가련ᄉ은 천지가이룩한바
> 국상을당한지라 기미이월초삼일은 금루으로인손하니
> 삼천이우쥬간의 억조창싱 눈물이라[27]

인심이 변하고 국가는 깊은 근심에 처했으며, 탐관오리와 난신적자로 경술국치를 당하게 된 상황이다. 그리고 고종 승하라는 현실에 봉착하게 됨을 서술하였다. 앞선 자긍심은 일시에 무너지고 '억조창생 눈물을 흘리는 상황'에 이르게 된 것이다. 조선의 현재적 상황을 주목하고 있다. 이렇

---

27) <역뎌열람가>

게 볼 때 <역디열람가>는 교양교육으로서 역사읽기라는 역할을 넘어서고 있음을 알 수 있다. 역사적 지식과 교양의 습득이라는 교육적 목적과 더불어 역사읽기를 통해 현실적 위기를 드러내고 이를 공유하는 모습이다. 이러한 위기의식은 기존의 <한양오백년가>에서도 찾아볼 수 있다.

후록의 기록함은 니친인군 타시로다 우리조선 이나라리 조선된지 언졔든가
티빅산 단목ㅎ에 신인혼나 나려와셔 인군으로 드러안즈 정치을 ㅎ셧시니
무위이화 혼후ㅎ여 티고젹 시졀일니 잇쩌가 어느쩐고 요인군과 함게셧니
요슌우탕 다시나고 문왕쩌 이러나셔 문왕세계 기즈봉희 조선국왕 숨아신이
기즈인군 겨동보소 평양의 도읍ㅎ스 치국치민 ㅎ올젹의 팔조목을 볘퓨려셔
인군예지 가라치니 쥬소픙화 이안인가 고구려 빅졔성은 칠빅오연 다지니고
박셕금 실나국은 구망구십 다지니고 왕건티조 고려국은 스빅칠십 다지니고
장ㅎ도다 우리티조 한양의셔 도읍ㅎ스 기즈여픔 이어닉스 숨강오윤 어진법과
인의예지 조흔법과 일월갓치 발키돗코 군군신신 엄졀ㅎ고 부부즈즈 친밀ㅎ며
가가이 화락하고 호호이 화슌터이 이럿타시 조흔픙속 상ㅎ간의 동난ㅎ여
요슌세계 언졔든ㄱ ㅎ우쳔지 잇쩌로다 이갓치도 조흔나라 십여티을 지닉와셔
호종쩌 이려여셔 스식이 셔로나셔 스식이 무어신가 노론인지 남인인지
소론인지 소복인지 이겨시 스식일셰 우암션싱 노론디고 미슈션싱 남인디고
명졔션싱 소론디고 겸암션싱 소복이라 이후로 픔소되어 남인노론 쳑이지고
소론소복 시비나셔 볘살의도 쳑이지고 혼인의도 분간잇셔 남노통혼 안이되고
소론소복 계우ㅎ니 이거시 폐단이라 혼인이을 말할진딘 남인집 조흔혼인
노론집 원통ㅎ고 노론집 조흔혼인 남인집 졀통ㅎ다 후셩을 두고보면
노론이라 칭탁ㅎ고 남인션싱 함험ㅎ고 남인이라 칭탁ㅎ고 노론션싱 비방ㅎ니
싱목좃타 시비홈은 후싱힝실 무엄ㅎ다 남로싱목 이려날쩌 젹셔분간 시비
난다 (중략)
실퓨다 양반드라 양반식각 아조마라 양반분간 보즈ㅎ면 후시상의 다시보세
오빅연 양반드라 무어시라 부족튼가 가련코도 가련ㅎ다 한양가을 짓고보니
실퓬회포 나난거시 칭양치 못할도다.[28]

조선의 역사적 사실을 서술하면서도, 조선 사회가 처한 문제점을 신랄하게 비판하고 있다. 그러면서 마지막에 '오백년 양반들이 무엇이 부족한가, 가련하다. 한양가를 짓고 보니 슬픈 회포가 난다'라고 하며 현재적 관점에서 화자의 한탄을 드러내었다.

『지셔지자명록』의 <역디열람가>는 중국의 역사와 조선의 역사를 통시적으로 읊는 역대가의 형식을 따르면서도, <한양오백년가>처럼 현재의 위기를 토로하고 비탄함을 드러내는 방식을 취하고 있다. 이는 교양교육의 차원에서 역사읽기를 도모하면서도 현재의 위기를 공유하고 고민하게 한다는 점에서 의미가 있다. 특히 이 시기가 일제강점기인 상황인 만큼 이러한 비탄을 직접적으로 드러내고 있는 것은 주목해야 할 부분이다.

실제로 『지셔지자명록』에는 고종의 인산일에 서울까지 다녀온 노정기가 실려 있다. 여기에서 '오호망국지한을감당치못ᄒ와 지마ᄉᄒ고 불원천이ᄒ야 당일 능하에 진춤교결할 쓰지로 정월염판에경성을 발정할식'라는 기록이 있다. 이를 참고할 때 『지셔지자명록』의 저술자는 국치라는 상황에 대한 위기의식을 가지고 있었고, <역디열람가>를 통해 조선의 현재적 상황에 대한 개탄을 드러내었다고 판단할 수 있다.

이상으로 <역디열람가>를 통해 『지셔지자명록』에 수록된 가사가 지식과 교양으로서 역사읽기라는 차원에서 향유되었음을 확인하였다. 이는 『지셔지자명록』의 가사가 오륜 담론과 더불어 역사를 통한 교양교육의 역할에 기여하고 있다는 것을 알 수 있다. 더 나아가 <역디열람가>는 현재적 관점에서 조선이 처한 위기를 공유하고 그에 대한 개탄을 드러냄으로써 단순한 교양교육으로서 역사읽기를 넘어서고 있다는 것을 확인하였다. 『지셔지자명록』이 일제강점기 저술된 책자이고 자녀교육을 목적으로

---

28) <한양오백년가>(임기중(2005), 『한국역대가사문학주해연구』, 아세아문화사, 324-325쪽)

한 가훈서라는 점에서 이러한 양상은 더욱 의미가 있다고 할 수 있다.

## 4. 맺음말

본고는 학계에 알려지지 않은 『지셔진자명록』을 소개하고, 여기에 수록된 가사 작품의 실상을 파악하는 데에 주력하였다. 『지셔진자명록』은 초계 정씨 문중인 탁와종회에서 한글박물관에 기증한 한글자료이다. 이에 대한 간략한 소개만 있을 뿐 자료의 실상에 대한 학술적 고찰은 이루어지지 못했다. 이에 본고는 『지셔진자명록』이 일제강점기 대구 인근 지묘동에 세거했던 경주 최씨 집안의 가훈서이며, 당시 시대적 상황 및 향촌 지식인의 의식을 엿볼 수 있는 중요한 자료임을 밝혔다. 아울러 여기에 실린 가사 작품의 수록 양상과 작품 현황을 밝히고, 가사 작품의 주된 담론 특성을 분석하였다.

『지셔진자명록』 수록 가사는 향촌 사족의 집안 구성원을 염두에 둔 교훈가사로서, 오륜과 역사라는 두 가지 담론을 담고 있음을 확인하였다. 오륜과 역사는 『동몽선습』과 같은 교육서에서 취한 중요한 교육 내용이다. 그리고 각각의 작품 분석을 통해 도덕교육으로서 오륜 담론을, 교양교육으로서 역사읽기를 시도하면서도 기존의 작품과는 다른 양상을 드러내고 있음을 분석하였다. 인간관계를 염두에 둔 오륜 담론이 근신의 양상으로 자기검열이 강화되는 양상과, 역사 읽기가 교양교육에 그치지 않고 국권상실이라는 현실위기를 반영하고 있는 모습이 그것이다.

이를 바탕으로 할 때, 『지셔진자명록』의 가사는 다음과 같은 측면에서 의미를 가진다. 먼저 20세기 대구 지역의 향촌 사족 가문에서 이루어진 교육의 현황을 가사 작품을 통해 확인할 수 있다는 점이다. 가부장적 부계사회에서 비롯된 동성마을의 형성과 국권상실과 근대화의 위기 속에서 가족과 가문을 지키기 위해 강조되었던 교육의 구체적 내용을 가사 작품을 통해 확인할 수 있다는 것이다. 다음으로 20세기 초 교훈가사의 전승 현황과 작품 특성을 확인할 수 있다는 점이다. 특히 오륜 담론의 경우 그것이 조선사회를 관통하는 중요한 윤리덕목이면서 시조나 가사 작품의 주된 주제였다. 그러면서 오륜 담론은 시대에 따라 차별적 양상으로 드러났다. 이에 대한 검토가 이루어진 바 있지만, 19세기 이후의 양상에 대해서는 살필 기회가 없었다. 이에 본 연구는 20세기 초 오륜 담론의 변모를 살폈다는 점에서도 의미를 확보할 수 있을 것이다.

**참고문헌**

1. 연구논저

김경란, 「조선후기 동성마을의 분화에 대한 연구-경상도 대구부 경주 최씨 동성 마을의 사례」, 『사림』 65호, 수선사학회, 2018.

김현미, 「『直菴集』 소재 子女敎育文 연구-18세기 가문교육 실상 보기의 일환으로」, 『열린정신 인문학연구』 14, 원광대학교인문학연구소, 2013.

박연호, 『교훈가사연구』, 다운샘, 2003.

성민경, 「20세기 여훈서의 일 양상」, 『한국고전여성문학연구』 35, 한국고전여성문학회, 2017.

이상익, 「조선시대의 동몽교재와 도덕교육」, 『동양문화연구』 24집, 영산대학교 동양문화연구원, 2016.

임기중, 『한국역대가사문학주해연구』, 아세아문화사, 2005.

정인숙, 「朝鮮後期 敎訓歌辭에 나타난 부모-자식 관계의 문제적 양상과 '孝不孝' 談論의 의미」, 『어문연구』 43권, 한국어문교육연구회, 2015.

최언돈, 「백불암의 수신・제가 관련 규범에 대하여」, 『유학연구』 21, 충남대학교 유학연구회 논문집, 2010.

하윤섭, 『조선조 오륜시가의 역사적 전개 양상』, 고려대학교민족문화연구소, 2014.

황수연, 「19~20세기 규훈서 연구」, 『한국고전여성문학연구』 24, 한국고전여성문학회, 2012.

# <대구십영>에 나타난 대구의 시적 형상과 그 지역 문학적 의미*

조유영 | 경북대학교 국어국문학과 BK21플러스사업단 계약교수

## 1. 머리말

조선 전기의 문인인 서거정(徐居正, 1420-1488)은 대문장가이며 관인문학의 주역으로, 여섯 왕을 섬기며 23년 동안 문형(文衡)을 맡아 당대의 문풍(文風)을 주도하였다. 또한 그는 관찬(官撰) 지리서인 『동국여지승람(東國輿地勝覽)』(1481)과 관찬 역사서인 『삼국사절요(三國史節要)』(1476)』, 『동국통감(東國通鑑)』(1485), 우리나라의 역대 시문선집인 『동문선(東文選)』(1478) 등의 편찬에 참여하여 조선의 체제 정비에 크게 기여하였다.

서거정의 본관은 달성(達城)으로 조부는 고려 말기 호조전서(戶曹典書)를 지낸 서의(徐義)였으며, 부는 달천부원군(達川府院君)에 추증된 서미성(徐彌性, 1383-1431)이다. 조선의 개국공신이며, 당대 최고의 학자였던 권근(權近,

---

* 이 글은 조유영(2018), 「<大丘十詠>에 나타난 대구의 시적 형상과 그 지역 문학적 의미」(『어문론총』 제77호, 한국문학언어학회)에 실렸던 글을 수정·보완한 것이다.

1352-1409)은 그의 외조부가 된다. 서거정은 외가인 경기도 임진현에서 태어나 자랐지만, 평생 증조부와 조부, 부친의 친향(親鄕)인 대구를 자신의 고향으로 생각하였던 것으로 보인다.

崎嶇鳥嶺似羊腸　조령의 험난한 산길은 양의 창자와도 같아서,
瘦馬凌兢步步僵　지친 말은 몸을 떨며 걸음걸음마다 넘어질 듯하네.
爲報行人莫相怨　행인들에게 알리노니 나를 원망하지 마소.
欲登高處望吾鄕1)　높은 곳에 올라 내 고향을 바라보고파서라네.

이 작품은 젊은 시절 서거정이 과거에 급제한 후, 선영(先塋)이 있는 대구로 가기 위해 조령을 넘으며 지은 시이다. 조령의 높은 고개에서 고향을 그리워하는 서거정의 모습이 잘 드러나, 대구에 대한 그의 마음을 헤아려 볼 수 있게 한다.

본격적으로 관직에 나아간 이후에도 서거정은 지역 출신 중앙관료들의 서울 집회소인 대구 경재소(京在所)의 당상(堂上)을 맡아 지역 인사들과 교류하면서 대구의 소식을 늘 접하고자 하였다. 또한 그는 오랫동안 문형을 맡으면서도 인근지역인 성주나 선산에 비해 인재가 부족한 고향의 현실을 늘 걱정하였다. 이에 동향(同鄕)의 인재들이 조정에서 날개를 펼칠 수 있도록 돕기도 하고, 지방관에 임명받은 이들이 대구로 부임하거나 조정의 동향이 귀향할 때에는 시를 주며 그들이 대구의 문화를 부흥시키기를 염원하였다.2)

이와 같이 서거정은 평생 친향인 대구에 대해 남다른 애정과 관심을 가지고 있었다. 그리고 이러한 그의 관심은 당대 유행하던 팔경시(八景詩)3)의

1) 徐居正, 『四佳詩集』 二卷, <將向大丘覲親踰鳥嶺>.
2) 徐居正, 『四佳文集』 四卷, 「序」, <送都壯元夏還鄕詩序>.

형식을 차용하여 <대구십영(大丘十詠)>이라는 10수의 연작시를 창작하는 것으로 나타났다.

팔경시는 중국 남북조시대 심약(沈約)의 <팔영시(八詠詩)>로부터 시작되어 송나라 때의 <소상팔경도(瀟湘八景圖)>와 이에 대한 제화시(題畫詩)인 <소상팔경시(瀟湘八景詩)>에 의해 완성되었다. 이후 우리나라에는 고려조에 수용되어 조선조까지 하나의 문학적 양식으로 자리 잡고 수많은 작품들이 창작된 바 있다.4) 서거정은 그가 편찬한 『동국여지승람』에 고려조 이후 대표적인 팔경시를 수집하여 수록한 바 있고, 자신도 <한도십영(漢都十詠)>과 같이 각 지역의 승경(勝景)을 대상으로 한 다수의 연작시를 창작하였다.5) 특히 자신의 고향인 당대 대구의 명소 10곳을 칠언절구 1수씩 총 10수의 연작시로 노래한 <대구십영>은 이러한 팔경시의 전통을 계승한 대표적인 작품이다.6)

<대구십영>은 조선 전기 대구의 금호강(琴湖江), 입암(笠巖), 연귀산(連龜山), 금학루(琴鶴樓), 남소(南沼), 북벽향림(北壁香林), 동화사(桐華寺), 노원(櫓院), 팔공산(八公山), 침산(砧山)을 대상으로, 그 속에서 누리는 풍류를 서정적으로 그려낸 작품이다. 따라서 <대구십영>은 당대 대구의 모습과 고향을 사랑했던 서거정의 감성이 고스란히 담겨 있는 작품이다.

지금까지 <대구십영>에 대한 연구는 크게 두 가지 방향에서 논의되어

---

3) 팔경시는 기본적으로 작가의 주관적 판단에 따라 勝景을 여덟 가지 미적 범주로 구분하여 詩化한 갈래라 할 수 있다. 그러나 여덟 개 이상의 승경을 시화한 연작시 또한 팔경시의 범주에 포함하기도 한다. 논자에 따라서는 集景題詠詩나 集景詩라는 용어를 활용하는 연구자도 있다.

4) 한국 팔경시의 문학적 전통에 대해서는 안장리(2002)의 연구(『한국의 팔경문학』, 집문당) 참조..

5) 서거정의 팔경시 및 십경시, 십이경시는 『四佳文集』과 『新增東國輿地勝覽』 등에 12편이 실려 있다.

6) 서거정의 <대구십영>은 조선 초기 인문지리서인 『新增東國輿地勝覽』에 수록되어 있으며, 이후 『四佳詩集補遺』 등에도 수록되어 있다.

왔다. 먼저 한국 팔경시의 문학적 전통을 검토하는데 있어 중국 팔경문학의 수용과 변용, 그리고 형식에 따른 유형과 내용적 성격을 문학 연구의 관점에서 논의한 사례가 있다.[7] 이러한 연구는 한국 팔경시의 갈래적 특수성과 보편성을 구명하는 데에 더욱 주목함으로써 <대구십영>에 대한 개별적인 논의라고 보기는 어렵다. 이와는 달리 <대구십영>에 대한 문학지리학적 연구가 있다.[8] 이러한 연구는 <대구십영>에 나타나는 지역 공간을 현대적 관점에서 고증하고, 이를 통해 지역문화자원으로서의 가치와 활용 방안에 대해 주목한다는 점에서 의미를 가진다. 이외에도 작품에 대한 본격적인 연구는 아니지만, <대구십영>의 명소 10곳을 대구지역의 랜드마크로서 일반 대중들에게 소개하는 저서들이 여러 존재한다.[9] 이처럼 서거정의 <대구십영>은 대구라는 지역을 대표하는 문학 작품으로 지금까지 널리 알려져 왔지만, 이러한 관심이 작품에 대한 깊이 있는 연구로는 연결되지 못하고 있는 상황이다. 따라서 이 작품이 가진 지역문학으로서의 성격이나 가치를 구체적으로 살펴볼 필요성이 여기에서 제기된다.

본고에서는 서거정의 <대구십영>을 지역 문학적 시각에서 논의해 보고자 한다. 비록 서거정이 대구지역의 문인이 아닌 중앙 정계를 중심으로 활동한 작가이긴 하지만, 대구에 대한 남다른 관심과 애정을 가지고 조선 전기 대구지역의 명소를 연작시로 창작했다는 점에서 이 작품은 지역문학사적 측면에서 중요한 의미를 가진다. 또한 시적 대상이 되는 지역 명소들이 현재의 대구지역에서도 여전히 중요한 문화 공간으로 자리 잡고 있으며,[10] 지역 공동체 내에서 지역민들의 감성을 자극하고, 공동체적 유대

---

7) 안장리의 연구(2002)가 대표적이다.
8) 전영권(2010), 「서거정의 '대구십영'에 관한 지리학적 연구」, 한국지역지리학회지, 제16권 제5호
9) 이정웅(2000), 『대구가 자랑스러운 12가지 이야기』, 도서출판 북랜드.
   전영권(2003), 『이야기와 함께하는 전영권의 대구지리』, 도서출판 신일.
10) 최근에는 서거정의 <대구십영>을 이어, '신 대구십경'을 선정하고자 하는 논의도 나타나

와 결속을 만들어내는 역할을 하고 있다는 측면에서 <대구십영>을 지역
문학적 시각에서 논의해야 할 필요성은 더욱 커진다.

이러한 시각을 견지하면서 2장에서는 <대구십영>에 대한 구체적인 분
석을 통해 조선 전기 대구지역의 명소들이 서거정의 시적 상상력과 어떻
게 결합하여 형상화되고 있는지를 살피고자 한다. 그리고 이를 토대로 3
장에서는 서거정의 <대구십영>이 지역문학으로서 어떠한 의미와 가치를
가지는지 논의할 것이다. 이러한 논의가 구체성과 타당성을 가질 수 있다
면, 본고는 <대구십영>의 지역문학으로서의 위상과 가치에 대한 새로운
논의를 시작하는 토대가 될 수도 있을 것으로 판단된다.


## 2. <대구십영>에 나타난 대구의 시적 형상

서거정의 <대구십영>은 문헌에 따라 시제(詩題)가 달리 나타난다. 『신
찬동국여지승람(新撰東國輿地勝覽)』과 『사가시집보유(四佳詩集補遺)』에는 <대
구십영(大丘十詠)>으로 기재되어 있으며, 『신증동국여지승람(新增東國輿地勝
覽)』에는 <십영(十詠)>으로, 영조 때 편찬된 『대구읍지(大丘邑誌)』(1768년 경)
에는 <달성십경(達城十景)>으로 기록되어 있음을 볼 수 있다. 본고에서는
기본적으로 『사가시집보유』의 <대구십영>을 토대로 다른 문헌의 기록을
참고하여 오자를 수정하여 연구 대상으로 삼는다.[11]

---

고 있다. 그리고 이러한 '신 대구십경'에는 서거정이 선정한 '공령적설'과 '북벽향림'이 포
함되어 있음을 볼 수 있고, 현대적 인문경관과 함께 전통 경관의 계승이라는 측면이 함께
고려되고 있음을 볼 수 있다. 이에 대해서는 전영권(2011)의 연구(「'신 대구십경' 선정에
관한 연구」, 『한국지형학회지』 제18권 제3호, 한국지형학회)를 참조.
11) 본고에서 연구 대상으로 삼는 <대구십영>의 텍스트 확정에는 전영권의 연구(2010)를 참
고하였다.

## 1) <대구십영>의 구성과 관습적 시어 활용

<대구십영>은 모두 10수의 칠언절구로 이루어져 있는 연작시이며, 서
거정이 살았던 조선 전기 대구지역 10곳을 시적 대상으로 삼은 경물시라
할 수 있다.

<표 1> 대구십영(大丘十詠)의 개별 승경(勝景)과 시제(詩題)

| 차례 | 승경(勝景) | 시제(詩題) |
|------|-----------|-----------|
| 1수 | 금호강 | 琴湖泛舟(금호강의 뱃놀이) |
| 2수 | 입암 | 笠巖釣魚(삿갓바위에서의 낚시) |
| 3수 | 연귀산 | 龜岫春雲(연귀산의 봄 구름) |
| 4수 | 금학루 | 鶴樓明月(금학루의 밝은 달) |
| 5수 | 남소 | 南沼荷花(남쪽 연못의 연꽃) |
| 6수 | 향림 | 北壁香林(북벽의 향나무숲) |
| 7수 | 동화사 | 桐華尋僧(동화사의 스님 찾기) |
| 8수 | 노원 | 櫓院送客(노원의 송별) |
| 9수 | 팔공산 | 公嶺積雪(팔공산의 쌓인 눈) |
| 10수 | 침산 | 砧山晚照(침산의 저녁 노을) |

위의 <표 1>을 살펴보면 <대구십영>이 단순히 대구지역의 승경을 나
열하고만 있는 것은 아닌 것으로 보인다. 경관적 유사성과 대비성[12]에 기
준을 두고 1수부터 10수까지 2수씩 병렬적으로 짝을 이루고 있는 것으로
추측되기 때문이다. 이를 구체적으로 살펴보면 먼저 1수 <금호범주>와 2
수 <입암조어>는 강과 하천의 경관과 그 속에서의 행위를 제시하고 있다
는 점에서 유사성을 가지며, 3수 <구수춘운>과 4수 <학루명월>은 봄날

---

12) 안장리의 연구(2002)에서는 팔경시의 형식적 유형을 논의하면서 경관의 유사성과 대비성
을 기준으로 기본형과 변이형으로 구분한 바 있다. 그리고 두 景을 기본 단위로 하는 경우
를 기본형, 두 景의 연관성이 해체되거나 네 景 단위로 확대되는 경우를 변이형이라 하였
다. 이러한 기준으로 본다면, <대구십영>은 기본형에 속한다고 할 수 있다.

의 구름과 가을밤의 달이라는 경관적 유사성과 봄과 가을의 계절적 대비성을 함께 보여준다는 점에서 짝을 이룬다고 할 수 있다. 5수 <남소하화>와 6수 <북벽향림> 또한 남쪽과 북쪽이라는 위치의 대비성과 함께 연꽃과 향나무 숲이라는 경관적 유사성을 가진다는 점에서 한 짝을 이루게 된다. 7수 <동화심승>과 8수 <노원송객> 또한 만남과 이별이라는 인간 행위의 대비성을 가짐으로써 짝을 이룬다고 할 수 있고, 9수 <공령적설>과 10수 <침산만조> 또한 사계절의 마지막인 겨울과 하루의 마지막인 저녁이라는 시간의 유사성을 가진다는 점에서 짝을 이룬다고 말할 수 있다. 따라서 서거정은 <대구십영>을 창작하는데 있어 기본적으로 경관의 유사성과 대비성이라는 자신만의 기준을 통해 대구지역의 승경을 병렬적으로 배치하고, 이를 통해 지역 공간에 대한 나름의 시적 형상을 부여하고자 했음을 알 수 있다. 다시 말하면 서거정은 구조적 통일성을 염두에 두고, 조선 전기 대구지역의 대표적인 명소 10곳을 10수의 연작시로 창작하였을 것으로 판단된다.

<표 2> 서거정이 창작한 십경시의 개별 소표제

|  | 大丘十詠 | 密陽十景 | 公州十景 | 漢都十詠 |
|---|---|---|---|---|
| 1수 | 琴湖泛舟 | 牛嶺閑雲 | 錦江春遊 | 藏義尋僧 |
| 2수 | 笠巖釣魚 | 鈒浦漁燈 | 月城秋興 | 濟川翫月 |
| 3수 | 龜岫春雲 | 栗島秋烟 | 熊津明月 | 盤松送客 |
| 4수 | 鶴樓明月 | 瑩峯初旭 | 鷄嶽閑雲 | 楊花踏雪 |
| 5수 | 南沼荷花 | 羅峴積雪 | 東樓送客 | 木覓賞花 |
| 6수 | 北壁香林 | 西郊修禊 | 西寺尋僧 | 箭郊尋芳 |
| 7수 | 桐華尋僧 | 南浦送客 | 三江漲綠 | 麻浦泛舟 |
| 8수 | 櫓院送客 | 馬山飛雨 | 五峴積翠 | 興德賞花 |
| 9수 | 公嶺積雪 | 凝川漁艇 | 金池菌苔 | 鍾街觀燈 |
| 10수 | 砧山晩照 | 龍壁春花 | 石甕菖蒲 | 立石釣魚 |

서거정은 <대구십영> 외에도 다수의 팔경시와 십경시를 지은 바 있
다.13) 그 중에서도 십경시는 모두 네 편이며, 위의 표에서 알 수 있듯이
각 십경시의 소표제 또한 <대구십영>과 유사한 방식으로 이루어져 있음
을 확인할 수 있다. 그런데 각 작품들의 소표제를 구체적으로 살펴보면
경관을 지칭하는 다수의 시어들이 동일하게 쓰이고 있다는 점이 눈에 띈
다. 예를 들면 '泛舟(범주)'와 '釣魚(조어)', '春雲(춘운)'과 '閑雲(한운)', '明月
(명월)'과 '積雪(적설)', '尋僧(심승)'과 '送客(송객)' 등의 시어들이 그러하다.
이러한 시어들은 각각의 장소가 가진 지형적 특징에 의해 명명된다. 위의
표에서도 확인할 수 있듯이 '범주'는 배를 띄울 수 있는 강이나 나루가 시
적 대상이 될 때이며, '조어'는 강이나 하천 주변 낚시를 할 수 있을 만한
바위와 결부된다. 또한 '심승'은 사찰과 연관되는 시어이며, '송객'은 역참
이나 나루터, 누정과 같은 송별의 장소와 결합한다.

官道年年柳色靑,　　관도엔 해마다 버들 빛이 푸르고,
短亭無數接長亭.　　무수한 단정은 長亭과 서로 이어졌는데.
唱盡陽關各分散,　　陽關曲을 다 부르고 각자 헤어질 제,
沙頭只臥雙白甁.　　백사장 머리엔 빈 술병 둘만 남아 있구나.

<櫓院送客>14)

故人別我歌遠遊,　　친구가 나와 이별할 제 遠遊를 노래하니,
何以送之雙銀甌.　　무엇으로 전송할까, 두 은사발의 술이구나.
都門楊柳不堪折,　　都門의 버들가지 차마 꺾지 못하니,
芳草有恨何時休.　　향기 나는 풀에 맺힌 한은 어느 때나 그칠런고.

---

13) 서거정은 모두 12편의 작품을 지었으며, 대부분의 작품들은 『東國輿地勝覽』에 각 지역의
題詠詩로 수록되어 있다.
14) 徐居正, 『四佳詩集補遺』 卷3, <大丘十詠>. 이후 출처는 생략함.

| 去年今年長參商, | 지난해와 올해에도 參星과 商星 같은 긴 이별, |
| 富別貧別皆銷腸. | 富者, 貧者의 이별도 모두 애간장을 녹이네. |
| 陽關三疊歌旣闋, | 양관삼첩의 노래 이미 다 끝나니, |
| 東雲北樹俱茫茫. | 동쪽 구름과 북쪽 나무가 모두 아득하구나. |

<盤松送客>15)

앞의 작품은 <대구십영>의 8수인 <노원송객>이다. 노원(櫓院)은 대로원(大櫓院)의 약칭이며, 신라시대 때부터 존재해왔던 민간 숙박시설로서 각 지역의 중요 교통로에 설치되어 여행자들의 편의를 도왔다. 금호강변 대로원은 조선시대 대구의 북쪽 관문으로 부산에서 서울로 이어지는 관도(官道)에 있었으며, 그 앞에는 팔달진(八達津)이 있어 배를 통해 강을 건널 수 있는 장소였다. <노원송객>은 이곳 대로원에서의 송별을 노래한 작품으로 이러한 공간적 특성을 작가의 시적 상상력으로 재구성한 것이다. 시의 전반부를 살펴보면 푸른 버드나무가 우거진 대로원의 풍경과 관도를 따라 이어진 장정(長亭)과 단정(短亭)의 모습이 나타난다.16) 시의 후반부에서는 석별의 정과 헤어짐의 아쉬움을 이별의 노래인 '양관곡'과 백사장에 홀로 남은 빈 술병을 통해 감각적으로 형상화하고 있다. 따라서 시의 전반부는 조선 전기 대구지역에 존재했던 대로원의 경관을 형상화하고, 후반부는 이러한 지역적 배경을 토대로 작가의 시적 상상력으로 재구성한 공간이라 할 수 있다.

뒤의 작품은 <한도십영>의 3수인 <반송송객>이다. 반송정(盤松亭)은 중국으로 떠나는 사신의 출발지로 조선시대에는 사행 사신의 송별 장소로

---

15) 『續東文選』 卷4, 「七言古詩」, <漢都十詠>.

16) 전근대 시대에는 역참을 院 또는 亭이라 하였고, 거리가 멀게 설치된 곳을 長亭, 가까이 설치된 것을 短亭이라 하였다. 서거정은 관도의 모습을 무수한 단정과 장정의 이어짐으로 형상화하고 있는 것이다.

널리 알려진 곳이다. 이곳을 배경으로 서거정은 이별의 정한을 감각적으로 풀어낸다. 특히 은으로 된 사발에 마시는 술과 이별을 상징하는 버들가지, 긴 이별을 뜻하는 삼성(參星)과 상성(商星), 그리고 이별의 노래인 '양관삼첩' 등의 시어를 통해 헤어짐의 안타까움과 슬픔을 형상화하고 있는 것이다.[17] 이와 같이 대구의 대로원과 한양의 반송정은 송별의 장소라는 공통점을 가지기에 서거정은 동일한 시적 상상력 속에서 이별의 감성을 형상화하고 있는 것으로 볼 수 있다. 결국 서거정은 유사한 배경을 가진 공간에는 이와 관련된 관습적 시어나 용사(用事)를 활용하여 정서적 감흥을 극대화하는 시적 상상력을 보여주고 있는 것이다.[18]

이외에도 <대구십영>을 살펴보면 다른 십경시에서 쓰이는 시어들이 중복되는 경우가 많이 나타난다. 예를 들어 <동사심승>의 承句(승구) "푸른 행전 흰 버선에 또한 검은 등나무 지팡이(靑縢白襪又烏藤)"와 같은 구절은 <공주십경>의 <西寺尋僧(서사심승)>의 한 구절인 "청등 지팡이 흰 버선에 한 켤레 짚신이로다(靑藤白幟雙草鞋)"와 거의 동일하다.

이처럼 <대구십영>은 조선 전기 대구지역의 특정 승경들을 대상으로 창작된 작품이라는 점에서 지역을 문학적 소재로 삼고 있는 작품이라고 할 수 있다. 하지만 그가 창작한 다른 지역의 십경시들과 비교해 보면 동일하거나 유사한 시적 상상력을 보여주고 있는 부분 또한 많이 나타남을 볼 수 있다. 따라서 <대구십영>은 지역적 성격을 가진 특정 공간을 시적 대상으로 활용하고 있기는 하지만, 시적 형상화 방식에 있어서는 그가 관습적으로 사용하는 시어나 시구가 다수 활용되어 당대 대구의 특징적 모

---

17) 서거정이 창작한 또한 십경시인 <密陽十景>의 <南浦送客>에서도 '官街碧柳', '雙白瓶', '富別貧別' 등의 시어를 활용하여 이별의 정한을 형상화하는 모습을 볼 수 있다.
18) 서거정의 <公州十景>의 <東樓送客>에서도 '陽關曲', '去年'과 '今年' 등의 유사한 시어를 활용하여 공주의 금강루를 대상으로 이별의 정한을 형상화하고 있다.

습이 선명하게 드러나지 않는 한계도 함께 보여준다.

## 2) 지역 공간에 대한 감성적 인식과 흥취의 구현

일반적으로 작품에 나타나는 공간은 작가의 시적 상상력에 의해 재구
성된 공간이다. 그리고 이렇게 재구성된 작품 속의 공간은 작가의 주제의
식을 표출하는 역할을 담당한다. 따라서 작가에게 포착된 현실의 공간은
작가의 상상력과 더해져 하나의 시적 공간으로 형상화된다고 할수 있다.

| | |
|---|---|
| 琴湖淸淺泛蘭舟, | 금호의 맑고 얕은 물에 목란 배를 띄우고, |
| 取次閑行近白鷗. | 순서대로 한가로이 흘러 백구에 가까워지네. |
| 盡醉月明回棹去, | 달 밝은 밤 한껏 취해 노 저어 되돌아가니, |
| 風流不必五湖遊. | 풍류가 반드시 오호에 노니는 것만은 아니네. |

<琴湖泛舟>

『신증동국여지승람』에 "금호는 대구부에서 서북쪽으로 약 11리쯤 거리
에 있다. 발원하는 곳이 두 곳인데, 하나는 영천 보현산(普賢山)이고, 다른
하나는 경주의 모자산(母子山)에서 나온다. 서쪽으로 흘러 사문진(沙門津)으
로 들어간다."19)라고 기재되어 있다. 금호강의 '금(琴)'은 강 주위의 갈대
들이 바람에 흔들리면서 나는 소리가 마치 가야금을 연주하는 소리와 같
다는 의미이며, '호(湖)'는 강이 마치 호수처럼 잔잔하다는 의미에서 붙여
진 것이다. 그리고 이러한 금호강을 대상으로 쓴 시가 위의 <금호범주>
이다.

오랜 세월 동안 대구를 감싸 안으면서 흐르는 금호강은 각 구비마다 아

---

19)『新增東國輿地勝覽』卷26, <大丘都護府>. "琴湖在府西北十一里其源有二一出永川郡普賢山
一出母子山西流入于沙門津."

름다운 승경을 이루고, 수많은 누정들이 물길을 따라 들어서 있던 공간이
었다. 그리고 이곳에 머물렀던 수많은 시인묵객들에 의해 화려한 누정문
학을 꽃피웠던 장소이기도 하였다.20) 서거정 또한 이러한 금호강에서 일
어나는 풍류와 흥취를 작품에 담아내기 위해 춘추시대 범려(范蠡)가 미인
서시(西施)와 노닐었던 오호(五湖)의 풍류에 비견하였다.

금호강은 <대구십영> 외에도 서거정의 여러 시에서 나타난다. <기구
목사대구촌서(寄具牧使大丘村墅)>라는 시에서는 "어떻게 하면 사직하고 고
향에 돌아가, 금호의 달 밝은 배 위에서 함께 취해볼까.(何當乞骨還鄕去, 同醉
琴湖月滿船.)"21)라고 하기도 하고, <차운향인최상사맹연견기오수(次韻鄕人崔
上舍孟淵見寄五首)>에서는 "금호의 흐르는 물은 상앗대의 반쯤 깊어, 입택에
서 맺은 백구와의 맹세를 찾고자 하노라.(琴湖流水半篙深, 笠澤鷗盟擬欲尋.)"22)
라고 하였다. 이처럼 서거정은 벼슬살이를 하면서도 친향인 대구를 그리
워하는 뜻을 시로서 종종 드러내었는데, 이러한 시에는 어김없이 대구를
상징하는 장소로 금호강을 활용하였다.23) 비슷한 시기 점필재(佔畢齋) 김종
직(金宗直, 1431-1492) 또한 그의 시에서 "금호에서는 다시 인재 교육의 은
택이 펼쳐지리니, 부디 나라 떠난 사람과 같이 보지 마시오.(琴湖更播菁莪澤,

---

20) 금호강의 대표적인 누정으로는 조선 중기 松潭 蔡應麟(1529-1584)이 세운 狎鷺亭과 小有
亭을 들 수 있다. 그리고 누정과 관련된 많은 시들이 현재에도 남겨져 있어 금호강을 중심
으로 한 누정문학의 규모와 위상을 짐작해 볼 수 있다.(구본욱, 「팔공산과 금호강을 왕래
하며 강학한 송담(松潭) 채응린(蔡應麟)-대구 제1의 정자 압로정, 소유정과 관련하여」, 『조
선사연구』 21권, 조선사연구회, 2012. 참조) 이외에도 금호강과 낙동강이 합류하는 지점에
있었던 浮江亭 등 금호강을 중심으로 늘어서 있던 수많은 누정들 또한 대구지역 누정문학
의 산실로서 기능하였다.

21) 徐居正, 『四佳詩集』 卷21, <寄具牧使大丘村墅>.

22) 徐居正, 『四佳詩集』 卷12, <次韻鄕人崔上舍孟淵見寄五首>.

23) 徐居正, 『四佳詩集』 卷40, <送判太常崔先生奉使之密陽>.
　　徐居正, 『四佳詩集』 卷40, <送金中樞歸善山三首>.
　　徐居正, 『四佳詩集』 卷46, <送李玉如省墓歸善山五首>.

愼莫看同去國人.)"²⁴⁾라고 하여 대구를 상징하는 장소로 금호강을 들고 있음을 볼 수 있다.

이와 같이 조선 전기 문인들에게 금호강은 대구지역을 상징하는 중요한 명소로 인식되고 있었다. 이러한 분위기 속에서 서거정은 <대구십영>의 첫 머리에 <금호범주>를 배치하고, 이를 통해 당대 대구지역을 표현한 것으로 이해된다. 따라서 이 시에서 금호강은 대구라는 지역을 상징적으로 드러내는 공간이라 할 수 있으며, 중앙 정계와는 대비되는 지역의 공간으로서 탈속적 분위기와 함께 흥취의 공간으로 형상화된다.

> 一年十二度圓月,  한 해에 열두 번씩 둥근 달이 뜨긴 하지만,
> 待得仲秋圓十分.  기다리던 한가위에 십분 둥근 달이 뜨네.
> 有長風籌雲去,  다시 거센 광풍이 가을 하늘의 구름을 쓸어버리니,
> 一樓無地着纖氛.  누각에 티끌 한 점 붙을 데가 없구나.
>
> <鶴樓明月>

서거정이 지은 <대구십영>의 4수는 학루명월(鶴樓明月)이며, 금학루에 떠 있는 밝은 달이라는 의미이다. 금학루는 대구부의 객사 동북쪽에 존재했었다는 누각이다. 금학루를 지은 이는 세종(世宗) 7년(1425) 당시 대구읍지군사(大邱邑知軍事)였던 금유(琴柔)이며, 경상도도관찰출척사(慶尙道都觀察黜陟使)였던 졸재(拙齋) 김요(金銚, ?-1455)가 기문(記文)을 지었다. 기문을 살펴보면 왜 금학루라는 이름을 붙였는지 알 수 있다. 김요는 "옛사람들은 사물의 이름을 지을 때, 지명을 따르거나 사람의 이름을 따서 짓는다고 하고, 파릉(巴陵)의 악양루(岳陽樓)는 지명에서 이름을 땄으며, 취옹정(醉翁亭)은 취옹(醉翁, 宋나라 구양수(歐陽修)의 별호)의 이름을 땄다고 하였다. 이에 금유가

---

24) 金宗直, 『佔畢齋集』 卷1, <和兼善送鄭學諭致詔之大丘>.

대구에 부임하여 누정을 지었고, 지역에는 금호강(琴湖江)이 있으며, 누정
의 모양이 학이 춤추는 형상이니, 이 누각에 오르면 한 거문고와 한 학이
있어서 쇄락출진(洒落出塵)하는 기상이고, 성문화명(聲聞和鳴)하는 멋과 남풍
해온(南風海慍)하는 즐거움이 있다."25)고 하였다.

이후 금학루는 경상감영을 거쳐 간 수많은 방백(方伯)과 시인 묵객들이
대구읍성을 굽어보며 시를 읊고 풍류를 즐기는 장소가 되었다. 서거정 또
한 이러한 금학루의 밝은 달에 마음을 빼앗겼던 것으로 보인다. 그는 위
의 작품에서 가을 밤의 청명한 달과 거센 광풍에 의해 티끌 한 점 붙어
있지 못하는 금학루의 쇄락출진한 모습을 형상화하고 있다.

> 古壁蒼杉玉槊長,　　오랜 절벽의 푸른 측백나무 옥으로 만든 창과 같이 긴데,
> 長風不斷四時香.　　거센 바람 끊임없이 사계절이 향기롭네.
> 慇懃更着栽培力,　　정성껏 다시금 힘들여 가꿔 놓으면,
> 留得淸芬共一鄕.　　맑은 향기 온 고장이 함께할 수 있으리.
>
> 　　　　　　　　　　　　　　　　　　　　　＜北壁香林＞

이 시는 ＜대구십영＞ 6수 ＜북벽향림(北壁香林)＞이다. ＜북벽향림＞은 현
재 천연기념물 제1호(1962)로 지정된 대구 도동의 측백나무 숲이다. 예부
터 측백나무는 귀한 나무로 대접 받아왔는데, 특히 향기가 좋아 향을 만
드는 재료로 활용되어 널리 사랑받아 왔다. 서거정 또한 이 측백나무 숲
을 향림이라 부르며 시를 지었다. 시의 전반부에서는 먼저 향림의 풍광을
묘사하고, 이후 측백나무의 아름다운 향기를 표현하였다. 시의 후반부에
서는 이러한 향림을 지역민들이 잘 가꾸어 오랫동안 지역에서 유지되기를
바라는 마음을 드러낸다. 이와 같이 서거정은 대구지역의 특별한 명소로

---

25) 『新增東國輿地勝覽』, 卷26, 「慶尙道」, ＜大丘都護府＞.

북벽의 측백나무 숲을 들고, 향림의 아름다운 향기를 온 고장이 함께 하기를 바랐다. 그리고 우리는 이 시를 통해 그가 가졌던 지역과 지역민들에 대한 애정을 느낄 수 있게 된다.

서거정은 <대구십영>을 창작함에 있어 지역 공간에 대한 자신의 감성적 인식을 토대로 이러한 공간에서 일어나는 흥취를 시적으로 형상화하고자 노력하였다. 그리고 이러한 감성적 인식의 기저에는 서거정이 지녔던 대구에 대한 관심과 애정이 밑바탕에 깔려 있었기 때문에 가능했던 것이다.

### 3) 낙관적 관인의식과 애민의식의 표출

서거정은 오랜 기간 동안 문형을 장악하면서 국가의 문물 정비에 앞장섰던 관인 문인이다. 이러한 삶의 궤적이 그의 문학에 짙게 투영되어 있음은 서거정에 대한 기존의 연구들에서도 이미 밝혀진 바 있다.[26] 그리고 이러한 관인의식이 <대구십영>에서도 구체화되어 나타나고 있어 주목된다.

| | |
|---|---|
| 煙雨溰濛澤國秋, | 가랑비 자욱이 내리는 수향(水鄕)의 가을날, |
| 垂綸獨坐思悠悠. | 낚싯줄 드리우고 앉으니 생각은 하염없네. |
| 纖鱗餌下知多少, | 낚싯밥 아래 잔챙이는 많고 적음을 알겠지만, |
| 不釣金鰲釣不休. | 금빛 자라를 낚기 전엔 낚시질 멈추지 못한다오. |

<笠巖釣魚>

이 시는 <대구십영>의 2수인 <입암조어(笠巖釣魚)>이다. 이 작품의 시적 공간은 입암(笠巖)이다. 18세기에 제작된 <해동지도>의 대구부(大丘府)

---

26) 정종대(1998)의 연구(「서거정의 시와 관인의식」, 『국어교육』 97권, 한국어교육학회)가 대표적이며, 이외 다수의 선행연구에서 서거정의 관인의식과 문학과의 관계에 대해 조명한 바 있다.

를 살펴보면 입암의 위치는 감영(監營)의 북쪽 신천변으로 표시되어 있음을 볼 수 있다. 그러나 현재의 신천변에는 입암 즉 삿갓모양의 바위를 찾을 수가 없어 확인하기가 어렵다.27) 시에서 화자는 가을비와 안개가 자욱한 바위 위에서 홀로 낚시에 몰두하고 있다. 그러나 그가 낚고자 하는 것은 단지 작은 물고기 몇 마리가 아니다. 화자가 낚고자 하는 것은 다름 아닌 금빛 자라(金鼇)이다. 금오(金鼇)는 중국의 옛 문헌인『열자(列子)』에서 발해(渤海)의 동쪽 대여(岱輿)·원교(員嶠)·방호(方壺)·영주(瀛洲)·봉래(蓬萊) 다섯 신산(神山)을 머리에 짊어지고 있었다는 금빛의 자라를 일컫는 말이다. 그리고 금오를 낚는다는 것은 남아의 장한 기개와 원대한 포부를 비유하는 말로 오랫동안 쓰여 왔다. 결국 서거정은 이 시에서 입암에서의 낚시가 단순히 고기를 낚는 행위가 아님을 말하고 있는 것이다.

그가 이 시에서 형상화하고 있는 화자는 대의를 품은 은자(隱者)이다. 비록 그가 이 시의 화자와는 전혀 다른 삶을 살아간 사람이긴 하지만, 작품 내 화자가 품은 대의가 치국(治國)과 연관되어 있는 것처럼, 그가 가졌던 관인으로서의 이상 또한 이와 다르지는 않았을 것이다. 결국 이 시의 주제의식은 관인으로서 서거정이 꿈꾸었던 이상적인 삶의 모습과 맞닿아 있는 것으로 보아야 할 것이다.

出水新荷疊小錢, 　물에서 핀 새 연잎은 포개 놓은 작은 돈닢 같은데,
花開畢竟大於船. 　꽃이 피거든 필경 배보다 더 크다오.
莫言才大難爲用, 　재주가 크면 쓰이기 어렵다고 말을 마소
要遣沈痾萬姓痊. 　만백성의 고질병을 고치기에는 그만이니.
　　　　　　　　　　　　　　　　　　〈南沼荷花〉

---

27) 대구광역시 · 택민국학연구원(2009),『대구지명유래총람-자연부락을 중심으로-』, 한영종합인쇄. 참조.

＋이 시는 <대구십영>의 5수인 <남소하화(南沼荷花)>이다. 현재 대구지역에서 남소(南沼)가 어디에 위치해 있었는지를 명확히 알기는 어렵다.[28] 하지만 서거정이 살았던 시기의 남소는 연꽃으로 유명한 아름다운 장소였던 것으로 보인다. 이 시에서의 시적 대상은 남소에 핀 연꽃이다. 서거정은 한유(韓愈)의 한시 <고의(古意)>에서 시상을 차용하여 연꽃이 아름답게 핀 남소의 풍경을 형상화하고 있다. 그는 <고의>에서 '연꽃의 크기가 십장(十丈)이나 되고 그 뿌리가 배와 같다'라는 시구를 가져와 '연입의 크기는 작은 엽전의 크기이나 그 꽃은 배보다 더 크다'고 하여 <고의>의 연꽃보다 남소의 연꽃이 더 나음을 이야기한다. 또한 <고의>에서 '연꽃 한 조각 입에 넣으면 오랜 병도 낫는다'고 한 것에서 더 나아가 남소의 큰 연꽃이 만백성의 고질병을 고칠 수 있음을 말한다. 이러한 표현은 중의적 의미를 담는데, 큰 연꽃을 뛰어난 인재로 이해한다면 이러한 인재가 만백성을 다스림으로써 백성들이 가진 문제들을 온전히 해결할 수 있음을 말하고 있는 것으로도 이해할 수 있다. 결국 이러한 시적 형상은 서거정이 지녔던 애민의식과 함께 지역 인재에 대한 그의 갈망이 남소의 연꽃을 시적으로 형상화하는데 있어 적극적으로 작용하고 있었음을 알 수 있게 한다.

公山千丈倚崚層,　천 길 팔공산은 험준한 봉우리가 겹겹이라.
積雪漫空沆瀣澄.　하늘 가득게 쌓인 눈은 이슬처럼 맑구나.
知有神祠靈應在,　알건대 신사의 신령함이 응당 있기에,
年年三白瑞豊登.　해마다 삼백의 상서로움으로 풍년을 이루리.

<公嶺積雪>

---

28) 현재에도 남소의 위치에 대해서는 많은 논란이 있는 상황이다. 전영권(2010)의 논문 참조.

이 시는 <대구십영>의 9수 <공령적설(公嶺積雪)>이다 이 시에서는 겨울 팔공산의 험준한 봉우리와 그 위에 쌓인 눈의 아름다운 풍경을 담아내면서 신사(神祠)의 신령함과 눈을 연관시켜 풍년을 기원하는 화자의 모습이 나타난다. 특히 결구에서 등장하는 삼백(三白)은 동지 이후 납제(臘祭) 이전에 세 차례 내리는 눈을 말하는데, 예로부터 납제를 지내기 전까지 세 차례의 눈이 내리면 풍년이 든다고 사람들은 믿어왔다. 서거정은 이러한 속설을 수용하여 팔공산에 쌓인 눈을 삼백의 상서로움으로 형상화하고 있는 것이다. 결국 눈 내린 팔공산의 아름다움을 풍년에 대한 염원으로 연결시킴으로써 그가 가졌던 지역민들에 대한 애민의식이 이 시에서 두드러지게 나타난다.

이와 같이 <대구십영>에는 서거정의 가졌던 애민의식이 다양하게 형상화된다. 서거정은 성세(盛世)에 국가에 충성하며 백성의 고난을 덜어주고, 공명(功名)을 성취한 이후에는 물러나 강호에서 삶을 온전히 보존하는 것을 관인으로서의 이상적 삶으로 인식하였다.[29] 이러한 낙관적 관인의식이 <대구십영>에서는 치국(治國)에 대한 원대한 포부로 나타나기도 하고, 백성들의 생활 문제를 해결하고자 하는 의지로 나타나기도 하며, 풍년을 통해 백성들의 삶이 나아지기를 바라는 모습으로 구현되기도 한다. 또한 이러한 관인으로서의 애민의식은 그가 지은 다른 십경시와 비교했을 때 유독 <대구십경>에 많이 형상화되고 있는데, 이러한 특징적 모습은 대구에 대해 그가 가졌던 남다른 친연성이 반영된 결과라 할 수 있다.

---

29) 서거정의 관직관에 대해서는 정종대(1998)의 연구 참조

## 3. <대구십영>의 지역문학적 의미

서거정의 <대구십영>은 대구라는 특정 공간을 배경으로 지역과 관련된 문학적 소재를 활용하여 창작된 문학 작품이라는 점에서 지역 문학적 성격을 일정부분 가지고 있다고 말할 수 있다.[30) 또한 그는 비록 대구에 거주하지 않고 주로 중앙 정계에서 활동했던 작가이긴 하지만, 대구가 친향이었기에 당대에도 대구지역의 인물로 인식되었다.[31) 이와 함께 조선 전기 대구 지역의 명소 10곳을 일련의 연작시로 창작하여 기록한 유일한 작품이라는 점에서도 이 작품이 전근대 시기 대구의 지역문학으로 다루어져야 할 필요성이 발생한다.

> 水自西流山盡頭, 물은 서쪽에서 흘러와 산머리에 닿고,
> 砧巒蒼翠屬淸秋. 침산의 푸른빛은 맑은 가을에 다다랐네.
> 晚風何處舂聲急, 저녁 바람에 방아 소리는 어디서 급히 실려 오는고,
> 一任斜陽搗客愁. 석양에 나그네 시름도 찧도록 맡겨 볼까나.
>
> <砧山晚照>

이 시는 <대구십영>의 마지막 10수인 <침산만조(砧山晚照)>이다. 시의 전반부에서는 서쪽에서 흘러온 신천이 산머리에 닿는 침산의 지형과 가을

---

30) 특정 지역의 지역성에 바탕에 둔 문학을 지역문학이라고 한다면, 지역성의 개념 정의에 따라 지역문학의 범주는 충분히 확대될 여지가 있다. 지역문학에 대한 기존의 논의 중 김대현(2001)의 연구(「지역문학 연구에 대한 몇 가지 문제」, 『동방한문학』 21집, 동방한문학회)에서는 "일정한 지역적 공간에서 그 지역의 문화적 배경을 바탕으로 이루어지는 모든 문학을 지역문학이라 할 수 있고, 이러한 지역문학 작품을 연구하는 것을 지역문학 연구"라고 주장한다. 따라서 이러한 논의에 기댄다면 비록 서거정이 대구지역에 거주한 문인은 아니었으나, 대구라는 지역적 공간과 문화적 배경을 수용하여 <대구십영>을 창작했으므로 지역 문학의 범주에 충분히 포함될 수 있을 것으로 본다.

31) 『新增東國輿地勝覽』 卷26 <大丘都護府> '人物'에도 대구지역의 대표적인 인물로 서거정을 들고 있다.

에 물든 풍광을 묘사하고 있다. 후반부에서는 어디선가 들려오는 방아 소리를 들으며 나그네의 깊은 시름을 드러내며, 가을 낙조(落照)가 가지는 쓸쓸한 분위기를 형상화하고 있다. 이 시의 주요 소재인 침산은 경상감영의 북쪽에 위치하는 구릉성 산지로 그리 높지 않은 지형을 갖고 있다. 시에서 묘사한 것처럼 침산은 대구를 가로 지르는 신천이 금호강으로 유입되는 지역에 위치하고 있었으며, 그 명칭은 지형의 모양이 다듬잇돌을 닮았다고 해서 지어졌다고도 한다. 이와 같이 서거정은 <대구십영>의 마지막 작품으로 침산의 가을 석양을 제시하고 이를 통해 여정의 흥취를 오롯이 갈무리하기를 바랐던 것으로 판단된다.

이와 같이 서거정은 지역 공간을 문학적 소재로 삼으면서 각 공간이 가진 지역적 특성을 자신의 작품에 적극적으로 반영하고자 노력하였다. 그러나 앞에서도 언급한 바 있듯이 그 시적 형상화 방식에 있어서는 관습적인 시어나 시구를 다수 활용하여 대구지역만의 특성을 온전히 드러내지는 못하는 한계를 보여주기도 하였다. 이러한 측면을 고려하더라도 그가 <대구십영>을 통해 형상화한 조선 전기 대구의 모습은 나름의 지역 문학사적 의미를 가질 수밖에 없다. 특히 이 시기 대구에 대한 문학적 기록을 찾아보기 어려운 상황에서 당대 최고의 문인이었던 서거정의 <대구십영>은 나름 지역적 성격을 작품에 투영하고자 하였기에 지역문학으로서의 성격을 보여준다는 점에서 그 가치가 크다.

또한 서거정의 <대구십영>이 후대 대구지역의 문인들에게도 나름의 많은 영향을 미치고 있었다는 점에서도 그 의미를 찾을 수 있다. 조선 중기 대구지역의 대표적인 유학자였던 손처눌(孫處訥, 1553-1634)은 서거정의 <대구십영>을 읽고 쓴 시에서 "서거정의 십영은 그 이름이 영원할 것이며, 시는 일대의 시단을 울렸네.(徐子十詠名不朽, 詩鳴一代擅騷壇.)"32)라고 할 정도로 그와 <대구십영>을 높이 평가하였다. 손처눌은 한강 정구의 문인

(門人)이며, 임진왜란에는 서사원(徐思遠, 1550-1615) 등과 대구지역의 의병
활동에 참여하였고, 대구향교의 도유사(都有司)를 오랫동안 맡을 만큼 지역
적 상징성을 가진 인물이었다. 이러한 인물이 서거정의 <대구십영>에 대
해 긍정적인 평가를 내린 것은 지역 문학사적 측면에서 보더라도 중요한
의미를 가질 수밖에 없다.

이와 달리 조선 중기 경상도관찰사를 지냈던 오숙(吳翻, 1592-1634)은 서
거정의 <대구십영>을 차운하여 <달성십영차서사가운(達城十詠次徐四佳韻)>
을 지은 바 있어 주목된다.33) 대구지역에 평생을 거주했던 손처눌과는 달
리 타 지역인이었던 오숙이 <대구십영>을 차운하여 시를 남긴 것은 그
의미가 또한 남다를 수밖에 없다. 대구에 거주하는 지역민이 아닌 외지인
들이 대구지역을 대표하는 시로써 서거정의 <대구십영>을 긍정적으로
바라보고 있었음을 알 수 있게 하기 때문이다.

<대구십영>은 이후 근세에까지 대구지역 문인들에게 많은 영향을 미
쳤던 것으로 보인다. 최근 발굴된 『대구팔경시집(大邱八景詩集)』은 이러한
영향 관계를 여실히 보여주는 자료라 할 수 있다. 이 시집은 1949년 봄
대구향교를 출입하던 지역 유림들이 당시 대구지역의 명승지 8곳을 새롭
게 선정하여 이를 대상을 팔경시를 창작하여 엮은 것이다. 시집은 모두
200쪽으로 한 면에 한 작가의 팔경시 8수를 수록하였고, 모두 182명
1,456수의 시가 수록되어 있어 당대 유림들의 지역에 대한 인식과 관심
을 알 수 있게 한다. 또한 시집 안에는 서문(序文)과 발문(跋文), 그리고 <팔
경도(八景圖)>를 구비하였으며, 이후 1951년 4월에 발행하였던 것으로 보
인다.34)

---

32) 孫處訥, 『慕堂集』 卷1, <題徐四佳居正達城十詠後>.
33) 吳翻, 『天坡集』 第3, <達城十詠次徐四佳韻>.
34) 구본욱 외(2015), 『국역 大邱八景 漢詩集』, 학이사, 259-260쪽.

대구는 영남 제일의 웅도(雄都)이다. 산수는 아름답고 사람들이 많이 살고
물산은 풍부하다. 좋은 물건과 아름다운 경치를 그림으로 그리고 시로 읊을
만한 것이 많은데, 그 중에서 빼어난 경치 8곳을 선정하니 '달성의 맑은 남
기(嵐氣)', '앞산의 봄 경치', '금호강 어부의 피리소리', '와룡산의 뜬구름',
'신천의 밝은 달', '동화사의 저녁 종소리', '영선못의 가을 연꽃', '고야 들
판의 벼'가 이것이다. 그런데 서사가(徐四佳) 선생께서 <달성십경(達城十景)>
을 읊은 후 지금에 이르기까지 계승하여 읊은 사람이 없었다.[35]

이 글은 『대구팔경시집』에 수록되어 있는 김성곤(金聲坤)이 쓴 발문(跋文)
의 일부분을 번역한 것이다. 이 글에서는 대구의 아름다운 산수와 경물들
중에 빼어나게 아름다운 경치 8곳을 팔경으로 선정하고, 서거정의 <대구
십영>을 계승한다는 취지 아래 팔경시를 창작하게 되었음을 말하고 있다.
그러나 새로이 선정한 대구 팔경에는 서거정이 노래한 대구 십경 중 금호
강과 동화사만이 포함되어 있을 뿐이기에, 지역 명소에 대한 근세 대구
지역민들의 인식 변화를 알 수 있기도 하다.

| | |
|---|---|
| 水色天光鏡面如, | 하늘빛이 물 위에 비치니 거울 같은데, |
| 孤舟載月八淸虛. | 외로운 배에는 맑은 달빛만 가득 실었네. |
| 歸來繼聞風傳響, | 돌아오는 길에 바람소리 메아리 되어 들리니, |
| 不換三公樂有餘. | 삼공(三公)의 즐거움과 바꾸지 않으리. |

<琴湖漁笛-晦山 金教有>[36]

이 작품은 『대구팔경시집』에 수록되어 있는 작품으로 김교유(金教有,
1878 戊寅生, 본관 경주, 대구시 서구 비산동)가 그의 대구팔경시에서 금호강에

---

35) 위의 책, 256쪽.
36) 위의 책, 55쪽. 시의 번역은 『대구팔경시집』을 재인용.

서의 흥취를 노래한 부분이다. 이 작품을 살펴보면 서거정의 <금호범주>
와 많이 닮아 있음을 알 수 있다. 특히 금호강 위 선상(船上)에서의 흥취를
삼공(三公)의 즐거움과 바꾸지 않겠다고 한 것은 서거정이 금호강의 선유
(船遊)를 오호(五湖)의 풍류에 비교한 것과 유사한 시적 상상력이라 할 수
있다. 따라서 근세 대구 지역민들에 의해 새롭게 창작된 대구팔경시는 비
록 오랜 시간적 간격에 의해 <대구십영>과는 다른 공간 감성을 가지고
있지만, 동일한 공간에 대한 시적 상상력에 있어서는 <대구십영>과 일정
부분 영향 관계를 가지고 있음을 알 수 있다.

　서건수(徐健洙)가 『대구팔경시집』의 서문(序文)에서도 밝히고 있듯이[37]
대구팔경의 선정과 시집 발간에 참여한 이들 대부분은 서거정의 <대구십
영>을 계승한다는 명분 아래 새로이 대구의 명소 팔경을 선정하고, 팔경
시를 창작하였다. 그들은 서거정이 살았던 조선 전기의 대구와 그들이 살
고 있는 근세의 대구가 가진 지역적 변화와 차이를 인식하면서도 새롭게
대구지역의 명소 8곳을 팔경으로 선정하고, 이를 토대로 팔경시를 창작하
여 지역성을 토대로 한 지역문학을 창작하고자 하였다. 이러한 문화적 현
상들은 결국 서거정의 <대구십영>이 그들에게 대구를 대표하는 지역의
문학으로 인식되고 있었기에 가능한 일이었다고 할 수 있다.[38]

---

37) 위의 책, 14쪽. "지금 여기에 지은 시를 보니 이것은 곧 서사가(徐四佳)가 <달성십경(達城
十景)>을 읊은 이후에 처음으로 있는 일이다. 시운(詩韻)과 율격(律格)은 감히 사가(四佳)
의 장대하고 화려하고 원대한 것에 비유할 수 없으나, 달부의 몇몇 인사가 능히 이를 계승
하려고 한 여운이 아니겠는가?"

38) 지역성은 단순히 고정된 실체로 존재하는 것이 아니라 형성·변화되는 것이라는 것에 주
목할 필요가 있다.(김창원(2007), 「지역문학 연구의 방법과 방향-조선후기 近畿 지역 국문
시가를 예로 하여」, 『우리어문연구』 29집, 우리어문학회, 243쪽 참조.) 이러한 측면에서
본다면 특정 지역의 문학을 논함에 있어 역사적 형성 과정을 살펴보는 것은 무엇보다 중
요하다.

## 4. 맺음말

조선 전기 대표적 문인인 서거정은 비록 외가인 경기도 임진현에서 태어나 중앙 정계를 주 무대로 활동했지만, 조부와 부친의 고향인 대구를 자신의 친향으로 인식하여 남다른 애정과 관심을 가졌던 인물이다. 이러한 서거정의 관심과 애정이 <대구십영>을 창작하게 된 중요한 동기라 할 수 있다.

서거정의 <대구십영>은 전근대 시대에도 대구지역을 대표하는 문학 작품으로 인정을 받아왔지만, 현재에도 대구를 대표하는 지역문학으로서 인식되어 지역의 홍보나 대구의 랜드마크로서 다양하게 활용되고 있는 상황이다.39) 그러나 작품이 가진 이러한 위상에 비해 연구는 충분히 이루어지지 못하고 있다. 이러한 판단 아래 본고는 서거정의 <대구십영>을 지역 문학적 시각에서 논의해 보고자 하였다.

서거정의 <대구십영>을 살펴보면 그의 다른 십경시와 비교했을 때, 동일한 시어나 시구를 활용함으로써 시적 형상화 방식에 있어서 전형성을 보여준다. 그러나 서거정은 대구지역에 대한 감성적 인식을 토대로 지역 공간에서 일어나는 흥취를 감각적으로 형상화하고 있음을 볼 수 있다. 이와 함께 시에는 그의 지녔던 낙관적 관인의식이 투영되어 지역과 지역민에 대한 애민의식이 나름의 시적 형상으로 표출되고 있음을 볼 수 있었다.

본고에서는 이러한 시적 형상을 토대로 서거정의 <대구십영>이 지역문학으로서 어떠한 의미를 가질 수 있는지 논의해 보았다. <대구십영>은 조선 중기를 거쳐 근세까지 대구지역의 문인들에게 지역을 노래한 대표적

---

39) 최근 지자체에 의해 서거정의 <대구십영>과 관련된 장소에 안내 표지판을 세우고, 대구 지역의 홍보물에 <대구십영>을 활용하고 있다. 또한 최근 지역 문화에 대한 관심이 높아지면서 다양한 언론 매체에 의해서 서거정의 대구십영이 재조명되기도 하였다.

인 작품으로 인식되었다. 최근에는 근세 대구라는 변화된 지역적 환경 속에서 새롭게 지역 문인들에 의해 대구팔경이 설정되고, 이를 토대로 다수의 팔경시가 창작되기도 하였다. 이러한 문화적 현상은 결국 서거정의 <대구십영>이 지역민들에게 대구를 대표하는 지역의 문학으로 인식되고 있었기에 가능한 일이었음을 본고에서는 살폈다.

　서거정의 <대구십영>에서 주목하고 있는 대구지역의 명소들은 현재에도 대구 지역민들에게 유의미한 문화 공간으로 자리 잡고 있다. 이러한 상황에서 본고의 논의가 지역민들에게 지역사회와 지역문학을 이해하는 데 조금이나마 도움을 줄 수 있기를 기대해 본다.

참고문헌


1. 기본자료

『慕堂集』
『四佳詩集』
『續東文選』
『新增東國輿地勝覽』
『佔畢齋集』
『天坡集』
구본욱 외, 『국역 大邱八景 漢詩集』, 학이사, 2015.
한국고전종합DB(http://db.itkc.or.kr/)

2. 연구논저

구본욱, 「팔공산과 금호강을 왕래하며 강학한 송담(松潭) 채응린(蔡應麟)-대구 제1의 정자 압로
        정, 소유정과 관련하여」, 『조선사연구』 21권, 조선사연구회, 2012.
김대현. 「지역문학 연구에 대한 몇 가지 문제」, 『동방한문학』 21집, 동방한문학회, 2001.
김창원, 「지역문학 연구의 방법과 방향-조선후기 近畿 지역 국문시가를 예로 하여」, 『우리어문
        연구』 29집, 우리어문학회, 2007.
대구광역시 · 택민국학연구원, 『대구지명유래총람-자연부락을 중심으로-』, 한영종합인쇄, 2009.
안장리, 『한국의 팔경문학』, 집문당, 2002.
이정웅, 『대구가 자랑스러운 12가지 이야기』, 도서출판 북랜드, 2000.
전영권, 『이야기와 함께하는 전영권의 대구지리』, 도서출판 신일, 2003.
전영권, 「서거정의 '대구십영'에 관한 지리학적 연구」, 한국지역지리학회지, 제16권 제5호, 2010.
전영권, 「'신 대구십경' 선정에 관한 연구」, 『한국지형학회지』 제18권 제3호, 한국지형학회, 2011.
정종대, 「서거정의 시와 관인의식」, 『국어교육』 97권, 한국어교육학회, 1998.

제 2 부

낙동강과 금호강의 문화어문학

# 대구지역의 구곡문화와 그 특징*

정 우 락 | 경북대학교 국어국문학과 교수

## 1. 머리말

대구예술문화회관 경내에는 '상동 지석묘'가 전시되어 있다. 그 안내문에 의하면 수성들판에 수십 기가 신천을 따라 군락을 이루면서 분포하고 있었는데, 그 일부를 이곳으로 옮겨다 놓은 것이라 한다. 그런데 이 지석묘에 "도가암(棹歌巖)"이라는 세 글자가 뚜렷하고, 그 옆에 작은 글씨로 "을축춘(乙丑春)"이라 새겨져 있다. 조선시대에 누군가에 의해 이것이 새겨졌을 터인데, 새긴 연대는 구체적으로 알 수 없다. 그러나 우리는 이를 통해 대구지역의 선비들이 주자의 <무이도가>를 얼마나 사랑하였으며, 지역 공간에 이것을 구현하기 위해 얼마나 노력해왔는지를 알 수 있다.

이 글은 대구지역의 구곡문화를 개관하고 이에 대한 특징을 논의하기 위한 것이다. 인문지리학을 거론하지 않더라도 자연환경과 인문은 밀접하

---

* 이 글은 정우락(2017), 「대구지역의 구곡문화와 그 특징」(『韓民族語文學』 제77집, 한민족어문학회)에 실렸던 글을 수정·보완한 것이다.

게 상호작용을 한다고 할 수 있다. 이것은 환경결정론의 일부이기도 하다. 이 이론은 자연환경, 이를테면 기후나 지형 등 인간이 성장하는 물리적 주변 환경이 문화형성에 주요한 인소(因素)가 된다는 주장이다. 이 때문에 역사 전통이나 기타 사회 경제적 요인들에 의해 사회가 발전한다는 점을 부정하는 극단론을 펼치기도 한다.

환경결정론의 반대편에 존재하는 것이 자유의지론이다. 이것은 운명론이나 숙명론 등과 대극점에 위치한 비결정론으로, 인간의 자유의지를 매우 신뢰한다. 자유의지론은 인간이 이성적인 사고를 통해 자아를 형성하며, 이 때문에 같은 상황을 인간 개인이 지니고 있는 내적 의지에 의해 서로 다른 시각으로 인식하게 된다고 파악한다. 이러한 주장은 인간이 지닌 능력과 잠재성을 신뢰하는 측면에서 이루어진다.

환경결정론과 자유의지론이 인간을 이해하는 데 있어 모두 유효하지만 양극단에 서는 것은 위험하다. 이성을 가진 인간은 내적 의지를 지니고 있으면서도, 자연지리적 환경이나 자신이 태어나고 자란 곳의 인문환경에 영향을 받지 않을 수 없기 때문이다. 즉, 인간은 자신이 거느리고 있는 제반 환경을 때로는 극복하고, 때로는 적응하면서 문화를 형성하는 것이다.

대구의 구곡문화는 환경결정론과 자유의지론을 염두에 두면서 논의되어야 한다. 대구는 동쪽으로는 경상북도 경산시, 서쪽으로는 경상북도 성주군과 고령군, 남쪽으로는 경상북도 청도군과 경상남도 창녕군, 북쪽으로는 경상북도 칠곡군과 군위군 및 영천시와 접하고 있다. 분지적 지형으로, 북부 산지는 거대한 팔공산괴(八公山塊)를, 남부 산지는 비슬산괴(琵瑟山塊)와 용지산괴(龍池山塊)를 이루고 있다. 이러한 남부와 북부의 산지 사이에 낙동강이 흐르고, 그 지류인 금호강(琴湖江), 신천(新川), 팔거천(八渠川) 등이 여기에 유입된다.

일찍이 주자는 자신이 은거했던 중국의 복건성 소재 무이산에 무이정

사를 짓고, 계류를 따라 9.5km에 이르는 구곡원림을 조성하였다. 시냇가
에는 36봉우리와 37암석이 절경을 이루었는데, 주자는 그 사이로 흐르는
물길을 따라 아홉 굽이를 설정하고 각 굽이마다 7언절구 한 수씩을 남겼다.
제1곡 승진동(升眞洞), 제2곡 옥녀봉(玉女峯), 제3곡 선기암(仙機岩), 제4곡 금계
동(金雞洞), 제5곡 무이정사(武夷精舍), 제6곡 선장봉(仙掌峯), 제7곡 석당사(石唐
寺), 제8곡 고루암(鼓樓岩), 제9곡 신촌시(新村市)가 그것이다. 주자의 <무이도
가(武夷櫂歌)>[1]는 여기에 서시를 더해 도합 10수로 이루어져 있다.

　주자학이 유입되면서 조선의 선비들은 주자의 무이구곡을 다양한 방식
으로 수용하였다. 구곡비평을 시행하며 주자의 <무이도가>를 제대로 이
해하기 위하여 노력하기도 하고, 차운 구곡시를 지어 주자의 생각을 따르
고자 하기도 했으며, 구곡원림(九曲園林)을 조성하며 주자처럼 살기를 희망
하기도 했다. 이뿐만 아니라 중국에서 수입된 구곡도를 모사하여 무이산
을 상상하기도 하고, 그 자신 혹은 선조가 설정한 구곡을 기념하며 자신
의 새로운 구곡을 만들어가기도 했다. 이 과정에서 자연스럽게 조선의 구
곡문화가 구축되었던 것이다.

　조선의 선비들이 구곡문화를 만들어 가는 과정에서 여러 가지 특징이
나타나기도 했다. 첫째, 주자의 <무이도가>에 대한 이해를 개방적으로
하고 있었다. 주자의 <무이도가>를 '입도차제(入道次第)'나 '인물기흥(因物
起興)' 등 다양한 시각으로 이해하였다는 것이다. 둘째, 한시 형태는 물론
이고 시조나 가사 등 국문시가로 창작하는 등 문학적 변용을 수행하기도
했다. 셋째, 주자와 마찬가지로 구곡원림을 경영하면서도 그 경영방식은
한국적 지형에 맞게 신축성이 있었다. 넷째, 조선의 선비들은 무이구곡도
는 물론이고, 조선의 구곡도를 그리며 구곡문화를 다양하게 발전시켜 나

---

1) 주자 <무이도가>의 정식 명칭은 <淳熙甲辰中春精舍閑居戱作武夷櫂歌十首呈諸同遊相與一
　笑>(『晦庵集』 卷9)이다. 이하 약칭하기로 한다.

갔다.2)

대구는 팔공산과 비슬산 등 거대한 산악을 주위에 두고 있기 때문에, 그 인근에는 자연스럽게 계곡이 발달해 있다. 그리고 동서로는 퇴계학과 남명학이 서로 만나고, 남북으로는 기호학과 영남학이 회통하는 강안학적 요소를 지니고 있었다. 또한 17세기 전반에 이르러 퇴계학과 남명학을 발전적으로 계승한 한강(寒岡) 정구(鄭逑, 1543-1620)를 비롯하여 낙재(樂齋) 서사원(徐思遠, 1550-1615) 등 다량의 지역 선비들이 배출되면서, 대구는 유교문화를 새롭게 만들어갔다.

이보다 앞서 대구지역에는 조선초기부터 상경종사(上京從仕) 하면서 대표적인 훈구파가 되었던 사가(四佳) 서거정(徐居正, 1420-1488)이 있었고, 사림파로서는 점필재(佔畢齋) 김종직(金宗直, 1431-1492) 학단이 밀양이나 달성 등 인근에서 활약하고 있었다. 또한 대구지역 내에서는 퇴계의 학통을 잇는 계동(溪東) 전경창(全慶昌, 1532-1585)이 일련의 제자를 거느리고 강학활동을 하면서 대구 성리학의 발판을 닦아가고 있었다. 이러한 기반 하에 한강학(寒岡學)이 접속되면서 대구의 유학은 새로운 활로를 찾을 수 있었다. 한강은 그 스스로가 구곡문화에 지대한 관심을 갖고 있었다. 일찍이 그는 다음과 같이 말한 적이 있다.

> 나에게 이전부터 <구곡도(九曲圖)>가 있었는데, 이는 이 선생이 발문을 쓰신 것으로 이정존(李靜存)이 소장한 중국본의 모사품이다. 이 그림을 대하면 정말이지 이른바 시야에 가득 들어온 구름이며 안개가 정묘의 극치를 다하여 마치 귓전에 소리가 들리는 듯 황홀하다. 또 중국본 책자 속에서 무이산의 총도(總圖)와 서원도(書院圖)를 발견하였는데, 지난번 화산(花

---

2) 정우락(2010), 「주자 무이구곡의 한국적 전개와 구곡원림의 인문학적 의미」, 『한국의 구곡문화』, 울산대곡박물관.

山[안동]에 있을 때 우연히 화가를 만나 이것까지 아울러 『무이지』에 본
떠 그려 넣게 하고 거기에 이 선생의 발문을 첨부하였다.[3]

이 글에 의하면 한강은 일찍이 이담(李湛, 1510-1575)이 소장하고 있었던
중국본의 모사품인 <구곡도>를 갖고 있었는데, 이 그림에는 퇴계의 발문
이 붙어 있었다. 그는 안동부사 재임시절인 1607년에 그곳의 화가를 만나
『무이지』를 새롭게 편집하거나 책머리에 <구곡도>를 그려 넣고, <구곡
도> 말미에 실려 있었던 퇴계의 발문 역시 실었다. 이를 통해 구곡문화에
대한 한강의 관심을 충분히 알 수 있는데, 그 역시 <앙화주부자무이구곡
시운(仰和朱夫子武夷九曲詩韻)> 10수를 창작하여 무흘에 대한 구곡적 심의를
드러내기도 했다.[4] 우리는 여기서 퇴계와 한강을 거치면서 발생한 구곡문
화에 대한 관심이 대구지역 구곡문화 형성에 중요한 배경이 되었다는 것
을 알게 된다.

영남의 구곡문화는 그 규모의 측면에서 전국을 압도한다. 이 가운데
대구지역의 구곡문화는 보고서의 형식으로 조사되고 연구된 바 있다. 보
고서는 김문기의 『대구의 구곡문화』에서 이루어졌고,[5] 연구는 백운용의
「대구지역 구곡과 한강 정구」에 의해 이루어졌다.[6] 이들 연구에 의하면
대구의 구곡은 동구의 농연구곡(聾淵九曲)과 달성군의 운림(雲林)·수남(守

---

3) 鄭逑, 『寒岡集』 卷9, <書武夷志附退溪李先生跋李仲久家藏武夷九曲圖後>, "余舊有九曲圖, 卽
   李先生題跋李靜存所藏唐本之摹寫者也. 信乎所謂滿目雲烟, 精妙曲盡, 怳若耳邊之有聞矣. 又於
   唐本冊子中, 得總圖與書院圖, 頃在花山, 偶値畫手, 並令模入志中, 係以李先生跋文."
4) 정우락(2012), 「한강 정구의 무흘 경영과 무흘구곡 정착과정」, 『한국학논집』 제48집, 계명
   대 한국학연구원.
5) 김문기(2014), 『대구의 구곡문화』, 대구광역시·경북대학교 퇴계연구소 이 책에는 부록으
   로 <聾淵書堂記> 등 구곡 관련 자료를 실어놓고 있어 대구지역 구곡문화를 이해하는 데
   많은 도움을 준다.
6) 백운용(2016), 「대구지역 九曲과 한강 정구」, 『퇴계학과 유교문화』 제58호, 경북대학교 퇴
   계연구소.

南)·와룡산(臥龍山) 구곡 등 네 곳이 존재하며, 대체로 퇴계학통을 잇는 한 강과 직간접적으로 관련을 맺고 있고, 입도차제의 재도적 경향을 지니면 서 대구지역에 고루 분포되어 있다고 한다.

이 논문은 김문기의 조사보고서를 적극 활용하면서 대구의 구곡문화를 새롭게 개관하고 그 특징을 밝히고자 한다. <문암구곡(門巖九曲)> 등 새로 발굴된 구곡이 있을 뿐만 아니라,[7] 보고서에서 다루지 않은 여타의 작품 역시 구곡문화사라는 범주 속에 충분히 편입시킬 수 있기 때문이다. 이로 써 한국의 구곡문화 전체 속에서 대구의 구곡문화를 이해할 수 있을 것이 다. 이 과정에서 대구지역의 구곡문화가 갖는 의의나 위상이 자연스럽게 드러날 것으로 본다.


## 2. 대구지역 구곡원림의 개관

대구는 북쪽의 팔공산, 남쪽의 비슬산과 대덕산, 서쪽의 와룡산에 둘러 싸인 분지이다. 그 사이로 신천이 대구의 남에서 북으로 흘러 금호강에 합류한다. 영천을 지나온 금호강은 대구의 동촌 부근에서 문암천(門巖川)과 만나 다시 신천을 합류한 후, 대구광역시 달서구 파호동에서 낙동강 본류 로 흘러든다. 구곡문화가 산과 물을 중심으로 형성된다는 측면에서 대구 는 이러한 문화를 생성할 수 있는 여건이 충분히 조성되었다고 하겠다. 특히 대구는 낙동강과 금호강을 끼고 있어, 이 지역 선비들이 이를 구곡 문화 형성에 적극 활용하였을 것이라 예상할 수 있다.

대구지역의 구곡문화는 팔공산과 비슬산 및 최정산, 그리고 와룡산 자

---

7) <문암구곡>에 대한 정보는 대구향교 장의 구본욱 선생이 제공한 것이다.

락에 분포되어 있다. 현재의 행정구역으로는 대구시 동구와 달성군 일대에 해당한다. 그리고 금호강과 낙동강이 이 지역을 관통해 흐르고 있어, 대구지역에서는 이를 충분히 활용하면서 구곡문화가 전개된다. 이것은 구곡문화가 일반적으로 개울을 중심으로 형성되어 있는 것과 달리, 대구의 지리적 환경뿐만 아니라 한강 정구와 낙재 서사원이 이들 강을 기반으로 활동하고 있었기 때문에 가능한 것이었다. 이를 염두에 두면서 현재까지 확인되는 대구지역의 구곡을 정리하면 다음과 같다.

| 순번 | 구곡명 | 설정자 | 구곡의 세부 명칭8) | 소재지 |
|---|---|---|---|---|
| 1 | 西湖屛十曲 | 都錫珪<br>(1773-1837) | 浮江亭 - 伊洛書堂 - 仙槎 - 伊江書院 - 可止巖 - 東山 - 臥龍山 - 銀杏亭 - 觀魚臺 - 泗水濱 | 금호강 하류 일대:<br>다사읍 - 사수동 |
| 2 | 聾淵九曲 | 崔孝述<br>(1786-1870) | 白石 - 詠歸臺 - 鼓淵 - 聾淵 - 狎鷺洲 - 靜樂臺 - 兢臨臺 - 龜巖-龍門 | 용수천 상류 일대:<br>신무동 - 용수동 |
| 3 | 雲林九曲 | 禹成圭<br>(1830-1905) | 龍山 - 魚臺 - 松亭 - 梧谷 - 江亭 - 淵齋 - 仙槎 - 鳳巖 - 泗陽書堂 | 낙동강 중류,<br>금호강 하류 일대:<br>사문진교 - 사수동 |
| 4 | 門巖九曲 | 蔡準道<br>(1834-1904) | 畫巖 - 鵂巖 - 東山 - 毅訥 - 水永谷 - 道山 - 鼅頭 - 門巖 - 春嶝 | 동화천 상류 일대:<br>연경동 - 미대동 |
| 5 | 臥龍山九曲 | 申聖爕<br>(1882-1959) | 泗水 - 松濤 - 海浪 - 龍頭 - 鶴林 - 溪月 - 白石灘 - 仙槎 - 晴川 | 금호강 하류 일대:<br>사수동 - 이곡동 |
| 6 | 居然七曲 | 蔡晃源<br>(1883-1971) | 寒泉 - 高厓 - 杏亭 - 鶴鴒峰 - 丹山 - 典坪 - 東山 | 신천 상류 일대:<br>가창면 냉천리 -<br>단산리 |
| 7 | 守南九曲 | 미상 | 寒泉 - 興德 - 鶴鴒山 - 玉女峰 - 金谷 - 三山 - 鹿門 - 紫陽 - 白鹿 | 신천 상류 일대:<br>가창면 냉천리 -<br>우록리 |

---

8) 구곡의 세부 명칭은 작자가 직접 제정한 것도 있고, 김문기가 보고서를 작성하면서 작품의 내용을 고려해 만든 것도 있다. 여기서의 세부 명칭은 김문기의 것을 그대로 따르기로 한다.

위의 조사에서 보듯이 대구지역의 구곡은 넓게 보아 일곱 곳이고, 좁게 보아 다섯 곳이다. 도석규의 <서호병십곡(西湖屛十曲)>과 채황원의 <거연칠곡(居然七曲)>을 넓은 범위의 대구 구곡에 포함시킨 것은 구곡의 변격형으로 보아 무방하기 때문이다.9) 이를 고려하면 <서호병십곡>과 <거연칠곡>은 10곡과 7곡이라는 결격 사유가 있음에도 불구하고, 조선시대 선비들의 일반적인 문화공간 만들기에 입각해 볼 때 구곡문화에 충분히 포함시켜 다룰 수 있다.

대구의 구곡문화는 현재의 행정구역으로 보면 동구와 달성군에 집중되어 있지만, 구곡문화의 핵심 배경인 산천을 중심에 두고 보면 셋으로 나누어진다. 북쪽의 팔공산을 배경으로 조성된 구곡은 용수천 일대의 <농연구곡>과 동화천 일대의 <문암구곡>을 들 수 있고, 남쪽의 비슬산 내지 최정산을 배경으로 조성된 구곡은 신천 상류의 <거연칠곡>과 <수남구곡>을 들 수 있다. 그리고 서쪽의 와룡산 일대의 낙동강 및 금호강을 중심으로 조성된 구곡으로는 <서호병십곡>, <운림구곡>, <와룡산구곡>을 들 수 있다. 이렇게 설정된 일곱 곳의 구곡을 개략적으로 살펴보면 다음과 같다.

첫째, 도석규의 <서호병십곡>에 대해서다. 이 작품은 작자에 대한 논란이 있기는 하나,10) 작품이 분명히 존재하기 때문에 우선 소개해 두기로

---

9) 조선조 선비들은 선을 중심으로 구곡의 문화공간을 만들고, 점을 중심으로 集景의 문화공간을 만들었다. 선은 주로 물길로 이루어진다. 이에 대해서는 정우락(2014), 「조선시대 선비들의 풍류방식과 문화공간 만들기」, 『퇴계학논집』 제15호, 영남퇴계학연구원에서 자세하게 다루었다.

10) 작자 문제는 최원관, 「다사향토사연구회(http://cafe.daum.net/dasahistory)」에서 제기되었다. 이에 의하면, <서호병십곡>이 도석규의 문집인 『錦南集』에 수록되지 않은 점, 성주도씨 용호문중에서 발간한 『서재춘추』에 <서호병십곡>의 작자가 명시되지 않은 점, <서호병십곡> 제1곡의 기사와 어긋나는 점, 도석규 생존 시 부강정 터에는 河洛亭이 건립되어 있었던 점 등을 들어 도석규가 작자일 수 없다고 했다. 이뿐만 아니라 제4곡 伊江書院에서는 "우리 선조께서 당년에 진리를 얻으셨네(吾祖當年見得眞)."라고 하고 있다. 이강서원이

한다. 잠정적이기는 하나 작자로 알려져 있는 도석규는 자가 우서(禹瑞) 혹은 회언(會彦), 호가 서호(西湖) 혹은 금남(錦南)으로 관향이 성주(星州)이다. 강고(江皐) 류심춘(柳尋春, 1762-1834)의 문하에 들어가 공부하였으며, 37세에 증광시(增廣試)에서 2등을 하여 성균진사(成均進士)가 되었다. 그는 『가례편고(家禮便考)』, 『해동군원록(海東群源錄)』 등을 편찬(編纂)하였으며, 읍지에도 그의 행의(行誼)가 전해진다.

서호는 '서쪽 금호강'으로 낙동강과의 합류 지점에 이르면 넓어지는 모습이 호수 같기 때문에 이름을 이렇게 붙였다.11) 이 작품은 서시가 없이 10곡으로 되어 있으니 9곡의 변격형이라 하겠다. 제1곡은 낙동강과 금호강의 합류지점에 있었던 부강정(浮江亭)이고, 제10곡은 한강의 만년 강학처인 사수빈(泗水濱)이다. 도석규는 여기서 윤대승(尹大承, 1553-?)과 이지화(李之華, 1588-1666)[1곡], 정구와 서사원[2곡], 최치원[3곡], 도성유 등 팔군자[6곡],12) 제갈량[7곡], 정구[9곡, 10곡] 등을 떠올렸다. 특히 한강 정구에 대한 생각이 2곡, 9곡, 10곡에 두루 나타나 작자의 지향점이 어디에 있는지를 바로 알 수 있게 했다.

둘째, 최효술의 <농연구곡>에 대해서다. 작자 최효술의 자는 치선(穉善), 호는 지헌(止軒)으로 관향이 경주(慶州)이다. 한강의 제자인 대암(臺巖) 최동집(崔東㠍, 1586-1661)의 후손으로, 대산(大山) 이상정(李象靖, 1711-1781)의

---

서사원을 제향한 서원이며 '吾祖'라고 하고 있는 사실을 염두에 둔다면, 작자가 서사원의 후손이라는 사실을 배제하기 어렵다. 그러나 이 글에서는 잠정적이기는 하나 <서호병십곡>을 도씨 문중이 『서재춘추』에서 소개하고 있는 점, 병풍으로 소장하고 있는 점 등을 감안하여 구체적인 작자가 밝혀질 때까지 기존의 설을 따르기로 한다.

11) 서호는 중국 항주의 서호를 연상하며 작명한 것은 물론이다. 한강 마포 일대를 서호라고 한 것도 같은 이치이다. 서호의 한국적 수용에 대해서는 김동준(2013), 「한국한문학사에 표상된 중국 서호의 전개와 그 지평」, 『한국고전연구』 28집, 한국고전연구학회에 자세하다.

12) 도씨 문중에서는 8군자가 "養直堂 都聖兪, 鋤齋 都汝兪, 洛陰 都慶兪, 翠厓 都應兪, 止巖 都愼修, 撝軒 都愼與, 竹軒 都愼徵, 石川 都爾望"을 의미한다고 했다.

벗인 백불암(百弗庵) 최흥원(崔興遠, 1705-1786)은 그의 5대손이다. 최효술은 최
흥원의 증손으로 외할아버지 정종로의 문하에서 수학하였으며, 1860년 장
릉참봉(莊陵參奉)에 임명되고, 그 뒤 돈녕부도정(敦寧府都正)을 거쳐 부호군(副護
軍)에 이르렀다. 그는 시문도 두루 남기고 성리학에도 조예가 깊었다. 이러
한 학문적 경향은 동국문종 최치원을 통해 내려오는 문학적 전통과 '퇴계-
한강-대암-백불암'으로 전해지는 이학적 전통을 통섭한 결과라 하겠다.

<농연구곡>은 최동집으로부터 유래한다. 최동집이 농연 가에 집을 짓
고 은거한 이래, 최흥원이 1755년 농연정을 건립하고 이를 중심으로 <농
연구곡>을 설정한 것으로 보이기 때문이다.13) 그러나 그의 구곡시 존재
여부는 알 수가 없다. 이후 증손 최효술이 구체적인 <농연구곡> 시를 창
작한다. 그러나 이 <농연구곡>은 물을 거슬러 오르며 구곡을 설정하고
있어 경영의 측면에서는 주자를 따르고 있지만, 서시가 없을 뿐만 아니라
주자의 <무이도가> 시운을 따르지 않아 문학적 측면에서는 훨씬 개방적
이다. 이러한 사정으로 인해 이 <농연구곡>은 방산(方山) 이운정(李運楨,
1819-1893)에 의해 서시와 함께 주자의 시운을 따르며 정격화 되는 과정을
밟게 된다.14)

셋째, 우성규의 <운림구곡>에 대해서다. 우성규의 자는 성석(聖錫), 호
는 경재(景齋) 또는 경도재(景陶齋)로 관향이 단양(丹陽)이다. 그는 월곡(月谷)
우배선(禹拜善, 1569-1621)의 후손으로 달성(達城)에서 태어나 서울로 올라가
명류(名流)들과 두루 사귀면서 학문을 닦았다. 내직으로는 선공감역(繕工監
役)과 감조관(監造官) 등을 역임하였고, 외직으로는 현풍·영덕·예안의 현

---

13) 『百弗庵先生言行錄』 卷1, <年譜>, "聾淵亭成: 亭凡三架四楹, 東二間爲齋, 曰洗心, 西一間爲
軒, 曰灌淸, 合而扁之, 曰聾淵書堂, 以待學者之輩居, 沿溪上下, 得澄淵九曲, 隨處題品, 以誌
其勝."

14) 이운정의 <謹次聾淵亭九曲韻>은 최효술의 시운과 전혀 다르다. 이 점에서 <농연정구곡>
이라는 다른 작품이 존재하였던 것으로 보이지만, 현재로선 누구의 작품인지 알 수가 없다.

감, 임천·단양의 군수, 영월·칠곡의 부사를 지냈다. '도산을 경모한다'고 표방한 그의 호에서 볼 수 있듯이 우성규는 퇴계를 존신하였으며, 만년에는 '인산정사(仁山精舍)'를 짓고 강학하였다. 송병선과 최익현 등 노론의 후예들과도 폭넓은 교유를 했다.

<운림구곡>은 사문진 나루의 용산에서 시작하여 한강의 만년 강학지인 사양정사에서 마무리된다. 사문진은 화원에서 고령의 다산을 건너다니는 나루인데, 금호강 일대에 설정한 구곡 가운데 가장 길어 약 16km에 해당한다. 우성규는 이 작품의 서시에서 "하늘이 운림을 보호해서 참으로 신령스럽다."[15]라고 하면서 '운림'을 특기하고 있다. 운림은 바로 웃갓[上枝]을 의미하는데, 여기에 한강 정구와 석담 이윤우, 그리고 송암(松巖) 이원경(李遠慶)을 제향한 사양서당이 소재하므로, 그가 물을 거슬러 오르며 만나고자 했던 사람이 누구인지 바로 알게 된다. 이 운림구곡은 운주(雲州) 이원석(李元奭)에 의해 <운림구곡차무이도가운(雲林九曲次武夷櫂歌韻)>이라는 작품으로 차운되기도 했다.

넷째, 채준도의 <문암구곡>에 대해서다. 채준도의 자는 윤경(允卿), 호는 석문(石門)인데, 본관은 인천(仁川)이다. 달성(達城)에서 태어나 지헌(止軒) 최효술(崔孝述)의 문하에서 수업하면서 자연스럽게 구곡문화를 접할 수 있었다. 그는 평생 동안 『주자전서(朱子全書)』를 애독하였다고 하며, 만년에 팔공산 염문암(拈門巖) 산수를 사랑하여 백거이(白居易, 772-846)의 향산고사를 모방, 동지(同志)들과 향산구로회(香山九老會)를 조직하고 도의를 강마하였다고 한다. 여기에 참여한 아홉 명은 채준도를 비롯한 최운경(崔雲慶), 채정식(蔡正植), 도윤곤(都允坤), 곽종태(郭鍾泰), 최완술(崔完述), 곽치일(郭致一), 서우곤(徐宇坤), 서영곤(徐泳坤)이다.

---

15) 禹成圭, 『景陶齋集』卷2, <用武夷櫂歌韻賦雲林九曲>, "天護雲林儘異靈, 山明曲曲水澄淸."

<문암구곡>은 연경서원이 있었던 제1곡 화암에서 시작하여 문암천이라 불렸던 지금의 동화천을 거슬러 올라가, 대구시 동구 미대 마을의 안산에 위치하는 문암(門巖)을 거쳐 제9곡 용등에 이른다. 연경서원에 퇴계를 비롯하여 한강 정구, 우복 정경세가 제향되었다는 사실을 고려할 때, 여기에 기반한 도학이 결국 자신이 은거하고 있는 문암에 이른다고 생각하였을 것이다. 이 작품은 주자 <무이도가>의 체제를 그대로 따르고 있으며, 같은 향산구로 가운데 한 사람이었던 겸산(兼山) 서영곤(徐永坤, 1831-1913)이 화운을 하여 <화채윤경준도문암구곡운(和寀允卿準道門巖九曲韻)>을 남기기도 했다.

다섯째, 신성섭의 <와룡산구곡>에 대해서다. 신성섭의 자는 명숙(明淑), 호는 학암(鶴菴)이다. 관향은 평산(平山)으로 고려의 개국공신 신숭겸(申崇謙)의 후손이다. 공산(恭山) 송준필(宋浚弼, 1869-1943)의 문하에서 수학하였으며, 『대학』을 통해 득력하였다고 한다. 그는 용모가 중후하고 덕성이 밝았으며, 풍채가 준수하고 기국이 광대하였다고 한다. 일제강점기를 거치면서 '금수의 발길이 나라를 어지럽히지만 강토를 지킬 수가 없어 두문불출한다'고 하면서, 동지들과 산수에 뜻을 두고 거기에 침잠했다. 만년에는 후학을 양성하고 집안의 자제들을 훈육하는 데 힘을 기울였다.

<와룡산구곡>은 제1곡이 '사양'으로 한강 정구가 강학하던 사양정사가 있는 곳이며, 제9곡이 '청천'으로 와룡산의 끝자락에 해당한다. 이 구곡은 물을 거슬러 올라가는 것이 아니라 물줄기를 따라 내려가면서 설정되어 있다는 측면에서 대구의 대표적인 변격형 구곡이라 하겠다. 그는 서시에서 "와룡산 위에 선령이 살고 있어, 그 아래로 금호강이 굽이굽이 맑구나."16)라고 하여, 특히 와룡산의 신령스러움을 드러냈다. 일곡에서 '원

---

16) 申聖燮, 『鶴菴集』 卷1, <臥龍山九曲歌>, "臥龍山上住仙靈, 下有琴湖曲曲淸."

두(源頭)'를 제시하면서 한강 정구를 도체로 삼아 이것이 후세에 계승되기를 희망하였다. 우리는 여기서 그가 순류를 따라 구곡을 설정한 이유를 비로소 알 수 있다.

여섯째, 채황원의 <거연칠곡>에 대해서다. 채황원은 자가 사중(士重), 호가 시헌(時軒)으로 관향이 인천(仁川)이다. 그는 가학을 통해 공부했는데, 원래 선조 때부터 세거하던 팔공산 미대(美岱)에 살았지만 중년에 동구 내동으로 이주하여 야산정사(冶山精舍)를 짓고 그곳에서 강학을 시작했다. '야산'이라 칭한 것은 정사를 세운 곳이 예전에 야로(冶爐)였기 때문이라 하였는데, 이를 통해 은일의 뜻을 보이고자 했다. 채황원의 시대가 일제강점기와 6.25동란을 거치는 민족 시련기였다는 것을 감안할 때, 그의 지취가 어디에 있었는지를 이해할 수 있다.

<거연칠곡>은 가창의 냉천에 살았던 벗 검암(儉菴) 전동식(全東植, 1891-1975)이 세운 정자인 거연정(居然亭)을 중심으로 설정되었다. 달성군 가창면 냉천 1리 소재의 제1곡 한천으로부터 시작하여 가창면 단산리의 전평들을 지나 제7곡 동산에 이른다. 7곡으로 줄어들고 오언절구로 창작되어 있다는 점에서 변격형 구곡이다. 그러나 제1곡에서 주자의 '한천정사'를 용사하며 원류를 생각하였고, 제7곡에서 "칠곡이라 동산 아래, 시내를 건너서 땅이 특별하게 열리네."[17]라고 하며 주자 <무이도가> 제9곡의 의상을 빌려왔다. 따라서 이 작품은 주자의 <무이도가>를 의식하며 창작된 것임을 알 수 있다.

일곱째, 작자 미상의 <수남구곡>에 대해서다. 수남구곡은 『달성군지』(달성군지편찬위원회, 1992)에 처음 나타난다.[18] 현재로서는 설정자를 알 수

---

17) 蔡晃源, 『時軒集』 卷1, <題居然亭>, "七曲東山下, 隔溪地別開."
18) 달성군지편찬위원회(1992), 『달성군지』, 달성군.

없을 뿐만 아니라 작품도 전하지 않는다. 구전을 통해 내려오던 것을 군지의 편찬위원회에서 수용한 것이 아닌가 한다. 연구의 범위를 조선시대로 한정하면 심각한 결격사유가 아닐 수 없다. 그러나 <거연칠곡>이나 <와룡산구곡>도 최근세의 것이며, 오히려 이를 통해 주자의 구곡문화를 현대적으로 계승하려는 지역 선비의 의지가 돋보인다는 측면에서 중요한 의의를 확보하고 있다. <수남구곡>이 설정되어 있는 우록리 일대는 지명 자체가 주자학을 담보한 것이 많아 이 지역에 구곡문화가 깊이 들어와 있었던 것은 분명해 보인다.

<수남구곡>은 행정리(제2곡 홍덕) 은행나무 아래에 행단(杏壇)을 건립하고 시회(詩會)를 열 때, 가창의 다른 이름인 수남 일대가 주자의 무이구곡과 닮았다고 해서 설정한 것이라 한다. 제1곡 '한천'도 주자의 '한천정사(寒泉精舍)'에서 딴 것이고, 인근에 있었던 '운곡(雲谷)'도 주자가 회암초당(晦庵草堂)을 짓고 강학한 운곡에서 따온 것이다. 이 때문에 임재(臨齋) 서찬규(徐贊奎, 1825-1905)는 "무릇 여기 몇 곳은 모두 깊이 은거하면서 벼슬에 나아가지 않고 선비가 소요하며 영원히 떠나 알리지 않을 만한 곳이니 한천(寒泉)과 운곡(雲谷)이 그것이다. 두 곳의 이름이 옛날과 부합되니 그 또한 우연한 것이 아니다."[19]라고 할 수 있었다. 이밖에도 제4곡 '옥녀봉', 제8곡 '자양', 제9곡 '백록'은 모두 주자와 깊은 관련이 있는 지명들이다. 이로 보아 <수남구곡>은 거의 주자학으로 무장한 것이라 하겠다.

이상에서 우리는 대구지역 구곡원림을 개관하였다. 엄밀한 의미에서 대구의 구곡원림은 모두 다섯이지만, 구곡원림이 선을 중심으로 이루어져 있다는 점을 고려한다면 일곱 곳이 된다. 팔공산에는 용수천과 동화천 상류에 조성된 <농연구곡>과 <문암구곡>이 있고, 비슬산 및 최정산에는

---

19) 徐贊奎, 『臨齋集』 卷13, <歸隱洞記>, "凡此數地, 皆深藏不市之士, 所可盤桓而永矢不告者, 而寒泉也, 雲谷也, 兩地名之符契於古, 其亦不偶然者."

신천 상류에 조성된 <거연칠곡>과 <수남구곡>이 있다. 그리고 대구에는 낙동강과 금호강이 지나가고 있어, 이 두 강의 합수지점을 기반으로 하여 <서호병십곡>, <와룡산구곡>, <운림구곡>이 조성되었다.[20] 이처럼 대구의 구곡원림은 낙동강과 금호강에 기반을 둔 것과 팔공산과 비슬산에 기반을 둔 것으로 양분되어 있다. 이는 대구의 자연지리적 환경을 적극적으로 수용한 결과라 할 것이다.

## 3. 대구지역 구곡문화의 특징

주자는 1183년 무이구곡의 제5곡에 무이정사(武夷精舍)를 짓고 <무이정사잡영(武夷精舍雜詠)>을 썼으며, 이듬해 <무이구곡(武夷九曲)>을 설정한다. <무이도가>는 복건성(福建省) 무이산(武夷山) 계곡의 아홉 구비[九曲] 경치를 읊은 것이다. 여기서 주자는 무이산 계류를 거슬러 오르며 9곡을 설정하고 이에 따라 서시를 포함하여 10수의 칠언절구를 지었다. 또한 『무이지』를 지어 무이구곡 주변의 문화를 수렴하고자 했고, <무이구곡도>를 그려 무이산과 <무이구곡>의 아름다움을 시각화하기도 했다.

주자학이 유입되면서 조선의 주자 성리학은 이것을 제대로 이해하는 단계를 넘어서 다양하게 토착화해가는 과정을 밟는다. 계승과 변용이라는 논리를 적용시키면서 조선의 구곡문화를 만들어간 것이다. '계승'은 주자와 마찬가지로 계류를 거슬러 오르며 아홉 구비를 설정한 후, 서시를 포함하여 10수의 구곡시를 칠언절구로 창작하는 것이다. 이를 우리는 정격

---

20) 이밖에도 최정산 계곡을 기반으로 설정된 <最頂九曲>이 있다. 이 구곡은 최정산 기슭의 정대 앞을 흐르는 계곡에 설정된 것으로 현재로서는 작자와 시가의 구체상을 알 수가 없다. 지속적인 관심을 갖고 찾아보아야 할 일이다.

형이라 할 수 있을 것이다. 이 정격형은 경영 방식이나 문학 창작의 측면
에서 주자의 <무이도가>를 그대로 모방한다.

'변용'은 크게 둘로 나누어 이해할 수 있다. 첫째, 경영 방식의 측면에
서, (1) 내려가며 설정하기도 하고, (2) 두 계곡에 함께 설정하기도 하며,
(3) 곡의 수를 줄이거나 늘이기도 한다. 둘째, 문학 창작의 측면에서, (1)
칠언절구로 짓되 주자의 시운을 따르지 않거나, (2) 오언절구나 국문시가
등 다른 시체(詩體)를 사용하거나, (3) 서시 없이 아홉 수로만 창작하는 것
을 말한다. 이를 우리는 변격형이라 할 수 있을 것이다. 주자의 <무이도
가>와 많은 부분이 달라졌기 때문이다.

대구의 구곡문화 역시 정격형과 변격형이 동시에 나타난다. 정격형은
우성규의 <운림구곡>21)과 채준도의 <문암구곡>이다. 이는 모두 경영
방식의 측면에서 물을 거슬러 올라가며 아홉 구비를 설정하였고, 문학 창
작의 측면에서도 서시를 포함한 10수의 칠언절구로 되어 있을 뿐만 아니
라, 시운 역시 주자 <무이도가>와 동일하다. 이들은 주자의 세계관을 그
대로 따르고자 했던 인물이라 할 수 있다. 이처럼 대구의 선비들은 주자
학적 구심력을 확보하고 있었던 것이다. 이러한 계승의 측면을 염두에 두
면서 대구 구곡문화의 특징을 몇 가지로 나누어 살펴보기로 하자.

첫째, 한강 정구를 종사(宗師)로 모시고자 하는 성격이 뚜렷하다는 점이
다. 일찍이 한강은 무흘정사를 짓고, 『무이지』를 개편하면서 주자의 <무
이도가>에 대한 차운시를 남기는 등 구곡문화에 많은 관심을 기울였다.
그는 70세가 되던 해에 노곡(蘆谷)으로 이주하고, 72세에 사빈(泗濱)으로 거

---

21) <운림구곡>은 경영이나 작시의 방식은 정격형이지만, 구곡에 대한 명명은 집경시의 형태
를 따르고 있어 특이하다. 즉, 제9곡인 泗陽書堂을 제외하면, 龍山朝霞, 魚臺春水, 松亭晚
風, 梧谷霽月, 江亭石棋, 淵齋釣磯, 鶴舞春雲, 鳳巖朝陽 등 '지명+풍치'의 명명 방식을 취
하고 있기 때문이다.

주지를 다시 옮겼다. 이 당시 대구의 선비들은 그의 문하에 출입하면서 활발하게 강학활동을 하였다. 여기에 대구의 선비 대암(臺巖) 최동집(崔東集)도 있었다. 그는 명나라가 망하자 팔공산 부인동에 농연정을 짓고 산수를 소요하게 된다. 여기에 근거하여 그의 후손들, 특히 최동집의 5대손 최흥원은 농연정을 중건하면서 정자 주변에 구곡을 설정해 이름을 짓고, 증손 최효술은 <농연구곡>이라는 작품을 창작하며 선조의 구곡문화를 계승해 갔다.

한강이 사수동에서 강학활동을 전개하였기 때문에, 대구지역 선비들은 한강 자체가 대구 유학의 원두 역할을 한다고 생각했다. 우성규는 <운림구곡> 제9곡 '사양서당'에서 "강옹(岡翁)과 담로(潭老)의 향기 남은 이 땅에는, 밝고 밝은 하나의 이치가 고요 속에 빛나네."[22]라고 하였다. 여기서 '강옹'은 한강 정구이고 '담로'는 그의 제자 석담 이윤우다. 그리고 신성섭은 <와룡산구곡>의 제1곡 '사수'에서 "일곡이라 원두에서 한 배에 오르니, 쌍쌍의 해오라기 긴 내에 내려앉네."[23]라 하면서 한강을 '원두'로 인식하였다.

도석규의 <서호병십곡>에서는 한강이 더욱 다양하게 제시된다. 제2곡 '이락정'에서는 "이곡이라 배가 이락정에 이르니, 모한당(慕寒堂)과 미락재(彌樂齋)가 단청을 하였네."[24]라 하면서 한강과 그의 제자 낙재를 떠올리고, 한강이 소요하던 제9곡 '관어대'에서는 그를 그리워하면서 "물고기를 보며 관어의 이치를 깨닫지 못하니, 선생이 가신 뒤에 찾은 것이 가장 한스럽네."[25]라고 하였다. 그리고 제10곡 '사수빈'에서는 "솔개 날고 물고기

---

22) 禹成圭, 『景陶齋集』 卷2, <用武夷櫂歌韻賦雲林九曲>, "岡翁潭老遺芬地, 一理昭昭靜裏天."
23) 申聖燮, 『鶴菴集』 卷1, <臥龍山九曲歌>, "一曲源頭上一船, 雙雙飛鷺下長川."
24) 都錫珪, <西湖屛十曲>(『鋤齋春秋』), "二曲船臨伊洛亭, 慕寒彌樂畵丹靑."
25) 都錫珪, <西湖屛十曲>(『鋤齋春秋』), "觀魚不達觀魚理, 最恨先生去後來."

뛰는 활발한 경계에 천기가 안정되니, 완연히 그 가운데 성을 아는 사람 있었다네."26)라고 하면서 한강을 천리와 합치시켰다. 이밖에도 채준도는 <문암구곡>에서 제1곡을 '화암'에서 시작하고 있는데, 연경서원은 바로 한강을 제향하고 있었던 곳이다.

둘째, 대구의 구곡문화는 도학사상을 특별히 강조하고 있다는 점이다. 구곡문화의 수용 자체가 도학과 관련이 있지만, 낙동강과 금호강이 있는 대구지역은 이러한 경향이 더욱 뚜렷하다. 지역 선비들은 낙동강을 중국의 낙수(洛水)로, 금호강을 중국의 이천(伊川)으로 생각하고 있었다. 이곳은 정호(程顥)나 정이(程頤) 등 송대 성리학자들과 관련된 지명이니, 대구의 선비들은 이를 통해 도통을 상상할 수 있었다. 대구의 대표적인 도학자 한강 정구와 낙재 서사원을 추모하기 위해 건립한 이락서당(伊洛書堂)을 구곡의 주요 지점으로 선택한 것도 모두 그러한 이유에서였다.

서찬규(徐贊奎, 1825-1905)는 상화대 앞에서 뱃놀이를 하며 시를 지은 적이 있다. 그는 여기서, "이수(伊水)와 낙강(洛江)이 사수(泗洙)와 접하고 있으니, 자나 깨나 선현을 그리워한다네. 예전에 도를 닦고 유상하던 곳, 천년토록 그 이름 향기롭구나."27)라고 하였다. 사수가 곡부에 있는 물이름이니 공자의 학문을 의미하고, 대구 사수동에 한강이 사양정사를 지어놓고 강학했다는 점에서 유학의 근원인 공자를 연상시킬 수 있었다. 이 때문에 <서호병십곡>, <운림구곡>, <와룡산구곡>에서는 사수가 이락으로 흐르거나, 이락에서 사수로 그 연원을 찾아 거슬러 오르게 하였던 것이다. 모두 도학의 연원을 찾기 위함이었다.

셋째, 대구의 구곡문화는 근세에 주로 이루어졌다는 점이다. 작자 논란

---

26) 都錫珪, <西湖屛十曲>(『鋤齋春秋』), "翔鱗活潑天機定, 宛在中央知性人."
27) 徐贊奎, 『臨齋集』卷1, <與禹聖錫成圭李器汝種杞諸人, 舟遊洛江賞花臺, 會者八十餘人, 武夷九曲詩分韻, 得荒字.>, "伊洛接泗洙, 寤寐遊羹墙. 前修遊賞地, 千載姓名香."

이 있는 <서호병십곡>을 제외한다면, 최흥원이 설정한 '농연구곡'이 대구 최초의 구곡이다. 그러나 최흥원은 구곡에 대한 명명을 했을 뿐 작품을 남기지 않았으므로, 증손 최효술이 <농연구곡>이라는 작품을 지어 이를 현실화한다. 우성규의 <운림구곡>, 채준도의 <문암구곡>, 신성섭의 <와룡산구곡>, 채황원의 <거연칠곡>은 19세기 말 혹은 20세기 중후반기에 창작된 것이니 최근의 일이다. 이러한 측면에서 대구의 구곡문화는 근세에 주로 형성되었고, <수남구곡>이 실재하였다고 하더라도 근세의 일일 것이다.

그렇다면 대구지역의 구곡문화가 주로 근세에 이루어진 까닭은 무엇일까? 이것은 한말 혹은 국권상실기를 맞아 주자학을 계승하고자 하는 의지가 강했던 것과 일정한 관련이 있어 보인다. 유학전통을 강조하면서 이로써 국난을 극복하고자 했던 유가 지식인이 이 지역에 많이 포진하고 있었기 때문이다. 특히 신성섭은 <와룡산구곡>에서 물을 따라 내려가며 구곡을 설정하여 경영 방식의 측면에서는 변격형이지만 문학 창작의 측면에서는 정격형이다. 이것은 주자학적 선비정신이 물결의 흐름처럼 후대로 계승되기를 바라는 마음과 주자학적 구심력을 강고히 유지하고자 하는 마음이 경영 방식과 문학 창작의 측면에서 상이하게 구현된 것이라 하겠다.

넷째, 대구의 구곡문화는 변격형이 훨씬 우세하다는 점이다. 우선 물을 따라 내려가는 경우를 들 수 있다. 신성섭의 <와룡산구곡>이 그것이다. 이 작품은 서시를 포함하여 10수의 작품으로 구성되어 있으며, 주자의 시운을 밟고 있지만 물을 따라 내려가면서 구곡이 설정되어 있다. 제1곡인 북구 사수동의 '사수(泗水)'는 물의 근원이자 진리의 근원인 원두에 해당하고, 제9곡인 다사읍 매곡리의 '청천(晴川)'은 주자가 <무이도가> 제1곡에서 제시하였던 '청천' 바로 그것이다. 주자와는 정반대의 입장에서 와룡산구곡을 경영하면서도, 그 지향점은 동일하게 하였다.

대구의 구곡은 7곡으로 줄어들기도 하고, 10곡으로 늘어나기도 한다. 7곡으로 줄어든 것은 채황원의 <거연칠곡>이고 10곡으로 늘어난 것은 도석규의 <서호병십곡>이다. 조선조 선비들이 문화공간을 만들 때 선을 중심으로 구곡을 설정하였던 바, 곡의 수는 유동적이었다. 손재(損齋) 남한조(南漢朝, 1744-1809)가 경영한 문경의 <선유칠곡(仙遊七曲)>과 대산(大山) 이상정(李象靖, 1711-1781)이 경영한 안동 소호리의 <고산칠곡(高山七曲)>, 와은(臥隱) 장위항(張緯恒, 1678-1747)이 경영한 영주 문수면의 <무도칠곡(茂島七曲)> 등에서 이를 확인할 수 있다.

문학적 측면에서도 변격형은 다수 발견된다. 우선 최효술의 <농연구곡>은 칠언절구의 형태를 취하고 있지만 서시가 없고 주자 <무이도가>의 시운도 따르지 않았다. 이는 방산 이운정에 의해 다시 정격형 구곡으로 정비된다. 도석규의 <서호병십곡>도 칠언절구로 되어 있지만 서시가 없을 뿐만 아니라 주자의 <무이도가>와는 전혀 다른 방식으로 창작되었다. 가장 파격을 이루는 것은 <거연칠곡>이다. '한천' 등 지명은 주자학에 입각해 있지만, 오언절구의 형식을 취하고 있기 때문이다. 이처럼 대구의 구곡문화는 문학적 측면에서 대단히 자유롭게 전개되고 있었던 것이다.

다섯째, 대구의 구곡문화는 복합형도 나타난다는 점이다. 복합형은 구곡 내에 구곡이 다시 조성된 '곡내곡(曲內曲)'의 구조를 우선 들 수 있다. 정격형 구곡인 우성규의 <운림구곡>은 사문진에서 출발하여 사수동에 이르는 구간이다. 지점을 조금 달리하지만, 이 구곡 안에 도석규의 <서호병십곡>과 신성섭의 <와룡산구곡>이 존재한다. '사수빈', '사양서당', '사수'처럼 용어는 약간씩 달리하지만, 이들은 모두 한강 정구의 만년 강학지인 사수동을 중심으로 하여, '이강서원'과 '선사', '이락서당'과 '연재', '부강정'과 '강정' 등 동일한 지역이 거듭 나타나며 곡내곡의 복합형 구곡문화를 형성하였다.

개별 구곡에 따른 집경시를 제시하는 '곡중경(曲中景)'의 구조를 갖추기도 했다. 조선조 선비들은 선을 중심으로 구곡을 경영하기도 했지만, 점을 중심으로 한 집경시를 즐겨 창작하였다. 이 둘이 맞물리면서 복합형 구곡문화가 생성된다. <농연구곡>의 경우 동계(東溪) 최주진(崔周鎭)이 농연정을 중심으로 <농연십경(聾淵十景)>을 짓고, <운림구곡>의 경우 용산을 중심으로 노암(魯菴) 우하교(禹夏敎)가 <상화대십경(賞花臺十景)>을 창작했다. 이것은 서거정의 <달성십경>, 신성섭의 <대구팔경>, 서석보(徐錫輔)의 <고산서당팔경> 등과 맞물리면서 대구의 문화경관을 더욱 다채롭게 하였다.

여섯째, 대구지역의 구곡문화에도 7곡에서 9곡으로 성장하는 확장성을 보인다는 점이다. 7곡이 9곡으로 확장되는 현상은 구곡문화에서 흔한 일이 아니다. 그러나 예가 없는 것도 아니다. 예컨대, 외재(畏齋) 정태진(丁泰鎭 1876-1956)이 남한조의 <선유동칠곡>에서 제1곡 옥하대(玉霞臺)와 9곡 옥석대(玉舃臺)를 더하여 <선유동구곡>으로 확장하거나, 와은(臥隱) 장위항(張緯恒, 1678-1747)이 <무도칠곡(茂島七曲)>을 지은 후 이를 다시 <무도구곡(茂島九曲)>으로 확장한 것이 그것이다.

대구지역에는 7곡에서 9곡으로 확장된 곳이 있다. 방향이 약간 다르기는 하지만, <거연칠곡>이 <수남구곡>으로 확장된 경우를 들 수 있다. 이 둘은 제1곡이 달성군 가창면 냉천 1리 소재의 '한천'이라는 점에서 시작을 같이 한다. 그러나 거연칠곡은 단산리 쪽으로, 수남구곡은 우록리 쪽으로 조성되어 둘은 서로 방향을 달리한다. <수남구곡>은 7곡이 9곡으로 확대된다는 측면에서는 <무도구곡>, <선유동구곡>과 같지만 제3곡 '척령산'부터 방향을 달리한다는 측면에서 특이하다. 구곡으로의 확장은 모하당(慕夏堂) 김충선(金忠善, 1571-1642)을 제향한 녹동서원과 그 주변의 유교문화 경관이 주자의 뜻에 더욱 부합된다고 믿었기 때문이다.

이상의 논의를 통해 우리는 대구지역 구곡문화에 나타난 가장 큰 특징은 개방성에 있다는 것을 알 수 있다. 이 때문에 대구의 구곡문화는 주자를 그대로 따르고자 하는 정격형보다 이것을 창조적으로 변용하는 변격형이 더욱 많을 수밖에 없었다. 그러나 도학주의에 입각한 구심력 역시 확보하고 있어 최근까지 구곡을 조성하는 등 구곡문화의 현대적 계승의식도 강하다. 이러한 현상은 전통을 유지하되 여기에 유연한 자세를 취하려 했던 대구지역 선비들의 성향과 맞물려 있다. 이 지역이 지리적으로 낙동강 연안에 위치하여, 좌우를 넘나들고 상하를 오르내리면서 독특한 문화를 만들어갔기 때문에 가능했던 것으로 보인다. 우리는 여기서 대구 사람들이 지니고 있는 지역성의 한 단면을 본다.

## 4. 맺음말

본 연구는 대구의 구곡문화를 개관하고, 이를 바탕으로 그 특징을 탐구하기 위해 기획된 것이다. 대구지역의 구곡문화는 팔공산과 비슬산 및 최정산, 그리고 와룡산 자락에 분포되어 있다. 현재의 행정구역으로는 대구시 동구와 달성군 일대에 해당한다. 그리고 금호강과 낙동강이 이 지역을 관통하며 흐르고 있어, 이를 기반으로 하여 대구의 구곡문화가 전개되기도 했다. 구곡문화가 일반적으로 개울을 중심으로 형성되어 있는 것과 달리, 대구의 지리적 환경은 강을 중심으로 하고, 한강 정구과 낙재 서사원이 이들 강을 기반으로 활동하고 있었기 때문이다.

기존의 연구에 의하면 대구지역의 구곡은 최효술의 <농연구곡>, 신성섭의 <와룡산구곡>, 우성규의 <운림구곡>, 작자 미상의 <수남구곡> 등 네 곳이다. 그러나 본 연구에서는 대구지역의 구곡을 도합 일곱 곳으로 본다. 채준도의 <문암구곡>이 본고를 통해 새롭게 발굴되었으며, 기존에 논의에서 다루지 않았던 채황원의 <거연칠곡>과 도석규의 <서호병십곡>도 여기에 포함시켜 다루었기 때문이다. 이들 구곡 역시 구곡문화사 속에서 충분히 구곡으로 인정될 수 있다고 판단하였던 것이다.

일곱 곳에서 생성된 대구지역의 구곡문화는 몇 가지 특징이 있다. 한강 정구를 종사(宗師)로 모시고자 하는 성격이 뚜렷하다는 점, 도학사상을 특별히 강조하고 있다는 점, 근세에 주로 이루어졌다는 점, 정격형보다 변격형이 훨씬 우세하다는 점, 구곡 내에 구곡이 다시 조성된 '곡내곡(曲內曲)'과 개별 구곡을 중심으로 경관을 다시 제시하는 '곡중경(曲中景)'이 등장한다는 점, 7곡에서 9곡으로 성장하는 확장성을 보여주고 있다는 점 등이 그것이다. 이러한 현상은 대구지역의 구곡문화가 전통을 계승하면서도 여기에 매우 유연한 자세를 취하고 있기 때문에 가능한 것이었다.

이제 대구 구곡문화와 관련하여 몇 가지 남은 문제를 검토해보기로 하자. 첫째, 대구지역 한강학파의 구곡문화에 대한 인식과 관심이 요청된다. 대구지역의 구곡문화가 한강학파와 밀접한 관련이 있기 때문이다. 일찍이 한강은 서사원에게 편지하여 『무이지(武夷志)』 보기를 바라기도 하고, 서사원은 한강에게 『무이지』를 베껴 올리기도 한다. 나아가 서사선(徐思選)의 경우는, <무이구곡도>라는 장편시를 지어, "나 또한 이를 얻어 당중(堂中)에 걸어두니, 산수 사랑으로 든 깊은 병이 문득 낫는 줄 알겠구나. 한 번 탄식하고 또 탄식하고 세 번을 탄식하나니, 당시에 친히 따르지 못함이 한스럽구나."[28]라 하였다. 이러한 일련의 사정을 통해 우리는 한강학파가 지녔던 구곡문화에 대한 관심의 일단을 이해할 수 있게 된다.

둘째, 자료의 발굴과 정확한 이해가 절실하게 요청된다. 대구의 구곡은 지금까지 발굴된 일곱 곳 외에도 더욱 풍부하게 존재했을 가능성이 있다.

---

28) 徐思選, 『東皐集』 卷3, <武夷九曲圖>, "我亦得之垂堂中, 頓覺山水膏肓醫. 一歎又歎三歎息, 當年恨不親追隨."

그 가운데 하나가 앞서 언급된 <최정구곡(最頂九曲)>이다. 정대 앞으로 지나는 용계천에 설정된 것으로 보이는 이 구곡은, 신천의 상류이기는 하나 <거연칠곡>이나 <수남구곡>과는 방향을 전혀 달리하고 있다. 또한 <수남구곡>과 <서호병십곡>의 작자 문제도 해결해야 할 과제이다. 본고에서 이 둘을 적극적으로 다루기는 했으나, 아직까지 작자문제가 해결되지 않은 상태이다.

셋째, 정확한 세부 명칭을 제시할 수 있어야 한다. 채준도의 <문암구곡>은 '화암(畵巖)-휴암(鵂巖)-동산(東山)-의눌(毅訥)-수영곡(水永谷)-도산(道山)-잠두(蠶頭)-문암(門巖)-용등(舂嶝)'으로 구곡의 세부 명칭이 구체화되어 있다. 이 작품은 작자 자신이 이를 제시하고 있어 이의가 없지만, 여타의 작품은 사정이 그렇지 못한 경우가 있다. 예컨대, 최효술의 <농연구곡>과 신성섭의 <와룡산구곡> 등은 구곡에 대한 세부 명칭이 구체적으로 제시되어 있지 않다. 물론 채황원의 <거연칠곡>처럼 "일곡한천수(一曲寒泉水)", "오곡단산리(五曲丹山裏)" 등 작품 속에서 그 명칭이 명시화 되어 있는 부분이 있기도 하지만, 그렇지 못한 경우도 존재한다는 것이다.

넷째, 구곡에 대한 장소 비정도 꾸준히 이루어져야 한다. 한국의 구곡문화에서 이 부분에 대한 해결은 간단하지가 않다. 가장 확실한 장소 비정은 각자(刻字)의 존재 여부이다. 예컨대, 성주 <무흘구곡>의 '입암(立巖)'이나 문경 <선유동구곡>의 '옥석대(玉鳥臺)'와 같이 각자가 존재할 경우 장소 비정에는 문제가 없다. 그러나 대구의 구곡은 <거연칠곡>의 제1곡 '한천(寒泉)'의 경우를 제외하면, 작품의 내용에 가장 합당한 장소를 연구자가 스스로 찾아 나서지 않을 수 없는 실정이다. 오늘날과 같이 지형의 변화가 심각하게 이루어진 경우, 사정은 더욱 어렵다. 이러한 점을 고려하여 이 방면에 지속적인 관심을 가져야 할 것이다.

다섯째, 보존과 개발에도 특별한 관심을 기울여야 할 것이다. 한국의 구곡문화는 역사적, 인문학적 가치가 매우 높다. 주자의 무이구곡이 한국으로 유입되면서 수많은 한국형 구곡문화가 발생했다. 이것은 문화전파의 측면에서도 관심을 가져야 할 주제이다. 특히 구곡문화는 서원, 정사 등과 함께 선비문화를 이해하는 독특한 복합문화유산이다. 바로 이러한 관점에서 대구의 구곡문화도 발굴, 보존, 개발되어야 할 것이다. 보존과 개발은 모순적인 관계를 지닌다고 할 수 있다. 이를 염두에 두면서 이 문화에 대한 깊은 이해와 현대적 활용성을 끊임없이 고민해야 할 것으로 본다.

영남은 타 지역에 비해 전통문화가 많이 남아 있는 지역이다. 이 때문에 학계나 지방자치단체에서 구곡문화와 종가문화 등에 꾸준한 관심을 갖고 있는 것도 사실이다. 그러나 이에 대한 체계성을 확보하고 있다고 할 수는 없다. 이러한 사정을 고려하면서, 근대의 직선문화에서 탈근대의 곡선문화를 요청받고 있는 오늘날, 대구지역에서도 구곡문화에 대한 관심을 본격적이면서 체계적으로 가질 필요가 있다. 이는 전통문화자원의 가치 창출이라는 측면에서도 주목받아 마땅한 것이라 하겠다.

## 참고문헌

### 1. 기본자료

『景陶齋集』
『百弗巖集』
『時軒集』
『臨齋集』
『止軒集』
『鶴菴集』
『寒岡集』
『晦庵集』

### 2. 연구논저

김동준, 「한국한문학사에 표상된 중국 서호의 전개와 그 지평」, 『한국고전연구』 28집, 한국고
　　전연구학회, 2013.
김문기, 「대구의 구곡문화」, 대구광역시·경북대학교 퇴계연구소, 2014.
달성군지편찬위원회, 『달성군지』, 달성군, 1992.
백운용, 「대구지역 九曲과 한강 정구」, 『퇴계학과 유교문화』 제58호, 경북대 퇴계연구소, 2016.
　　星州都氏龍湖門中, 『鋤齋春秋』, 1999.
정우락, 「주자 무이구곡의 한국적 전개와 구곡원림의 인문학적 의미」, 『한국의 구곡문화』, 울
　　산대곡박물관, 2010.
정우락, 「조선시대 '문화공간-영남'에 대한 한문학적 독해」, 『어문론총』 제57호, 한국문학언어
　　학회, 2012.
정우락, 「한강 정구의 무흘 경영과 무흘구곡 정착과정」, 『한국학논집』 제48집, 계명대 한국학
　　연구원, 2012.
정우락, 「조선시대 선비들의 풍류방식과 문화공간 만들기」, 『퇴계학논집』 15호, 영남퇴계학연
　　구원, 2014.
정우락, 「주자시의 문학적 수용과 문화적 응용-<觀書有感>을 중심으로-」, 『퇴계학과 유교문화』
　　제57호, 경북대학교 퇴계연구소, 2015.
최원관, 「다사향토사연구회(http://cafe.daum.net/dasahistory)」

# 부강정 관련 한시에 나타난 공간감성과 지역적 특징*

황 명 환 | 경북대학교 국어국문학과 박사수료

## 1. 머리말

작가는 문학작품을 통해 자신의 감흥을 표출한다. 이때 작가의 감흥[心]을 촉발하는 매개체는 바로 작가 자신을 둘러싼 세계[物]라 할 수 있다. 즉, 작가는 주변 인물이나 사물, 혹은 주위에서 일어난 사건 등을 통해 자신의 생각을 가다듬고, 이를 문학작품으로 형상화하는 것이다.1) 그런데 작가를 둘러싼 세계는 매우 광범위하다. 실제로 가족이나 친우뿐만 아니라, 역사적으로 유명한 인물도 시공간적 제한을 뛰어넘어 문학적 형상화

---

\* 이 글은 황명환(2018), 「부강정 관련 한시에 나타난 공간감성과 지역적 특징」(『인문사회 21』 제9권 6호, ㈜아시아문화학술원)에 실렸던 글을 수정, 보완한 것이다.

1) 작품 창작 원리로서 心과 物의 관계에 대한 논쟁은 고려 후기 때부터 지속되어 왔다. 대표적인 견해가 이인로의 '托物寓意'와 이규보의 '寓興觸物'이다. 전자는 '心'에서 마련한 생각을 밖으로 드러내기 위해 '物'을 이용한다고 하였고, 후자는 '物'과 부딪히면 마음이 들뜬다고 하였다. (조동일(2011), 『한국문학통사』 2, 지식산업사, 46-47쪽 참고) 이 두 견해는 선후의 차이는 있으나, 본고에서 이야기하고자 하는 공간감성과 일정 부분 맥이 닿아 있다.

의 대상이 될 수 있다. 또한 일상생활에서 쉽게 접할 수 있는 자잘한 사물에서부터 국가적인 대사건에 이르기까지 다양한 사물 및 사건 등이 모두 문학적 형상화의 대상이 된다. 이렇듯 다양한 문학적 형상화의 대상들 가운데, 본고에서 주목하고자 하는 바는 바로 '공간'이다.

본고가 공간에 주목하고자 하는 이유는 특정 공간이 특정 감성을 자아낼 수 있기 때문이다. 그리고 이러한 특정 감성을 분석해 냄으로써, 우리는 특정 공간이 지닌 자연적·인문적 가치를 재발견할 수 있게 된다. 이렇듯 문학이 창작된 특정 공간을 '문학생성공간', 그리고 이러한 공간을 통해 드러나는 특정 감성을 '공간감성'[2]이라 명명할 수 있겠다. 실제로 전통시대의 문인들은 '청량산'에 오르면서 '퇴계 이황의 도학'을 떠올렸고, '지리산'에 오르면서 '남명 조식의 풍모'를 떠올렸다. 이처럼 특정 공간이 특정 감성을 불러 일으켰기에, 특정 공간에서 생성된 문학 작품들은 일정 부분 공통점을 지니게 마련이다. 그러나 특정 공간이 언제나 동일한 감성만을 불러 일으켰던 것은 아니다. 동일한 공간이라 할지라도 누가 언제 어떠한 이유로 그곳에 들렀는가 하는 것이 공간감성에 많은 영향을 미치기 때문이다. 즉, 공간감성은 주체, 시간, 목적 등에 따라 무궁무진하게 변화할 수 있는 것이다. 결국 특정 공간에서 생성된 다양한 문학작품들을 분석해 보면, 그 공간이 지닌 보편적 의미와 개별적 의미를 보다 면밀하게 확인해 볼 수 있을 것으로 보인다.

그런데 문학이 생성된 공간 역시 매우 광범위하다. 작품이 창작된 곳은

---

2) 공간감성은 작가가 특정 공간에서 작품을 형상화할 때 나타나는 것이며, 낭만감성, 도학감성, 사회감성으로 대별할 수 있다. 낭만감성은 특정 공간이 지닌 아름다움을 찬미하는 것이고, 도학감성은 특정 공간 안에 내재되어 있는 도학적 법칙을 발견하는 것이며, 사회감성은 특정 공간을 통해 당대 사회에 내재되어 있는 문제점을 포착하는 것이다. 공간감성과 관련해서는 정우락(2014), 「낙동강과 그 연안지역의 공간 감성과 문학적 소통」, 『韓國漢文學硏究』 제53호, 한국한문학회, 173-213쪽을 참고하기 바란다.

어느 곳이나 문학생성공간이라고 부를 수 있기 때문이다. 이렇듯 다양한 문학생성공간 가운데 본고가 주목하고자 한 곳은 바로 '금호강'이다. 경북 포항에서 발원하여 대구를 거쳐 낙동강 본류로 흘러드는 '금호강'을 이해 한다는 것은, 그 자체가 곧 대구지역의 문화를 이해하는 데 있어 중요한 의미를 지닐 수 있을 것이다. 전통시대뿐만 아니라 오늘날까지도 이 강이 의식주를 포함한 인간의 생활 및 문화에 직간접적인 영향을 다대하게 미 치고 있기 때문이다.

주지하다시피 금호강의 여러 유역에서 다양한 문화가 생성되었고, 이를 중심으로 수많은 문학작품들이 창작되었다. 일찍이 사가(四佳) 서거정(徐居 正, 1420-1488)은 대구 지역의 아름다운 경관 10곳을 선정한 뒤, 「대구십영 (大丘十詠)」을 남긴 바 있다.[3] 그 가운데 가장 먼저 등장하는 공간이 바로 금호강이다. 이러한 사실은 대구에서 금호강이 차지하는 위상을 짐작할 수 있게끔 한다. 서거정이 대구 지역 전체를 대상으로 10곳을 선정하였다 면, 도석규(都錫珪, 1773-1873)는 금호강 하류 일대를 중심으로 서호병십곡 (西湖屛十曲)을 설정하였다. 현재 그가 각 굽이마다 남긴 10수의 한시가 남 아 있다. 또한 송담(松潭) 채응린(蔡應麟, 1529-1584)이 건립한 소유정(小有亭) 과 압로정(狎鷺亭)을 배경으로 무수히 많은 작품들이 산출되기도 하였다. 가사문학으로 유명한 노계(蘆溪) 박인로(朴仁老, 1561-1642) 역시 소유정에서 「소유정가」를 짓기도 했다. 이뿐만 아니라 비교적 최근세인 1956년에 아 양음사(峨洋吟社) 회원들에 의해 건립된 아양루(峨洋樓)에서는, 오늘날까지도 한시백일장이 개최되고 있다.

이렇듯 다양한 금호강의 문학생성공간들 가운데 본고가 특별히 주목하 고자 한 공간은 바로 '부강정(浮江亭)'이다. 부강정은 신라 때부터 명승지로

---

3) 서거정, 『四佳詩集補遺』 권3, 「大丘十詠」.

이름난 곳에 세워졌으며, 낙동강과 금호강이 합류하는 지점에 위치했다. 그 이름에서도 알 수 있듯이 강가에 떠 있는 듯한 정자였으나,[4] 지금은 존재하지 않는다. 다만 다사향토문화연구소장인 최원관이 그 위치를 다사읍 죽곡리 700-3 부근으로 추정하고 있을 따름이다.[5] 현재 이곳에는 강정마을이 들어서 있으며, 이를 중심으로 강정 고령보와 디아크 공원이 설립되었다. 2017년 말, 그 가치를 인정받아 디아크 앞 제방 부근에 복원하기로 하였으며, 하천 점용허가를 받기 위해 부산국토관리청과 협의가 진행되고 있는 중이다.

이렇듯 부강정에 대한 지역사회의 관심이 높아지고 있는 데 비해 이와 관련된 학계의 연구는 매우 미진한 상태이다.[6] 실제로 부강정과 관련된 본격적인 연구는 단 한 편도 나오지 않았다. 김학수가 낙동강 연안 지역 선비들의 선유(船遊) 활동을 통해 그들이 지닌 집단의식을 확인하는 과정에서 낙재(樂齋) 서사원(徐思遠, 1550-1615)의 금호선사선유(琴湖仙査船遊)를 이야기할 때 단편적으로 언급하고 있을 따름이다.[7] 따라서 본고에서는 '문학생성공간으로서의 부강정'에 초점을 맞추어 전통시대에 부강정이 어떠

---

4) 이민구, 『東州文集』 권3, 「浮江亭記」 일부, "浮江亭在京山太丘兩邑之間, 去江甚近, 累石爲基, 若泗濱之浮磬然."
5) 현재 최원관이 비정한 곳을 가보면, 주택이 세워져 있음을 볼 수 있다. 그리고 그곳에서는 강물이 흘러가는 모습을 볼 수 없다. 그러나 과거에는 오늘날과 같이 제방이 설치되어 있지 않았다는 점을 유의할 필요가 있다. 여러 가지 정황상 최원관이 비정한 곳에 부강정이 위치했을 가능성이 큰 듯하다. (오류문학회(2011), 『금호강, 서호를 거닐다』, 학이사, 27쪽 참고).
6) 현재 강정마을과 디아크 공원에는 부강정 관련 비석이 각각 1기씩 세워져 있다. 그러나 두 비석 모두 내용에 착오가 있다. 강정마을의 비석에는 부강정이 신라 때부터 세워져 있었던 것처럼 언급되어 있고, 디아크 공원의 비석에는 택당 이식의 한시 「부강정」이 「부강정상량문」이라는 제목으로 잘못 새겨져 있다. 이러한 현상은 학계에서 부강정과 관련된 정확한 연구가 이루어지지 않았기 때문에 발생한 것으로 보인다.
7) 김학수(2010), 「仙遊를 통해 본 洛江 연안지역 선비들의 집단의식」, 『嶺南學』 제18호, 경북대학교 영남문화연구원, 41-98쪽.

한 공간이었는지를 살펴봄으로써, 그 가치를 재조명하는 데에 일차적인 목적이 있다. 그리고 이러한 연구는 금호강과 그 연안에 위치한 다양한 문학생성공간들이 지닌 특성을 밝혀내는 데에 일정 부분 기여할 수 있을 것으로 전망된다.

## 2. 부강정 관련 한시에 나타난 공간감성

### 1) 승경(勝景)을 중심으로 한 낭만감성

앞서 언급하였듯이, 본래 부강정 주변 공간은 신라 때부터 명승지로 이름이 났었다. 특히 이 지역은 신라왕이 직접 행차하여 유람을 했었던 곳이기도 했다. 이는 초간(草澗) 권문해(權文海, 1534-1591)가 남긴 「차윤상사대승 부강정운(次尹上舍 大承 浮江亭韻)」의 주석을 통해 확인할 수 있는 바이다.[8] 그만큼 빼어난 경관이 있었기 때문에 조선시대에 들어와서는 많은 선비들이 이곳에 위치한 부강정을 중심으로 뱃놀이를 즐기곤 했다. 당시 부강정에 대한 전통문인들의 인식을 알아보기 위해 초간의 시를 인용해 보도록 하자.

危亭高架碧湖邊　위태로운 정자가 푸른 강변에 높이 걸쳐 있는데,
勝地來從赫世年　아름다운 경치는 신라 때부터 전해 오네.
草長王孫堆極浦　풀은 왕손의 무덤에서 자라고 포구는 먼데,
江如西子媚晴天　강은 서시처럼 아름답고 하늘은 맑다네.
槎牙古樹籠朝霧　사아(槎牙)와 고목은 아침 안개에 뒤덮이고,

---

8) 이 시에는 "亭基卽新羅王所遊處, 傍有老松數株, 世傳新羅舊物云."이라는 주석이 달려 있다.

來往商船帶晚煙　왕래하는 상선은 저녁연기에 싸여 있네.
物外江山君獨占　물외의 강산을 그대 홀로 차지하였으니,
從今喚作小神仙　지금부터 소신선이라 부르겠네.9)

1구와 2구에서는 부강정의 위치와 주변 경관에 대해 이야기하고 있다. 1구는 동주(東州) 이민구(李敏求, 1589-1670)가 「부강정기」에서 '마치 사빈(泗濱)의 부경(浮磬)과 같아 부강정이란 이름을 얻었다'고 한 것과 연관되어 있다. '사빈(泗濱)의 부경(浮磬)'은 『서경(書經)』에 나오는 말인데10), '사수(泗水)에서 나는 경쇠를 만드는 돌'을 의미한다. 그런데 이 돌은 강가에 드러나 있어 마치 물에 떠 있는 것 같았다고 한다. 결국 1구를 통해 부강정이 강가에 위치하고 있었음을 확인할 수 있다. 2구의 '혁세(赫世)'는 곧 혁거세를 의미하는데, 이 시의 주석에서 '신라왕이 노닐었다'고 한 언급과 자연스럽게 이어진다. 결국 초간은 시의 서두에서 부강정의 아름다운 모습을 이야기하고자 했던 것이다.

이어지는 3-6구에서도 부강정을 둘러싼 아름다운 자연환경에 대해 서술하였다. 특히 부강정에서 바라본 강물을 중국 고대 4대 미녀 중 한 명인 서시(西施)에 비기고 있음을 주목할 필요가 있다. 이를 통해 부강정이 아름다운 자연을 배경으로 건립되었으며, 이곳에 온 문인들이 이러한 자연환경을 즐기고자 했음을 이해할 수 있기 때문이다.

7구와 8구에서는 부강정의 주인이었던 윤대승에 대한 초간의 평가가 담겨 있다. 여기에서 초간은 윤대승을 소신선이라 부르고 있다. 이는 번잡한 현실세계를 벗어나 자연을 벗 삼아 생활하는 윤대승에 대한 찬미인 것

---

9) 권문해, 『草澗集』 권2, 「次尹上舍 大承 浮江亭韻」.
10) 『서경』, "海岱及淮, 惟徐州, 淮沂其乂, 蒙羽其藝, 大野旣豬, 東原底平, 厥土赤埴墳, 草木漸包, 厥田, 惟上中, 厥賦, 中中, 厥貢, 惟土五色, 羽畎, 夏翟, 嶧陽, 孤桐, 泗濱浮磬, 淮夷, 蠙珠曁魚, 厥篚, 玄纖縞, 浮于淮泗, 達于河."

이다. 이처럼 초간의 시에서 부강정은 낭만감성을 자극하는 공간으로 나타나 있다.

이러한 사실은 율곡(栗谷) 이이(李珥, 1536-1584)의 아우인 옥산(玉山) 이우(李瑀, 1542-1609)가 남긴 한시를 통해서도 드러난다.

| | |
|---|---|
| 華亭弘敞水鄉邊 | 화려한 정자는 물가 마을 변에 넓고 높으며, |
| 繞檻蒼松不記年 | 둘러싸인 난간과 푸른 소나무는 해[年]를 다 기록할 수 없네. |
| 疊巘周遭疑盡地 | 첩첩 봉우리 주변은 땅이 다했나 의심케 하고, |
| 重江浩渺欲浮天 | 중강은 넓고 아득하여 하늘까지 떠오르고자 하네. |
| 杯濃綠蟻邀明月 | 술잔 속의 진한 술은 밝은 달을 맞이하고, |
| 目送征鴻拂紫煙 | 눈으로 전송하는 기러기는 자줏빛 연기를 떨치누나. |
| 羽客莫誇丹竈術 | 우객(羽客)은 단조술(丹竈術)을 자랑하지 말라, |
| 人間亦自有高仙 | 인간 역시 저절로 고선(高仙)이 될 수 있으니.[11] |

위 시는 옥산이 부강정에 들렀을 때 지은 시인데, 앞서 살펴본 초간의 시와 유사한 흐름을 보이고 있다. 시의 서두에서 부강정의 위치에 대해 이야기하고, 중반부에서는 부강정 주변의 아름다운 자연환경에 대해 서술하였으며, 이를 바탕으로 후반부에서 윤대승에 대한 평가를 내리고 있기 때문이다. 2구에서 '푸른 소나무는 해[年]를 다 기록할 수 없다'고 한 것은 초간이 시의 주석에서 '방유노송수주(傍有老松數株)'라 이야기한 것과 상통하는 지점이 있다. 즉, 옥산 역시 초간과 마찬가지로 부강정 주변의 아름다운 경치가 예로부터 유명했음을 강조하고자 한 것이다.

5구와 6구에는 부강정에 들러 풍류를 즐기는 모습이 형상화되어 있다. 부강정 주변의 승경(勝景)을 바라보며, 해가 질 때까지 술을 마시고 있었던

---

11) 이우, 『玉山詩稿』, 「題大丘浮江亭 亭主尹大承孝彦」.

것이다. 이때 옥산은 부강정에서 즐기는 풍류가 신선의 풍류보다 더 낫다
고 생각했던 모양이다. 7구에 등장하는 우객(羽客)은 '날개가 있는 신선'을
의미하는데, 옥산이 이 우객에게 단조술(丹竈術)을 자랑하지 말라고 하고
있기 때문이다. 주지하다시피 단조술(丹竈術)은 선약(仙藥)을 만드는 기술인
데, 선약은 '신선이 될 수 있는 약'을 뜻한다. 결국 옥산은 부강정 주변의
승경을 감상하다 보면, 선약(仙藥)을 복용하지 않아도 인간 역시 저절로 고
선(高仙)이 될 수 있다고 이야기한 것이다.

이처럼 부강정은 그 주변의 아름다운 경관으로 인해 많은 문인들의 애
호를 받았다. 앞서 살펴본 시들이 부강정에서 주변경관을 수동적으로 바
라본 것이라면, 지금부터는 부강정을 배경으로 선유(船遊)를 즐기던 모습에
대해서 살펴보도록 하겠다.

| | |
|---|---|
| 蘭舟載三益 | 아름다운 배가 좋은 벗을 태우니, |
| 半席飽風輕 | 자리의 반은 바람이 차지해 가볍다네. |
| 高臥看山轉 | 높이 누워 산굽이를 바라보고, |
| 深憑聽櫓聲 | 깊숙이 기대어 노 젓는 소리 듣는다네. |
| 峽浸芳草暗 | 잠긴 골짜기에 아름다운 풀 내음이 아득하고, |
| 江闊玉沙明 | 넓은 강에 깨끗한 모래가 환하네. |
| 數日仙遊勝 | 며칠 동안 승경지를 유람하니, |
| 催君筆不停 | 그대여 붓을 멈추지 말게나.12) |

이 시는 모당(慕堂) 손처눌(孫處訥, 1553-1634)이 부강정에 배를 댄 뒤 시를
남기고 돌아가자, 낙재 서사원이 이에 화답하여 지은 것이다. 이 시의 시
제에는 모당과 낙재 이외에 여헌(旅軒) 장현광(張顯光, 1554-1637)도 등장한

---

12) 서사원, 『낙재집』 권1, 「泊浮江臨分 孫幾道留詩先歸 張德晦和之 余又賡之」.

다. 즉, 모당과 낙재, 그리고 여헌이 함께 선유(船遊)를 즐겼던 것이다. 시
제뿐만 아니라, 난주(蘭舟), 노성(櫓聲) 등의 시어를 통해서도 이 시가 선유
를 배경으로 지어진 것임을 짐작할 수 있다. 1구에서는 함께 선유를 즐기
는 이들이 어떠한 사람들인지를 밝히고 있다. 삼익(三益)은 곧 삼익우(三益
友)[13]이니, 이는 세 가지의 유익함이 있는 벗을 의미한다.

3구와 4구에서는 배 안에서 주변경관을 바라보는 모습이 시각적·청각
적 형상화를 통해 드러나고 있다. 시각적 형상화는 멀리 내다보이는 산굽
이를 통해, 청각적 형상화는 가까이서 들려오는 노 젓는 소리를 통해 이
루어졌다. 이는 선유를 통한 경관 감상이 원경과 근경을 아우르고 있음을
의미한다고 하겠다. 이어지는 5구와 6구 역시 부강정 주변에서 볼 수 있
는 경관들이 언급되어 있다. 깊숙한 골짜기와 넓은 강이 절묘하게 어우러
지는 광경을 묘사한 것이다. 7구와 8구에서는 선유에 대한 낙재의 총평이
담겨 있다. 7구에서 직접적으로 이야기하고 있듯이, 그에게 있어 절친한
벗들과의 선유(船遊)는 곧 선유(仙遊)였다.[14] 그렇기에 낙재는 이러한 즐거
움을 오래도록 간직하고 싶은 마음으로 벗들에게 시작(詩作)을 권유하였던
것이다.

한편, 부강정을 배경으로 한 시들이 모두 정자 주변의 아름다운 경관만
을 그리고 있었던 것은 아니다. 실제로 부강정은 옛 추억을 떠올리는 공
간이 되기도 했다. 또한 부강정은 이별의 정한을 나누기 위한 마지막 만
남의 장소가 되기도 했다. 아름다운 자연환경을 배경으로 석별의 정을 나
누었던 것이다. 전자가 예전의 만남을 염두에 둔 것이라면, 후자는 현재의

---

13) 『논어』, 「季氏」, "益者三友, 損者三友, 友直友諒友多聞, 益矣, 友便辟友善柔友便佞, 損矣."
14) 부강정 주변을 船遊하면서 느끼는 흥취를 仙遊에 비기는 것은 모당의 시에서도 나타난다.
　　모당이 해가 진 뒤 금호강[伊川]에서 부강정으로 오르며 지은 시를 보면, "옷깃 헤치고 소
　　나무 아래 앉아, 멍하니 仙源으로 거슬러 올라가는 듯하네."라고 하고 있기 때문이다. (손
　　처눌, 『慕堂集』 권1, 「自伊川乘昏登浮江亭」 일부, "披襟松下坐, 怳若溯仙源.")

만남을 배경으로 한 것이다. 다음 시는 검간(黔澗) 조정(趙靖, 1555-1636)이 부강정에 들렀을 때 지은 시이다.

> 二十年前曾此遊　　20년 전 일찍이 이곳에서 노닐었을 때,
> 主人珍重挽行輈　　주인은 진중히 떠나는 수레 붙들었다네.
> 當時舊面蒼松在　　당시 보았던 푸른 소나무는 여전한데,
> 三繞階邊惹遠愁　　뜰 가를 세 번 맴도니 아득한 근심이 생겨나네.[15]

　1구와 2구에는 예전에 부강정을 들렀을 때의 상황이 잘 나타나 있다. 검간은 20년 전 부강정에 들렀던 적이 있었다. 이때 정자의 주인은 떠나가는 검간을 붙잡았다. 이를 통해서도 부강정이 만남의 공간인 동시에 이별의 공간이었음을 확인할 수 있겠다. 이어지는 3구와 4구에는 현재 검간 자신이 처한 상황이 드러나 있다. 다른 문인들의 시에 나타난 소나무가 아름다운 자연경관을 나타내기 위한 소재였다면, 검간의 시에 나타난 소나무는 아득한 근심[遠愁]을 강조하는 역할을 하고 있다. 즉, 변치 않는 자연경관과는 달리 인사(人事)는 달라져 더 이상 예전의 아름다운 만남을 재현할 수 없게 되었음을 아쉬워하고 있는 것이다.[16]

　다음은 감호가 가을날 부강정에서 이심해(李心海)라는 인물과 이별하며 지은 시이다.

> 三秋江上相逢晚　　석 달 가을 동안 강가에서 서로 만남이 늦었는데,
> 千里天涯後會遲　　천 리 떨어진 타향에선 다시 만날 기약 더디리라.

15) 조정, 『黔澗集』 권1, 「題河濱浮江亭」.
16) 이러한 면모는 鑑湖 呂大老(1552-1619)가 「次盧察訪遊浮江亭韻」에서 "사람 가고 정자 남음이 몇 년이나 되었던고, 강에 임했으나 날개옷 입은 신선을 볼 수 없다네."라고 한 데서도 확인할 수 있는 바이다. (여대로, 『鑑湖集』 권1, 「次盧察訪遊浮江亭韻」 일부, "人去亭留問幾年, 臨江不見羽衣仙.")

寒汀落木蕭蕭下　찬 물가의 나무에는 잎이 쓸쓸히 떨어지는데,
離恨還兼宋玉悲　이별하는 한은 도리어 송옥(宋玉)의 슬픔과 마찬가지라네.[17]

1구와 2구에서는 지금 마지막 만남을 갖고 헤어지게 되면, 다시 다른 곳에서 만나기가 어려울 것임을 이야기하였다. 3구에는 부강정 주변의 풍광이 나타나는데, 이별을 이야기하고 있기 때문에 이마저도 쓸쓸한 감정을 자아내고 있다. 4구의 송옥(宋玉)은 굴원(屈原)을 이은 초사의 대가(大家)이다. 그가 지은 「구변(九辯)」 가운데 가장 먼저 나오는 것이 바로 가을의 서글픈 정서를 노래한 「비추(悲秋)」이다. 이심해와의 이별이 가을에 이루어지고 있었기에 자연스레 송옥의 「비추」를 떠올렸던 것이다.

이처럼 부강정 관련 한시에 나타난 낭만감성은 모두 정자 주변의 아름다운 승경(勝景)으로 인해 촉발된 것이었다. 실제로 부강정 관련 한시를 지었던 문인들은 부강정에서 주변의 승경(勝景)을 바라보며 시를 짓기도 했고, 선유(船遊)를 하는 과정에서 주변의 경관을 노래하기도 했다. 또한 아름다운 풍광을 즐기기 위해 친한 벗과 함께 들렀던 곳을 후에 혼자 들러 추억하기도 했고, 이별을 위해 부강정에서 마지막 만남을 갖기도 했다.

## 2) 회합(會合)을 중심으로 한 도학감성

한편, 부강정은 사림 회합의 명소로 주목을 받았다. 특히 1605년에 있었던 한강(寒岡) 정구(鄭逑, 1543-1620)의 '을사선유' 때에는 부강정이 주요 경유처 중 한 곳이 되기도 했다. 이 선유는 한강이 선대의 묘소를 참배하기 위해 진행된 것이었다. 이때 낙재, 여헌을 비롯하여 총 23명의 선비들이 참여하였는데, 이들은 주로 한강·여헌·낙재의 문인들이었다. 다음은

---

17) 여대로, 『鑑湖集』 권1, 「秋日浮江亭 別李太虛」.

낙재가 한강의 동유(東遊)를 기록한 글의 일부이다.

"8일 오후에 갑자기 선생의 배가 이미 척성(尺城) 아래에 도착하였다는 소식을 들었다. 나는 이때 당황하여 몸 둘 바를 몰랐다. 작은 배를 타고 강어귀로 급히 내려가니 선생의 행차가 벌써 부강정에 들어와 있었다. 나는 이때 황공하여 작은 배를 버려두고 육지로 올라가 포복하듯이 들어가서 절을 하고 늦게 온 것을 사죄하였다. 도자겸과 김극명 두 사람이 살피기를 잘못한 죄를 어찌 이루 다 말할 수 있겠는가? 강 위의 하늘이 이미 저물었고 이때 하늘이 어둡고 검어서 낙재(樂齋)로 향하는 행차를 모시고 나서지 못했다. 술과 과일로 잠시 영후례(迎候禮)를 거행하고 정자[부강정] 에서 모시고 잤다."18)

퇴계와 남명 사후, 한강이 영남 지역에서 지니고 있었던 위상을 고려할 때, 한강의 대구행은 그 자체만으로도 학파적 결집을 이끌어내기에 충분하였다. 낙재가 작은 배를 버려두고 육지로 올라가 포복하듯이 들어가서 늦게 온 것을 사죄한 데에서도 당시 한강의 위상을 확인할 수 있을 듯하다.

실제로 여정의 본래 목적은 성묘였으나, 한강은 당시 대부분의 시간을 문인들과 함께 보내게 된다. 그리하여 부강정에서 묵은 다음날에는 '바람으로 머리를 빗고 빗물로 목욕을 하면서도' 한강의 여광(餘光)을 뵙고자 했던 이가 거의 70여 명에 달했다고 한다. 즉, 그가 경유했던 어목정·부강정·낙재·선사서재 등이 모두 문인들의 강학공간으로 활용되었던 것이다. 그리고 이를 통해 부강정이 도학감성을 자극하는 공간이었음을 확인할 수 있다.

---

18) 서사원, 『樂齋集』 권7, 「爲寒岡鄭先生東遊記」 일부, "八日午後, 忽聞先生舟已及于尺城下矣, 余時蒼黃罔措, 撑小艇飛下于江口, 則先生行次已入于浮江亭矣, 余時惶恐棄小舟, 登陸而匍匐入拜, 而謝遲晚, 都金兩生偵探錯誤之罪, 何可勝言, 江天已暮, 時迫昏黑, 未及陪出向樂齋之行, 余以酒果暫行迎候之禮, 陪宿于亭中."

한편, 을사년 봄에 부강정에서 한강을 만났던 이 가운데 양직(養直) 도성유(都聖兪, 1571-1649)도 있었다. 그는 낙재와 지역의 선비 70여 명이 부강정에서 한강을 마중 나갔을 때 모당이 지었던 시에 두 수의 화운시를 남겼다. 차례대로 살펴보기로 하자.

| | |
|---|---|
| 元氣蒼蒼聚斗南 | 원기(元氣)가 성대하여 온 천하를 거두어들였으니, |
| 先生門下幾奇男 | 선생의 문하에서 뛰어난 이 몇일런고. |
| 天邊喬嶽爭瞻望 | 하늘 끝 높은 산이 다투어 우러르고, |
| 江上筍輿遞送探 | 강가의 가마는 번갈아 찾아가네. |
| 梧几分明移洛浦 | 오동나무 책상은 분명히 낙포(洛浦)에게 옮겨 왔고, |
| 桂舟容易入仙潭 | 계수나무 배는 쉽사리 선담(仙潭)에 들게 하네. |
| 雲林到處增生色 | 운림의 도처에 생기를 더하여, |
| 歌咏羣篇滿玉函 | 노랫가락 여러 편이 옥함에 가득 찼네.[19] |

여기에서는 한강의 문하에서 많은 뛰어난 제자들이 배출되었음을 이야기하였다. 3구와 4구에서는 한강의 위상을 '높은 산이 우러르고 강가의 가마가 번갈아 이어진다'는 말로 표현하였다. 한강의 학문적 위상이 산보다도 높았기에 그에게 배움을 청하는 행렬이 끊이지 않았음을 이야기한 것이다. 5구의 오궤(梧几)는 오동나무로 만든 책상이니, 시의 내용상 한강의 가르침을 나타내는 것이라 할 수 있다.

그런데 5구의 낙포(洛浦)는 중의적인 표현으로 보인다. 첫째는 낙동강 포구로 이해할 수 있다. 부강정이 낙동강과 금호강이 만나는 지점에 위치하고 있었기 때문에 이러한 표현이 가능했을 것으로 보인다. 즉, '오동나

---

19) 도성유, 『養直集』 권1, 「乙巳春 拜迎寒岡先生於浮江亭 奉和慕堂孫丈韻 是年三月 寒岡先生 自漁牧亭舟行 宿仙查書齋 樂齋先生與一鄕士友七十餘員 迎候於浮江亭 勸孫丈共賦詩以記勝事 余亦賡和焉」 中 제1수.

무 책상이 분명히 낙포(洛浦)에게 옮겨 갔다'고 한 표현은 한강의 가르침이
이 지역 선비들에게 두루 퍼져나갔음을 의미하는 것이다. 둘째는 부강정
의 주인이었던 이종문을 가리킨다고 할 수 있다.[20] 낙포가 이종문의 호이
기도 하기 때문이다. 이처럼 낙포를 이종문으로 볼 경우, 5구의 내용은 한
강의 가르침이 부강정에서 전해졌음을 분명하게 지적하고 있는 것이라 볼
수 있다. 어느 경우로 보나 부강정이 한강의 강학처로서의 역할을 하였다
는 사실은 변함이 없다 하겠다.

| | |
|---|---|
| 先生杖屨伴春遊 | 선생의 자취가 봄과 함께 노니니, |
| 十二行窩洛水頭 | 열두 행와(行窩)가 낙수가에 있다네. |
| 浦鳥習飛風外疾 | 포조(浦鳥)는 비행 연습하듯 바람 밖에서 빨리 날고, |
| 汀蘭沐化雨餘柔 | 정난(汀蘭)은 목욕한 듯 비 내린 뒤 부드럽네. |
| 催登江閣仍行酌 | 바삐 강각에 올라 인하여 수작하고, |
| 爲訪查齋更放舟 | 선사재 찾아 다시금 배를 띄운다네. |
| 安得窮源伊泗去 | 어찌 근원에 달하려 이천(伊川)과 사수(泗洙)로 가겠는가, |
| 百年容我免沉浮 | 백 년 동안 나를 용납하여 부침을 면했다네.[21] |

  양직이 남긴 두 번째 시이다. 이 시의 2구에 나오는 행와(行窩)는 북송의

20) 도석규는 『서호병십곡』의 제1수에서 "일곡이라, 부강정에 강물은 흐르는데, 윤씨는 이미
   가고 이씨가 성하도다(一曲浮江江水流, 尹翁已去李翁休)."라고 한 바 있다. 이는 부강정의
   주인이 尹大承에서 李宗文(1567-1638)으로 바뀐 사정을 말해주고 있는 것이다. 실제로 부
   강정을 처음 건립한 이는 윤대승이었다. 그러나 이후 이종문의 아버지 李慶斗가 윤대승
   의 아버지인 尹滉의 딸과 혼인하면서, 이종문이 자연스레 부강정을 인수받게 되었다. 이에
   대해 김학수는 윤대승의 사망 이후, 임진왜란이 겹치면서 외가의 족적 기반이 약화되었단
   사실에 주목하고 있다. (김학수(2010), 「仙遊를 통해 본 洛江 연안지역 선비들의 집단의식」,
   『嶺南學』 제18호, 경북대학교 영남문화연구원, 54-55쪽 참고)
21) 도성유, 『養直集』 권1, 「乙巳春 拜迎寒岡先生於浮江亭 奉和慕堂孫丈韻 是年三月 寒岡先生
   自漁牧亭舟行 宿仙查書齋 樂齋先生與一鄕士友七十餘員 迎候於浮江亭 勸孫丈共賦詩以記勝事
   余亦廣和焉」 中 第2수.

소옹(邵雍)과 관련된 시어이다. 소옹(邵雍)은 작은 수레를 타고 마음 내키는 대로 돌아다녔는데, 그를 사모하는 자들이 특별히 행와라는 집을 지어놓고 그가 찾아오기를 기다렸다고 한다. 한강을 소옹에 비긴 것은 상촌(象村) 신흠(申欽, 1566-1628)이 지은 「정한강신도비명(鄭寒岡神道碑銘)」에서도 나타난다. 이 글에서 상촌은 "평소에 산수를 좋아하여 혹시 마음에 드는 곳을 만나면 기우단(祈雨壇)에서 바람을 쏘이고 읊조리며 돌아오는 흥취가 있어 서성거리며 떠나지 않는가 하면 혹은 불시에 찾아가기도 했는데, 땅 주인과 문생 가운데 선생을 사모하는 자가 정자를 지어 영접하였으므로 소강절(邵康節)의 행와(行窩)와 같은 풍치가 있었다."라고 이야기하였다.22) 결국 양직은 상촌이 그러했던 것처럼 한강을 소옹에 비기면서, 당시 한강을 기다리는 제자들이 무수히 많았음을 시를 통해 드러내고자 했던 것이다.

주목할 만한 점은 7구에서 양직이 한강을 정이(程頤)와 공자(孔子)에 비기고 있었다는 점이다. 6구의 내용을 통해 알 수 있듯이, 한강 일행은 부강정을 떠나 선사재로 향하려고 했다. 그런데 이 모습을 지켜보던 양직은 한강의 행차 덕분에 제자들이 도(道)의 근원을 알게 되었다고 이야기하였다. 즉, 한강이 가르침을 베풀어 주었기 때문에 정이(程頤)가 살았던 이천(伊川)과 공자가 살았던 사수(泗洙)를 굳이 찾아갈 필요가 없어졌다고 강조한 것이다. 결국 양직은 부강정에 들렀던 한강을 통해 유학의 도가 면면히 이어지고 있음을 강하게 자부하고 있었던 셈이다.

이처럼 부강정 관련 한시에 나타난 도학감성은 한강의 행차와 깊은 관련을 맺고 있다. 실제로 부강정은 한강을 중심으로 수차례 회합(會合)이 이루어졌던 곳이었으며, 이러한 회합은 자연스레 대구지역 선비들의 학파적 결집을 이끌어내게 되었다.

---

22) 신흠, 『상촌집』 권27, 「鄭寒岡神道碑銘」 中 일부, "雅好山水, 遇會心處, 有風雩詠歸之興, 倘佯不去, 或不時命駕, 地主門徒之嚮往先生者, 構舍以迎之, 有康節行窩之風."

## 3. 공간감성이 지닌 지역적 특징

지금까지 부강정 관련 한시에 나타난 공간감성을 낭만감성과 도학감성
으로 나누어 살펴보았다. 이 장에서는 앞서 살펴본 공간감성이 어떠한 지
역적 특징을 지니고 있는지에 대해 확인해 보도록 하겠다.

우선, 부강정 관련 한시에는 낭만감성이 우세한 가운데 도학감성이 부
분적으로 드러나는 반면, 사회감성은 거의 드러나지 않는다. 실제로 남아
있는 부강정 관련 한시를 찾아보면, 역사적 사건에 대한 인식 또는 당대
사회의 부조리에 대한 내용이 거의 드러나지 않음을 알 수 있다. 부강정
이 임진왜란 이후 재건되었음에도 불구하고, 전쟁과 관련된 내용마저 나
타나지 않는 점은 다소 의문점을 남기기도 한다. 또한 부강정 주변에는
세곡(稅穀)을 운송하는 기점이었던 강창(江倉)이 존재했는데, 남아 있는 한
시 작품에는 이와 관련하여 백성들의 고난에 대해 이야기하는 내용도 전
혀 드러나지 않는다.

이는 아마 부강정이 전통문인들에게 승경지(勝景地)로 깊이 각인되어 있
었기 때문인 듯하다. 이에 대해서는 택당이 남긴 「부강정상량문(浮江亭上樑
文)」을 주목할 필요가 있다. 그가 "중선(仲宣)이 한가한 날에 누각에 올라가
서 바라본 것은 그저 떠도는 나그네의 회포를 풀어 보기 위함이요, 동파
(東坡)가 합강(合江)에 우거(寓居)한 것 역시 조정에서 쫓겨나 여기저기로 옮
겨 다닌 것에 불과하였으니, 어찌 모든 아름다움을 소유하고 있는 이 정
자의 경우와 같다고 할 수가 있겠는가."[23]라고 하였기 때문이다. 이를 통
해 당시 전통문인들에게 있어 부강정이 승경(勝景)을 배경으로 한 유희의
공간이었음을 확인할 수 있다. 그리고 이는 서호 10경의 가장 첫머리에

---

23) 이식, 『澤堂集』別集 卷12, 「浮江亭上樑文」中 일부, "仲宣登覽暇日, 秪遣羈旅之懷, 東坡寓
居合江, 乃在遷謫之域, 豈若斯亭, 兼有衆美."

부강정이 등장하고 있는 것과도 무관하지 않다.

그런데 전통시대에 승경지는 유희를 위한 공간만은 아니었다. 승경지를 중심으로 강학처가 경영되었기 때문이다. 여기에서 강학처라 함은 서당, 서원 등 교육기관뿐만 아니라, 작시활동, 강학활동이 이루어진 제반 공간을 포괄하는 용어이다. 주지하다시피 전통문인들은 조용하고 경치가 좋은 곳에서 강학에 힘썼다. 이는 세속의 번잡함을 피해 자연 속에서 심성을 수양하고자 했던 조선시대 유학자들의 학문적 태도와도 깊은 관련이 있다. 실제로 많은 문인들이 유산(遊山)을 하며 책을 읽거나, 선유(船遊)를 하며 시를 지었다. 이러한 분위기가 조성되어 있었기에, 한강 역시 부강정에서 자연스레 강학활동을 펼칠 수 있었던 것이다. 즉, 부강정에서 발현된 도학감성의 기저에는 낭만감성이 깊이 있게 작동하고 있었던 것이다. 요약하자면, 부강정은 유희의 공간이자 강학의 공간이라 할 수 있으며, 이는 긴수작과 한수작의 공존을 통해 긴장과 이완의 적절한 조화를 추구하는 유학자들의 학문경향과 밀접한 연관이 있는 것이다.

다음으로, 부강정 관련 한시에 나타난 공간감성은 대구지역의 구곡원림 조성과 깊은 관련이 있다. 이는 부강정이 낭만감성과 도학감성이 동시에 발현된 공간이었기 때문에 가능했던 것으로 보인다. 주지하다시피 조선의 유학자들은 주희의 무이구곡을 본떠 거주지 주변의 명승지를 중심으로 구곡을 경영하였다. 그리고 그들은 구곡을 '입도차제(入道次第)' 혹은 '인물기흥(因物起興)'으로 이해하였는데, 전자는 도학감성이 우세한 것이고, 후자는 낭만감성이 우세한 것이라 할 수 있다. 그러나 실상 구곡은 낭만감성과 도학감성이 혼융되어 조성된 것으로 보는 것이 타당하다. 일반적으로 구곡은 승경지이면서 도학과 관련이 깊은 곳을 중심으로 설정되었기 때문이다.

현재 전국적으로 확인된 구곡의 수는 약 150여 개이다. 그리고 이는 대부분 대구를 포함한 영남지역에 분포되어 있다. 이 가운데 대구지역에는 서호병십곡, 농연구곡, 운림구곡, 문암구곡, 와룡산구곡, 거연칠곡, 수남구곡 등 총 7곳의 구곡이 존재한다.[24] 그런데 부강정이 서호병십곡과 운림구곡 등 두 구곡에서 함께 나타난다는 점을 주목할 필요가 있다.[25] 이는 대구지역 구곡이 한강 정구를 종사로 모시는 성격이 강하고, 금호강과 낙동강을 각각 이천(伊川)과 낙수(洛水)로 인식하고 있었던 것과 무관하지 않다. 이러한 점에서 낙동강과 금호강이 만나는 지점에 위치했던 부강정은, 구곡의 중심처가 되지 않을 수 없었을 것이다. 여기에 부강정이 한강의 강학처였다는 사실도 구곡 형성에 밀접한 영향을 미쳤다. 이처럼 부강정은 그 위치와 한강이라는 대학자의 영향으로 말미암아 두 구곡의 중심처가 될 수 있었던 것이다.

마지막으로 부강정 관련 한시에 나타난 공간감성은 회통성을 지니고 있다. 부강정은 영남지역에 위치하고 있다. 그러나 여러 가지 이유로 기호인들에게도 많은 관심을 받았다. 앞서 살펴본 옥산의 경우, 혼맥으로 인해 부강정에 들를 수 있었다. 그러나 택당은 이러한 혼맥이 존재하지 않는데도 불구하고, 부강정과 관련된 상량문과 한시를 남기고 있다. 이는 부강정의 빼어난 승경이 일찍부터 전국적으로 이름을 떨쳤기 때문으로 보인다. 사실 서인의 주요 인물인 택당이 부강정의 상량문을 지은 것부터가 이 정자의 위상을 확인할 수 있게끔 한다. 다음은 택당이 남긴 한시이다.

---

24) 정우락(2017), 「대구지역의 구곡문화와 그 특징」, 『韓民族語文學』 제77집, 한민족어문학회, 128쪽 참고.

25) 도석규의 서호병십곡은 '부강정-이락서당-선사-이강서원-가지암-동산-와룡산-은행정-관어대-사수빈'을 중심으로 설정되었고, 우성규의 운림구곡은 '용산-어대-송정-오곡-강정-연재-선사-봉암-사양서당'을 중심으로 설정되었다. (정우락(2017), 「대구지역의 구곡문화와 그 특징」, 『韓民族語文學』 제77집, 한민족어문학회, 128쪽 참고)

二江環合小洲平　　두 강물이 에워싼 평평한 작은 언덕,
亭勢眞成畫舫橫　　유람선 가로 비껴 띄운 듯한 정자로세.
列岫參差來几席　　산봉우리 들쭉날쭉 앉은 자리 문안 오고,
滄波滉漾動簷楹　　푸른 물결 넘실넘실 처마 기둥 일렁이네.
方壺靈境知非遠　　삼신산(三神山)의 선경이 여기에서 그리 멀까,
絓組榮名直可輕　　인끈 찬 명예 역시 가볍게 볼 만한 걸.
老我已孤江海興　　강해의 흥취 저버린 지 오래인 늙은 이 몸,
新題謾寫臥遊情　　누워서 노니는 정 시로나 끄적일 수밖에.26)

이 시의 5구와 6구에서도 초간 및 옥산의 시와 비슷한 내용이 나타난다. 즉, 택당 역시 부강정을 둘러싼 자연환경에 매료되어, 이곳을 선경(仙境)으로 인식하고 있었던 것이다. 그렇기 때문에 세상의 부귀영화와 명예는 이에 비하면 가벼운 것이 될 수 있었다. 이처럼 부강정은 그것을 둘러싼 빼어난 자연환경 덕분에 예로부터 다양한 문인들에게 관심의 대상이 되었다. 그리고 방문객의 범위는 영남인뿐만 아니라 기호인까지 폭넓게 포함하였다.

이는 이 정자가 낙동강과 금호강의 합류지점에 위치하고, 대구가 회통성을 지니고 있는 것과도 무관하지 않으리라 생각된다. 사실 대구는 경상좌도와 경상우도의 중간 지점에 위치하기에, 강우와 강좌의 성격을 모두 지니고 있다. 이뿐만 아니라, 낙동강을 통해 근기지역과의 교섭 또한 손쉽게 일어났다. 그러므로 낙동강과 금호강의 합류지점에 위치한 부강정은 대구 지역의 특징 중 하나인 회통성을 가장 잘 간직하고 있는 공간이기도 하다. 그리고 이러한 면모는 부강정 관련 한시의 작자와 그들이 표출한 공간감성을 통해 확연히 드러나는 바이다.

---

26) 이식, 『澤堂集』 續集 卷6, 「浮江亭」.

## 4. 맺음말

낙동강이 영남 지역의 젖줄이라면, 금호강은 대구 지역의 젖줄이다. 따라서 금호강을 이해한다는 것은 곧 대구 지역의 문화를 이해하는 데 많은 도움을 줄 수 있다. 본고에서 다룬 '부강정'은 뛰어난 승경으로 말미암아 많은 문인들의 관심을 받았다. 그렇기에 부강정 관련 한시에 나타난 공간감성 역시 낭만감성과 도학감성이 주를 이루고 있었다. 낭만감성은 부강정에서 주변의 경관을 바라보거나, 배를 타고 부강정 주변의 승경을 감상하는 데서 나타났다. 이때 만남과 헤어짐의 정서 역시 짙게 드러났다. 반면 도학감성은 한강 정구를 중심으로 회합이 이루어지는 과정에서 나타났다. 이때 한강을 송나라의 명유(名儒) 혹은 공자(孔子)로 추숭하는 경우도 있었다. 이 지역에서 한강이 지니는 위상을 확인해 볼 수 있는 사례라 하겠다.

부강정 관련 한시에 나타난 공간감성에는 사회감성이 나타나지 않는다는 특징이 있다. 또한 낭만감성과 도학감성의 혼재는 대구지역 구곡원림 조성에도 많은 영향을 미쳤던 것으로 보인다. 이뿐만 아니라, 부강정의 위치와 그것이 담고 있는 공간감성을 통해 부강정이 지역을 넘어서는 회통성을 지니고 있음도 확인할 수 있었다. 그리고 이러한 특징의 기저에는 부강정의 빼어난 승경(勝景)이 자리하고 있음을 염두에 둘 필요가 있을 듯하다.

본고는 부강정 관련 한시를 통해 금호강 연안의 문학에 나타난 공간감성과 그것이 지닌 지역적 특징을 확인해 보고자 하였다. 따라서 금호강 연안의 무수한 문학생성공간을 모두 담아내지는 못하였다. 향후 이러한 작업이 진행된다면, 금호강이 지닌 의미와 그것이 대구 문화에 미친 영향을 보다 정치하게 확인할 수 있을 것으로 보인다.

# 참고문헌

## 1. 기본자료

『감호집』
『검간집』
『낙재집』
『논어』
『동주문집』
『모당집』
『사가집보유록』
『상촌집』
『서경』
『양직집』
『옥산시고』
『완정집』
『초간집』
『택당집』

## 2. 연구논저

김학수, 「仙遊를 통해 본 洛江 연안지역 선비들의 집단의식」, 『嶺南學』 제18호, 경북대학교 영
　　　남문화연구원, 2010.
오류문학회, 『금호강, 서호를 거닐다』, 학이사, 2011.
정우락, 「낙동강과 그 연안지역의 공간 감성과 문학적 소통」, 『韓國漢文學研究』 제53호, 한국
　　　한문학회, 2014.
정우락, 「「봉산욕행록」에 대한 문화론적 독해」, 『蓬山浴行錄』, 성주문화원, 2016.
정우락, 「대구지역의 구곡문화와 그 특징」, 『韓民族語文學』 제77집, 한민족어문학회, 2017.
조동일, 『한국문학통사』 2, 지식산업사, 2011.

# 소유정의 장소성*
## ―〈소유정가(小有亭歌)〉의 장소재현을 중심으로

김 성 은 | 우송대학교 교양교육원 초빙교수

## 1. 머리말

조선조 선비들은 산림에 은거하여 심성을 수양하고 강호를 음영하기 위한 장소로 별저(別邸)나 누정(樓亭)을 조영(造營)하였고[1] 이는 16-17세기 무렵에 더욱 성행하였다. 개인의 심성수양을 목적으로 조영한 이들 별저나 누정은 경치가 수려한 곳에 위치했기에 또 다른 선비들이 즐겨 방문하는 장소가 되었다. 방문객들은 그곳의 승경(勝景)을 시(詩)로써 드러내었고 주인과 어울려 시를 수창(酬唱)함으로써 이들 장소는 선비들의 교유(交遊)와

---

* 이 글은 김성은(2011), 「소유정가의 장소재현과 장소성-화자의 주체성 문제를 바탕으로-」(『어문론총』 제55호, 한국문학언어학회)에 실렸던 글을 수정·보완한 것이다.

1) "누정은 자연과 더불어 삶을 같이 하려는 정신적 기능을 통하여, 선조들의 내재적 사상과 자연을 음미하는 호연지기를 맛볼 수 있는 동시에 예술적 감각을 표현하는 조형적 가치의 산물이자 예술혼이 응축된 결과"(노재현·신상섭·신병철(2009), 「樂德亭 造營에 깃든 場所性과 '河西 金麟厚의 性理學'적 의미」, 『한국전통조경학회지』 27, 한국전통조경학회, 90쪽, 인용).

문학소통의 장(場)이 되었다. 즉 당대의 누정이란 그 지역에서 활동하던 유학자들의 배타적인 모임장소였으며, 한편으로는 타 지역에서 찾아온 사람들과 회합할 수 있는 교유의 장소이기도 했다.2)

소유정(小有亭)은 송담(松潭) 채응린(蔡應麟)(1529-1584)이 1561년 대구의 금호강변 왕옥산(王屋山) 자락에 세웠던 정자로 북쪽의 팔공산(八公山)과 남쪽의 비슬산(琵瑟山)을 배경으로 굽이 흐르는 금호강(琴湖江)이 한눈에 내려다 보이는 곳에 위치하였다.3) 그런 까닭에 소유정을 찾은 관료나 유학자들 또한 소유정과 주변의 승경을 본 감흥을 창작이나 차운(次韻) 형식의 詩로 다수 남겼다. 소유정을 찾은 관료와 유학자들이 남긴 대표적인 자료로『소유정제영(小有亭題詠)』이 있다.『소유정제영』에는 소유정을 건립한 송담 채응린의 <제영본운(題詠本韻)>과, 방문객들 80여 분의 차운시(次韻詩) 110여 편이 필사로 수록되어 있다.『소유정제영』은 1608년부터 약 60년간 '소유정'을 다녀간 이들의 기록이며, 이를 이어 18세기 중반-19세기 말까지의 소유정에 대한 기록인『소유정회화록(小有亭會話錄)』도 있다.

그런데 이들 관료나 문사(文士)들의 경우와는 달리, 무관 출신 영천인(永川人) 박인로(朴仁老)(1561-1642)는 소유정을 가사작품 <소유정가(小有亭歌)>로 형상화하여 주목된다. <소유정가>는 116구(句)의 비교적 긴 가사작품으로 내용에서 원경(遠景)으로서의 '금호강·비슬산·팔공산'과 소유정 주변의 근경(近景)에 대한 묘사뿐만 아니라 체험을 바탕으로 한 진솔한 정서

---

2) 성범중(2008),「정자와 원림을 통한 문학적 교유와 소통-울산 소재 集清亭의 경우를 예로 하여-」,『한국한문학연구』 41집, 한국한문학회, 참고.

3) 이 소유정은 1597년 때 퇴각하던 왜병에 의해 소실되는 바람에 1609년에 송담의 아들 先吉(1569-1646)에 의해 중건되었다. 채응린은 소유정 바로 옆에 狎鷺亭도 함께 세웠는데 이 두 정자는 1673년에 또 다시 소실되어 소유정은 대구시 북구 검단동 금호강변 왕옥산 중턱에 터만 남아 있고, 압로정은 1797년에 송담의 8세손 必勳에 의해 재중건 되어 소유정터 옆에 현존해 있다.

와 그 의미를 드러내었다. 지금은 비록 건물은 소실되고 터만 남아 있으나 소유정은 대구 공간에 실재했던 정(亭)이므로 <소유정가>는 '소유정'이라는 '장소'를 문학작품으로 재현하였다는 의미를 지닌다. 이에 본고는 <소유정가>의 장소재현 방식과 그것에 투영된 장소성에 대해 고찰해보기로 한다.[4] 한 장소의 특성이 지속될 수 있기 위해서는 경험뿐만 아니라 장소에 대한 연대감이나 애착을 강화시키는 노력이 필요하다. 그런 차원에서 본고는 지금은 비록 터만 남아있지만 멀리까지 그 명성이 전해졌던 '소유정'이 지녔던 의미의 한 축을 밝힘으로써, 지금의 의미로까지 이을 수 있는 연결고리를 찾고자 하는 바람에서 출발한다.

물리적 수학적으로 규정되는 균질적 공간과는 달리, '장소'는 체험을 바탕으로 주체에 의해 가치가 부여된 공간[5]이다. 장소는 "행위와 의도의 중심이며 우리가 실존의 의미 있는 사건들을 경험하게 되는 초점"[6]인 것이다. 장소에 대한 주체의 독특한 경험과 그것으로 인지된 특성은 장소성(placeness)을 형성하는데, 이 장소성은 "물리적 환경·인간 활동·의미"[7]라는 세 가지 기본 요소를 바탕으로 구성된다. 같은 장소라 하더라도 주체의 활동에 의한 경험이나 의미작용을 통해 느끼게 된 장소 애착은 다르게 형성되기 때문에 장소성은 기본적으로 차별 성격의 개념이다. 따라서 문학 작품에서 장소가 어떻게 재현 되었는가와 구현된 장소성이 어떤 의미를 지니는가에 주목하는 것은, 작가가 장소에 대해 갖는 개별적이고도 고

---

4) '장소성'은 '공간과 장소'에 대한 규정(이-푸 투안, 구동회·심승희(2007) 옮김, 『공간과 장소』, 대윤.)으로 시작하여 (에드워드 렐프, 『장소와 장소상실』, 김덕현·김현주·심승희(2005) 옮김, 논형.), (제프 말파스, 『장소와 경험』, 김지혜(2014) 옮김, 에코리브르.) 등에서 정의한 바 있다.

5) "장소는 가치의 응결물"(이-푸 투안, 위의 책, 29쪽 인용).

6) 에드워드 렐프, 위의 책, 102쪽.

7) 에드워드 렐프, 위의 책, 114쪽 인용.

유한 의식을 탐색할 수 있는 방법이 될 수 있다. 이처럼 구현된 장소성은 기본적으로 그 장소를 선택하여 문학으로 재현한 작가의식의 반영이지만, 당대 사회나 문화적 특성을 반영하는 것이기도 하다. 문학 작품에서 나타나는 장소성은 주체의 행위와 경험에 의한 의미에 기초하는 것이지만, 주체를 둘러싼 문화체계들 속에서 재현되거나 다루어지는 방식과 관련하여 형성되고 변형되기 때문이다.8)

이처럼 장소성과 장소재현은 주체의 문제와 불가분의 관계에 있다. <소유정가>의 사(詞)를 이끌어가는 주체는 당연히 작품 속 화자이다. 그런데 명(命)·대작(代作)이 많은 박인로의 작품이라는 이유에서인지 앞선 연구들에서 <소유정가>의 화자를 보는 견해는 일치점을 찾지 못하고 있다. 작가 박인로가 소유정 주변의 공간을 재조직한 것9)으로 <소유정가>의 주체(화자)는 작가 박인로의 투영으로 보는가 하면, 이와는 달리 소유정의 주인인 채선길의 입장을 대신하는 "대리화자적 성격을 띤다"10)고 하여 <소유정가>의 화자는 작가 박인로의 주체적인 모습이 아니라 두 인물의 입장이 혼합되었다고 보는 견해도 있다. 따라서 2장에서 화자의 성격에 관한 문제를 재고해봄으로써 화자는 누구의 모습인가 즉, <소유정가>의 장소성은 누구의 주체적 장소 경험에 의한 것인가라는 문제를 분명히 규정짓고자 한다. <소유정가>와 주체의 문제가 분명히 밝혀져야 <소유정가>의 장소성은 분명한 결론으로 나아갈 수 있기 때문이다.

---

8) 문재원(2010), 「문화전략으로서 장소와 장소성-요산 문학에 나타난 장소성을 중심으로」, 『장소성의 형성과 재현』, 혜안, 49쪽, 참고.
9) 김용철(2000), 「박인로 강호가사 연구」, 고려대학교대학원박사학위논문, 34-42쪽.
10) 최현재(2004), 「박인로 시가의 현실적 기반과 문학적 지향 연구」, 서울대학교대학원박사학위논문, 77쪽.

## 2. <소유정가>의 화자와 주체의 문제

앞서 말한 바처럼 <소유정가>의 화자를 보는 시선은 꽤 다양하다. <소유정가>의 화자에 대한 앞선 연구를 다시 살펴보면, <소유정가>의 시적화자는 당연히 작가인 박인로[11]로 보는가 하면, "<소유정가>의 시적화자는 채선길"[12]이라고 보는 완전히 상반된 견해도 있다. 그러나 명작(命作)·대작(代作)으로 기록된 다른 작품에서와 마찬가지로 작품과 관련된 인물을 의식하지 않을 수 없었기에 관념성을 띠며 작가 개인의 갈등은 최소화되어 있다거나[13], 화자는 소유정의 주인인 "채선길이자 노계 자신"[14], 작가 박인로의 관점과 처지가 반영되기는 했으나 소유정의 소유주인 채선길의 입장을 읊조리는 대리화자의 모습이 주도적으로 나타난다는 등[15], 작가 박인로의 개인적 정서와 관련된 인물(채선길)의 정서가 혼용되어 있다는 견해를 밝힌 연구가 다수이다.

이 문제를 해결하기 위해 <소유정가>의 사(詞)에 나타나는 다음 몇 가지 특성에 주목하고자 한다.

우선, <소유정가>의 사(詞)에는 '나(내)'라는 1인칭 화자가 표면에 나타난다. 하지만 청자는 부분적으로만 나타나 대체로 1인칭 독백체 유형이다.[16]

---

11) 김용철, 위의 글.
12) 윤영옥(2002), 「<사제곡>과 <소유정가> 연구」, 『한민족어문학』 40, 한민족어문학회, 195쪽.
13) 최상은(2002), 「노계가사의 창작기반과 문학적 지향」, 『한국시가연구』 11, 한국시가학회, 263-269쪽.
14) 여상배(2005), 「박인로의 <소유정가> 연구」, 금오공과대학교교육대학원 석사학위논문, 46쪽.
15) 최현재, 위의 글, 77쪽.
16) "아희야 닷드러라"는 구절에서 '아희'라는 관습적 청자가 나오기는 하지만 전체 내용으로 봤을 때 '아희'를 온전한 청자로 보기에는 무리가 있다. 또 詞의 끝부분에 "비노이다 하느님끠"라 하여 부분적으로 청자(하느님)가 나타나기는 하나 이 또한 <소유정가> 전체의 청자가 되지는 못한다.

고기도 ᄂᆞ치너거 나를보고 반기ᄂᆞᆫ가

져貴ᄒᆞᆫ 三公과 이江山을 밧꼴소냐
어리고 미친말을 우으리 만타마ᄂᆞᆫ
아ᄆᆞ리 우어도 나ᄂᆞᆫ 죠히 녀기노라

淸景을 ᄃᆞ토면 내分에 두랴마ᄂᆞᆫ
取之 無禁이라 나만둔가 녀기노라

　강물의 고기는 '나'를 보고 반기고, 저 삼공(三公)과 이 강산(江山)을 바꾸
지 않겠다는 자신의 말을 어리석다고 세상 사람들이 비웃어도 '나'는 이
강산을 좋아한다고 하였다. 또 다투어서 얻는 것이라면 '나'의 분수로는
이 아름다운 경치를 가질 수 없겠지만 금함이 없는 것이기에 '나'만 가진
듯 생각되는 것이라 하여, 소유정에서 느끼고 경험하는 감흥은 모두 '나'
의 주체적 경험에 의한 것임을 드러내었다.
　그런데 소유정의 내력을 말한 부분에 가서는 '나'가 아닌 '구주(舊主)'라
는 3인칭을 사용하였다.

엇그제 이勝地 ᄂᆞᆷ의손ᄃᆡ 앗겻더니
天運이 循環ᄒᆞ야 舊主에 도라오니
山河ᄂᆞᆫ 依舊ᄒᆞ고 景物이 새로왓ᄶᅡ
鏡面 鷗鷺ᄂᆞᆫ 繼世逢이 되얏고야

　'천운(天運)이 순환(循環)ᄒᆞ야 구주(舊主)에 도라오니'라 하여 남의 손에 빼
앗겼던 소유정이 중건된 모습으로 다시 '옛 주인'에게 돌아왔다는 것이다.
채응린이 처음 건립한 소유정은 정유재란을 맞아 왜구에 의해 소실되었고
12년 뒤(1609년) 아들 채선길이 선친의 뜻을 좇아 중건하게 된 내력을 말

한 것인데, 화자는 자신의 주체적 경험을 드러낼 때의 '나'와는 달리 '구주(舊主)'라 칭한 것이다. 표현에 있어서도 앞의 '나'를 드러낸 사(詞)에서는 스스로를 '어리다(어리석다)'고 하고 자신의 말을 '미친 말'처럼 여겨 남들이 웃을지도 모른다고 했을 뿐만 아니라 자신의 '분(分)(분수)'이 작고 보잘 것 없다고 겸손하게 표현한 것에 비해, '구주'를 드러낸 이 부분에서는 소유정을 '승지(勝地)'로 중건할 수 있었음을 '천운(天運)'으로 표현하는 등 대조적 태도를 보여 '나'와 '구주'가 다른 인물임을 짐작할 수 있게 한다. 그러므로 처음 채응린이 세웠던 소유정과 아들 채선길이 중건한 소유정에서 바라보이는 산하(山河)는 의구하고 경물(景物)은 새로운데 맑은 물 위를 나는 갈매기는 예전과 다름없어 '대를 이어 만나게 되었다(계세봉(繼世逢))'[17]고 한 것은 소유정의 주인이 아니라 방문객로서 지니는 화자 '나'의 감회를 드러낸 것이다. 즉, 화자 '나'는 중건 이후의 소유정을 방문하여 이미 들어 알고 있었거나 혹은 찾아와서 (주인에게)들은 소유정의 내력을 말한 것이다.

박인로가 1617년 경 소유정을 찾은 것이 <소유정가>를 창작한 계기라고 알려져 있다. 박인로는 중건 이후의 소유정을 방문한 것이고 그런 까닭에 '천운(天運)이 순환(循環)ᄒ야 구주(舊主)에 도라오니'와 같은 감회를 드러내었던 것이다. 따라서 <소유정가>의 화자 '나'는 소유정의 주인('구주')이 아니라 아닌 방문객 입장으로 소유정을 찾은 작가 박인로의 투영인 것이다.

사(詞)의 많은 부분에서 작가 박인로가 지녔던 인식이나 또 그의 실제 생애가 형상화된 듯한 내용이 발견되는 점도 이를 뒷받침해 준다.

---

17) 소유정을 처음 세운 채응린은 1584년에 56세로 세상을 떠났고, 채선길이 소유정을 중건한 것은 선친이 돌아간 지 25년 뒤인 1609년의 일이다. 채선길 뿐만 아니라 소유정을 찾은 사람이면 누구나 채응린을 떠올렸을 것이다.

져貴흔 三公과 이江山을 밧꼴소냐

大平 文敎애 모다ᄇ린 사룸되야
秋月 春風의 是非업시 누엇꾀야
아마도 이몸이 聖恩도 罔極할샤
百番을 주거도 가플일이 어려웨라
窮達의 길히달라 못꾀옵고 믈러셔도
犬馬 微誠은 갈소록 새롭ᄂ다

'져귀(貴)흔 삼공(三公)과 이강산(江山)을 밧꼴소냐'는 박인로의 또 다른 가사작품인 <사제곡>과 <선상탄>에도 비슷한 구절로 나타나는데 모두 강호에서의 삶이 가치 있다는 것을 강조하기 위해 '삼공(三公)'과 대조하여 드러낸 경우이다.[18] 이는 '궁달(窮達)의 길히달라', '견마(犬馬) 미성(微誠)' 등과 같은 구절과 함께 박인로가 무관(武官)으로서의 포부를 마음껏 펼치지 못한 것에 대한 갈등을 드러낼 때 자주 사용하는 표현이다. 박인로가 만호(萬戶)의 자리에까지 올랐으나 전란 이후 시사(時事)가 변하고 무관을 업신여기는 분위기가 팽배해져 자신이 지닌 재주를 세상이 알아주지 않는다는 답답한 생각에 고향으로 돌아와 유자의 삶을 살았다는 것은 잘 알려진 바이다.[19] 또 강호에서의 유유자적 한 삶에 만족한다고 하면서도 출사에 대한 내면적 갈등으로 자신을 '버려진 사람(ᄇ린 사룹)'으로 인식하였고 이러한 인식은 박인로의 다른 가사 작품에서도 자주 드러낸 바 있다.[20]

---

18) "三公도 아니밧골 第一江山에"<선상탄>, "三公不換 此江山은 엇찌닐온 말숨인고"<사제곡>
19) 노계의 <行狀>에는 이러한 심경이 잘 드러나 있다.("公負材宏遠 而世無知者 浮湛褊褌間 則輒邑邑不自聊 有時激昂……"). 박인로가 조라포 만호를 끝으로 관직에서 물러난 것은 1612년이다.
20) "千載下 ᄇ린 몸이"<권주가> // "明時예 ᄇ린몸이"<노계가>. 윤영옥은 '모다ᄇ린 사룹되야'를 '등용되고 싶은 소망'을 내비친 것이라 보아 작중화자는 채선길(윤영옥, 위의 글, 202-203쪽)이라 하였다. 하지만 박인로는 출사에 대한 미련이 많았던 까닭에 '버려진 사

특히 '못뫼옵고 믈러셔도(모시지 못하고 물러서도)'는 관직에 나아간 적이 없는 채응린·채선길 부자(父子)가 아닌, 관직에서 물러난 경험이 있는 박인로가 드러낼 수 있는 심경의 표현이다.

또한 <누항사>에서와 같이 화자의 '궁핍'을 솔직히 드러낸 것도 주목해야 할 점이다.

> 追遠 奉祭祀나 誠敬으로 닐원후의
> 이시면 粥이오 업스면 굴물만졍
>
> 어리고 拙한거시 므슴志趣 이시리 마는

소유정을 처음 건립한 채응린의 본(本)은 인천(仁川)이며 대제학 보문(寶文)의 직파(直派)이다. 참봉(參奉)인 아버지 홍(泓)과 참판(參判) 이영(李榮)의 딸 영천 이씨(李氏) 사이에 태어났다. 27세에 사마시에 합격했으나 벼슬길에 뜻을 두지 않았고, 더구나 을사사화를 보고서는 더 이상 과거에 응하지 않고 경서와 성리학을 궁구하였다. 달성십현(達城十賢)으로 추종된 그는 "궁급(窮急)한 이들에게 베풀기를 좋아하여 향리에서 존장(尊長)"[21]으로 일컬어졌으며 소유정과 압로정을 세워 강학하였다. 채응린의 4자(子) 채선길 역시 포의(布衣)였으나 소유정을 중건할 수 있었던 것으로 봐서 죽을 먹거나 굶을 처지는커녕 어느 정도의 재력을 보유한 인물이었을 것이다.[22] 따

---

람으로의 인식'이 강했고 이는 그의 다른 가사 작품에서도 나타난다. 특히 이러한 인식은 <상사곡>에서 진솔하게 드러나는 데 그런 까닭에 <상사곡>이 『노계선생문집』에서 배제되었다고 연구된 바 있다(김성은(2010), 「노계 <相思曲>의 내용적 특성과 그 의미」, 『어문론총』 53, 한국문학언어학회, 223-226쪽 참고).

21) 여상배, 위의 글, 12쪽, 인용.

22) 서애 유성룡이 '玉淵精舍'를 짓는 과정을 글로 남긴 <玉淵書堂記>에 "......조그마한 집을 지어서 늙도록 조용히 거처할 곳으로 삼고자 하였으나 집이 가난하여 계획을 세울 수가

라서 '있으면 죽이요 없으면 굶는다'(이시면 죽(粥)이오 업스면 굴물만정)는 구
절은 채선길과 맞지 않으며, 설사 안빈낙도를 강조하기 위한 표현일 뿐이
라 하더라도 작가 박인로가 자신이 아닌 채선길의 입장을 대신해서는 쓸
수 없는 표현이다. 마찬가지로 '어리고 졸(拙)한거시(어리석고 용렬한 내가)'
라는 구절 역시 화자(작가) 자신의 겸손을 표현한 것으로, 방문객으로서 찾
아간 박인로가 소유정의 주인을 그렇게 표현할 수는 없는 일이다.

뿐만 아니라, 사(詞)의 곳곳에 나타나는 서정의 깊이에서도 '대리화자'라
고는 보기 힘든 면이 발견된다.[23)]

> 隔岸 漁村애 내노리 가쟈쓰라
> 白接羅롤 졋쓰고 小艇을 틔고오니
> ㅂ람의 즈친蘆花 갠하ㄴ래 눈이되야
> 斜陽의 놉피ㄴ라 어즈러이 쓰리는듸
>
> 半醉 閑吟ᄒ고 舡上의 건너오니
> 波底의 즘긴돌은 쏘어인 돌인게오
> 돌우희 비롤틔고 돌아래 안자시니

'내노리(내놀이)' 하러 소정(小艇)을 타고 강으로 나가니 때마침 부는 바람
에 갈대꽃이 석양을 배경으로 높이 날아 '마치 눈이 내리는 것' 같다는 표
현은 실제로 경험하지 않고는 드러낼 수 없는 서정이라고 생각된다. 내놀

___

없었다……마침 산승 탄홍이란 자가 그 건축을 주관하기로 하고 곡식과 베를 내어 놓으
니……"(지우진(2004), 「영남지방 정자에서의 경관 연출에 관한 연구-수계에 인접한 정자를
중심으로-」, 울산대학교대학원 석사학위논문, 31쪽, 재인용)라고 되어 있는 것으로 봐서도
본가 이외의 누정과 같은 건축물을 짓기 위해서는 상당한 재력이 뒷받침 되어야 했음을
알 수 있다.
23) '서정적 표현'이란 대상과 (주체의) 마음이 서로 침투된, 그때그때 고조된 감정의 알림이다
(볼프강 카이저, 김윤섭(1999) 역, 『언어예술작품론』, 예림기획, 497쪽).

이 하고 돌아오는 배 위에서 아직 취기가 남아있는 눈으로 바라본 풍경을 묘사한 부분에서도, 하늘에 뜬 달이 비친 강물 위를 배로 지나는 것을 마치 '달 위에서 배를 타고 달 아래 앉아 있는 것' 같다고 표현하였다.[24]

이처럼 소유정의 주인으로 화자인 '나'와는 다른 인물인 '구주'를 언급한 것, 박인로가 지녔던 인식이나 실제 생애가 형상화 된 표현을 다수 찾을 수 있으며, 특히 궁핍에 대한 사실적 표현은 대리화자적 성격으로는 하기 힘들다는 것, 직접 경험하지 않고는 나타낼 수 없는 서정의 깊이가 잘 드러나 있다는 것 등의 정황을 바탕으로 할 때 <소유정가>의 화자 '나'는 작가 박인로의 투영이라고 봐야 할 것이다.[25] 덧붙여 <소유정가>는 <사제곡> · <누항사> · <상사곡> · <권주가>처럼 '명작(命作)'이라는 기록이 없으며, <태평사>처럼 '청(請)'에 의해 창작되었다거나 채선길과 교유했다는 배경조차 전해지지 않는다.

그러므로 <소유정가>의 화자 '나'는 작가 박인로의 주체적 모습의 투영이며, <소유정가>에서 드러낸 '장소'로서의 소유정은 이러한 화자(작가)의 주체적 경험을 바탕으로 한 '장소성'의 재현으로 봐야할 것이다.

## 3. <소유정가>의 장소재현과 장소성

'<소유정가>의 장소재현'이란 화자(작가)의 장소성이 작품 속에서 어떻게 재현되었는가를 살펴보고자 함이다. 장소성은 "건물이나 경치 같은 외

---

24) 카이저는 '원작자의 자격 판단 여부에 가장 깊이 관여되는 것은 유형들의 유사성이 아니라 미학적 · 심리적인 문제'라고 하였다(볼프강 카이저, 위의 책, 50-56쪽).

25) <소유정가>의 화자가 작가 박인로의 주체적 모습이 아니거나 혼용되었다고 보는 견해는 기존에 연구된 作詩 당시 박인로의 입장과 상황에 치중한 견해이거나, 다른 작품의 경우를 轉用하여 일반화한 해석이라 생각된다.

관뿐 아니라 상호주관적인 의도와 경험에 의해 변화"26)된다. 따라서 장소 재현이란 실제 장소와 얼마나 일치하는가보다는, 어떠한 의식이 어떻게 반영되어있으며 어떤 방식으로 재현되는가를 알아보고자 함이다. <소유정가>에서 소유정은 다음과 같은 방식으로 재현된다.

### 1) 가치 중심(中心)으로서의 소유정

'중심'은 '이미 알려진' 공간이며 주체가 공간 속에서 '위치를 획득'하고 '지체하며 생활하는' 지점이다.27) 화자는 '소유정'을 실제로 경험하려는 의도로 찾았다. 마침내 소유정에 서게 된 화자는 우선 소유정을 둘러싼 지리적 환경을 둘러보고 그 경관이 탁월함을 경험하게 되었고, 건축물로서의 소유정 역시 범상치 않음을 느끼게 되었다.

> 琴湖江 느린믈이 千里밧씌 구븨지어
> 之玄 乙字로 白沙의 빗쎄흘러
> 千丈 絶壁下의 萬族淵藪 되얏거든
> 琵瑟山 흔활기 東다히로 버더느려
> 가던龍이 머므는닷 江頭에 두렷거늘
> 小有亭 두세間을 바회지켜 여러내니

'자연친화적 입장을 가장 강하게 나타내는 건축물이 정(亭)'이라는 우리의 전통적 건축관을 충분히 반영하듯28) 소유정도 강과 산이 어우러진 곳에 세워져있음을 드러내었다. 멀리서부터('천리(千里)밧씌') 굽이굽이 내려

---

26) 에드워드 렐프, 위의 책, 108쪽.
27) 크리스티안 노르베르그-슐츠, 김광현(1994) 옮김, 『實存·空間·建築』, 태림문화사, 36쪽.
28) 지우진, 위의 글, 9쪽.

온 금호강이 백사(白沙)를 끼고 흘러드는 절벽 위, 동쪽으로 뻗어 내리는 비슬산 한 자락이 강어귀에 뚜렷이 보이는 곳에 소유정 두 세 칸을 지었다고 하여 소유정이 세워진 지리적 위치를 밝혔다.[29] 이는 소유정을 중심으로 바라보이는 원경(遠景) 즉 소유정의 배경을 제시한 것이며, 금호강, 비슬산, 팔공산은 대구를 대표하는 자연경관이므로 소유정이 위치한 지리적 환경은 대구의 으뜸이 될 만하다는 의미를 드러낸 것이기도 하다. 이처럼 강과 산이 어우러져 자연이 풍요로우며 '만족연수(萬族淵藪)', '강두(江頭)'에 두렷한 비슬산도 '가던 용이 머무는 듯'[30]한 절경에 소유정이 세워져있다는 것이다.

배경을 말한 다음에는 건축물로서의 소유정을 바라본 느낌을 말하였다.[31]

蓬萊 仙閣을 새로옴겨 내여온듯

---

29) 소유정터는 대구시 북구 검단동 1325번지 왕옥산 중턱에서 동쪽을 향하고 있다. 바로 앞으로는 금호강이 흐르고 북쪽(소유정 좌측)으로 넓게 펼쳐 진 팔공산 봉우리가 보인다(남쪽의 비슬산은 스카이라인에 가려서인지 보이지 않는다). 왕옥산은 85m의 낮은 산으로 강으로 내려가는 오솔길 바닥이 靑石으로 되어 있을 만큼 얇고 넓적한 돌이 많은 산이다. 소유정은 3칸 구조였다고 하고 현존하는 압로정은 5칸 구조이다. 압로정 마루에 '소유정' 편액이 걸려 있다(필자 답사). 亭은 흔히 건축된 입지의 특성으로 분류하는데, 소유정은 '山頂形(산마루나 언덕에 세운 정자)'이자 '溪流隣接形' 중 '流水形'으로 볼 수 있다.(지우진, 위의 글, 10-23쪽, 참고).

30) <노계가>에도 "가던龍이 머무는듯"이라는 구절이 있다. 이는 장소성 탐구의 전제가 되는 '장소와 경관이 고유하다 하더라도 공통적인 문화적·상징적 요소들과 과정을 통해 나타난(표현된) 결과'(에드워드 렐프, 위의 책 108쪽)로 보면 될 것이다.

31) 전통 건축론에 따르면 수계에 면한 亭은 그 입지에 따라 두 가지 형태로 나뉜다. '獨樂堂'과 같이 평지지형에서 자연 암반이나 높은 곳에 입지한 亭은 주위 자연대상에 상위를 형성하며 중심 역할을 하고, '소유정'처럼 경사지에 위치한 亭은 다른 자연요소와 동화되어 은거와 은일적 성향을 적극적으로 수용하는 특성을 지닌다(지우진, 위의 글, 23쪽). <소유정가>에서 건축물로서의 소유정을 본 감상을 드러낸 것과는 달리, 박인로의 또 다른 가사 작품 <독락당>에는 건축물이나 주변의 자연까지 모두 관련 인물인 회재가 끼친 교화의 지극함과 무한한 감화를 되새기는 소재로 형상화되며 건축물 자체를 보는 감상평은 드러내지 않는다.

　　龍眼 妙手인둘 이곳치 그릴런가
　　岳陽樓의 비췬둘이 혼비츠로 볼가시니
　　其兄 其弟롤 아미권줄 모르로다
　　滕子京 사라던둘 必然혼번 두톨럿짜


　소유정을 본 화자의 느낌을 용안거사(龍眼居士)³²⁾의 묘한 솜씨로 그렸던
봉래(蓬萊) 선각(仙閣)을 옮겨온 듯하다 하고, 소유정에 비친 달빛은 악양루
의 그것과 같아 악양루를 중건한 등자경(滕子京)이 살아있다면 (어느 것이 더
나은지) 다툴 만하다고 하였다.³³⁾ 이는 건축물로서의 소유정은 봉래선각과
같이 잘 지어졌으며, 외관의 아름다움은 용안거사(龍眼居士) 이공린 솜씨보
다 낫고, 문사(文士)들이 시를 읊는 장소로 유명한 악양루와 같이 소유정
역시 다녀간 많은 이들이 시로써 칭송한 곳이며, 등자경이 악양루를 중수
했듯이 소유정도 더 아름답게 중건되었음을 말하고자 한 것이다. 또 건축
물과 자연(달)이 잘 어우러진다는 것도 드러내었다. 널리 알려진 고사 속의
인물과 건축물에 비유하고 자연과의 조화를 말함으로써, 시각적으로 확인
할 수 있는 아름다움만이 아니라 소유정이 지니는 가치와 상징성까지 드
러내려 했음을 알 수 있다.
　또 화자는 소유정이 지닌 시간적 요소를 말함으로써 소유정이라는 장
소를 입체적으로 재현하였다.


　　엊그제 이勝地 눔의손듸 앗겻더니

---

32) 중국 宋나라의 화가 李公麟. 채색을 쓰지 않고 매우 꼼꼼하고 세련된 필선으로만 인물이
　　나 건축물을 그리는 白描法으로 유명함.
33) 악양루는 삼국시대 東吳의 명장 노숙이 군사적 목적으로 만든 누각이었는데, 당나라 때
　　악주의 태수 張說이 수리하여 다시 세우면서 악양루라고 이름을 고쳐짓고 그때부터 문인
　　재사들의 시를 읊는 유명한 장소가 되었다. 송나라 때 滕子京이 이곳 태수로 좌천되면서
　　퇴락해진 누각을 중수하게 되는데 그때 범중엄을 초청하여 <岳陽樓記>를 짓게 하였다.

天運이 循環ᄒ야 舊主에 도라오니
山河ᄂᆞᆫ 依舊ᄒ고 景物이 새로왓짜
鏡面 鷗鷺ᄂᆞᆫ 繼世逢이 되얏고야

채응린이 1561년에 창건한 소유정이 1597년 때 퇴각하던 왜병에 의해 소실되어 1609년에 그의 아들 선길(先吉)에 의해 중건되기까지의 과정을 말하였다. 장소성은 그 장소가 지니는 역사성과도 밀접한 관련이 있는데, 장소가 지니는 역사성을 통해 장소의 현재와 과거가 종합적으로 만나 장소의 총체적 형상이 완성되기 때문이다.[34] 소실되고도 한참의 시간이 흐른 후에 선친의 뜻을 헤아린 아들에 의해 다시 모습을 갖추게 된 내력을 말함으로써 소유정이 지닌 역사성까지 부각시켰다. 아버지의 뜻을 이으려는 아들(선길)의 효성까지 느끼니 화자는 눈앞의 소유정에 대한 애착감이 더욱 높아져 '천운(天運)이 순환(循環)'하였다는 표현을 쓰게 된 것이다.

八公山 건너보니 노프락 ᄂᆞ즈락
峭壁 鑽峯이 날위ᄒ야 버러ᄂᆞᆫ듯
넘거든 기지마나 길거든 넘지마나
白練 萬丈을 굿굿치 채펏ᄂᆞᆫ듯
富春 形勝인들 이江山의 믿츨런가
山回 水曲이 견홀디 뇌야업다
各別한 仙界라 인간이 아닌듯짜

다시 시각에 의존하여 소유정에서 멀리 바라보이는 원경(遠景)을 드러내었다. 눈을 (북쪽으로) 들어 팔공산을 건너다보니 치솟은 봉우리들이 흰 베를 길게 펼친 듯 이어져 그 경치는 엄광(嚴光)이 은거한 부춘산(富春山)보다

---

34) 문재원, 위의 글, 30쪽, 참고.

더 낮고, 소유정을 중심으로 둘러싼 산과 휘돌아가는 물(수(水))의 경치는 그 무엇과도 비교할 수 없을 만큼 훌륭해서 '선계(仙界)' 중에서도 특별한 선계 같다고 하였다. 이처럼 둘러싼 배경이 훌륭하면 그것의 중심에 위치한 소유정의 가치는 높아지게 된다.

'소유정'의 지리적 위치와 둘러싼 경관이 예사롭지 않고, 건축물로서의 소유정은 고사 속 유명한 건축물에 견줄 만하며, 전란의 아픔을 겪고 다시 세워지게 된 것은 '천운(天運)'이라고 표현함으로써 소유정을 가치와 의미가 있는 곳으로 인식하고 있음을 드러내었다. 금호강·비슬산·팔공산 등 둘러싼 배경과 주변의 경관은 비교적 사실적으로 묘사하고 그러한 승경 가운데에 세워진 소유정은 고사 속 훌륭한 건축물이 지니는 상징성에 비유하여, 소유정은 화자에게 가치의 중심임을 분명히 하였다.

## 2) 소유정의 실존적 확장

정(亭)의 기능은 마루에 앉아서 이야기를 나누거나 전면에 펼쳐져 있는 산수 자연이나 경관 대상물을 바라보며 즐기는 데 있다.[35] 하지만 <소유정가>의 화자는 소유정에 머물며 주변 경관을 관조하는데서 그치지 않고 봄·가을 할 것 없이 주변의 공간을 찾아다니는 행위로 소유정이라는 장소를 확장시켜 나간다. 장소를 직접 찾아가는 행위는 그 장소와 관계를 맺게 하고 상호 의미작용을 거침으로써 장소는 그만큼 확장된다. 이때의 의미작용이란 장소를 바라보는 것뿐만 아니라 그곳을 주체적으로 경험하여 의미를 만들어 가는 것을 말한다.

午酒의 初醒커롤 낫대롤 두러메고

---

35) 지우진, 위의 글, 10쪽.

> 任意 逍遙ᄒ야 釣臺예 건너오니
> 山雨는 잠간개고 大陽이 쬐오는디
> 江風이 더디오니 鏡面이 더욱 몱자
> 洛水 伊川인들 이곳치 몱글런가
> 깊픈돌이 다보니이 고기數를 알리로다
> 고기도 늣치니거 나롤보고 반기는가
> 놀낼주를 모르거든 춤아어이 낫끌소니

 낮에 마신 술이 갓 깨자 화자는 낚싯대를 둘러메고 천천히 걸어 낚시터
로 향한다. 비 갠 사이 잠깐 내리쬐는 햇빛과 부드러이 불어오는 강바람
에 거울 같이 맑은 강 표면을 '낙수(洛水) 이천(伊川)'에 비유하였다. 낚시터
에서 고기를 잡겠다는 생각에 나온 걸음이지만 고기 숫자를 다 셀 수 있
을 만큼 맑은 강물을 보게 되었고, 또 아무도 잡으려 하지 않았는지 사람
을 보고 놀랄 줄도 모르는(화자를 알아보고 반기는 듯한) 물고기를 차마 낚을
수 없겠다는 생각과 마주하게 된 것이다.

> 罷釣 臨淵의 魚共樂이 버지되야
> 雲影 川光이 어리여 쩌러지니
> 於刃 魚躍을 구롬속애 보아괴야
> 一般 淸意롤 눌더려 議論호고
> 말업슨 孤鶩이 落霞齊飛 뿐이로다

 그래서 낚시하기를 포기하고 물 속 고기를 바라보며 함께 즐거워하니,
(고기를 잡는 대신) 구름의 그림자와 하늘빛이[36] 엉기어 강물 속에 떨어져(비

---

36) <독락당>의 '百尺 澄潭애 天光 雲影이 얼희여 줌겨시니'를 참고로 하여, '雲影 川光'은 '雲
 影 天光'의 오기로 본 김창규의 해석을 따르기로 한다.(김창규(2008), 『노계시평석』, 박이
 정, 225쪽).

춰져) 마치 물고기가 구름 속에 있는 듯한 모습을 보게 된다. 그래서 화자는 '자연에서 느끼는 맑은 기분(일반정의(一般淸意))'이 이러한 것이구나 하고 새삼 깨달으며 누구와 함께할까(의논할까) 하는 생각에 고개를 드니 이번에는 말없는 '고목(孤鶩)'이 노을 속을 날아가는 모습을 보게 된다. 이처럼 물고기를 잡겠다고 낚시터로 나온 화자의 행위는 고기를 잡는 대신 산우(山雨), 대양(大陽), 강풍(江風), 경면(鏡面), 고기, 운영(雲影), 고목(孤鶩), 낙하(落霞) 등의 자연물을 보고 그것들과 교감하여 또 하나의 의미(일반정의(一般淸意))를 형성한 것이다.

> 花開落葉 아니면 어늬節을 알리런고
> 梅堂의 곳픠거늘 새봄을 貴景흐랴
> 靑藜杖 빗끼쥐고 童子룰 블러내여
> 앏뼈락 뒤뼈락 五五 三三이
> 李杜詩룰 섯거읍고
> 숩닙난 댠되예 足容重케 홋거러
> 淸江의 바룰뗏고 訪花 隨柳흐여
> 興을틋고 도라오니
> 風乎 詠而歸인둘 이興에 더을손가//

　'매당(梅堂)'에 꽃 피니 새 봄을 구경하러 나가려는 화자의 채비가 분주하다. 청려장을 찾아 쥐고 동자(童子) 몇을 불러내어 삼삼오오 앞서거니 뒷서거니 이백과 두보의 시를 번갈아 읊으며 속잎 난 잔디를 천천히 걸어도 보고 청강(淸江)에 발을 씻어가며 꽃과 버들을 찾아 나선다. 봄이 온 들판을 '족용중(足容重)케' 걷거나, 청강(淸江)에서 발을 씻고, 꽃과 버들을 찾아간 화자는 '풍호(風乎) 영이귀(詠而歸)' 못지않은 흥을 느낄 수 있었다. 새 봄이 왔음은 시각적으로도 충분히 확인되는 것이지만, 화자는 보는 것에만

그치지 않고 찾아 나서고 경험하는 행위를 통하여 봄이 온 들판이나 강물
의 의미와 깊은 유대를 느끼게 된 것이다.

　이와 같은 방법의 장소의 확장은 가을이라고 다르지 않다.

　　　金風 一陣이 庭畔의 지나부러
　　　지는머괴 흔닙피 새ᄀᆞ올 알외ᄂᆞ다
　　　張翰의 江東去도 오ᄂᆞᆯ날 아니런가
　　　正値 秋風이 반가와도 보이ᄂᆞ다
　　　斗酒롤 ᄃᆞ나쓰나 篋째메고 버들블러
　　　隔岸 漁村애 내노리 가쟈쓰라
　　　백졉羅롤 졋쓰고 小艇을 트고오니
　　　ᄇᆞ람의 즈친蘆花 갠하ᄂᆞ래 눈이되야
　　　斜陽의 놉피ᄂᆞ라 어즈러이 ᄲᅳ리ᄂᆞᄃᆡ
　　　굴닙페 닷틀노코 蠶吐ㅅ집 그믈을
　　　결잔 긴江의 紫鱗 銀唇을
　　　數업시 자바내여
　　　蓮닙페 다믄鮫과 질甁의 치운수롤
　　　厭飫토록 머근後의
　　　苔磯 너븐돌애 놉피볘고 누어시니
　　　羲皇 天地롤 오ᄂᆞᆯ다시 보아괴야

　뜰 가로 지나는 바람에 떨어지는 오동나무 잎이 가을이 왔음을 알려 주
자 '장한(張翰)의 강동거(江東去)'[37]가 생각난 화자는 말술을 둘러메고 벗을
불러 '격안(隔岸) 어촌(漁村)'으로 '내노리(천렵(川獵))' 나간다. 이 부분의 詞에
는 사실적인 묘사가 돋보이는데, '흰 수건을 젖혀 썼다(백접라(白接羅)롤 졋

---

37) 晉나라 장한이 가을바람이 불자 자기 고향인 吳의 농어회가 생각난다며 벼슬을 버리고 돌
　아간 일을 말한다.

쓰고)'든가, '갈잎에 닻을 묶어 두고 잠토(蠶吐)ㅅ집 그물을 넣어 (물결) 잔잔
한 강에서 물고기를 수 없이 잡는다'고 하여 '내노리' 하는 모습을 매우 상
세하게 묘사 하였다. 이는 '연잎에 물고기(곤(鮌))를 담아놓고 질병(甁)에 채
운 술과 함께 배부르게 먹고 난 다음 이끼 낀 넓은 돌에 누웠다'고 한 부
분도 마찬가지이다. 이처럼 '내노리'간 물가는 애초의 목적대로 '희황(義皇)
천지(天地)'[38]같은 고기잡이의 즐거움을 만끽하게 했을 뿐만 아니라, 때마
침 불어오는 바람에 갈대꽃이 석양을 배경으로 높이 날아 '마치 눈이 내
리는 것' 같이 보이는 특별한 광경을 경험하게 한 장소가 되었다. 단순한
자연적 현상으로 치부하는 것이 아니라 의미 가득한 아름다움을 느꼈음을
드러낸 것이다.

> 져근덧 줌드러 疑乃聲의 찌드라니
> 秋月이 滿江ᄒ야 밤비츨 일허거놀
> 半醉 閑吟ᄒ고 舡上의 건너오니
> 波底의 줌긴돌은 쪼어인 돌인게오
> 돌우희 비롤틱고 돌아래 안자시니
> 문득 疑心은 月宮의 올라ᄂᆞᆫ듯//
> 物外 寄觀이 춤남ᄒ야 보이ᄂᆞ다

잠시 잠들었다가 깨니 어느덧 밤이 되어 있고 화자는 강에 가득한 가을
달빛을 보게 된다. 취기가 반쯤 남은 기분에 한가히 시를 읊으며 배를 타
고 돌아오며 보니 하늘에 뜬 달이 강물 속에도 잠겨 있는 것이다. 이를
'달 위에서 배를 타고 달 아래 앉아 있으니'라 하고 그 기분은 월궁(月宮)에
오르는 듯 하다고 표현하였다. '강'이나 '달'과 같은 자연물을 바라보는 대

---

38) 그물을 발명하여 고기잡이의 방법을 가르쳤다고 하는 복희씨 때의 세상.

상으로만이 아니라 그것과 자신을 동일시하는 화자의 태도를 읽을 수 있다. 이렇듯 '내노리'한 물가뿐만 아니라 돌아오는 강물(혹은 배 위) 역시 기이한 경관의 '춤납(참람(僭濫))'한 모습을 보게 하여 화자와 또 하나의 정서적 교감을 이루었다.

> 아히야 닷드러라 晚潮에 씌여가쟈
> 靑菰 葉上의 江風이 짐즛니러
> 歸帆을 뵈야는 듯
> 아득던 前山이 忽後山의 보이ᄂ다
> 須臾 羽化ᄒ여 蓮葉舟에 올라ᄂ 듯
> 烟波룰 헤치고 月中의 도라오니

만조(晚潮)에 배를 띄우니 푸른 줄풀(청고(靑菰)) 잎사귀 위로 강바람이 일어 돌아가는 배를 재촉하는 듯하고, (배가 강물 위를 미끌어져 나아가니) 아득히 멀던 앞산이 어느새 뒷산으로 보인다고 하였다. 가까이 있는 풀잎사귀에 이는 바람뿐만 아니라 멀리 산까지 두루 바라보며 그 의미를 교감하였고 그 광경을 한 폭의 그림과 같이 드러내었다. 또 달빛 아래 자욱하게 내려앉은 안개를 헤치며 배를 타고 돌아오는 기분을 마치 신선이 된 듯 날개가 돋아 연엽주에 올라앉은 것 같다고 하여, 경관에 대한 묘사뿐만 아니라 그것에서 느낀 정서적 교감까지 알 수 있게 하였다.

이처럼 화자는 직접 찾아나서는 행위로 인하여 그 장소와 관련된 의미 있는 일들을 경험하게 되는데, 이 경험들이란 물리적 경관뿐만 아니라 계절적 특성·시간·날씨와 같은 요소가 어우러진 장소적 특성과의 상호작용에 의한 것이었다. 직접 경험을 바탕으로 한 것이기에 장소와 그곳에서의 상황을 사실적으로 표현하였을 뿐만 아니라 화자가 느낀 깊은 서정까지 재현 하였다. '내노리'한 물가나 돌아오는 강물, 잔디밭, 들판 등에서 느낀 정서적 교감과 그로 인한 동일감의 재현은 화자에게 '소유정'이라는 장소의 경계가 그만큼 확장되었다는 것을 알 수 있게 한다.

### 3) 소유정의 이념적 확장

앞서, 소유정 주변의 자연을 찾아 나선 화자는 특별한 경험으로 의미를 형성하게 되어 화자가 인식하는 '소유정'은 주변의 공간으로까지 확장되었음을 알 수 있었다. 이는 화자의 주체적인 장소 경험에 따라 소유정이라는 장소의 범위가 넓어진 것이므로 장소의 실존적 확장이다. 이에 그치지 않고 화자는 강호지락을 미덕으로 삼던 당대 유자적 면모를 바탕으로, 소유정을 강호가도(江湖歌道)와 충(忠)이 발현되는 장소로서 의미부여 한다.

> 古往 今來예
> 英雄 豪傑이 만히도 지낸마는
> 天慳 地秘ᄒ야 나룰주랴 남과덧짜
> 드토리 업스니 나만두고 즐기노라

예부터 지금까지 영웅호걸이 많았지만 소유정의 승경을 '내'게만 보여주려고 하늘과 땅이 아껴 보존하였다고 하였다. '드토리 업스니 나만두고 즐기노라'는 구절은 강호지락(江湖之樂)을 주제로 하는 시가에서 흔히 사용하는 표현이다. 즉, 소유정[39]은 강호에서의 삶을 추구 하는 화자의 성향에 적합한 장소이며 다투지 않고서도 누구나 경험할 수 있는 장소이므로, 화자는 소유정에서 그 즐거움을 마음껏 누린다는 것이다.

---

39) 확장된 장소로서의 '소유정'을 의미한다.

仁者 樂山과 智者 樂水롤
엇지닐온 말슴인고
無狀훈 이몸이 仁智롤 알랴마는
山水예 癖이지니 늘글소록 더어간다
져貴훈 三公과 이江山을 밧쏠소냐
어리고 미친말을 우으리 만타마는
아므리 우어도 나는 죠히 녀기노라

'인자 낙산(仁者 樂山) 지자 요수(智者 樂水)'라는 말이 있지만 무상(無狀)한 자신은 '인(仁)·지(智)'를 모르기 때문에 물과 산을 가리지 않고 좋아한다고 하였다. 산이든 물이든 자연이라면 가리지 않고 모두 좋아한다는 것을 '인지(仁智)롤 알랴마는'이라는 겸손의 표현으로 드러낸 것이다. 앞서 살펴본 바와 같이 소유정은 멀리 비슬산과 팔공산뿐만 아니라 가까이는 금호강과 왕옥산이 어우러진, 자연이 풍요로운 곳에 위치하였기에 물과 산을 가리지 않고 좋아하는 화자가 자연을 즐기기에는 너무나 적합한 장소인 것이다. 이러한 소유정에 대해 화자가 느끼는 가치를 '귀(貴)훈 삼공(三公)'과도 바꾸지 않겠다는 말로써 드러내었다. 즉, 소유정을 찾은 화자는 그곳을 '귀(貴)훈 삼공(三公)'과도 바꾸지 않을 만큼 가치 있는 장소로 의미 부여한 것이다.

爰居 爰處ᄒ다 恒産인들 얼머치리
野老 生涯롤 만타야 흘가마는
追遠 奉祭祀나 誠敬으로 닐원후의
이시면 粥이오 업스면 굴물만정
그밧끽 나믄일을 져그나 불알소냐
無思 無慮ᄒ야 이江山의 누어시니
山밧끽 世上일은 듯도보도 못ᄒ로라

이곳에 머물렀다 저곳에 머무르는 생활('원거(爰居) 원처(爰處)ᄒ다')을 한다
고 하여, 소유정을 찾은 것처럼 의미 있는 장소나 승경을 찾아다니는 것
이 화자가 추구하는 삶임을 말하고, '항산(恒産)'에 연연하지 않는 '야로(野
老)'의 삶을 살겠다는 다짐도 피력했다. 오직 '성경(誠敬)'으로 '추원(追遠)
봉제사(奉祭祀)'할 뿐, 있으면 죽을 먹고 없으면 굶을 지경이라도 소유정을
노니는 것과 같은 삶 이외의 일은 바라지도 않는다고 하였다. 앞선 '이 강
산(江山)'과 '저 삼공(三公)'이라는 표현뿐만 아니라 '강산(江山)'과 '세상(일)'
과 같은 대립적 표현을 사용하여 소유정과 소유정 밖(세상)을 대비함으로
써 자신이 인식하는 공간의 경계를 구분하였다. 화자가 의미와 가치를 부
여하는 '이 강산(江山)'이란 (확장된) 소유정임을 분명히 한 것이다.

그럼에도 불구하고 화자는 '산 밖'의 세상에 대한 관심에서 온전히 자
유롭지 못한 것이 아닌가 짐작되기도 한다. 소유정에서 한가히 지내는 일
을 '무사(無思)(하니) 무려(無慮)(하다)'하고 '산(山)밧끠' 세상일은 듣지도 보지
도 못한다고 하였는데, '생각이 없으니(생각하지 않으니) 근심도 없다'는 말
은 '생각하자면 근심이 있다'는 말로도 해석할 수 있고 '산 밖의 세상일은
듣지도 보지도 못한다'고 했는데 '안' 듣는다는 적극적인 표현이 아니라
'못' 듣는다고 했기 때문이다.

> 東坡 赤壁遊 인둘 이내 興에 미츨런가
> 江湖 興味는 나만둔가 녀기노라
> 堯明 聖世예 巢許도 아닌거시
> 白首 平生의 이名區에 님재되야
> 봄이라 이러ᄒ고 ᄀ올이라 그러ᄒ니
> 此間 眞樂이 布衣極 아닐소냐//

소동파가 적벽에서 느낀 흥은 강호에서 화자가 느끼는 '흥미(興味)'에 미

치지 못할 것 같다고 하였다. 현재 화자가 처해 있는 장소는 소유정이므로 이는 소유정에 부여하는 화자의 가치이다. 그렇기 때문에 비록 '요명(堯明) 성세(聖世)'의 은자인 소부·허유는 아니라도 '백수(白首) 평생(平生)' 동안 소유정과 같은 '명구(名區)'의 임자로 살아가는 것은 화자의 '진락(眞樂)'이며 포의로서 누리는 지극한 경지인 것이다. 강호공간으로서의 소유정은 화자가 추구하는 지향과 잘 부합되는 장소라는 것을 말한 것이다.

> 이江山 뉘짜고 聖主의 짜히로쇠
> 聖主의 臣子롤 뻠즉도 ᄒ다마는
> 이몸이 어리거돈 직契이 되려런가
> 大平 文敎애 모다ᄇ린 사롭되야
> 秋月 春風의 是非업시 누엇쬐야
> 아마도 이몸이 聖恩도 罔極할샤
> 百番을 주거도 가플일이 어려웨라

화자는 이렇듯 '진락(眞樂)'과 '포의극(布衣極)'을 느끼게 한 소유정이 '성주(聖主)'의 땅임을 환기한다. 또한 '성주(聖主)'의 '신자(臣子)'로 쓰일 수도 있었겠지만 '직설(稷契)'과 같이 자연을 가까이 하며 살아라한 것인가라고 생각하며 그 이유를 자신이 어리석은 탓으로 돌린다. 지금은 '직설(稷契)'이 살았던 때와 같이 평화롭고 풍속이 아름다운 세상('대평(大平) 문교(文敎)')이니 '신자(臣子)'로 쓰이겠다는 생각은 모두 버리고 소유정과 같은 강호에서 '가을에 뜨는 달과 봄에 부는 바람(자연)'을 즐기며 '시비(是非)' 없이 지낸다고 하였다. 이렇게 자연을 즐기며 한가로이 지낼 수 있음은 모두 '성은(聖恩)'이 지극하기 때문임으로 성주(聖主)의 은혜는 백 번을 죽어도 갚을 길이 없다고 하였다.

또 '궁달(窮達)의 길'이 달라 더(오래) 모시지 못하고 물러났지만 임금을 향한 충성심은 갈수록 더해간다는 말도 하였다.

> 窮達의 길히달라 못뫼옵고 믈러셔도
> 犬馬 微誠은 갈소록 새롭ᄂ다

'궁달(窮達)의 길'이 달랐기 때문에 '원거(爰居) 원처(爰處)'하며 살아가는 '야로(野老) 생애(生涯)'이기는 하지만, 소유정과 같은 강호에서의 삶을 즐길 수 있는 것은 성주(聖主)의 은혜이므로 그런 성주(聖主)를 향한 충성심은 갈 수록 새로운 것이다.

> 平生애 품은 ᄯ들 비노이다 하ᄂ님ᄭᅵ
> 北海水 여위도록 우리聖主 萬歲쇼셔
> 堯天 舜日을 每每보게 삼기쇼셔
>
> 이몸은
> 이 江亭 風月의 늙을뉘롤 모ᄅ리라

그러므로 성주(聖主)의 만수무강을 빌고 '요천(堯天) 순일(舜日)'과 같은 태평성대를 이루어 줄 것을 기원하였다. 다시 말하지만, '강정(江亭) 풍월(風月)'을 즐길 수 있는 소유정은 성주(聖主)의 땅이기 때문이다.

화자는 소유정에서 시야에 들어오는 승경을 완상하는데 그치지 않고 직접 찾아나서는 행위로 소유정이라는 장소를 실존적으로 확장시켰으며, 강호가도(江湖歌道)와 충(忠)이 발현되는 장소로 의미를 부여함으로써 소유정을 이념적으로 다시 한 번 확장시키는 방식으로 장소를 재현했다.[40]

---

40) 박인로가 <소유정가>를 통해 드러낸 이러한 장소성은 『소유정제영』에 수록된 관직자나 대구를 중심으로 활동하던 이름난 유학자들이 남긴 작품의 경우와 차이가 있다. 『소유정

## 4. 맺음말

박인로는 장소와 관련된 가사 작품을 다수 남겼는데, 그 중 <소유정가>는 대구 공간에 실재했던 장소인 '소유정'을 가사의 형식으로 재현한 작품이다. 본고는 한 장소의 특성이 지속될 수 있기 위해서는 경험뿐만 아니라 장소에 대한 연대감이나 애착을 강화시키는 노력이 필요하다는 생각을 바탕으로, 박인로의 <소유정가>에 나타난 소유정의 장소성을 살펴보았다.

장소재현은 주체에 의해 인지된 장소성을 문학 작품에서 드러내는 것이므로 주체의 문제와도 연결되어 있다. 그런데 <소유정가>의 주체 즉, 화자는 누구의 투영인가에 대한 앞선 연구들은 각각 다른 견해를 드러내었다. 이러한 차이는 창작 당시의 상황이나 작가의 처지에 치중하여 작품

---

제영』에 수록된 관직자의 작품에서는 공적 유대를 강화하려는 차원에서 '소유정'의 위상을 높이고 경영자에 대한 예의를 드러내는 경향이 강하고, 유학자들의 작품에서는 '채웅린을 잇는 학맥 혹은 그 일원'이라는 정체성을 드러내는 경향이 강하다(김성은(2018), 『『小有亭題詠』詩의 장소성 연구」, 『동남어문논집』 45, 동남어문학회, 참고.).

形勝南州數子家　영남(南州) 빼어난 곳에 몇 사람의 집이 있어
良辰倘暇偶經過　좋은 때 여가를 내어 우연히 방문하였네.
淸歌玉篆塵心斷　맑은 노래 가락과 피리소리에 속세가 끊어지고
白酒銀鱗野興多　흰 술에 물고기 안주하여 野興은 일어나네.
珠箔捲時朝雨細　주렴을 걷으니 아침에 빗줄기 가늘고
碧窓開處暮山羅　푸른 창을 여니 저문 산이 비단 같네.
重陽會逢相尋約　중양절에 서로 찾자던 기약을 이루니
花滿江皐月滿沙　꽃이 강 언덕에 만개하고 달빛은 모래톱에 가득하네.
　-從事官 龍灘 李如璜, 『小有亭題詠』-

憶曾負笈承師日　일찍이 책 상자를 지고 스승을 받들던 날을 기억하니
杖屨鄕音壁上家　벼랑 위 집 스승의 자취는 더해가네
百病無成餘朽木　온갖 병이 들어 이룰 것 없이 쇠한 나무같이 되었으니
西林何面再堪過　西林에서 무슨 면목으로 다시 뵐 것인가
　-徐思遠, <仁川蔡君吉仲營江上巖間小庵……寫寄二首>中, 『小有亭題詠』-

을 보기 때문에 생겨난 결과라고 생각한다. 물론 창작 당시의 상황이나 작가의 처지가 작품에 반영되기도 하겠지만, 특별히 그에 대한 기록이나 정황이 뚜렷하지 않은 한 문학작품은 작가의 주체적인 의도에 의한 창작물로 보는 것이 마땅할 것이다. 따라서 작가 박인로와 작품 <소유정가>만을 염두에 두고 살펴보았을 때 사(詞)에서 소유정의 주인으로 화자인 '나'와는 다른 인물인 '구주'를 언급했고, 박인로가 지녔던 인식과 생애적 특성을 형상화한 내용이 많으며, 직접 경험하지 않고는 나타낼 수 없는 서정의 깊이가 드러나는 등의 특징을 찾을 수 있었다. 덧붙여 '청(請)'에 의해 창작되었다는 아무런 근거도 발견할 수 없으므로 <소유정가>의 화자는 작가 박인로의 투영이며, <소유정가>의 장소재현과 장소성은 작가 박인로의 주체적 의식을 나타내는 것으로 보았다.

<소유정가>는 우선 가치의 중심으로 소유정을 제시하였다. 범상치 않은 승경의 중심에 위치한 소유정을 고사 속 훌륭한 건축물과 비유하여 소유정이 지니는 상징성과 함께 소유정은 화자에게 가치의 중심임을 밝혔다. 이후 화자는 소유정 주변의 자연을 직접 찾아가 경험한 의미 있는 일들과 깊은 서정까지 재현하여 화자에게 소유정이라는 장소의 범위가 확장되었음을 드러내었다. 화자는 이에 그치지 않고 소유정을 강호가도(江湖歌道)와 충(忠)이 발현되는 장소로 재현함으로써 소유정은 이념적으로 다시 한 번 확장되었다.

<소유정가>에 나타나는 소유정의 장소성은 작가 박인로의 실제적 장소 경험을 바탕으로 한 장소성과, 그의 의식에 내재된 유자적 관념이 혼합되어 재현된다는 것을 알 수 있다. 박인로는 지방사족으로서 임진란과 이후 이어지는 혼란한 시대를 살다가 그의 나이 50이 넘은 늦은 시기에 성리학 공부에 매진했던 인물이었다. 박인로는 '소유정'을 방문했지만 앞서 언급한 『소유정제영』에 차운시를 남길만한 반열에는 오르지 못했던

인물이었다. 그래서인지 박인로는 그만의 서정을 드러내면서도 뒤늦게나마 유학자들의 반열에 오르고 싶었던 의식적 지향이 혼합된 조금 복잡한 '소유정'에 대한 장소성을 <소유정가>를 통해 나타내었다. 이는 바라보고 체험한 장소의 현실적 모습과 깊은 서정을 표현하면서도, 당대의 사회·문화 공동체적 시선에서 결코 자유로울 수 없었던 박인로의 자의식이 <소유정가>에서 소유정을 재현하는 방식에 영향을 미친 것으로 볼 수 있다.

## 참고문헌

### 1. 기본자료

『蘆溪詩文學原典資料集成』
『小有亭題詠』

### 2. 연구논저

김성은, 「노계 <相思曲>의 내용적 특성과 그 의미」, 『어문론총』 53, 한국문학언어학회, 2010,
209-237쪽.
김성은, 「『小有亭題詠』詩의 장소성 연구」, 『동남어문논집』 45, 동남어문학회, 2018, 49-75쪽.
김용철, 「박인로 강호가사 연구」, 고려대학교대학원박사학위논문, 2000.
김창규, 『노계시평석』, 박이정, 2008.
노재현·신상섭·신병철, 「樂德亭 造營에 깃든 場所性과 '河西 金麟厚의 性理學'적 의 미」, 『한
국전통조경학회지』 27, 한국전통조경학회, 2009, 89-104쪽.
문재원, 「문화전략으로서 장소와 장소성-요산 문학에 나타난 장소성을 중심으로」, 『장소성의
형성과 재현』, 혜안, 2010, 21-51쪽.
성범중, 「亭子와 園林을 통한 문학적 교유와 소통-울산 소재 集淸亭의 경우를 예로 하여」, 『한
국한문학연구』 41, 한국한문학회, 2008, 141-167쪽.
여상배, 「박인로의 <소유정가> 연구」, 금오공과대학교교육대학원 석사학위논문, 2005.
윤영옥, 「<사제곡>과 <소유정가> 연구」, 『한민족어문학』 40, 한민족어문학회, 2002, 169-204쪽.
지우진, 「영남지방 정자에서의 경관 연출에 관한 연구-수계에 인접한 정자를 중심으로-」, 울산
대학교대학원 석사학위논문, 2004.
최상은, 「노계가사의 창작기반과 문학적 지향」, 『한국시가연구』 11, 한국시가학회, 2002, 255-278쪽.
최영희, 「노계 박인로의 시문학 연구」, 세종대학교대학원박사학위논문, 2003.
최현재, 「박인로 시가의 현실적 기반과 문학적 지향 연구」, 서울대학교대학원박사학위논문, 2004.
Christian Norberg-Schulz, 김광현 옮김, 『實存·空間·建築』, 태림문화사, 1994.
Edward Relph, 김덕현·김현주·심승희 옮김, 『장소와 장소상실』, 논형, 2005.
Jeff Malpas, 김지혜 옮김, 『장소와 경험』, 에코리브르, 2014.
Wolfgang Kayser, 김윤섭 역, 『언어예술작품론』, 예림기획, 1999.
Yi-Fu Tuan, 구동회·심승희 옮김, 『공간과 장소』, 대윤, 2007.

# 낙재 서사원의 선유시와 금호강에 대한 감성*

김소연 | 경북대학교 국어국문학과 박사과정

## 1. 머리말

조선시대 유학자들에게 선유(船遊)는 강과 밀접했다. 이들은 선유를 통해 강의 정경을 감상하며 여러 가지 정서를 떠올리기도 했고, 선유에 참여한 이들과 음풍농월을 즐기기도 했다.[1] 여러 지역 중 영남의 경우 낙동강을 중심으로 선유가 이루어졌다. 낙동강은 크게 상류의 안동권, 중류의 대구권, 하류의 부산권으로 나뉜다. 낙동강에서 영남의 선비들은 선유 및 선유시회(船遊詩會)를 열거나, 낙동강 연안의 승경 및 누정을 감상했으며, 이와 관련한 문학 작품들을 남겼다. 이러한 선유는 독특한 문화를 형성해 갔다.[2]

---

* 이 글은 김소연(2018), 「낙재(樂齋) 서사원(徐思遠)의 선유시(船遊詩) 연구 - 금호강에 대한 감성을 중심으로」,(『어문론총』 제75호, 한국문학언어학회)에 실렸던 글을 수정·보완한 것이다.
1) 김원준(2011), 「退溪 船遊詩를 통해 본 '樂'과 '興'」, 『퇴계학논집』 9, 영남퇴계연구원, 4쪽.
2) 정우락(2010), 「조선시대 강안지역의 문학활동과 그 성격 - 낙동강 중류 지역을 중심으로 한 하나의 시론」, 『한국학논집』 40, 계명대학교 한국학연구소, 217-227쪽.

그 중 대구는 낙동강 연안에 속하면서, 금호강의 합류 지점이라는 특징
이 있다. 낙재(樂齋) 서사원(徐思遠, 1550-1615)은 16-17세기에 대구에서 활동
한 유학자로, 낙동강과 금호강이 합류하는 지점인 이천(伊川)에 강학처를
마련하고 강학을 통해 문인들을 양성했다. 특히 그는 이천에서 강학을 통
해 문인들을 양성하면서 선유를 자주 행했고, 선유를 통해 선유시(船遊詩)
를 많이 남겼다.3)

서사원이 선유시를 많이 남길 수 있었던 까닭은 그의 선유 때문이었다.
그는 대구에서 금호강을 중심으로 강학 활동을 하면서 선유를 즐겼다. 서
사원의 연보에는 선유에 대한 기록이 자주 등장하며, 그는 스스로 선유에
서 사용할 배를 만들기도 했다.4) 이를 통해 선유는 서사원에게 있어서 큰
비중을 차지했음을 알 수 있다.

서사원의 선유와 선유시는 그의 당대와 후대에 큰 영향을 미쳤다. 서사
원 당대에는 서사원과 그의 사우·문인들이 선유에 함께 참여했다. 이들
은 대부분 대구를 중심으로 활동했던 문인들이었다. 서사원의 사후 후대
의 대구 문인들은 서사원을 떠올리며, 금호강에 서사원을 위한 건물을 짓
거나 그에 관한 문학 작품을 지었다. 이러한 시 속에는 금호강에서 강학
하고 선유하던 서사원의 모습이 담겨 있다. 즉 서사원의 선유는 그의 당
대와 후대에 대구의 문인들, 그리고 금호강이라는 공간에 일정한 영향을
끼쳤다는 점에서 주목할 만하다.

---

3) 서사원의 문집에 전하는 그의 시 250제 278수 중 선유시는 약 20수이다.

4) 서사원, 『낙재집』 1, 232쪽, <小艇適成於仲秋旬一, 喜吟一篇>, "어옹이 새로 木蘭舟를 만들
었으니, 마침 강호는 가을 팔월이로구나.(漁翁新辦木蘭舟, 正值江湖八月秋.)"
　본고에서 인용한 『낙재집』의 원문 및 해석은 『국역 낙재선생문집』 1·2·3·4(강민구 역(2008),
이회)를 참조했다. 『낙재집』 1·2는 『국역 낙재선생문집』 1에, 『낙재집』 3·4·5는 『국역 낙재선
생문집』 2에, 『낙재집』 6은 『국역 낙재선생문집』 3에, 『낙재연보』와 「附錄」은 『국역 낙재
선생문집』 4에 있다.
　아래부터는 『낙재집』의 원문 및 해석 인용 시 "서사원, 『낙재집』 권차, 쪽수"로 표기한다.

서사원에 관한 선행연구는 크게 그의 학문과 철학을 주목한 연구5)와, 생애 및 의병 활동을 주목한 연구6), 그의 문학을 다룬 연구로 나눌 수 있다. 서사원의 문학에 대한 연구는 그 양이 많지 않지만, 매화시·산수유람기 등 다양한 방향으로 연구되었다.7) 특히 최근에는 서사원의 임진왜란 의병 활동을 중심으로 한 연구가 많이 이루어지고 있다.

선행연구 검토 결과, 서사원의 선유시에 관한 연구는 거의 없다. 선행연구 중 서사원의 선유시와 밀접한 연구로는 서사원의 선유를 들 수 있다. 그의 선유에 대한 연구는 주로 금호선사선유(琴湖仙査船遊)와 낙강선유(洛江船遊)를 중심으로 이루어져 왔다. 선행연구에서는 낙동강을 문화공간으로 다루거나, 영남의 선비와 산수유람을 다룰 때 금호선사선유와 낙강선유가

---

5) 손흥철(2006), 「서사원의 실천유학」, 『동방한문학』 30권, 동방한문학회, 25-45쪽.
　　장윤수(2012), 「17세기 대구지역 성리학과 星州都氏 문중의 성리학자들」, 『유학과 현대』 13, 박약회대구지회, 117-119·129-131쪽.
　　장윤수·임종진(2003), 「한강 정구와 조선 중기 대구권 성리학의 연계성에 관한 연구」, 『사회사상과 문화』 8, 동양사회사상학회, 210-214쪽.
　　추제협(2014), 「한강학파와 낙재 서사원의 심학」, 『새한철학회 학술대회 발표논문집』 4, 새한철학회, 50-62쪽.
　　추제협(2015), 「서사원의 심학과 의병활동」, 『동양철학』 44, 한국동양철학회, 471-490쪽.
6) 강민구(2008), 「낙재의 구국 항쟁과 강학 활동」, 『동방한문학』 34권, 동방한문학회, 171-204쪽.
　　서수생(2006), 「낙재 서사원 선생의 행적과 의병활동」, 『동방한문학』 30권, 동방한문학회, 7-25쪽.
　　우인수(2016), 「『낙재일기』를 통해 본 대구지역 임진왜란 의병의 활동과 성격」, 『대구사학』 123, 대구사학회, 47-85쪽.
　　정우락(2016), 「임진왜란기 대구지역 한강학파의 문학적 대응」, 『퇴계학과 유교문화』 59, 경북대학교 퇴계연구소, 80-89쪽.
7) 강민구(2006), 「낙재 서간을 통해 본 17세기 영남 서간의 특질」, 『동방한문학』 30, 동방한문학회, 101-131쪽.
　　구본욱(2014), 「연경서원의 경영과 유현들」, 『한국학논집』 57, 계명대학교 한국학연구원, 120-122쪽.
　　구본욱(2014), 「연경서원 유현의 한시에 관한 고찰」, 『민족문화논총』 58, 영남대학교 민족문화연구소, 383-387쪽.
　　남재철(2006), 「낙재 서사원의 학문연원과 매화시」, 『동방한문학』 30권, 동방한문학회, 44-78쪽.
　　이의강(2006), 「낙재 서사원의 「동유일록」에 나타난 서술특질과 성리학적 인간상」, 『동방한문학』 30권, 동방한문학회, 79-99쪽.

예시로 제시되었다. 그리고 한려학파(寒旅學派)의 결속을 다루면서, 두 선유
가 이에 영향을 끼쳤다는 연구가 있다.8) 그러나 이 두 선유에서 지어진
선유시를 비롯하여, 서사원의 선유시에 대한 정밀한 분석이 이루어지지
못한 상태이다.

　이러한 점에 주목하여 본고는 서사원의 선유시를 분석하고자 한다. 이
에 앞서 서사원이 선유시를 지을 수 있었던 배경에 대해 살펴보고자 한다.
배경은 크게 그가 거처했던 공간과, 대구 문인들과의 교유를 중심으로 나
누어 살펴보고자 한다. 다음으로 서사원의 선유시를 금호강에 대한 탈속
적 감성과 도학적 감성9)으로 나누어 분석하고자 한다. 금호강은 서사원이
선유시를 창작했던 주요 공간이며, 탈속적 감성과 도학적 감성은 그의 선
유시에 가장 많이 나타나는 감성이기 때문이다. 특히 두 감성은 선유시에
서 서사원이 지향하는 바를 가장 잘 드러낸다. 이를 바탕으로 그의 선유
시가 문화적으로 지닌 의미를 도출할 것이다. 문화적 의미는 서사원의 선
유가 펼쳐진 공간인 금호강에 주목하여, 금호강이 서사원의 선유와 관련
하여 그의 생전과 사후에 어떠한 의미를 지니는지를 살펴보고자 한다.

---

8) 김학수(2010), 「船遊를 통해 본 洛江 연안지역 선비들의 집단의식 - 17세기 寒旅學人을 중심
　으로」, 『영남학』 18, 경북대학교 영남문화연구원, 50-64쪽.
　정우락(2010), 「조선중기 강안지역의 문학활동과 그 성격 - 낙동강 중류 지역을 중심으로
　한 하나의 시론」, 『한국학논집』 40, 계명대학교 한국학연구소, 220-221쪽.
　정우락(2014), 「낙동강과 그 연안지역의 공간 감성과 문학적 소통」, 『한국한문학연구』 53,
　한국한문학회, 198-199쪽.
　정우락(2014), 「조선시대 영남 선비들의 산수유람과 지향의식」, 『남명학』 19, 남명학연구
　원, 399-400쪽.
9) "도학적 감성"이라는 용어 및 내용은 「낙동강과 그 연안지역의 공간 감성과 문학적 소통」
　(정우락(2014), 『한국한문학연구』, 한국한문학회, 183-197쪽)을 참조했다.

## 2. 서사원의 선유시 창작 배경

서사원이 선유시(船遊詩)를 창작할 수 있었던 배경으로는 그의 거처 공간과 강학 경영을 들 수 있다. 16-17세기 대구의 문인들은 낙동강과 금호강에 정자 등을 지어 거처를 마련했고, 이를 중심으로 강학 및 풍류 활동을 전개했다.

3월에 제생과 이천정사(伊川精舍)에서 강회(講會)하였다. (중략) 때로 한두 명의 문생과 작은 배를 타고 물결을 거슬러 올라가 휘파람 불며 풍월을 읊었다.10)

왜구가 바다를 건너가니 솔가하여 고향으로 돌아와서 이천 별장을 수리하고 거처하였다. 자호(自號)를 미락재(彌樂齋)라고 하였다. (중략) 임하 정사칠이 서재를 건립했는데 난리통에 폐허가 되었다. 선생이 풀을 베어 내고 개축하여 강학하는 장소로 만들었다. (중략) 2월에 사우와 선사에 강당 건립하는 일을 의논하여 그 강당의 이름을 완락(玩樂)이라 지었다.11)

작은 배를 타고 강에서 뱃놀이를 하였다. 이날 현감이 재(齋)에 왕림하여 오랜 시간 강토(講討)하였다. 날씨가 청명하기에 선생이 사우들과 작은 배를 함께 타고 강을 올라갔다 내려갔다 하면서 음주례(飮酒禮)를 행하였다.12)

낙재·여헌(旅軒) 두 형 및 예닐곱 어른과 아이와 선사에서 뱃놀이 하고

---

10) 서사원, 『낙재연보』 1, 106쪽, "三月, 與諸生講會伊川精舍, 時與一二門生, 輕舟溯源, 嘯詠風月."
11) 서사원, 『낙재연보』 1, 146쪽, "倭寇渡海, 挈家還鄕, 治伊川別業而居焉, 自號彌樂齋, 先生盖取晦翁歸自同安, 彌樂其道之義也, 後去彌字, (중략) 而鄭林下營立書齋, 經亂丘墟, 先生誅茅更築, 以爲講學之所, (중략), 二月與士友謀建講堂于仙査, 名其堂曰玩樂."
12) 서사원, 『낙재연보』 1, 172쪽, "乘小艇作浮江之遊, 是日地主臨齋, 講討移時, 天朗氣淸, 先生與士友同登小舟, 朔流上下行酒禮."

삼파진(三波津)에 배를 대고 부강정(浮江亭)에서 묵다.13)

첫 번째 인용문과 두 번째 인용문은 금호강변에 세워진 서사원의 강학처에 관한 내용이다. 이천정사는 서사원이 30세에 낙동강과 금호강이 만나는 지점인 이천에 건립한 곳이다. 이후 서사원은 임진왜란을 겪고, 청안현감을 역임했다. 종전 후 1599년 서사원은 고향으로 돌아와 이천정사를 수리하고, 건물의 이름을 미락재라 칭했다. 그리고 이천정사 남쪽의 선사에 강학처를 세우고, 2년 뒤 그 위에 강당을 세워 완락재(玩樂齋)라 칭했다. 이천정사는 서사원이 젊었을 때 강학하던 곳이었고, 선사재는 서사원이 만년에 강학하던 곳이었다.

세 번째 인용문은 1604년 서사원이 배를 타고 선유하며 음주례를 행했다는 내용이다. '재(齋)'는 현감과 강토(講討)를 했던 장소였다는 점에서, 서사원의 강학처인 선사재를 지칭함을 알 수 있다. 네 번째 인용문은 서사원이 여헌(旅軒) 장현광(張顯光, 1554-1637)·모당(慕堂) 손처눌(孫處訥, 1553-1634)과 더불어 선사재에서 선유한 후 부강정으로 갔다는 내용이다. 삼파진과 부강정은 모두 금호강변에 위치했다.

서사원의 강학처에서 알 수 있듯, 금호강은 서사원이 학문적인 활동과 선유를 펼쳤던 주요 공간이었다. 서사원이 살던 시기에 대구의 많은 문인들이 금호강변에 별야(別墅)나 정자를 짓고, 후학을 양성하거나 금호강 주변의 경치를 즐겼다. 한강(寒岡) 정구(鄭逑, 1543-1620)가 칠곡에 지은 노곡정사(蘆谷精舍)와 사양정사(泗陽精舍), 송담(松潭) 채응린(蔡應麟, 1529-1584)이 북구 검단동에 지은 압로정(鴨鷺亭)과 소유정(小有亭), 세심정(洗心亭) 전응창(全應昌,

---

13) 손처눌,『모당집』1, "與樂旅兩兄及六七冠童, 泛仙査, 泊三派津, 投宿浮江亭."
   『모당집』의 원문 및 해석은『국역 모당선생문집』(손연석·손태민(2001), 청호서원, 28쪽)을 참고했다.

1529-1586)이 북구 무태동에 지은 세심정(洗心亭), 태암(苔嵒) 이주(李輈, 1556-1604)의 환성정(喚醒亭), 낙애(洛涯) 정광천(鄭光天, 1553-1594)이 다사읍 죽곡리에 지은 지은 아금정(牙琴亭), 윤대승(尹大承)이 달서구 성서에 지은 부강정(浮江亭) 등14)이 그 예이다.

서사원의 이천정사와 선사재 역시 그러한 공간 중 하나였다. 이천정사와 선사재를 중심으로, 서사원은 문생들과 강학하거나 선유를 즐기기도 했다. 그리고 서사원은 배를 타고 소유정·세심정·아금정·부강정 등 대구의 문인들이 지은 금호강변의 정자를 방문하기도 했다. 강학처와 금호강변의 정자를 방문하는 것 외에도, 서사원은 금호강변에서 선유를 하며 자연을 감상하기도 했다. 즉 서사원의 선유시 창작에는 금호강이라는 공간적 배경의 영향이 컸다고 할 수 있다.

대구광역시 달성군 다사읍 이천리 선사 부근에서 본 금호강

---

14) 오류문학회(2011), 『금호강, 서호를 거닐다』, 학이사, 21-22쪽.

서사원은 금호강에 마련한 강학처에서 대구의 여러 문인들과 어울렸다. 서사원과 대구의 문인들은 학맥 및 의병 활동 등을 통해 서로 연결될 수 있었다. 이들은 함께 교유하면서, 선사재와 금호강에서 함께 강학하거나 선유했다. 이러한 점에서 대구의 문인들 역시 서사원의 선유와 관련이 있다고 볼 수 있다.

> 선생은 여헌 장현광·괴헌(槐軒) 곽재겸(郭再謙)·모당 손처눌 등 현인들과 종유하고 강학하는 것을 일 년의 일상사로 삼았다.[15]

> 서늘한 가을날엔 서쪽으로 배를 띄우니 선사와 옥연(玉淵)이었고, 따스한 봄날엔 동쪽으로 유람하니 화암(畵巖)과 화전(花田)이었습니다.[16]

> 어제 비로소 사빈(泗濱)의 침상으로 돌아왔다네. (중략) 때로 자네들과 선생님을 모시고 함께 기수(沂水) 가의 풍류를 할 수 있겠는가?[17]

첫 번째 인용문은 1600년 서사원이 장현광 등과 어울리며 강학한 일을 말한다. 이들은 모두 서사원과 자주 교유했다. 두 번째 인용문은 손처눌이 서사원을 기리며 지은 제문이다. 제문에서 손처눌은 서사원의 생전에 금호강에서 함께 선유하던 일을 떠올렸다. 화암은 대구에 최초로 세워진 서원인 연경서원(硏經書院)을 가리킨다. 세 번째 인용문은 서사원이 군석(君錫) 박종우(朴宗佑, 1587-1654)와 박원중(朴元仲)에게 쓴 편지다. 여기서 그는 스승인 정구와 함께 풍류를 즐기고 싶다고 이야기했다. '사빈'은 현재 대구광역시 달성군 하빈면으로, 금호강에 있다.

---

15) 서사원, 『낙재연보』 1, 153쪽, "先生與張旅軒, 郭槐軒, 孫慕堂諸賢, 從遊講學, 歲以爲常."
16) 손처눌, 『낙재연보』 3, 「부록」, "秋凉西泛, 仙査玉淵, 春暖東遊, 畵巖花田."
17) 서사원, 『낙재집』 4, 167쪽, <與朴元仲朴君錫>, "時與僉君, 陪先生杖屨, 共成沂上風流耶."

서사원은 대구에 거처하면서 대구의 문인들로부터 학문적 가르침을 받 거나 그들과 교유했다. 그는 일찍이 채응린·계동(溪東) 전경창(全慶昌, 1532- 1585)·임하(林下) 정사철(鄭師哲, 1530-1593) 등에게 글을 배웠다. 이들은 모 두 대구를 중심으로 학문 활동을 펼쳤던 인물이었다. 이들의 제자들은 대 부분 나중에 정구의 문인이 되었다. 서사원을 비롯하여 손처눌과 장현 광·곽재겸·박종우 등은 모두 정구의 제자로, 서로 사우지간(師友之間)이 었다. 특히 손처눌과 곽재겸은 임진왜란 때 서사원과 함께 의병으로 활동 했다. 임진왜란 때 의병활동을 했던 인물들은 종전 후 대구 향촌 사회 세 력의 중심이 되었다.[18]

서사원과 교유했던 대구의 문인들은 정구의 문인이면서, 임진왜란 때 의병활동을 함께했다는 공통점이 있었다. 이 때문에 서사원은 이들과 자 주 교유했으며, 이들과 함께 선유를 행할 수 있었다. 그의 선유시에 장현 광·손처눌 등이 자주 언급되는 것도 이와 무관하지 않을 것이다.


## 3. 서사원의 선유시에 나타난 금호강에 대한 감성

임진왜란이 끝난 뒤, 서사원은 금호강 하류인 이천(伊川)에 거처했다. 거 처한 곳이 금호강에 있었기 때문에, 서사원이 자연스럽게 이곳에서 선유 를 하게 되었다.

공이 거처하던 이천(伊川)은 금호강 하류에 있는데, 산은 서려 있고 물은 고여 있어 은거하기 적당한 곳이다. (중략) 이곳에서 일 년 내내 소요하고

---

18) 김학수(2010), 「조선중기 寒岡學派의 등장과 전개 - 門人錄을 중심으로」, 『한국학논집』 40, 계명대학교 한국학연구소, 115-125쪽.

독서를 즐겼다.[19]

天開粉壁與丹品  하늘이 분칠한 듯한 절벽과 붉은 바위를 만들었는데,
岵幌雲屛萬疊緘  산굴을 휘황찬란하게 구름 병풍이 만 겹으로 둘렀다.
　　　　　　　　　　　　　　　　　＜琴湖舟上, 次孫幾道得品字韻＞[20]


己分江湖寄此生  이미 분수대로 강호에 맡긴 이 생애,
長簑短笠任陰靑  긴 도롱에 짧은 삿갓 쓰니 흐리던지 맑던지.
明橈細雨滄洲遠  가랑비에 노 저어 가니 물가가 멀어지고,
繫舸斜陽畵閣明  석양 속에 배를 매는데 화각이 흰하다.
　　　　　　　　　　　　　　　　　　　　　＜題漁牧亭＞[21]


　첫 번째 인용문은 이민구(李敏求)가 지은 서사원의 행록으로, 서사원의 거처에 대해 언급했다. 이천은 주변이 산수로 둘러싸인 곳이었다. 두 번째 인용문의 시는 서사원이 손처눌과 함께 금호강 위에서 배를 탈 때 지은 시의 일부로, 배 위에서 금호강변의 절벽을 감상하고 있다. 세 번째 인용문의 시는 서사원이 어목정에서 경치를 감상하며 읊은 시로, 3구와 4구를 통해 그가 어목정까지 배를 타고 갔음을 알 수 있다.

　서사원은 일생 동안 관직에 제수된 적이 여러 번 있었으나, 대부분 거절하고 부름에 응하지 않았다. 그는 1587년에 선공감 감역을 잠시 역임했었고, 1594년부터 4년간 청안현감을 역임했었다. 청안현감을 역임했던 당시는 임진왜란 중이었다. 나라가 전쟁이라는 위기에 처했기 때문에, 서사원은 청안현감을 거절하지 않았을 것이다. 그러나 청안현감의 임기가 끝

19) 이민구, 『낙재연보』 2, 254쪽, ＜翊衛司司禦戶曹正郎樂齋先生墓碣銘＞, "所居伊川, 在琴湖下流, 山盤水淳, 蕭軒攸宜, (중략) 婆娑卒歲, 樂以圖書."
20) 서사원, 『낙재집』 1, 203쪽, ＜琴湖舟上, 次孫幾道得品字韻＞.
21) 서사원, 『낙재집』 1, 116-117쪽, ＜題漁牧亭＞.

나고 왜군이 모두 퇴각하자, 그는 귀향하여 일생의 대부분을 금호강의 완락재에서 보냈다.

이곳에서 서사원은 독서하거나 소요했으며, 손처눌 등 사우 및 문생들과 선유하며 금호강과 그 주변의 자연을 감상하기도 했다. 그의 이러한 삶은 두 번째 시의 1구와 2구에서 한 말과 무관하지 않을 것이다. 즉 금호강은 서사원에게 은거의 공간이 되었다. 이 때문에 서사원은 금호강에서 선유하며, 선유시를 통해 세상사를 벗어나려는 정서를 드러낼 수 있었다.

| | |
|---|---|
| 兩月齋居多病故 | 두 달간 재에서 지내니 병이 많았는데, |
| 今朝來泛水雲層 | 오늘 아침 층층의 수운 사이로 배를 띄웠다. |
| 東風戲踋桃花浪 | 동풍이 장난스럽게 복사꽃 물결을 차는데, |
| 短棹搖搖入武陵 | 짧은 노로 흔들흔들 무릉에 들어선다. |

<三月十五日, 泛舟止巖絶句>[22]

| | |
|---|---|
| 閩山九曲淸遊遠 | 무이구곡의 맑은 유람은 멀건만, |
| 千載源流墮渺茫 | 천년의 원류가 아득히 내게 미쳤다. |
| 一葉共登南北友 | 일엽편주 남북의 벗들이 함께 타고, |
| 長吟同入水雲鄕 | 길게 읊으며 수운향으로 들어가네. |
| 酒因隨量無多醉 | 주량 따라 마시니 많이 취하지 않지만, |
| 詩或沉思犯令章 | 시 짓기에 골몰하여 주령을 어긴다. |
| 日暮爛柯臺上宿 | 해질녘 난가대(爛柯臺)에서 묵으니, |
| 道風仙夢此宵長 | 탈속한 신선의 꿈, 이 밤이 길도다.[23] |

첫 번째 시는 서사원이 봄에 금호강변의 지암(止巖)에서 선유하며 지은

---

22) 서사원, 『낙재집』 1, 155쪽, <三月十五日, 泛舟止巖絶句>.

23) 서사원, 『낙재집』 1, 195쪽, <癸卯淸和月十八日, 旅翁枉宿彌樂齋, 翌朝汲湘炊飯于可止巖下, 終日登舟沿沂, 當夕李景任來登, 幷爲投宿齋中, 又翌朝飯後出舟中, 孫幾道昨宿譜仲家, 朝會巖上, 晩入船, 夕順流下泊仙査, 會宿書齋, 分韻得長字>.

시로, 지암의 경치를 무릉(武陵)에 비유하였다. 무릉은 무릉도원으로, 도연명과 관련이 있으며 예로부터 이상향을 상징했다. 두 번째 시는 1603년 봄에 서사원이 장현광·이경임·손처눌 등과 선유 후, 선사재의 난가대에 모여 자기 전에 지은 시이다. 시에서 이들은 선유하면서 술을 마시고 시를 읊었다. 1구와 2구에서는 벗들과의 선유를 주자의 무이구곡(武夷九曲)에 빗대어, 주자의 도통(道統)이 서사원 자신에게 미쳤다고 한다. 마지막 구절에서는 선유하는 즐거움을 신선과 탈속으로 연결시키고 있다.

난가대는 서사원이 최치원의 고적에 감동하여, 완락재와 함께 선사재에 지은 건물이다. 원래 난가대는 경북 청량산에 있는 대의 이름으로, 최치원이 이곳에서 바둑을 두었다고 한다. 난가대를 비롯하여, 선사재는 최치원의 흔적이 남아 있는 장소[24]였다. 최치원은 말년에 속세와 인연을 끊고 산으로 들어가 생을 마감하였다. 이러한 점에서, 서사원은 난가대에서 최치원을 떠올림으로써 탈속적 감성을 드러낼 수 있었다. 배 위에서 벗과 음주하고 시를 지으면서, 서사원은 신선이 된 듯한 기분을 느낀다.

서사원은 선유를 통해 자연을 감상하고 벗과 노닐며 탈속적 감성을 추구했다. 선유하며 감상한 경치를 무릉에 빗대거나, 벗과 선유하며 느낀 즐거움을 신선에 빗댄 것이 그 예이다. 금호강은 서사원에게 은거의 공간이었고, 최치원의 말년을 떠올릴 수 있는 공간이었다. 이 때문에 서사원은 선유시에서는 자연스럽게 탈속적 감성이 묻어날 수 있었다.

그러나 서사원은 성리학을 공부했고, 그가 거처하던 이천은 은거의 공간이면서 성리학을 강학하던 공간이었다. 이 때문에 서사원은 금호강에서의 은거와 선유를 통해 성리학과 관련한 인물 및 이념을 떠올릴 수 있었다. 이는 도학적 감성과 연결된다.

---

24) 서사원, 『낙재연보』 1, 146쪽, "伊川之南, 有仙査古菴, 世傳崔學士孤雲遊賞之地."

이른바 선사는 또한 공이 강학하던 곳이다. (중략) 공은 강학하는 여가에 간혹 달 밝고 바람 맑으면 한두 명의 학자들과 산관(山冠)에 야복(野服) 차림으로, 가벼운 배에 짧은 노를 저으며, 시를 읊조려 소리를 올리고 내리며, 물길을 거슬러 올라가 따르니, 상쾌하기가 마치 예닐곱 명을 데리고 기수(沂水) 가에서 목욕하고 무우(舞雩)에서 바람을 쐬고 읊조리며 돌아오겠다는 말과 같았다.25)

인용문은 투암(投嚴) 채몽연(蔡夢硯)이 쓴 서사원의 행록이다. 채몽연은 정구의 문인으로, 서사원의 강학에 자주 참여하기도 했다. 채몽연은 서사원이 선사재에서 강학을 하면서 시를 읊거나 금호강을 선유했다고 기록했으며, 이를 공자의 무우와 기수 고사26)로 연결시켰다.

서사원이 금호강에서의 선유시를 통해 드러낸 도학적 감성은 무우와 기수의 고사에서 추구하는 바와 상통한다. 둘 다 자연 속에서 성리학적인 도(道)를 즐긴다는 공통점이 있기 때문이다. 즉 서사원에게 선유는 자연 속에서 성리학적 이치를 체험하는 행위였다.

한편, 서사원은 금호강에서 『근사록』·『논어』·『대학』 등 성리학의 경전을 강학했다. 그리고 서사원이 거처했던 금호강의 이칭은 성리학의 이념과 관련이 있었다. 이 때문에 그의 선유시에는 도학적 감성이 묻어날 수밖에 없었다.

---

25) 채몽연, 『낙재연보』 2, 235쪽, <翊衛司司禦戶曹正郎樂齋先生行錄>, "所謂仙査, 亦公講學之所也, (중략), 公於講學之暇, 或帶明月清風, 乃與一二學者, 山冠野服, 輕舟短棹, 吟哦上下, 遡洄從之, 灑然若間六七於沂上風舞雩而詠歸也."

26) 증점이 공자에게 기수에서 목욕하고 무우에서 바람을 쐬면서 노래를 부르며 돌아오겠다고 하자, 공자가 감탄한 것을 말한다.(『論語』 卷11, 「先進」 11章, "子曰, 以吾, 一日長乎爾, 毋吾以也, 居則曰, 不吾知也, 如或知爾則何以哉, (중략) 點爾何如, 鼓瑟希, 鏗爾舍瑟而作, 對曰, 異乎三子者之撰, 子曰, 何傷乎, 亦各言其志也, 曰莫春者, 春服旣成, 冠者五六人, 童子六七人, 浴乎沂, 風乎舞雩, 詠而歸, 夫子喟然嘆曰, 吾與點也.")
경전의 원문 및 해석은 동양고전종합DB(http://db.cyberseodang.or.kr/)를 참조했다. 아래도 같다.

聞說先生物外遊    선생이 물외에서 유람한다는 소식 들었는데,
小篷撑出浪花頭    작은 배로 물결 머리로 나아간다.
江通伊洛連帆影    강은 이락으로 통하고 돛 그림자 이어지는데,
思入風雲弄翰柔    풍운을 꿰뚫는 생각을 부드럽게 붓으로 써 낸다.
(중략)
搖搖萬里窮源去    흔들흔들 만 리 물의 근원으로 찾아가니,
却恐傍觀入海浮    도리어 방관하다가 바다로 들어갈까 두렵다.
<寒岡先生自洛江乘舟, 風雨中向伊川, 余屬孫幾道作詩, 因次焉>27)


丹粉長屛護玉淵    붉은 색 긴 벼랑은 옥연(玉淵)을 감싸니,
風流不必憶蘇仙    풍류는 반드시 소동파를 생각할 필요 없지.
我來一棹窮源委    나는 배 타고 근원지를 끝까지 찾아가니,
感慨難忘九曲賢    감개하여 구곡의 현인 잊기 어렵네.
<長巖>28)


明世敢言浮海志    밝은 세상에 감히 부해(浮海)의 뜻을 말하랴.
靈槎直欲上河遊    신령한 뗏목을 타고 은하수로 올라가 유람하고자,
歸裝雪月山陰夜    산음의 눈 내리는 달밤에 행장을 챙기고,
出載烟霞九曲流    흐르는 구곡으로 안개 노을 싣고 나온다.
自此窮源靡不到    이제부터 물길의 근원을 찾아 모두 다녀 보고,
沿伊遡洛肯還休    기꺼이 이락을 거슬러 갔다 오리라.
<小艇適成於仲秋旬一, 喜吟一篇>29)


　　첫 번째 시는 서사원이 낙강선유에서 정구와 함께 선유를 하면서 지은 시의 일부이다. 1구와 2구에서는 정구가 온다는 소식을 듣고, 서사원이 배를 타고 오는 정구를 맞이하는 모습이다. 3구와 4구에서는 정구가 배를

27) 서사원, 『낙재집』 1, 236쪽, <寒岡先生自洛江乘舟, 風雨中向伊川, 余屬孫幾道作詩, 因次焉>.
28) 서사원, 『낙재집』 1, 152쪽, <長巖>.
29) 서사원, 『낙재집』 1, 232쪽, <小艇適成於仲秋旬一, 喜吟一篇>.

타고 오는 것을 이락(伊洛)과 송나라의 성리학자인 정호(程顥, 1032-1085)로 연결시켰다. 스승인 정구를 성리학의 중요한 인물에 연결시킴으로써, 서사원은 정구를 존숭하는 마음을 드러냈다. 이러한 성리학적 심상은 마지막 구로 이어진다. 마지막 구에서 서사원은 물의 근원과 바다를 언급하며 스스로 수양하는 태도를 보인다.

누 번째 시는 서사원이 배를 타고 금호강변의 장암으로 간 것이다. 배를 타고 장암으로 가는 동안 서사원은 절벽으로 둘러싸인 금호강의 경치를 즐겼다. 2구에서는 소식(蘇軾, 1036-1101)의 적벽선유(赤壁船遊)와 <적벽부(赤壁賦)>를 떠올린 것이다. 소식은 적벽에서 선유하며 <적벽부>를 지었다. 그러나 서사원은 이 시에서 소식보다 구곡에 무게중심을 두었다. 구곡은 바로 주자와 관련이 있다.

세 번째 시는 서사원이 선유를 위한 배를 새로 만든 일을 기념하며 지은 시의 일부이다. 시의 중반부에서는 새로 만든 배를 타고 선유를 즐기고자 하는 의지를 드러낸다. 여기서 서사원은 구곡을 경영한 주자와 이락을 떠올리며, 물의 근원을 찾아다니겠다고 한다.

서사원의 선유시에는 이락·이수(伊水)·낙수(洛水)라는 말이 자주 등장한다. 이락은 '이수'와 '낙수'로, 이수는 금호강을, 낙수는 낙동강을 의미한다. 서사원이 활동한 금호강의 이천은 낙동강과 금호강이 합류하는 지점이었다.

이수와 낙수는 이정(二程)인 정호와 정이(程頤, 1033-1107)가 제자들을 기른 곳이었다. 주자는 이들의 학문을 계승하여 성리학을 집대성했다. 이 때문에 이락은 성리학을 상징한다. 금호강과 낙동강이 '이수'와 '낙수'로 불린 것 역시 성리학과 연관이 있을 것이다. 즉 서사원은 이수와 낙수를 금호강과 낙동강으로 인식되면서, 성리학과 연결시킬 수 있었다. 서사원은 선유를 통해 자신이 있는 금호강을 보았고, 금호강의 이름을 통해 이정(二

程)과 성리학을 떠올릴 수 있었다.

구곡 역시 도학적 감성과 연결된다. 주자는 무이산(武夷山)에 무이정사(武夷精舍)를 짓고, 무이산의 계곡을 거슬러 오르며 경치가 아름다운 아홉 곳을 구곡(九曲)으로 설정했다. 그리고 각 장소마다 시를 지어 <무이도가(武夷櫂歌)>라 했다. 이후 조선의 선비들은 강을 보며 주자의 구곡을 떠올리거나, 주자를 본받아 자신만의 구곡을 마련하기도 했다. 서사원은 전자의 경우였으며, 선유를 통해 주자의 구곡을 자주 떠올렸다.

금호강을 보며 서사원은 이락과 구곡을 떠올렸고, 이를 통해 원두(源頭)를 지향했다. 원두는 물의 발원지로서, 물의 근원이 되기 때문이다. 성리학을 공부한 조선의 선비들은 물을 보며 자연스럽게 물의 근원을 떠올렸으며, 이를 통해 스스로를 수양하고자 했다. 물의 근원이 맑아야 흐르는 물이 맑듯, 인간의 본성 역시 더럽혀지지 않도록 몸과 마음을 바르게 다스린다는 것이다.

첫 번째 시에서 바다는 흐르는 물이 최종적으로 닿는 곳으로, 물의 발원지인 원두와 반대되는 지점이다. 바다는 넓기 때문에, 배를 타고 가다가 방심하면 방향이나 목적지를 잃어버리기 쉽다. 방심한 배가 바다에서 방향이나 목적지를 잃을 수 있듯, 서사원은 방심하여 몸과 마음을 흐트러뜨림으로써 선한 본성을 잃을 것을 경계하고 있다. 이처럼 서사원은 선유를 통해 도학적 감성을 드러내었다.

| | |
|---|---|
| 努力辛勤十七灘 | 힘들여 부지런히 열일곱 여울을 지나는데, |
| 一灘纔過一灘難 | 여울 하나 겨우 건너자 또 한 여울 지나기 어렵다. |
| 由來上上皆如此 | 원래 위로 올라가는 것은 모두 이와 같으니, |
| 他日逢原自在看 | 훗날 근원을 만나면 저절로 보게 되리라. |

<水澁舟礙, 推移甚難>[30]

물살이 높아서 배가 나아가기 어려울 때 쓴 시이다. 서사원은 물살로 인해 배가 나아가기 어려운 상황을 심신수양과 연결시키고 있다. 물은 위에서 아래로 흐르며, 물의 흐름을 따라 가면 배는 쉽게 나아간다. 그러나 물을 거슬러 올라가는 것은 물의 흐름과 반대로 가는 것이기 때문에, 배가 쉽게 나아갈 수 없다.

한편, 물을 거슬러 올라가는 것은 물의 근원인 원두를 찾아가는 것이다. 원두를 찾는 것은 성리학에서 인간의 선한 본성을 찾고, 본성이 더럽혀지지 않게 몸과 마음을 수양하는 것과 연결된다. 이 시에서 서사원은 심신수양을 물을 거슬러 올라가는 것의 어려움에 비유했다. 이를 통해 그는 심신수양을 위해서는 부단히 노력해야 함을 이야기한다.

이처럼 서사원은 금호강에서의 선유시에서 성리학과 관련한 인물과 수양론을 떠올렸고, 이를 통해 도학적 감성을 드러냈다. 이는 서사원이 금호강의 선사재에서 성리학의 내용을 강학했고, 금호강의 이칭과 성리학자인 이정(二程)이 서로 연관되는 지점이 있기 때문이다.


## 4. 서사원의 선유시와 금호강의 문화적 의미

서사원은 금호강에서의 선유시를 통해 탈속적·도학적 감성을 드러내었다. 그의 선유는 대부분 서사원 개인보다 그의 문인·사우와 함께 이루어졌다는 점에서 집단적이었다. 이들은 선유를 통해 함께 어울리는 즐거움을 드러냈고, 선유시를 지어 각자의 정서를 공유할 수 있었다. 이들의 선유와 강학이 펼쳐졌던 주된 공간은 금호강이었다. 금호강은 이들의 선

---

30) 서사원, 『낙재집』 1, 105쪽, <水澁舟礙, 推移甚難>.

유와 강학 활동을 통해 문화공간이 되어 갔다.

心人自東南　마음 맞는 이들 동남에서 오니,
雲霧欣初豁　구름 안개 기쁘게도 막 걷혔다.
伊洛始沿泝　이수와 낙수를 비로소 거슬러 가니,
源泉期濬發　물이 깊은 곳에서 발원하는 것을 기대한다.
(중략)
搖搖入銀漢　흔들흔들 은하수로 올라가,
直抵探月窟　곧장 당도하여 월궁을 찾는다.
淸風生兩腋　맑은 바람이 두 겨드랑이 사이에 불어,
醉挾飛仙忽　취하여 나는 신선을 끼고 빨리 간다.[31]

桃花逐水紅　복사꽃은 물결 따라 붉게 떠오고,
楊柳緣江綠　버드나무는 강기슭에서 푸르다.
道人樂鳶魚　도인은 연어(鳶魚)를 즐기고,
小子懼茅塞　소자는 띠풀에 가려짐을 두려워하네.
從容陪談話　조용히 모시고 이야기를 나누고,
醉酒又飽德　술에 취하고 또 덕으로 배부르네.[32]

仙査初解纜　선사에서 출발하여,
晩向浮江浮　느지막이 부강(浮江)을 향해 배 띄웠다.
中分二水間　가운데로 나뉘는 두 물 사이에서,
坐客皆仙流　앉은 객들은 모두 신선의 무리이네.
(중략)
桃源此耶不　무릉도원 예 아닌가.
聚散水東流　모였다, 흩어졌다, 물은 동으로 흘러가니,

---

31) 서사원, 『낙재집』 1, 88쪽, <辛丑暮春, 與諸賢船遊琴湖, 分韻得出字>.
32) 정수, 『낙재집』 1, 93쪽, <辛丑暮春, 與諸賢船遊琴湖, 分韻得出字>.

後會期以秋    가을에 다시 만날 날을 기약하네.33)

세 시는 금호선사선유 때 지어진 시의 일부이다. 금호선사선유는 1601
년 장현광·감호(鑑湖) 여대로(呂大老, 1552-1619) 등이 서사원과 함께 금호강
에서 선유한 일을 말한다. 금호선사선유에 참여한 문인들은 주자의 <어정
시(漁艇詩)>에서 각자 한 글자씩 맡아, 각자가 맡은 글자의 운으로 시를 지
었다. 서사원은 이날 '숙흥야매(凤興夜寐)'라는 글자를 써서 강당 벽에 붙였
고, 선유도(仙遊圖)를 그려서 선유하는 정경을 담았다. 금호선사선유에 참여
한 서사원과 문인들은 시를 지어 서로의 정서를 공유할 수 있었다.

첫 번째 시에서 서사원은 선유에 참여한 문인들을 반갑게 맞이한다. 서
사원은 선유를 통해 금호강과 낙동강을 거슬러 올라간다고 하며, 물의 근
원을 떠올렸다. 시의 마지막 부분에서 서사원은 상상력을 확대시켜서, 이
날의 선유를 은하수에서 달로 가는 것에 비유했다. 이를 통해 서사원은
시의 전반부에서는 도학적인 감성을 드러내면서, 후반부에서는 탈속적인
감성을 함께 드러낸다.

두 번째 시는 서사원의 제자인 정수(鄭錘, 1573-1612)가 지은 시이다. 정
수 역시 서사원 및 여러 문인들과 선유하는 것에 대한 즐거움을 드러냈다.
그는 복사꽃을 통해 선유하면서 본 정경을 무릉도원과 연결시키면서, 연
어(鳶魚)와 모새(茅塞)를 통해 성리학에서 말하는 자연의 이치와 수양론을
떠올렸다.

'연어'는 솔개와 물고기이다. 자연 속에서 솔개가 하늘을 날고 물고기가
물속에 있는 것은 지극히 당연한 일로, 인간의 인위적인 행위가 가해지지
않은 자연 그대로의 모습이다. 옛날 선비들은 강과 산 등 자연 속을 거닐

---

33) 서사선, 『낙재집』 1, 95쪽, <辛丑蓂春, 與諸賢船遊琴湖, 分韻得出字>.

며 『시경』에 나오는 솔개와 물고기의 구절[34]을 떠올렸고, 경전에서 말하는 자연의 이치를 체험하였다. 그 이치란 바로 자연 속에서 만물이 인간의 간섭 없이 각자의 자리에서 생동하고 있는 것이었다. 정수는 금호강을 선유하며 금호강의 자연을 감상하였고, 이를 통해 자연과 만물의 진리를 떠올린 것이다.

'모새'는 띠풀이 자라나 길을 막듯, 마음이 띠풀과 같은 외물(外物)에 의해 가려짐을 의미한다.[35] 외물에 의해 마음이 가려지면 사물을 올바르게 보지 못하게 되고, 사리판단을 제대로 할 수 없게 된다. 이 때문에 정수는 마음이 외물에 가려지는 것을 두려워하였다. 이 시의 경우 탈속적 감성과 도학적 감성이 함께 나타났다고 할 수 있다.

세 번째 시는 서사원의 종제이자 문인인 동고(東皐) 서사선(徐思選, 1579-1651)의 시이다. 서사선은 이날 선유의 여정을 언급하고, 선유에 참석한 이들을 신선에 비유했다. 그리고 선유를 통해 마주한 정경을 무릉도원과 연결시키며, 탈속적인 감성을 드러냈다.

서사원은 대구 문인들과의 집단적인 선유를 통해, 이들과 정서를 공유하고 함께하는 즐거움을 느끼면서 사교·결속·화합 등을 도모할 수 있었다.[36] 금호강은 여러 문인들이 다 같이 모여 선유를 행하는 공간이었다는 점에서 화합의 장이 될 수 있었다. 그리고 이들의 선유시를 통해, 금호강은 탈속적 감성과 도학적 감성을 지닌 공간으로 형상화되었다.

---

34) 『詩經』, 「大雅·大雅」, "鳶飛戾天, 魚躍于淵, 豈弟君子, 遐不作人."

35) 『孟子』, 「盡心」 下 21章, "孟子謂高子曰, 山徑之蹊間, 介然用之而成路, 爲間不用則茅塞之矣, 茅塞子之心矣."

36) 김학수는 금호선사선유가 완락재의 낙성을 기념하면서, 서사원을 중심으로 형성된 지연·학연·혈연 등을 재확인하는 과정으로 해석했다.(김학수(2010), 「船遊를 통해 본 洛江 연안지역 선비들의 집단의식 - 17세기 寒旅學人을 중심으로」, 『영남학』 18, 경북대학교 영남문화연구원, 47-48쪽)

서사원이 금호강을 중심으로 펼쳤던 선유는 후대의 문인들에게도 영향을 준다는 점에서 의미가 있다. 후대의 문인들에 의해, 대구에서는 금호강변을 중심으로 서사원을 추모하는 움직임이 일어났다. 이는 서사원의 문인과 사우들이 그의 유고와 서찰들을 모으는 것부터 시작하여, 이강서원(伊江書院)과 이락서당(伊洛書堂)의 건립으로 구현되었다.

이강서원

이락서당

이강서원은 1636년 대구의 문인들이 선사재에 세운 서원으로, 서사원의 위패를 봉안했다. '이강'은 바로 금호강을 의미한다. 이락서당은 1799년 낙동강과 금호강이 합류하는 지점에 있는 서당으로, 서사원과 정구에게 배웠던 문인들의 후손들이 조직한 학계에서 건립했다.[37] 후대의 문인들은 이들 공간을 통해 서사원을 떠올렸다.

> 二曲船臨伊洛亭　　둘째 굽이 배가 이락정에 임하였는데,
> 慕寒彌樂畵丹靑　　한강과 낙재를 기리는 단청이 아름답네.

---

37) 이락서당을 건립한 사람들은 당시 역내의 아홉 문중으로, 순천박씨·달성서씨·밀양박씨·廣州이씨·光州이씨·일직손씨·전의이씨·함안조씨·성주도씨이다.(오류문학회 (2011), 『금호강, 서호를 거닐다』, 학이사, 53-54쪽)

棹歌怳若聞來耳　노 젓는 노래 어슴푸레 귀에 들려오는 듯하니,
九室群鴛萬古醒　구문의 무리들이 솟아나 만고의 진리 깨우치네.[38]

서호(西湖) 도석규(都錫珪, 1773-1837)가 지은 <서호병십곡(西湖屛十曲)> 제2곡이다. <서호병십곡>은 도석규가 금호강에서 경치가 빼어난 곳 열 곳을 선정하여, 각 장소에 대한 시를 지은 것이다.

제2곡에서 도석규는 이락서당을 보며, 서사원과 정구를 떠올렸다. 금호강 주변은 서사원과 정구가 강학하고 선유했던 공간이었기 때문이다. 이 때문에 이 시에서는 금호강 위에서의 선유가 나타난다. 4구의 '구실(九室)'은 서사원과 정구에게 수학한 문인들을 의미하며, 이들은 이락서당의 건립을 주도했다. 구실의 사람들이 서사원과 정구의 학문을 계승함으로써 진리를 깨우친다고 말하며 시가 마무리된다.

도석규는 서사원과 정구의 문하였던 문인들이 금호강에서 선유하고 강학했던 사실을 떠올리며, 이들의 후손이 서사원과 정구를 계승하고 있음을 드러냈다. 이는 서사원과 정구의 선유와 강학이 이강서원과 이락서당이라는 공간으로 후대에 영향을 주고 있음을 상징한다. 이 때 금호강은 이강서원과 이락서당이 소재한 공간으로, 후대의 문인들에 의해 서사원을 떠올리고 추모하는 공간이 되었다.

서사원에 대한 추모의 영향은 현재에도 이락서당을 중심으로 이어지고 있다. 현재 이락서당은 구문회(九門會)를 중심으로 보존되고 있다. 구문회는 이락서당의 건립을 주도했던 서사원과 정구에게 수학했던 문인들의 후손들로 구성되어 있다. 구문회는 이락서당을 중수하거나, "이락서당 규약"을 제정하여 선현들의 문집을 간행하거나 학문을 연구하는 등의 활동을

---

38) 원문 및 해석은 『금호강, 서호를 거닐다』(오류문학회(2011), 『금호강, 서호를 거닐다』, 학이사, 53쪽)를 참고하였다.

펼쳤다.39) 이러한 움직임은 금호강이라는 공간에서 서사원에 대한 추모가 현재까지도 이어짐을 의미한다고 볼 수 있다.

> 7월 16일. 맑음. (중략) 이날 밤은 고요하고 하늘과 강은 공활하여, 노 젓는 소리에 다만 물새들이 놀라고 마을에서 달을 보고 짖는 개소리만 들릴 뿐이었다. 갈대만한 작은 배에서 서로 어지럽게 떠들며 객의 통소가 노래에 화답은 이루지 못하였으나, 바가지 술을 서로 권하니 그 즐거움이 적벽의 신선 소동파에게 양보되지 않는다. (중략) 뱃머리에 기대어 묵연히 앉아 있으니 맑은 별이 그림 같다. (중략) 선사에 차츰 가까워지고 모인 자가 30여 명이다. 서로 교대로 작은 배에 올라 상하로 배회하며 뱃전을 두드리는 소리와 멀리서 부르는 고함소리가 메아리 되어 들린다. 함께 한 배에 오르니 절반은 처음 보는 사람이다. 인사를 마치고 두 배에 나누어 타고 밤이 다하도록 강에서 뱃놀이를 하고 새벽에 서원에 들어가 묵었다.40)

임재(臨齋) 서찬규(徐贊奎, 1825-1905)는 본관이 달성으로, 서사원의 후손이다. 위 인용문은 서찬규가 1850년 7월에 선사에서 행해진 선유를 기록한 것이다. 서찬규를 비롯한 30여 명의 사람들은 선사에 모여 밤새 선유했다. 선사에 모인 사람들은 서로 초면인 경우가 많았지만, 함께 술을 마시고 통소를 불거나 뱃전을 두드리며 선유를 즐겼다. 서찬규는 이날의 선유를 즐거워하며, 소식이 부럽지 않다고 했다. 서찬규가 참여한 선유는 달빛과 고요함으로 인해 탈속적 감성을 자아낸다.

이날 선사에서 행해진 선유는 소식의 적벽부 고사와 관련이 있다. 7월 16일은 소식이 1082년 양쯔강을 선유하면서, 적벽대전을 회상하고 <전적

---

39) 구문회 및 "이락서당 규약"에 관한 내용은 『伊洛書堂誌』(이락서당, 대보사, 2015)를 참조하였다.

40) 서찬규(오현진 역)(2011), 『임재일기』, 한국국학진흥원, 288-289쪽.

벽부(前赤壁賦)>를 지은 날이었다. 이 때문에 조선시대 선비들은 7월이나 10월의 16일에 소식의 선유를 재현하는 일이 많았다.[41]

여기서 주목할 것은 선유가 펼쳐진 공간이다. 서찬규가 참여했던 선유의 장소는 선사로, 예전에 서사원이 강학했던 장소였다. 선유의 공간이 선사가 된 것은 우연일 수도 있다. 그러나 서사원이 생전에 선사재에서 강학하고 선유를 행했다는 점을 생각했을 때, 1850년 7월 16일 선사재의 선유는 일정한 의미를 지닌다. 서사원이 금호강에서 행했던 선유가 19세기까지 면면히 이어지고 있음을 보여주는 사례이기 때문이다. 이를 통해 금호강은 서사원의 선유와 관련하여 일정한 문화공간이 되었음을 알 수 있다.


## 5. 맺음말

지금까지 금호강에 대한 감성을 중심으로 서사원의 선유시를 살펴보았다. 서사원의 선유시의 창작 배경에는 그가 금호강에 강학처를 마련한 점, 금호강의 강학처에서 대구의 문인들과 교유한 점을 들 수 있었다.

서사원은 금호강 이천에 거처하면서, 강학을 일삼으며 은거를 지향했다. 금호강에서 은거하며, 그는 선유시를 통해 탈속적인 감성을 드러냈다. 탈속적인 감성은 서사원이 금호강에서 은거한 사실과, 서사원이 은거한 곳이 최치원의 행적이 전해지는 장소라는 것과 연결된다. 한편, 서사원의 선유시에는 도학적인 감성도 드러났다. 그가 선유시에서 성리학적 이념을 떠올린 것이 그것이다. 서사원이 금호강에서 성리학을 강학한 것과, 금호강의 이칭이 성리학자와 관련이 있는 사실은 그의 선유시에서 도학적 감

---

41) 강경희(2010), 「조선시대 東坡 <赤壁賦>의 수용 - 赤壁船遊와 <赤壁賦> 倣作을 중심으로」, 『중국어문학논집』 61, 중국어문학연구회, 410쪽.

성이 발현되는 기반이 될 수 있었다.

서사원과 함께 선유한 이들은 선유시를 통해 탈속적 감성과 도학적 감성을 드러냈다. 그 속에서 금호강은 이들이 화합하는 공간으로, 그리고 탈속과 도학의 공간으로 형상화되었다. 그리고 서사원의 사후 금호강은 서사원의 학문을 계승하면서, 그의 선유를 떠올리고 이어가는 공간이 되었다. 이러한 점에서 서사원의 선유는 금호강이 그의 선유와 관련한 문화공간이 되는 데에 영향을 미쳤다.

본고는 서사원과 그의 선유시를 중심으로 논지를 전개했다. 그러나 아직 남은 문제들이 있다. 첫째, 서사원 외에 금호강과 관련한 문인들의 선유시 분석이다. 서사원뿐만 아니라, 정구·장현광·손처눌 등도 금호강을 중심으로 강학과 선유 등의 활동을 펼쳤다. 본고에서 서사원 이외의 문인들이 금호강에서의 선유로 쓴 선유시를 분석했지만, 금호강에서 선유했던 문인들의 수를 감안했을 때 이는 극히 일부에 불과하다. 금호강에서 활동한 다른 문인들의 선유시를 아울러 분석한다면, 서사원의 선유시가 지닌 특징을 좀 더 면밀히 드러낼 수 있을 것이다.

둘째, 금호강과 관련한 문화공간에 대한 연구이다. 선사재·이락서당·이강서원 등의 공간을 통해, 서사원은 금호강의 문화공간화에 일정한 영향을 끼쳤다. 그러나 금호강에는 서사원과 관련한 공간뿐만 아니라, 부강정 등 여러 가지 다른 공간들이 있다. 금호강의 문화공간적 특성을 파악하려면 이들 공간들에 대한 분석 역시 함께 이루어져야 할 것이다.

## 참고문헌

### 1. 기본자료

『국역 낙재선생문집』 1·2·3·4, 이회, 2008.
『국역 모당선생문집』 乾·坤, 청호서원, 2001.
『論語』
『孟子』
『詩經』
『임재일기』, 한국국학진흥원, 2011.

### 2. 연구논저

강경희, 「조선시대 東坡 <赤壁賦>의 수용 - 赤壁船遊와 <赤壁賦> 倣作을 중심으로」, 『중국어
    문학논집』 61, 중국어문학연구회, 2010.
강민구, 「낙재 서간을 통해 본 17세기 영남 서간의 특질」, 『동방한문학』 30, 동방한문학회, 2006.
강민구, 「낙재 구국 항쟁과 강학 활동」, 『동방한문학』 34, 동방한문학회, 2008.
구본욱, 「연경서원의 경영과 유현들」, 『한국학논집』 57, 계명대학교 한국학연구원, 2014.
구본욱, 「연경서원 유현의 한시에 관한 고찰」, 『민족문화논총』 58, 영남대학교 민족문화연구
    소, 2014.
김원준, 「退溪 船遊詩를 통해 본 '樂'과 '興'」, 『퇴계학논집』 9, 영남퇴계학연구원, 2011.
김학수, 「船遊를 통해 본 洛江 연안지역 선비들의 집단의식 - 17세기 寒旅學人을 중심으로」, 『영
    남학』 18, 경북대학교 영남문화연구원, 2010.
김학수, 「조선중기 寒岡學派의 등장과 전개 - 門人錄을 중심으로」, 『한국학논집』 40, 계명대학
    교 한국학연구소, 2010.
남재철, 「낙재 서사원의 학문연원과 매화시」, 『동방한문학』 30권, 동방한문학회, 2006.
서수생, 「낙재 서사원 선생의 행적과 의병활동」, 『동방한문학』 30권, 동방한문학회, 2006.
손홍철, 「서사원의 실천유학」, 『동방한문학』 30권, 동방한문학회, 2006.
오류문학회, 『금호강, 서호를 거닐다』, 학이사, 2011.
우인수, 「『낙재일기』를 통해 본 대구지역 임진왜란 의병의 활동과 성격」, 『대구사학』 123, 대
    구사학회, 2016.
이락서당, 『伊洛書堂誌』, 대보사, 2015.
이의강, 「낙재 서사원의 「동유일록」에 나타난 서술특질과 성리학적 인간상」, 『동방한문학』 30
    권, 동방한문학회, 2006.
장윤수·임종진, 「한강 정구와 조선 중기 대구권 성리학의 연계성에 관한 연구」, 『사회사상과

문화』 8, 동양사회사상학회, 2003.

장윤수, 「17세기 대구지역 성리학과 星州都氏 문중의 성리학자들」, 『유학과 현대』 13, 박약회 대구지회, 2012.

정우락, 「조선시대 강안지역의 문학활동과 그 성격 - 낙동강 중류 지역을 중심으로 한 하나의 시론」, 『한국학논집』 40, 계명대학교 한국학연구소, 2010.

정우락, 「조선시대 영남 선비들의 산수유람과 지향의식」, 『남명학』 19, 남명학연구원, 2014.

정우락, 「낙동강과 그 연안지역의 공간 감성과 문학적 소통」, 『한국한문학연구』 53, 한국한문 학회, 2014.

추제협, 「한강학파와 낙재 서사원의 심학」, 『새한철학회 학술대회 발표논문집』 4, 새한철학회, 2014.

추제협, 「서사원의 심학과 의병활동」, 『동양철학』 44, 한국동양철학회, 2015.

동양고전종합DB(http://db.cyberseodang.or.kr/)

보론 및 팔공산 여행

# 대구 지역어의 모음 변화에 대하여
## ―이중모음의 단모음화를 중심으로

이 철 희 | 경북대학교 국어국문학과 박사과정

## 1. 머리말

지역마다 고유한 말을 사용하고 이러한 말 속에 우리의 삶이 반영된다. 이를 지역어1)라고 하는데 지역어는 역사를 반영한다. 우리말이 문자로 정착하기 전의 모습을 확인시켜주는 자료이며, 언어의 분화 과정을 반영하기도 한다. 또한 지역어는 문화를 반영한다. 같은 지역어를 사용하는 사람들끼리 친밀감이 형성되며, 특히 외지에서 같은 지역어를 사용하는 사람을 만나면 친밀감이 상승한다. 이렇듯 지역어라고 하는 것은 한 지역의

---

\* 이 글은 이철희(2018), 「대구 지역어의 이중모음의 단모음화 현상에 대한 사회언어학적 연구」(『배달말』제63집, 배달말학회)에 실렸던 글을 수정·보완한 것이다.
1) 본고에서 지역어라는 용어를 사용하되 지역어와 방언을 같이 의미로 사용하고자 한다. 사전적 정의에 따르면 '방언'은 한 언어에서, 사용 지역 또는 사회 계층에 따라 분화된 말의 체계로 기술하고 있고, '지역어'는 어떤 한 지역의 말로 주로 방언 구획과는 관계없이 부분적인 어떤 지역의 말을 조사할 때에 그 지역의 말을 이른다고 한다. 대구라는 지역에서 사용하는 말을 살펴보기 위한 것이기 때문에 두 용어를 동일한 의미로 쓰고자 한다.

말의 체계를 말하는 것과 동시에 문화적인 요소도 포함하고 있다.

그렇다면 대구의 말은 어떤 모습을 보이고 있을까? 그 전에 대구의 시대적 변화를 언급하여야 한다. 대구에서 급격한 인구증가가 있었던 시기는 8·15광복 이후로 이때 해외에서 귀국한 동포들과 북에서 월남한 피난민들이 대거 정착하였다. 또 1960년대 이후 대구 지역의 산업이 급격히 발달하자 농촌 사람들이 일자리를 찾아 대거 몰려들었다. 이후로도 인구는 꾸준히 증가추세를 보여 왔다. 이러한 까닭에 다양한 사회적 배경을 가진 화자들이 많이 분포하게 되었다. 다양한 사회적 배경을 가진 화자들이 많이 분포하게 되었다는 것은 직접적인 접촉을 통해 언어의 양상이 다르게 나타날 수 있다는 것이다.

대구라는 언어공동체[2] 안에서 다양한 사회적 배경을 가진 화자들을 조사하기 위해서는 사회방언학적[3] 방법을 통한 언어를 살펴보아야 한다. 앞서 밝혔듯이, 대구는 다양한 사회적 배경을 가진 화자들이 있기 때문이다. 다만 언어공동체가 반드시 동일한 언어를 사용하고 있다는 것은 아니다. 한 언어공동체 안에서도 다양한 공동체로 나뉜다. 다양한 공동체는 사회

---

[2] 언어공동체는 많은 학자들에 의해 정의가 되었다. Bloomfield(1933)에서 말을 수단으로 상호작용하는 사람들의 집단, Hockett(1958)에서는 공통언어를 사용하여 직접 또는 간접으로 의사소통을 하는 사람들 전체라고 말하고, Gumperz(1968)에서는 공유하는 언어기호를 사용하여 정규적으로 그리고 빈번하게 상호작용을 하고 언어 사용상의 차이로 인하여 다른 집단과는 구분되는 인간의 집단으로 설명하고, Hymes(1974)에서는 언어 사용에 있어 같은 규범을 사용하는 집단이라고 정의한다. Labov(1972)에서는 일련의 규범이나 표준을 공유하는 집단이라고 말한다. 즉 언어공동체는 '균일한 규범을 가지고 집단 안에서 원활히 통용될 수 있는 언어 집단'으로 정의할 수 있다.

[3] 사회방언학이라는 용어는 사회언어학이라는 용어와 유사한 개념으로 사용된다. 방언연구회(2001:221)에서 전통적인 지리방언학이 농촌의 언어를 조사 대상으로 삼는 것과는 달리 사회방언학은 도시 구성원들의 언어를 조사함으로써 연구가 진행된다는 점을 들어 사회방언학이라고 부르고 있다. 또한 이상규(2004:261)에서도 사회방언학이라는 용어로 지역적인 거주지와 사회적 배경을 동시에 공유하기 때문에 사회방언학이라는 용어로 기술하고 있다. 이에 본고에서도 대구라는 도시의 지역어에 대해서 조사를 실시하였다는 점, 그리고 사회적 요인으로 인한 언어 변화를 살펴보기 위한 연구이기 때문에 사회방언학으로 기술하고자 한다.

적 배경을 바탕으로 언어공동체를 묶을 수 있다. 가령 회사원인 경우 회사라는 언어공동체 안에 속하게 되고, 학생인 경우 학생이라는 언어공동체 안에 속하게 된다. 이렇듯 한 언어공동체 안에서도 다양한 공동체가 존재하고 이러한 공동체를 파악하고 분류해서 그 언어를 분석하는 것이 바람직하다. 사회방언학에서 언어공동체를 연령, 성별, 학력, 사회 계층, 직업 등의 사회적 배경을 파악하고, 사회적 요인들로 언어의 양상을 분석하고 기술하였다. 본고에서도 사회적 요인에 따라 연구 결과를 분석할 것이다. 특히, 세대라는 요인에 초점을 두고 살펴본 결과 모음 변화의 과정과 그 방향을 예측할 수 있을 것이다[4].

## 2. 대구 지역어의 모음체계

모음은 단모음과 이중모음으로 구분할 수 있다. 단모음은 하나의 음소로 이루어졌으며 발음을 할 때 입의 모양이나 혀의 위치가 바뀌지 않는다. 반면 이중모음은 둘 이상의 음소로 이루어졌으며, 발음할 때 입의 모양이나 혀의 위치가 바뀐다[5]. 표준어를 기준으로 현대 한국어의 단모음체계는 10개의 모음으로 다음과 같다.

<표 1> 한국어 10모음체계

| | 전설모음 | | 비전설 모음 | |
|---|---|---|---|---|
| | 평순 | 원순 | 평순 | 원순 |
| 고모음 | 이 | 위 | 으 | 우 |
| 중모음 | 에 | 외 | 어 | 오 |
| 저모음 | 애 | | 아 | |

---

4) 홍미주(2010), 『대구 지역어의 음운변이에 대한 사회언어학적 연구』, 경북대학교 박사 학위 논문, 2쪽.
5) 이진호(2017), 『국어 음운론 용어 사전』, 역락, 154쪽.

　<표 1>은 입술의 모양, 혀의 위치, 혀의 높이에 따라 구분한 것이다. 입술의 모양에 따라 평순의 단모음은 '이, 에, 애, 으, 어, 아', 원순의 단모음6)은 '위, 외, 우, 오'가 있다. 혀의 위치에 따라 전설모음은 '이, 에, 애, 위, 외', 비전설모음은 '으, 어, 아, 우, 오'가 있다. 그리고 혀의 높이에 따라 고모음은 '이, 위, 으, 우', 중모음은 '에, 외, 어, 오', 저모음은 '애, 아'가 있다. 현재 서울 지역에서도 '애'와 '에'가 30대 이하에서는 '에'와 '애'가 변별력을 상실했다고 한다7). 또한 '우'와 '오'가 혼재되어 사용된다고 한다. 이렇듯 현대 국어의 단모음은 변화하는 단계에 있다.

　대구 지역어의 모음 체계는 '에'와 '애'가 구분이 되지 않고, '으'와 '어'도 구분이 되지 않는 세대가 있다. '에'와 '애'가 구분되지 않는 것은 대구 지역뿐만 아니라 전국적인 현상으로 앞서 언급하였다. 이러한 것을 종합해 봤을 때, 대구 지역어의 단모음 체계는 6모음체계이나, 세대에 따라 7모음체계로 보기도 한다. 50대 이상에서 '으'와 '어'가 음소로써 비변별적이지만 20대에서는 구분을 할 수 있기 때문이다.

　'외', '위'는 단모음이 아닌 이중모음으로 실현된다. '외'의 경우 모음 아래에서는 [왜]로 자음 아래에서는 애[E]로 실현된다. '위' 역시 자음 아래에서는 [우]나 [이]로 실현되는데, 소수의 어휘에서만 [우]로 실현된다. 예를 들어, '당나귀', '방귀', '사마귀'의 어휘를 조사했을 때 [당나구]. [방구], [사마구]로 실현되며, 이는 'ㄱ' 아래에서 주로 [우]로 실현된다는 것을 알 수 있다.

　따라서 대구 지역의 단모음 체계는 /아, E(에/애 중화), ∃(으/어 중화), (어),

---

6) '위, 외'는 표준 발음법에서도 이중 모음 발음을 인정하여 8모음체계를 공식적으로 인정하고 있다. 지역에 따라 많게는 10모음체계, 적게는 6모음체계가 있다.

7) 최상홍(2006), 「국어 단모음 /에/와 /애/의 세대와 성별 차이에 대한 음성학적 연구-서울 지역을 중심으로-, 『나랏말쌈』 제21호, 대구대학교 국어교육과, 43-59쪽.

(으), 이, 우, 오/의 6~7모음체계이다. 6모음은 주로 50대 이상에서 7모음은 40대 이하에서 그러한 실현 양상을 보인다.

이중모음은 대체로 /야, 여, 요, 유, jE(예/애 중화)/, /와, 워, 위, wE(웨/왜/외 중화)/로 실현된다. 이들은 1음절에 올 때는 수의적으로 이중모음으로 실현되고, 자음 아래에서나 특히 2음절 이하에 자리하게 되면 주로 단모음으로 실현된다. /jE/나 /wE/의 경우 단모음 체계에서 '애'와 '에'가 비변별적이기 때문에 이중모음에서도 구별되지 않고 실현된다.

## 3. 조사 자료

### 1) 조사 방법

다양한 사회계층에 따른 언어 변이가 언어의 지리적 분화와 마찬가지로 중요하다는 인식과 더불어 사회과학적 계량화 방법의 조력을 받으면서 사회방언학이 발달하기 시작하였다[8]. 그렇게 발전한 사회방언학에서 여러 가지 사회 요인인 성, 세대, 직업, 소득, 종교 등을 고려하여 조사한 것이 출발점이 되었다. 이 글에서도 대도시인 대구 지역어를 조사하기에는 전통방언학의 방법보다 사회적 배경을 고려한 사회방언학적 방법이 더 적합하다고 판단했다. 여러 가지 사회적 요인이 언어 변화에 영향을 줄 것이라고 가정하고 연구를 진행하였다.

단모음화를 관찰하기 위해 다음과 같은 측면을 고려한다.

첫째, 사회적 배경을 고려하여 제보자를 선정한다.

둘째, 제보자의 수가 한두 명이 아닌 다수의 제보자를 선정하여 자료의

---

8) 이상규(2004), 『국어방언학』, 학연사, 261쪽.

대표성을 확보한다.

셋째, 단모음화의 변화 방향을 살펴본다.

면접 조사에 포함된 조사 내용은 음성실현형[9]을 조사하였다. 일상 발화에서의 음성실현형 조사는 조사 대상 항목이 실제 발화될 때의 발음을 관찰하는 조사다. 음성실현형 조사는 해당 질문을 통해 최대한 빠르고 자연스럽게 답변[10]을 할 수 있게 구성하였다. 음성실현형을 조사하기 위해서 해당 어휘에 맞는 그림이나 사진을 인터넷으로 확보하고 태블릿PC를 통해 제보자에게 보여주고 음성실현형 자료를 얻을 수 있었다[11]. 그런 후 제보자가 그림이나 사진을 보고 실제 발화하는 것을 관찰하여 조사 자료를 확보하였다. 이는 사전 조사 때, 간접질문법을 통해 질문하였을 때보다 훨씬 자연스러운 발화를 하는 것을 확인했고, 이에 입각하여 설문지를 설계하였다[12].

## 2) 조사 항목

조사 항목 어휘를 추출하기 위해서 먼저 현대국어사용빈도조사(국립국어

---

9) 이는 홍미주(2010:27)에서 일상 발화에서의 음성실현형 조사를 언급한데서 착안했다. 다만 홍미주(2010)에서는 자연스러운 발화를 이끌어내기 위해서 주제에 대해 자연스럽게 설명하거나 이야기할 수 있도록 질문을 하였지만, 이 글에서는 그림을 제시한 후 그것이 무엇인지 발화하는 방법을 사용하였다.

10) 빠르고 자연스럽게 답변을 유도한 이유는 제보자가 평소 쓰는 말씨를 얻기 위함이다. 제보자가 의식하고 발화했을 경우, 조사 결과에 영향을 주어 제대로 된 결과를 얻을 수 없다. 이러한 점을 보완하기 위해서 자료 수집에서 제보자가 빠르고 자연스럽게 발화할 수 있도록 유도했다.

11) 방언연구회(2001:334)에서 그림이나 사진을 미리 준비하여 질문하였을 때 조사 시간을 절약하고 또 정확도를 높일 수 있다고 한다. 이에 이 글에서도 사진을 제시하여 조사 시간을 줄이고, 제보자의 이해를 도울 수 있었다.

12) 이철희(2017), 「대구 지역어의 모음 음운 변화에 대한 사회언어학적 연구」, 경북대학교 석사학위 논문, 13~14쪽.

원 2002)에 수록되어 있는 어휘를 대상으로 검토하여 모음 현상에서 발음이 두 가지 이상으로 나는 항목을 대상으로 하였다. 이는 빈도가 높은 어휘를 대상으로 자료를 수집하는 것이 화자들이 실제 발화하는 양상을 잘 반영할 수 있다[13]. 이에 이 글에서도 빈도가 높은 어휘를 대상으로 조사 항목 어휘를 추출하였다.

이 외에도 선행연구와 표준국어대사전에 수록된 것을 바탕으로 어휘를 선정하였다. 이 과정에서 구상어를 대상으로 선정하였다. 추상어의 경우 사진을 제시하기 어렵고 간접질문을 했을 때 제보자가 의식을 많이 하는 등의 예비 조사에서 문제가 되었다. 그러한 문제점을 보완하기 위해서 구상어를 중심으로 선정하였다.

일상발화에서 발음되는 제보자의 음성실현형을 수집하는 것이 목적이기 때문에, 조사 항목 어휘는 다음과 같다.

① 와: 과자, 화장실, 왕, 완두콩, 사과, 소화기, 기와, 청와대, 체육관, 가부좌, 세종대왕(11)
② 워: 권투, 꿩, *[14])월요일, 원숭이, 태권도, 쌍권총, *오월, 공원, 궁궐, 태극권, 동물원, 식물원(12)
③ 왜: 돼지, 쇄골, 횃불, *왜놈(4)
④ 웨: 궤짝, 웨딩드레스(2)
⑤ 야: 향수, 양초, 야구장, 사냥, 달걀, 고양이, 농약, 모기향, 세숫대야, 태평양(10)
⑥ 여: 며느리, 편지, 여우, 연꽃, 도련님, *새벽, 라면, 수염, 수영, 대통령, *어깨뼈, 기차역, 담배연기(13)
⑦ 요: 묘지, 교실, 요강, 용암, 불교, *사교육, 목욕탕, 식용유, 기차표,

---

13) 홍미주(2010), 「대구 지역어의 음운변이에 대한 사회언어학적 연구」, 경북대학교 박사 학위논문, 30쪽.
14) *표시를 한 것은 사진을 제시하지 않고 간접질문으로만 얻은 자료이다.

공동묘지(10)

⑧ 유: 귤, 휴대전화, 유리, 유부초밥, 연휴, 우유, 두유, *비정규, 식용유, *사교육(10)

총 72개의 어휘를 면접 질문을 통해 수집하였고, 사진 없이 간접 질문으로 얻은 자료 항목은 8항목이었다. 8항목을 제외한 나머지는 사진을 제시한 후 제보자의 발화를 끌어냈다.

## 3) 제보자 선정

이 글에서는 판정 표본 추출법[15]에 따라 대구 태생의 사람들로 대구에 거주하고 있거나 혹은 타지방 사람이라도 방언 습득 시기 이전에 대구로 이주해서 살아온 사람들을 제보자[16]로 선정하였다. 이렇게 선정한 제보자는 총 46명이다.

제보자는 대구 태생으로 대구에서 성장하고 거주하고 있거나, 다른 지역 출신이라도 방언 습득 시기[17] 이전에 대구로 이주해 거주한 제보자이다. 여기서는 세대별로 구분을 하였다. 20대, 30-40대, 50대 이상[18]으로

---

15) 판정 표본 추출법은 연구자가 일정한 조건을 만들어 제보자를 추출하는 것이다. 예를 들어 대구 지역에서 태어나고 자란 제보자를 선정한다든지, 대구 지역에서 20년 이상 거주한 사람을 제보자로 선정한다든지 등의 일정한 조건을 만족하는 제보자를 추출하는 방법이다.

16) 제보자의 나이는 조사 당시의 나이를 적었다. 자료 수집을 위한 조사는 2016년 6월부터 2017년 3월까지 이루어졌다. 예비 조사를 통해 대구 지역에서 유의미한 분화를 보이는 항목이 무엇인지 확인하고 선정하였다. 조사 시간은 1시간 내로 집중을 할 수 있게끔 환경을 조성하여 진행되었다. 예비 조사에서 1시간 이상 조사가 진행되었을 때 제보자의 집중력이 떨어지고 대충 대답하는 등 불성실한 자세를 보였다. 그러므로 제보자가 최대한 집중을 해서 조사에 임할 수 있는 조건을 설정했다.

17) 방언 습득 시기는 Seigel(2010)에서 언급한 내용으로 AoA(Age of Aqcusition)를 말하는 것으로 7세 이전에는 완벽히 제2방언 습득이 가능하며, 14세 이후의 화자는 완전히 제2방언 습득이 불가능하다고 말한다. 이에 따라 이 글에서는 14세 이전에 대구로 이주한 제보자를 선정하였다.

총 3 집단으로 구분을 하였다. 20대부터 40대까지는 대구에서 태어나 계속 거주하고 있는 제보자고, 50대 이상부터는 타지역에서 방언 습득 시기를 넘기지 않고 어렸을 때 이주한 제보자다.

제보자의 인적사항은 다음과 같다.

<표 2> 제보자 인적 사항

| 세대 | 성별 | SNS 사용 여부 | 외지 생활 | 가족 구성원 | 인원 |
|---|---|---|---|---|---|
| 20대 | 남: 50%<br>여: 50% | 100% | 18.8% | 대가족<br>18.8% | 16 |
| 30-40대 | 남: 50%<br>여: 50% | 68.8% | 25% | 대가족<br>18.8% | 16 |
| 50대 이상 | 남: 58%<br>여: 42% | 20% | 35.8% | 대가족<br>33.4% | 14 |

이 글의 제보자의 수는 총 46명이다. 음성 조사를 하는 데에 있어 그 수치는 매우 중요하다. 적은 수에서도 유의미한 결과를 가지고 올 수 있고, 그 수가 항상 많다고 항상 대표성을 보장하지는 않는다[19]. 또한, 150명 이상의 제보자들을 조사하는 것은 불필요하다고 언급했다. 제보자의 수에 있어서 대표성을 표시하기에 사회적 요인을 고려하여 분석하는 것이 가능하다면 적은 수의 제보자로 유의미한 값을 가지고 올 수 있다[20]. 이

---

18) 20대, 30-40대, 50대 이상으로 분류한 기준은 사회적 배경을 고려하여 나누었다. 20대에서는 사회적 배경인 학력, SNS 사용여부, 가족구성원을 고려하였을 때, 학력은 대학교 재학 이상으로 응답하였고, SNS도 모두 사용한다고 응답하였다. 가족구성원도 18.8%만 방언 습득 시기에 대가족으로 살았고, 나머지는 핵가족으로 구성된 환경에서 자랐다. 30-40대는 SNS 사용여부에서 20대와 차이가 났다. 50대 이상에서는 대학교 재학 이상은 6.6%로 다른 집단에 비해 낮은 수치를 보였고, SNS 사용여부에서도 20%만 사용한다고 응답하였다. 또한 가족구성원의 경우 48.8%가 방언 습득 시기에 대가족을 이루었기 때문에 사회적 배경을 기준으로 분류하는 것이 타당하다고 판단하였다.

19) Labov(2001), 「Principles of Linguistic Change Volume II」, Social Factors, Cambridge: Blackwell, 38쪽.

러한 것을 고려해 볼 때 이 글에서도 통계적으로는 사회적 요인을 통한 분석이 가능하다.

## 4) 조사 자료의 처리

면접 조사를 통해 얻은 자료는 음운에 대한 자료이기 때문에 엑셀파일로 전사한 다음, 전사 자료를 토대로 분석한다. 전사는 국제음성기호인 IPA기호로 전사[21]하였다. 전사한 자료는 세대에 따라 분류하여 자료의 목적에 맞게 사용하였다. 조사 자료의 처리 방법에 대해서는 제보자의 인적 사항을 엑셀 파일에 정리하고 연구자가 임의로 숫자를 분배한다. 예를 들어, '20대'는 '1', '30-40대'는 '2', '50대 이상'은 '3'으로 수를 부여하는 것이다. 성별도 '남자'는 '1', '여자'는 '2'로 코딩하였다. 단모음화 현상 코딩은 이중모음을 발화하면 '1'로, 단모음으로 발화하면 '0'으로 코딩하였다. 이렇게 코딩한 것을 SPSS 23을 통해 세대별, 성별, 언어 노출에 따른 이중모음의 단모음화 현상이 유의미한지 아닌지 알아보고자 했다.

사회언어학적 연구에서 통계 자료는 사회적 변인에 대한 빈도를 수량화하여 나타내는 것이 일반적이다. 이런 계량적 연구는 그 성과의 타당성을 입증하기 위해서 통계학적인 방법을 사용해야 한다. 이 글에서는 자료의 수치는 반올림하여 소수점 둘째 자리까지 구하여 분석한다. 수집한 통

---

20) 홍미주(2010), 「대구 지역어의 음운변이에 대한 사회언어학적 연구」, 경북대학교 박사 학위논문, 40쪽. 안미애(2012), 「대구 지역어의 모음체계에 대한 사회음성학적 연구」, 경북대학교 박사 학위논문, 33쪽.

21) 음성 환경에 따른 변이음과 지역에 따라 다소 차이가 나는 음성적인 차이를 세밀하게 표기할 때 사용하는 정밀전사는 IPA기호를 활용한 전사가 대표적이다. 이러한 전사 방법은 국제적으로 통용되고 있다. 또한, 음운 연구하기 위해서 정밀한 차이를 살펴보기 위해 IPA로 전사하였다. 다만 이 글에서는 알기 쉽게 제시하기 위해 형태음소적으로 표기를 통해 제시하고자 한다.

계 자료가 의미 있고 유용한 자료인지 그 신빙성을 검증하여 분석하였다.

같은 지역의 연구라도 연구자에 따라 다르게 나오는 빈도수 즉, 그 값은 항상 달라질 수 있는 확률 변수로서 조사 목적에 따라 표본으로 선출된 집단은 확률적 가치가 있는 집단인가, 아니면 매번 조사 때마다 달라질 수 있는 집단인가 하는 문제가 발생한다. 그래서 이 글에서는 수집한 통계 자료가 의미 있고 유용한 자료인지 그 신빙성을 검증하기 위해, 자료에 대한 유의도를 검증할 수 있는 '일원배치 분산분석'[22)]과 't독립 표본'으로 분석하였다.

일반적으로 가설검정에서 $\alpha$의 수준은 $\alpha=0.10$, $0.05$, $0.01$ 등으로 정한다. 이때 $\alpha$를 유의수준이라고 한다. 다시 말하면 유의수준이란 제1종 오류 $\alpha$의 최대치를 말한다. "유의하다"라고 할 때, 이것은 모수와 표본통계량의 차이가 현저하여 통계치의 확률이 귀무가설[23)]을 부정할 수 있을 만큼 낮은 경우를 뜻한다. 유의수준이 설정되었을 때 가설을 채택하거나 기각시키는 판단 기준이 있어야 하는데, 이 값을 임계치라고 한다. $\alpha=0.05$ 수준에서 $P < 0.05$로 표기할 수 있는데, 이것은 계산된 확률 수준이 $0.05$보다 작으면 귀무가설을 기각시킨다는 의미이다. 이때 통계적으로 유의하다고 해석한다. 만일 $P < 0.01$이면 매우 "유의하다"라고 한다. 여기서 $P$값은 귀무가설을 가정했을 때 주어진 표본 관측 결과 이상으로 귀무가설에서 먼 방향의 값이 나올 확률이다[24)].

이렇게 통계적으로 유의미한 값을 얻어내어 그것을 세대별과 성별에

---

22) 일원배치 분선분석은 두 개 이상의 요인을 분석할 때 실시하는 것이다. 이 통계 방법은 두 개 이상의 모집단 평균 차이를 한꺼번에 검정할 수 있게 해주는 것이다. 그리고 사후분석을 통해 집단 내 유의도를 측정할 수 있었다.

23) 귀무가설이란 통계량의 차이는 단지 우연의 법칙에서 나온 표본 추출 오차로 생긴 정도라고 하는 주장이다.

24) 강병서·김계수(2009), 『SPSS17.0 사회과학 통계분석』, 한나래, 101쪽.

따른 차이를 파악하고 부가적으로 조사한 가족구성원, 외지생활 경험이 영향을 주었는지 살펴본다.

이중모음의 단모음화 실현 양상을 그래프로 나타내고자 한다. 이는 문화방언학적 분석 방안25)에 대해 언급한 데에서 착안하였다. 언어 확산 이론을 언급26)하면서 '문화중심'으로부터의 방사, 확산을 상정하여 그 중심지에서는 개혁과 쇄신이 자주 일어났다고 한다. 또한, 그것이 점차 주변부로 전해지고, 그것이 표준어화 혹은 공통어화는 교육 또는 매스미디어가 기존의 방언에 영향을 주어서 여러 가지 방언 변화를 일으키는 경우가 많고 그 변화 방향을 보면 공통어화(표준어화)로의 경향성이 강하다고 언급하고 있다. 츠루오카(鶴岡) 조사 결과의 그래프를 가져와 설명하고 있다. 이러한 방사형 그래프가 음운 현상에도 적용될 수 있다. 이는 표준어화의 정도를 나타내는 데에 있어 방사형 그래프가 세대별로 나타내기 용이하다는 점과 지역어에서 사용되는 어휘의 음운 현상들이 점차 줄어들고 표준어형과 흡사하게 진행되고 있다는 점에서 방사형 그래프로 설명하기에 적합하다27).

## 4. 이중모음의 단모음화 분석

이중모음은 반모음과 단모음이 결합하여 실현된다. 이중모음은 반모음의 위치에 따라 단모음에 선행할 수도 있고 후행할 수도 있다. 선행할 경우 상향이중모음, 후행하면 하향이중모음이 된다.

---

25) 김덕호(2015), 「방언 분포의 변화 과정에 대한 지리·사회·문화적 분석 방안」, 한국사회언어학회 2015년 학술대회 발표 자료집.
26) 김덕호, 위의 논문.
27) 이철희(2017), 「대구 지역어의 모음 음운 변화에 대한 사회언어학적 연구」, 경북대학교 석사학위 논문, 27~30쪽.

이중모음의 반모음은 j계와 w계 이중모음으로 분류할 수 있다. j계 이중 모음은 단모음 '이'와 성격이 비슷하다. '이'와 비슷한 위치에서 다른 모 음의 위치로 이동하면서 나는 음이고, w계 이중모음은 '오'나 '우'에서 다 른 모음의 위치로 이동하면서 나는 음이다(최현정 2012:49). j계 이중모음에 는 '야, 여, 요, 유, 애, 예'가 있고 w계 이중모음은 '와, 워, 왜, 웨'가 있 다. 이 글에서는 상향이중모음만 살펴보고[28], j계 이중모음 '야, 여, 요, 유'와 w계 이중모음 '와, 워, 왜, 웨'를 살펴보기로 한다.

단모음화는 단모음이 아닌 음이 단모음으로 바뀌는 현상을 말한다. 단 모음화의 범주에 들 수 있는 현상은 다음과 같다[29].

(1) 단모음의 연쇄가 제삼의 단모음으로 축약하는 경우
   : 사이>새, 보이다>뵈다
(2) 이중 모음이 단모음으로 축약하는 경우
   : 별>벨, 꿩>꽁
(3) 이중 모음을 이루는 반모음이 탈락하는 경우
   : 쟈, 져, 죠, 쥬>자, 저, 조, 주

여기서는 (1)은 제외하고 (2), (3)의 경우만 다루기로 한다. (2), (3)의 경 우는 원래 이중모음이었던 것이어서 음절의 수의 변동은 동반되지 않는 다. (2)는 'j'로 끝나는 하향 이중모음 '애, 에, 외, 위'가 전설 모음으로 바 뀌는 단모음화와 '여', '워'와 같은 상향 이중 모음이 각각 '에'와 '오'로 바뀌는 단모음화로 구분된다[30]. (3)의 경우는 반모음이 단순히 탈락하는

---

28) 하향이중모음은 국어에서 '의(ij)'밖에 없다. '의'를 제외한 나머지가 상향이중모음에 해당
   한다. '의'는 [으]나 [이]로 발화된다. 가령, /무늬/를 [무니], /하늬바람/을 [하니바람]으로
   발화되는 것을 비추어 볼 때 대구 지역어의 특징이라기보다 반드시 단모음으로 발화하는
   현상으로 보고 이 글에서는 다루지 않기로 한다.
29) 이진호(2017), 『국어 음운론 용어 사전』, 역락, 109~110쪽.

경우에 해당한다. 이 글에서는 이중모음이 단모음으로 바뀐 것으로 한정하여 논의하고자 한다[31].

이중모음은 모음 체계와 연관이 깊다. 경북지역의 단모음체계는 /a, i, E, ɟ, o, u/의 6모음 체계를 가진다. 지역에 따라서 /a, i, E, ɨ, ə, o, u/인 7모음 체계를 가질 수도 있다. 이철희(2017:66)에서 대구 지역어의 모음 현상을 조사하면서 세대별로 모음 체계가 다르다는 것을 논의한 바 있다. 50대 이상에서는 6 모음 체계, 40대 이하는 7 모음 체계가 나타난다. 단모음체계의 차이는 '어'와 '으'의 통합 여부에 의한 것이다. 또한, 경북지역에서는 단모음 '에'와 '애'가 합류되어 [E]로 실현된다. 이러한 단모음 체계의 영향으로 인해 w계 이중모음[32]의 '왜'와 '웨'가 비변별적이다. 이 글에서 이러한 모음 체계를 바탕으로 '왜'와 '웨'를 같이 놓고 다루고자 한다.

이 글에서는 이중모음이 단모음으로 실현되는 것을 바탕으로 세대별과 성별 양상을 살펴보고자 한다. 그리고 1음절에서 발화될 때, 2음절에서 발화될 때, 3음절에서 발화될 때의 실현 정도와 선행하는 자음의 유무에 따라서 단모음화가 실현되는지 살펴보고자 한다.

---

30) 박경래(1993), 「충주방언의 음운에 대한 사회방언학적 연구」, 서울대학교 박사 학위논문 참조.

31) 여기서 단모음화는 결과를 나타내는 용어로 사용한다. 단모음화 과정에 탈락, 축약 등의 다른 음운론적인 원인이 있다. 가령 '며느리'의 경우, [메느리~미느리]로 단모음화 하는데, 이는 통시적인 관점에서 분석해야 된다. 즉, jə→ə로 된다면 [머느리]로 실현해야지만 탈락이다. 하지만 이런 음성실현형은 실현하지 않았다. 즉, 통시적인 관점에 따라 jə>e>i 로 분석한다. 이러한 변화에 대해서는 백두현(1992)의 견해를 따르고자 한다.

32) 방언연구회(2001:86)에서 이중모음은 북부 동남 방언에서는 4개('위', 웨, 와, 워'), 남부 동남 방언에서는 2개('와, 워')가 있다고 밝힌 바 있다. 또한 이중 모음은 자음 아래에서는 단모음화된다고 논의하고 있다.

## 1) 세대별에 따른 이중모음의 단모음화 실현 양상

### (ㄱ) w계 이중모음

앞서 살펴본 바와 같이 w계 이중모음의 조사는 총 29개 어휘를 대상으로 하였다. '왜'와 '웨'는 1음절 선행자음이 없는 경우만 대상으로 하였다. 사용 빈도가 어느 정도 있는 어휘를 대상으로 하였기 때문에 조사에서 제약[33]이 따를 수밖에 없었다.

이들을 표로 정리하면 다음과 같다.

<표 2> w계 이중모음 어휘의 음절 및 위치

| 음절 위치＼선행자음 유무 | 선행 자음 無 | 선행 자음 有 |
|---|---|---|
| 1음절 | 왕, 완두콩, 월요일, 원숭이, 왜놈, 웨딩드레스 | 과자, 화장실, 권투, 꿩, 돼지, 쇄골, 횃불, 궤짝 |
| 2음절 | 기와, 청와대, 오월, 공원 | 사과, 소화기, 태권도, 쌍권총, 궁궐, |
| 3음절 이상 | 세종대왕 | 체육관, 가부좌, 태극권, 동물원, 식물원[34] |

1음절, 2음절, 3음절 위치에 따라 이중모음의 단모음화 실현이 어떻게 나타나는지 살펴보고자 한다. 또한, 이중모음의 위치에 따른 양상도 같이 살펴봄으로 어떤 환경에서 잘 실현되는지도 파악하고자 한다.

각 세대별 음성실현형[35]을 다음과 같이 제시한다.

---

33) 2음절이나 3음절에 나타나는 어휘들은 '거왜, 격왜, 금도왜, 누왜' 등과 같이 자주 접할 수 있는 어휘가 아니어서 음성실현형을 조사하기 어려운 면이 있었다. 이는 '웨'도 마찬가지였다.

34) '동물원, 식물원'은 발화할 때 연음으로 인해 [동무런], [싱무런]으로 실현되기 때문에 선행 자음이 있는 것으로 분류하였다.

35) 앞서 설명한 바와 같이 '에'와 '애'는 대구에서 비변별적이다. 다만 여기서는 음성실현형

<표 3> w계 이중모음 어휘의 음성실현형

| 음절위치 어휘＼세대 | | 20대 | 30-40대 | 50대 이상 |
|---|---|---|---|---|
| 1음절 | 왕 | [왕] | [왕] | [왕] |
| | 완두콩 | [완두콩] | [완두콩] | [완두콩] |
| | 월요일 | [월료일~워료일] | [월료일~워료일] | [월료일~워료일] |
| | 원숭이 | [원숭이] | [원숭이] | [원숭이~원수이] |
| | 왜놈 | [왜놈] | [왜놈] | [왜놈] |
| | 웨딩드레스 | [웨딩드레스] | [웨딩드레스] | [웨딩드레스] |
| | 과자 | [과자~까자~가자] | [과자~까자~가자] | [과자~까자~가자] |
| | 화장실 | [화장실~하장실] | [화장실~하장실] | [화장실~하장실] |
| | 권투 | [권투] | [권투~건투] | [권투~건투] |
| | 꿩 | [꿩] | [꿩~꽁] | [꿩~꽁] |
| | 돼지 | [돼지~대지] | [돼지~대지] | [대지] |
| | 쇄골 | [쇄골~새골] | [쇄골~새골] | [쇄골~새골] |
| | 횃불 | [홰뿔~해뿔~핸뿔] | [홰뿔~해뿔~핸뿔] | [홰뿔~해뿔] |
| | 궤짝 | [궤짝~게짝] | [궤짝~게짝] | [궤짝~게짝~기짝] |
| 2음절 | 기와 | [기와] | [기와~기아] | [기와~기아] |
| | 청와대 | [청와대] | [청와대] | [청와대~청아대] |
| | 오월 | [오월~오얼] | [오월~오얼] | [오월~오얼] |
| | 공원 | [공원] | [공원] | [공원~공언] |
| | 사과 | [사과~사가] | [사과~사가] | [사과~사가] |
| | 소화기 | [소화기~소하기] | [소화기] | [소화기] |
| | 태권도 | [태꿘도~태껀도] | [태꿘도~태껀도<br>~태권도~태건도] | [태꿘도~태껀도] |
| | 쌍권총 | [쌍권총~쌍건총] | [쌍권총~쌍건총] | [쌍권총~쌍건총] |
| | 궁궐 | [궁궐~궁걸] | [궁궐~궁걸] | [궁궐~궁걸] |
| 3음절 이상 | 세종대왕 | [세종대왕~세종대앙] | [세종대왕] | [세종대왕~세종대앙] |
| | 체육관 | [체육관~체육간] | [체육관] | [체육관~체육간] |
| | 가부좌 | [가부좌~가부자] | [가부좌~가부자] | [가부좌~가부자] |

을 형태음소적 표기에 따라 제시하였다.

| 태극권 | [태극꿘~태극껀] | [태극꿘~태극껀] | [태극꿘~태극껀] |
| 동물원 | [동무런] | [동무런] | [동무런~동물런] |
| 식물원 | [싱무런] | [싱무런] | [싱무런~싱물런] |

　w계 이중모음이 1음절이고 선행자음이 없는 위치에서 모든 세대에서 이중모음이 실현되었다. 선행자음이 있는 경우 세대별로 차이가 난다. 이를 음운론적으로 해석하면, w계 이중모음은 반모음 w와 단모음이 결합해서 나타나는 현상이다. 선행자음이 없을 경우, 자음과의 충돌이 없어서 온전히 이중모음으로 발화할 수 있다. 다만 선행 자음이 있을 때 자음과 반모음이 충돌을 하고 반모음이 탈락하여 단모음으로 실현되는 것이다. 반모음이 탈락하는 현상은 수의적인 현상이다.[36]

　빌음의 편의상 50대 이상에서 w 탈락이 수의적으로 나타나는 현상임을 확인할 수 있다. 이때, w탈락의 수의적 적용은 의미 변별의 가능성이 우선적으로 고려된 것으로 보인다. 자음 아래에서의 w탈락은 모음 간의 탈락 현상보다 더 활성화되어있다는 사실을 확인할 수 있다. 그 이유는 국어의 음절구조제약 상 초성에서 자음이 하나만 올 수 있다는 사실과 관련이 있어 보인다. 이중모음은 모음성뿐만 아니라 자음성도 지니고 있기 때문에 초성에서의 자음 연쇄(어두자음군)처럼 발화될 수도 있다.

　이들의 실현 양상을 살펴보면 다음과 같다.

---

36) 김경아(2003)의 연구(「활음 첨가와 활음 탈락」, 『인문논총』 Vol.11, 서울여자대학교 인문과학연구소, 61쪽)에서도 'w'의 탈락이 수의적으로 실현되고 있다고 말한다. 또한 전체적으로 어두, 그것도 자음을 초성으로 갖지 않은 'w'는 탈락시키지 않는다고 본다. 2음절 이하에서, 특히 자음을 음절의 초성으로 가지고 있는 경우에만 'w'의 탈락이 빈번한 것으로 확인한다. 또 전반적으로 음장을 지니고 있는 경우는 음절의 위치와 관련없이 'w'를 고수하려는 경향이 강하다고 말한 바 있다.

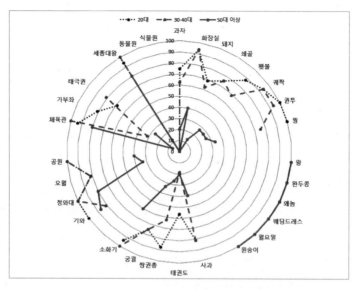

<그림 1> 세대별 w계 이중모음의 단모음화 실현 양상

각 세대에 따라 그 실현 양상이 수의적으로 나타나고 있다. 다만 20대와 30-40대의 경우, 음운론적 규칙이 적용 가능하다는 것을 앞서 살펴보았다. 이는 음절구조제약에서 국어는 CGVC의 음절 구조가 실현될 수 있는 최대의 구조이다. 이러한 구조적 제약에서, 50대 이상에서는 G가 빈번히 탈락하는 현상이 나타나는 것이고, 20대와 30-40대에서는 잘 지켜지고 있다. 통계값을 통해 유의확률을 살펴보기로 한다.

<표 4> w계 이중모음의 단모음화 일원배치 분산분석

| 세대 | 인원수 | 평균 | 표준편차 | F | 유의확률 |
|---|---|---|---|---|---|
| 20대 | 16 | 24.06 | 2.670 | 33.955 | .000 |
| 30-40대 | 16 | 22.38 | 2.778 | | |
| 50대 이상 | 14 | 13.64 | 5.242 | | |

<표 4>에서 유의확률이 0.05보다 작아서 유의미하다[F=33.955, P=.000]. 평균값을 살펴보면, 20대[M=24.06, SD(5.765)=2.670]와 30-40대[M=22.38, SD(5.765)=2.778]가 비슷하고, 50대 이상[M=13.64, SD(5.765)=5.242] 과 차이를 보인다. 이러한 차이 때문에 사후검증에서도 20대와 30-40대가 동일한 집단으로 분류되고 50대 이상은 다른 집단으로 분류된다. 50대 이상에서 w계 이중모음의 단모음화가 생산적이다. 전체적으로 보았을 때, 20대와 30-40대가 이중모음의 단모음화 비슷한 실현을 하고, 50대 이상에서는 이중모음의 단모음화으로 실현이 많다. 이러한 세대별 차이가 w계 이중모음의 단모음화의 방향을 예측할 수 있게 하는데, 이는 점차 이중모음의 실현이 더 많아지고, 단모음화 현상은 줄어들 것으로 예상된다.

### (ㄴ) j계 이중모음

j계 이중모음은 경북지역에서 '여'를 중심으로 논의해 왔다. '여'가 어두 음절의 변자음(k, p, m) 아래 환경에서 북부 동남 방언에서는 '이'(경주>겡주>깅주(慶州), 며느리>메느리>미느리)로, 남부 동남 방언에서는 '에'(겡주, 메느리)로 실현되어 방언 구획을 할 수 있다[37]고 말한다. 또한 여러 문헌이나 방언마다 상향이중모음의 단모음화가 빈번하게 일어나고 있지만 주로 '여'의 변화를 중심으로 논의[38]하고 있다. 이렇듯 j계 이중모음에서 '여'의 논의가 중점적으로 진행되어 왔다. 이 글에서는 대구 지역에서 j계 이중모음의 단모음화 현상을 파악하고 그 방향을 살펴보기 위해서 '여'뿐만 아니라 '야, 요, 유'까지 살펴볼 것이다.

j계 이중모음의 조사 대상 어휘는 총 43개이다.

---

37) 방언연구회(2001), 『방언학사전』, 태학사, 86쪽.
38) 김경숙(2015), 『한국 방언의 지리적 분포와 변화』, 역락, 243쪽.

이들을 표로 정리하면 다음과 같다.

<표 5> j계 이중모음 어휘의 음절 및 위치

| 음절 위치 \ 선행자음 유무 | 선행자음 無 | 선행자음 有 |
|---|---|---|
| 1음절 | 양초, 야구장, 여우, 연꽃, 요강, 용암, 유리, 유부초밥 | 향수, 며느리, 편지, 묘지, 교실, 귤, 휴대전화 |
| 2음절 | 고양이, 농약, 수염, 수영, 우유, 두유 | 사냥, 달걀, 도련님, 새벽, 라면, 불교, 사교육, 연휴, 목욕탕, 식용유 |
| 3음절 이상 | 세숫대야, 태평양, 기차역, 담배연기, 식용유, 사교육 | 모기향, 대통령, 어깨뼈, 기차표, 공동묘지, 비정규직 |

j계 이중모음의 세대별 음성실현형을 제시하면 다음과 같다.

<표 6> j계 이중모음 어휘의 음성실현형

| 음절위치 \ 어휘 \ 세대 | | 20대 | 30-40대 | 50대 이상 |
|---|---|---|---|---|
| 1음절 | 양초 | [양초] | [양초] | [양초] |
| | 야구장 | [야구장] | [야구장] | [야구장] |
| | 여우 | [여우] | [여우] | [여우] |
| | 연꽃 | [연꼳] | [연꼳] | [연꼳] |
| | 요강 | [요강] | [요강~오강] | [요강~오강] |
| | 용암 | [용암] | [용암] | [용암] |
| | 유리 | [유리] | [유리] | [유리] |
| | 유부초밥 | [유부초밥] | [유부초밥] | [유부초밥] |
| | 향수 | [향수] | [향수] | [향수] |
| | 며느리 | [며느리] | [며느리] | [며느리~메느리~미느리] |
| | 편지 | [편지] | [편지] | [편지~펜지] |
| | 묘지 | [묘지] | [묘지] | [묘지~모지] |

| | | | | |
|---|---|---|---|---|
| | 교실 | [교실] | [교실] | [교실] |
| | 귤 | [귤] | [귤] | [귤] |
| | 휴대전화 | [휴대저놔~휴대저나] | [휴대저놔~휴대저나] | [휴대저나~후대저나] |
| 2음절 | 고양이 | [고양이] | [고양이] | [고이아~고이아~고내기] |
| | 농약 | [농약] | [농약] | [농약] |
| | 수염 | [수염] | [수염] | [수염~수엄~세미] |
| | 수영 | [수영] | [수영] | [수영] |
| | 우유 | [우유] | [우유] | [우유] |
| | 두유 | [두유] | [두유] | [두유] |
| | 사냥 | [사냥] | [사냥] | [사냥] |
| | 달걀 | [달걀] | [달걀] | [달갈~달갈~닥알] |
| | 도련님 | [도련님] | [도련님] | [도련님~대런님~도런님] |
| | 새벽 | [새벽] | [새벽] | [새벽~새벅~새북] |
| | 라면 | [라면] | [라면] | [라면] |
| | 불교 | [불교] | [불교] | [불교] |
| | 사교육 | [사교육] | [사교육] | [사교육~사고육] |
| | 연휴 | [여뉴] | [여뉴] | [여뉴] |
| | 목욕탕 | [목욕탕] | [모곡탕~모욕탕] | [모곡탕~모욕탕] |
| 3음절 이상 | 세숫대야 | [세숟때야~세수때야] | [세숟때야~세수때야] | [세수때야~세수때아~세수때] |
| | 태평양 | [태평양] | [태평양] | [태평양] |
| | 기차역 | [기차역] | [기차역] | [기차역] |
| | 담배연기 | [담배연기] | [담배연기] | [담배연기] |
| | 식용유 | [시공유] | [시공유] | [시공유] |
| | 사교육 | [사교육] | [사교육] | [사교육] |
| | 모기향 | [모기향] | [모기향] | [모기향] |
| | 대통령 | [대통령~대통녕] | [대통령~대통녕] | [대통령~대통녕] |
| | 어깨뼈 | [어깨뼈] | [어깨뼈] | [어깨뼈~어깨삐~어깨삐] |
| | 기차표 | [기차표] | [기차표] | [기차표~기차포] |
| | 공동묘지 | [공동묘지] | [공동묘지] | [공동묘지~공동모지] |
| | 비정규직 | [비정규직] | [비정규직] | [비정규직~비정구직] |

50대 이상에서 선행자음이 없을 때 이중모음의 단모음화가 생산적임을

알 수 있다. 20대와 30-40대에서는 이중모음의 단모음화가 실현되지 않는다. 이는 차후 설명하겠지만 언어 노출의 영향이 있는 듯하다. 이중모음이 선행자음이 있는 경우 모두 단모음으로 나타난다고 한다39). 정신문화연구원(이하 정문연) 자료의 경우 조사 당시 80년대이고 2016년~2017년에 걸쳐 조사한 자료는 이미 이중모음이 많이 발화되고 있다는 것을 알 수 있다. 이는 언어가 변화하고 있다는 것을 보여줄 수 있는 증거가 된다. 선행자음이 있는 경우에도 이중모음으로 실현되는 것을 볼 때, 이중모음의 단모음화 현상이 점차 줄어든다는 것을 알 수 있다. 특히 선행자음이 없는 이중모음이 온전히 발화되는 것을 보면 표준어형을 많이 받아들였다는 것을 알 수 있다.

이들의 실현 양상을 보면 다음과 같다.

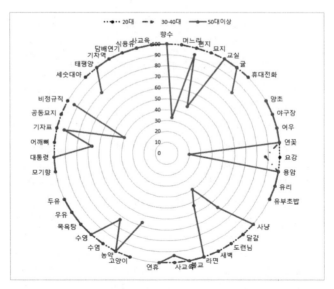

<그림 2> 세대별 j계 이중모음의 단모음화 실현 양상

---

39) 한국정신문화연구원(1993), 「한국방언자료집8-경상북도편-」, 7쪽.

위의 <그림 2>에서 볼 수 있듯이 j계 이중모음의 단모음화 현상은 비생산적임을 알 수 있다. 다만 50대 이상에서는 선행자음이 있는 경우 몇몇의 어휘에서 그 현상이 유지되고 있다. 이는 앞서 방언연구회(2001)에서 말한 대로 자음 /k/, /m/, /p/ 아래에서 단모음화가 생산적임을 알 수 있다. /h/, /r/, /t/, /n/과 같은 자음이 올 때는 이중모음으로 발화하는 것은 변자음이 이중모음의 단모음화에 영향을 준다는 것에 대한 증거가 될 수 있다.

j계 이중모음의 경우 앞서 말한 (2)와 (3)의 단모음화 현상이 둘 다 나타난다. 반모음이 탈락하는 어휘는 '기차표, 공동묘지, 비정규직, 세숫대야, 수염, 사교육(2음절에서만), 달걀, 새벽, 도련님, 고양이, 휴대전화, 요강'이 있다. 다만 이들은 선행자음이 있을 때 탈락이 더 빈번하다. 이는 앞서 설명한 최대음절구조제약으로 인해 G가 탈락하는 형식이다. '요강, 수염, 고양이, 세숫대야'의 경우 선행자음이 없는데도 탈락을 시킨다. 이 경우 언어 내적인 요인보다 언어 외적인 요인이 더 크게 작용한 것으로 보인다. 50대 이상에서만 이러한 현상이 나타나는 것을 볼 때, 발음 경제성의 원리가 작용된 것으로 보인다[40].

'며느리, 편지'와 같은 경우는 (2)에 해당한다. 이들은 (3)과 다른 경우다. 단모음 체계가 그 이전 시기와 달리 혀의 전후 위치에 다른 '전설:후설'의 대립으로 변모하는 것이다(이진호 2017:110). 이는 반모음 'j'가 전설성을 남기고 사라지면서 후설모음'ə'가 전설모음'e'로 바뀐 형태이다. 즉, 'jə>e'로 변하는 것이다. 여기에 '며느리'의 경우, 'e>i'의 변화를 더 거쳐서 [미느리]와 같은 음성실현형이 나타나는 것이다.

통계값을 통해 유의확률을 살펴보기로 한다.

---

40) '요강'의 경우 조금 달라 보인다. 대구 지역에서 '요강'이 '오강'이라는 방언형으로 실현되는 데에 기인한다.

<표 7> j계 이중모음의 단모음화 일원배치 분산분석

| 세대 | 인원수 | 평균 | 표준편차 | F | 유의확률 |
|------|--------|------|----------|------|----------|
| 20대 | 16 | 43.00 | .000 | 32.305 | .000 |
| 30-40대 | 16 | 42.94 | .250 | | |
| 50대 이상 | 14 | 37.00 | 4.206 | | |

<표 7>에서 유의확률이 0.05보다 작아서 유의미하다[F=32.305, P=.000]. 평균값을 살펴보면, 20대[M=43.00, SD(3.584)=.000]와 30-40대[M=42.94, SD(3.584)=.250]로 동일한 수준이다. 50대 이상[M=37.00, SD(5.765)=4.206]과 차이를 보인다. 이러한 차이는 사후검증에서도 20대와 30-40대가 동일한 집단으로 분류되고 50대 이상은 다른 집단으로 분류되어서 증명됐다. 50대 이상에서도 이미 이중모음으로 실현되는 비율이 높아졌다는 것을 알 수 있다. 앞서 설명한 바와 같이 변자음 아래에서만 생산적이고 선행자음이 없을 때는 비생산적이었다. 이러한 세대별 차이가 j계 이중모음의 단모음화의 방향을 예측할 수 있게 하는데, 이는 점차 이중모음의 실현이 더 많아지고, 이중모음의 단모음화 현상은 줄어들 것으로 예상된다. 즉 표준어형이 더 많이 실현되므로 표준어형으로의 평준화가 상당히 진행되었다고 본다.

## 2) 성별에 따른 이중모음의 단모음화 실현 양상

성별은 사회언어학적 연구에서 중요한 요인이다. 성별에 따른 언어 변이에 대한 계량적 연구는 Fischer(1958)에서 시작되었다. 24명의 아이들을 대상으로 미국 New England의 경우 여자 아이들이 [-ing]의 비표준형인 [-in]을 남자 아이들에 비해 덜 쓴다는 것을 관찰하였다. 이것으로부터 출발하여 본격적인 연구는 Labov(1966), Trudgill(1972), Miloy(1980) 등에서 여성들이 표준형 사용빈도가 높다는 것을 말했다. 다만 Labov나 Trudgill의 경우 언어 태도와 관련하여 성별 연구를 말하고 있다. Labov(1966)에서 숨겨진 위세(covert prestige)라는 개념을 사용하여 남성들이 숨겨진 위세를 통해 지역어를 더 사용함으로써 자신의 정체성을 잘 드러내고 있다는 것이다. 또한 Labov(2001)에서 처음에는 성차가 없었지만 상호작용을 하면서 사회적 영향으로 인해 바뀐다는 것을 알 수 있다. 언어 변화는 사람들이 사회적 의식을 가지고 그 변화에 참여하는 경우에 일어난다. 즉 자신이 언어 변화의 선상에 있는 것을 알게 되면 언어 변화가 일어난다는 것을 말했다. Trudgill(1972)에서도 이와 같은 맥락으로 설명하고 있다. 이렇듯 성별 연구는 언어 태도와 깊은 연관성을 가지고 있음을 알 수 있다.

대구 지역에서 성별에 따른 변이형의 실현 양상을 살펴본 바 있다. 이 논의에서는 변항에 따라 성별에 차이가 있다[41]. 변항 '오'의 경우 여성이 남성보다 [우]로 실현하는 비율이 높고, '여'는 여성이 남성보다 [에]로 실현하는 비율이 높다고 한다. 또한, 어두평음에서는 여성이 남성보다 어두에서 경음으로 실현하는 비율이 높다고 하면서 성별에 따라 차이가 있다고 논의하고 있다. 이 글에서는 이중모음의 단모음화 현상에서 성별에 따른 실현 양상을 파악해보고자 한다.

먼저 w계 이중모음의 단모음화 실현 양상을 살펴보면 다음 <그림 3>과 같다.

---

41) 홍미주(2010), 「대구 지역어의 음운변이에 대한 사회언어학적 연구」, 경북대학교 박사 학위논문, 175쪽.

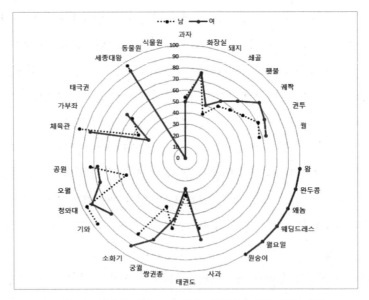

<그림 3> 성별에 따른 w계 이중모음의 단모음화 실현 양상

<그림 3>에서 보는 바와 같이, 성별에 따른 이중모음의 단모음화 실현
이 거의 비슷하게 나타나고 있다. 이는 단순히 성별의 문제로 변이형을
설명할 수 없다는 것을 알 수 있다. 다만 1음절에 자음이 있는 경우에 여
성이 표준어형에 조금 더 가깝게 발화하고 있는 것을 알 수 있지만 그 차
이가 큰 것은 아니다. 언어변화의 개신자로서 여성이 조금 더 표준어형에
가깝게 발화되고 있다는 것을 알 수 있다[42].

통계 처리에서도 유의미한 값을 가지지 못한다는 결과를 보여준다.

---

42) 홍미주(2017), 『언어변화의 개신자로서 여성의 역할과 의미에 대한 연구-대구 지역어를 대
    상으로-』, 한국연구재단 연구 성과물, NRF KRM, 2017.

<표 8> w계 이중모음의 단모음화 t독립 표본

| 성별 | 인원수 | 평균 | 표준편차 | F | 유의확률(양측) |
|------|--------|------|----------|------|----------------|
| 남성 | 24 | 19.92 | 5.641 | 0.50 | .639 |
| 여성 | 22 | 20.73 | 6.001 | | |

<표 8>에서 유의확률이 P > 0.05이기 때문에 귀무가설이 성립되어 유의미하지 않다는 값을 보여준다. 이는 성별에서 어떤 유의미한 값을 나타내지 못한다는 것을 알 수 있다. 또한, 남성[M=19.92, SD(5.641)=.639]과 여성[M=20.73, SD(6.001)=.639]의 평균을 보더라도 0.81밖에 차이가 나지 않기 때문에 이러한 값은 충분히 예상 가능하다.

j계 이중모음의 단모음화 실현 양상을 살펴보면 다음과 같다.

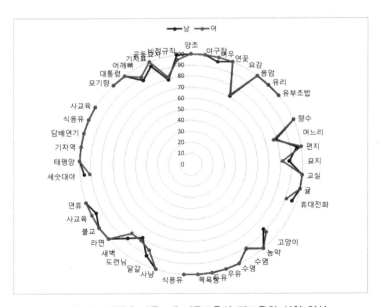

<그림 4> 성별에 따른 j계 이중모음의 단모음화 실현 양상

<그림 4>에서 보듯이 w계 이중모음의 단모음화 실현 양상과 비슷하다. 이는 남성과 여성이 별다른 차이를 나타내지 못하는 것으로 파악된다. 이는 성별에 따른 차이를 볼 수 있는 문제가 아닌 다른 사회적 요인이 영향을 주었을 것이다. 이는 다음 절에서 기술할 것이다.

w계 이중모음의 단모음화와 마찬가지로 j계 이중모음의 단모음화도 통계 결과에서 유의미한 값을 가지지 못한다고 나왔다.

<표 9> j계 이중모음의 단모음화 t독립 표본

| 성별 | 인원수 | 평균 | 표준편차 | F | 유의확률(양측) |
|------|--------|------|----------|------|----------------|
| 남성 | 24 | 42.71 | 4.133 | .021 | .849 |
| 여성 | 22 | 42.95 | 4.562 | | |

<표 9>에서 유의확률이 0.05보다 크기 때문에 유의미하지 못하다. 평균값을 살펴보면 남성[M=42.71, SD(4.133)=.849]과 여성[M=42.95, SD(4.562)=.849]에서 알 수 있듯이 0.24의 차이를 보이므로 거의 동일하게 사용하고 있다고 볼 수 있다.

w계와 j계의 이중모음의 단모음화는 성별에 있어서 아무런 차이가 없음을 알 수 있다. 이는 다른 변이형은 성별에 따라 변별이 될 수도 있지만 이중모음의 단모음화 현상에서는 성별이 비변별적이다.

## 3) 언어 노출의 상관관계 분석

세대별과 성별에 따른 이중모음의 단모음화 현상에 대해서 살펴보았다. 세대별에 따라서는 이중모음의 단모음화 현상이 변별적으로 드러났지만 성별에 따른 이중모음의 단모음화는 비변별적이었다. 이는 앞서 설명한 바와 같이 다른 사회적인 영향으로 인해 발생한 것으로 보인다. 이를 언어 노출이라는 복합적인 요인을 통해 분석하기로 한다.

언어 노출의 정도는 제보자의 외지생활 경험43), 가족 구성원을 파악하여 분석한다.

직접적인 노출인 가족 구성원의 경우 대가족인지 핵가족인지에 따라 대가족의 경우 조부모와 함께 거주하였다면 분명히 지역어에 더 노출이 많이 되었고 그것에 영향을 받았다고 가정할 수 있다. 핵가족의 경우 상대적으로 조부모와 함께 거주하였던 사람들에 비해 지역어의 영향을 덜 받았다고 가정한다. 그다음은 외지생활 경험의 유무이다. 표준어형을 사용하는 서울·경기 지역이나 해외에서 생활44)을 하였다면 표준어형에 노출이 더 되었음은 틀림없다. 이는 Trudgill이나 Siegel 등 다양한 학자들에 의해 주장되어 온 사실이다. 인구이동으로 인해 화자들이 직접적으로 접촉한 경우에 언어가 변한다는 사실을 말하고 있다. 또 자신의 경험을 빗대어 "호주에서는 미국인으로 인정받고, 미국에서는 영국식 억양이 있다."라고 말하면서 직접적인 이주로 인해 언어가 변했다고 한다. 두 피험자가 필라델피아에서 미시간으로 돌아와서 방문했을 때, (ow)와 (æ) 변수에 대한 중간발음을 계속 사용하는 것을 예로 들면서 언어가 변한다고 말한다. 이처럼 언어 노출 환경이 언어에 영향을 줄 수 있다45).

이러한 언어 노출이 상호작용 조정의 빈도 모델(Frequency of Interaction

---

43) 이 글에서 외지생활 경험의 유무를 파악한 것은 제보자가 경상도 지역이 아닌 서울·경기 지역이나 해외에서의 경험이 있다면 외지생활 경험이 있는 것으로 판단했다. 또한, 거주 기간이 1년 이상으로 제한하였다. 1년 미만은 외지생활 경험이 없는 것으로 표시하였다. 코딩은 외지생활의 경험이 있으면 1, 없으면 0으로 코딩하였다.

44) 해외 생활 경험을 넣은 이유는 Siegel(2010:3)에서 국가 방언이라는 개념으로 국가 간 이동이 있을 때 한 국가의 가장 전형적인 방식으로 말하는 것을 말한다. 한국의 경우, 한국의 가장 전형적인 말인 표준어에 가깝게 이야기하려고 하는 것이다. 이를 바탕으로 해외 생활 경험을 이주 경험에 포함시켰다.

45) Siegel(2010), Second dialect acquisition. Cambridge University Press. 56쪽.

Accommodation Model)[46]에 따라 표준어화에 영향을 미칠 것으로 파악된다[47].

이렇듯 직접적인 노출과 간접적인 노출이 충분히 지역어 사용자들에게 영향을 미칠 수 있음을 논의하였다. 이렇게 노출된 제보자들을 0에서 2까지 총 3집단으로 파악하였다. 0으로 코딩된 집단은 대가족, 외지생활 경험도 없는 집단이다. 2는 0과 반대되는 집단이고, 1은 그 중간이다. 0에서 2까지 단계적으로 언어 노출이 된다. 노출의 정도에 따른 이중모음의 단모음화의 통계 자료를 살펴보면 유의미한 것을 알 수 있다.

<표 10> 노출 정도와 이중모음의 단모음화의 일원배치 분산분석

| 집단 | 인원수 | 평균 | 표준편차 | F | 유의확률 |
|------|--------|-------|----------|-------|----------|
| 0 | 11 | 56.73 | 10.228 | 3.726 | 0.032 |
| 1 | 27 | 64.56 | 9.279 | | |
| 2 | 8 | 67.00 | 6.990 | | |
| 전체 | 46 | 63.13 | 9.724 | | |

<표 10>에서 살펴볼 수 있듯이 유의확률이 0.05보다 작기 때문에 유의미하다는 것을 알 수 있다. 이는 언어 노출에 따라 단모음화가 차이가 있다는 것을 증명한다는 것이다. 평균값을 살펴보면, 0집단[M=56.00, SD(10.228)=.032]와 1집단[M=64.56, SD(9.279)=.032]으로 비슷한 수치를 보이고 있다. 2집단[M=67.00, SD(6.990)=.032]은 노출이 많이 될수록 이중모음으로 실현되는 것이 많고, 노출이 적을수록 이중모음의 단모음화가 많이 나타난다. 사후 검정을 통해서 어느 집단 간의 언어 유의도를 살펴보면 다음과 같다.

---

46) 상호작용 조정의 빈도 모델의 경우, 접촉의 빈도에 따른 동화를 가정한 것이라면, 이 글에서는 노출 빈도에 따른 조정이라고 할 수 있다.

47) Trudgill(2004), New-Dialect formation: The Inevitability of colonial English.

<표 11> 노출 정도와 이중모음의 단모음화의 사후 검정

Tukey HSDa,b

| 노출 집단 | 인원수 | 유의수준 = 0.05에 대한 부분집합 | |
| --- | --- | --- | --- |
| | | 1 | 2 |
| 0 | 11 | 56.73 | |
| 1 | 27 | 64.56 | 64.56 |
| 2 | 8 | | 67.00 |
| 유의확률 | | .105 | .800 |

<표 11>에서 유의수준에 대해서 집단을 분류한 것을 보면 0집단과 1집단이 같은 부류에 속하고 2집단과 3집단이 같은 부류에 속한다. 이는 평균을 봐도 알 수 있듯이 차이가 있다. 언어 노출의 정도에 따른 이중모음의 단모음화 현상이 영향을 미치고 있음을 알 수 있다. 즉 표준어형에 노출이 많이 되면 될수록 이중모음의 단모음화 현상이 비생산적이고, 표준어형에 적게 노출이 되면 이중모음의 단모음화 현상이 생산적이다.


## 5. 맺음말

대구 지역에서 이중모음의 단모음화 현상에 대해서 사회언어학적 접근을 통해 그 양상을 파악하고자 하였다. 또한, 언어 노출이라는 개념을 도입하고 어느 정도 연관성이 있음을 시사하였다. 다만 언어 변화의 원인이 반드시 언어 노출이라고 단정할 수는 없을 것이다. 앞선 논의를 요약하면 다음과 같다.

(1) 이중모음의 단모음화는 세대별 차이를 가진다. w계 이중모음은 20대와 30-40대가 이중모음의 단모음화 비슷하게 나타나지만 50대 이상 세

대에 비해서는 비생산적이다. 50대 이상에서는 이중모음의 단모음화 현상
이 생상적이다. 이러한 세대별 차이가 w계 이중모음의 단모음화의 방향을
예측할 수 있게 하는데, 이는 점차 이중모음의 실현이 더 많아지고, 이중
모음의 단모음화 현상은 줄어들 것으로 예상된다. j계 이중모음의 단모음
화 현상은 50대 이상에서도 잘 실현되지 않지만 변자음 아래에서는 생산
적임을 알 수 있었다. 특히 20대와 30-40대는 이중모음으로 발화하였음으
로 점차 이중모음의 단모음화 현상은 비생산적일 것임을 알 수 있다.

(2) 성별에 따른 이중모음의 단모음화 현상은 비변별적이었다. 이는 다
른 사회적 요인으로 그렇게 되었을 것이다. 특히 여성이 표준어 개산자로
서의 역할을 한다고 선행 연구에서 논의했는데, 이중모음의 단모음화 현
상에서는 그렇지 못한 것으로 밝혀졌다.

(3) 언어 노출 정도에 따른 이중모음의 단모음화 현상은 유의미한 값을
가진다. 이는 표준어형에 노출이 많이 된 화자의 경우 이중모음의 단모음
화가 비생산적이었고, 표준어형에 노출이 많이 되지 않은 화자의 경우 이
중모음의 단모음화가 생산적이었다. 이를 통해 언어 노출의 정도에 따라
이중모음의 단모음화 현상이 영향을 준다는 것을 알 수 있었다. 이것이
직접적인 원인이라고 단정할 수는 없지만, 어느 정도 영향이 있을 것으로
보인다.

이상 대구 지역어의 이중모음의 단모음화 현상에 대해서 살펴보았다.
다만 직접적인 원인이 될 수 있는 언어 태도를 파악하여 언어에 대한 태
도와 변이형의 상관관계를 밝혀내는 작업이 후속되어야 할 것이다.

# 참고문헌

## 1. 연구논저

강병서·김계수, 『SPSS 17.0 사회과학 통계분석』, 한나래, 2009.

강정희, 「방언 변화와 방언 연구의 방향」, 『한국어학』 21, 한국어학회, 1-15, 2003.

강정희, 「언어 접촉과 언어 변화」, 『국어학』 40, 국어학회, 139-170, 2002.

강희숙, 「한국어 방언 접촉의 양상에 대한 사회언어학적 분석 -전남방언 어휘의 표준어화를 중심으로-」, 『어문론총』 64, 한국문학언어학회, 9-36, 2015.

국립국어원, 『방언의 조사, 활용을 위한 중장기 계획 수립』, 국립국어원, 2014.

국립국어원, 『현대국어사용빈도조사』, 국립국어원, 2005.

김경숙. 『한국 방언의 지리적 분포와 변화』, 역락, 2015.

김경아, 「활음 첨가와 활음 탈락」, 『인문논총』 Vol.11, 서울여자대학교 인문과학연구소, 49-65, 2003.

김덕호, 「방언 분포의 변화 과정에 대한 분석 방안 연구 1 : 지리언어학적 방법론을 중심으로」, 『사회언어학』 25-1호, 한국사회언어학회, 2017.

김덕호, 「방언 분포의 변화에 대한 사회방언학적 연구」, 『방언학』 27, 한국방언학회, 181-209, 2018.

김덕호, 『경북방언의 지리언어학』, 월인, 2001.

김덕호, 「방언 분포의 변화 과정에 대한 지리·사회·문화적 분석 방안」, 한국사회언어학회 2015년 학술대회 발표 자료집, 2015.

류성기, 「표준어 간섭 및 방언에 대한 의식으로 인한 경남 함양 방언 문법 형태의 변화 연구」, 『배달말』 55, 배달말학회, 55-92, 2014.

박경래, 「충주방언의 음운에 대한 사회방언학적 연구」, 서울대학교 박사 학위논문, 1993.

방언연구회, 『방언학사전』, 태학사, 2001.

배혜진, 「대구 지역의 '신방언' 실현 양상 연구 -'오→우' 고모음화를 중심으로-」, 『방언학』 24, 한국방언학회, 129~152, 2016.

백두현, 「진행 중인 음운변화의 출현 빈도와 음운사적 의미」, 『어문학』 90, 어문학회, 2005.

백두현, 『영남 문헌어의 음운사 연구』, 태학사, 1992.

신승용, 『음운 변화의 원인과 과정』, 태학사, 2003.

안미애, 「대구 지역어의 모음체계에 대한 사회음성학적 연구」, 경북대학교 박사 학위논문, 2012.

오새내, 「사회언어학의 이론으로 본 지역 인구 변동과 지역어 변화의 관련성」, 『우리어문연구』 41, 우리어문학회, pp.77-104, 2011.

이문규, 「음운 규칙의 공시성과 통시성」, 『한글』 285, 한글학회, 2009.

이상규, 『경북방언 문법연구』, 박이정, 1999.

이상규, 『국어방언학』, 학연사, 2004.

이익섭, 『사회언어학』, 서울 : 민음사, 2001.

이진호, 『국어 음운론 용어 사전』, 역락, 2017.
이철희, 「대구 지역어의 모음 음운 변화에 대한 사회언어학적 연구」, 경북대학교 석사학위 논문, 2017.
장혜진, 「대구 지역어의 세대 간 단모음 실현 양상 비교 연구」, 고려대학교 석사학위 논문, 2006.
정승철, 『한국의 방언과 방언학』, 태학사, 2013.
조태린, 「성문화된 규정 중심의 표준어 정책 비판에 대한 오해와 재론」, 국어학, 79, 67-104., 2016.
최명옥, 『현대한국어의 공시형태론』, 서울대학교출판부, 2008.
한국사회언어학회, 『사회언어학 사전』, 소통, 2012.
한국정신문화연구원, 『한국방언자료집 8- 경상북도편-』, 인문연구실, 1993.
홍미주, 「대구 지역어의 음운변이에 대한 사회언어학적 연구」, 경북대학교 박사 학위논문, 2011.
홍미주, 「변항 (오)의 변이형 실현 양상과 언어 태도에 대한 연구」, 『방언학』 18호, 한국방언학회, 325-326, 2013.
홍미주, 「언어변화의 개신자로서 여성의 역할과 의미에 대한 연구-대구 지역어를 대상으로-」, 한국연구재단 연구 성과물, NRF KRM, 2017.
황영희, 「사회언어학적 방법에 의한 언어접촉연구」, 『일본어학연구』 제31집, 한국일본어학회, pp.75-88, 2011.
Kerswill, P.(2001). Mobility, meritocracy and dialect levelling: the fading (and phasing) out of Received Pronunciation. na.
Kerswill, P.(2002). Koineization and accommodation.
Kerswill, P.(2002). Models of linguistic change and diffusion: new evidence from dialect levelling in British English. Reading working papers in linguistics, 6(02), 187-216.
Kerswill, P.(2010). Contact and new varieties. In R. Hickey (Ed.), The handbook of language contact. (pp. 230 - 251). Oxford.
Labov, W.(1994), Principles of Linguistic Change Volume I. Internal Factors, Cambridge: Blackwell.
Labov, W.(2001), Principles of Linguistic Change Volume II. Social Factors, Cambridge: Blackwell.
Labov, W.(2006), The Social Stratification of English in New York City, 2ed, Cambridge.
Siegel, J.(2010). Second dialect acquisition. Cambridge University Press.
Trudgill, P.(1972), Sex, covert prestige, and linguistic change in the urban British English of Norwich, Language in Society 1.
Trudgill, P.(1986), Dialects in Contact, Oxford, U.k : Blackwell, Edinburgh University Press.
Trudgill, P.(2004), New-Dialect Formation : The Inevitability of Colonial English.
Williams, A.(1999). Mobility versus social class in dialect levelling: evidence from new and old towns in England. Cuadernos de filología inglesa, 8.

# 원문과 함께 읽는 팔공산 유산기와 유산시

정 병 호 | 경북대학교 한문학과 교수

## 팔공산 유산기

### ■ 최흥립(崔興岦), 「유팔공산기(遊八公山記)」

병오년(1786) 청화절(淸和節, 음력 2월) 12일에 이성재(李聖哉)가 인성(仁星) 등 여러 벗들과 더불어 송림사(松林寺)에 머물면서 책을 던지고 함께 팔공산을 유람하자고 청하였다. 가암(架巖)에서 시작하자고 약속한 것은 내가 거처하는 곳이 바로 가산 아래이기 때문이다. 산의 아름다운 경치를 두루 유람하지 않은 것은 아니지만 다만 오늘처럼 여러 군자들과 서로 마음을 터놓은 모임은 없었다.

13일에 일찍 지팡이를 짚고 신발을 신고 삼종형(三從兄) 중빈씨(仲賓氏)와 사촌 용삼(用三)과 함께 드디어 느린 걸음으로 가산성문(架山城門) 밖에 도착하였다. 녹음이 푸르른 가운데 다만 바위 벼랑에서 콸콸 흘러나오는 물소리가 행인들의 숨소리와 같았다. 다리가 지쳐 따라갈 수가 없어 길가 점사(店舍)에서 잠시 쉬었다. 곧바로 천주사(天柱寺)로 올라가서 베개를 베고 잠시 자다가 일어나니 석양이 산에 내렸다. 유람객들이 지팡이를 내려놓고 마주보며 둘러앉아 마음을 터놓고 이야기를 나누다 밤 깊어 잠자리에 드니 꿈결이 맑고 상쾌하였다.

이튿날 길을 잘 아는 스님에게 인도하도록 하였는데 길이 깎아지른 절벽 같아서 지팡이를 짚고서야 겨우 올라갈 수 있었다. 스님에게 부탁하여 유람객들에게 지팡이를 하나씩 주게 하였는데 통언(通彦)이 받은 것이 가장 튼튼하고 곧았다. 유휘(幼輝)가 바꾸자고 했으나 통언(通彦)이 응하지 않았다. 내가 한강(寒岡) 정구(鄭逑) 선생이 가야산(伽倻山)에 유람 갔을 때의 농담과 존재(存齋) 곽준(郭䞭)의 말을 인용하여 한바탕 크게 웃도록 하였다.

동문(東門)에 오르자 성문의 남쪽 수십 보 근처에 봉우리가 우뚝 서 있으니 최고봉(最高峰)이라 하였다. 길 하나가 옆으로 뻗어 산꼭대기로 이어져 있는데 하늘과는 몇 자 정도 떨어져 있었다. 북쪽을 돌아보고 남쪽을 바라보며 눈에 보이는 곳으로 경계(境界)를 삼았다. 다만 멀리 산과 물을 보니 구름과 안개 밖에서 숨었다 나타났다 할 뿐이었다. 서로 경계하면서 조심스럽게 걸어가니 동쪽으로 뻗어 있고 남쪽으로 돌아 드넓은 숲 사이로 갑자기 청정도량(淸淨道場)이 나타났다. 곧 불전(佛殿, 파계사)이다.

비록 볼 만한 특별히 뛰어나거나 괴상하고 기이한 것은 없지만 산의 남쪽에 높이 서면 시야가 탁 트인다. 드디어 점심 때 파계사(把溪寺)에 이르렀는데 사촌 여직(汝直)이 먼저 도착해 있었다. 함께 농연정(聾淵亭)으로 향하니 여러 사람들이 "백불옹(百弗翁, 崔興遠)께서 쉬시던 곳이니 어찌 이번 유람에서 첫 번째로 우러러 보아야 할 곳이 아니겠는가?" 하였다. 아직 농연정에 이르지 않았는데 맑고 시원한 물소리가 들리니 곧 농연(聾淵)의 상류였다.

가암(架巖) 동쪽에서 여기까지 거의 삼십 리 사이에 산봉우리는 높이 빼어나고 바위벼랑은 웅크리고 있는데 기이한 나무들이 울창하고 무성하니 내 눈의 소득이 아님이 없었다. 맑은 바람 소리를 들으니 정신이 상쾌하고 맑아져 세상에서의 찌듦이 절로 사라지는 것을 여기서 비로소 느낄 수 있었다.

시내를 따라가다가 농연(聾淵) 가에 앉아 물결이 넘실대다가 흩어지며 거울 같은 수면에 사람이 비치는 것을 보고 즐기다가 해가 지는 줄도 몰랐다. 드디어 지팡이를 짚고 일어나 인지당(仁智堂) 옛터와 정사(亭舍)·승료(僧寮, 요사채)를 두루 둘러보고 부인사(夫仁寺)로 올라가 숙박하였다.

이튿날 아침에 동화사(桐華寺)를 향해 이동하는데 산길이 구불구불하여 오르내리기가 매우 힘들었으나 각자 흥에 겨워 시를 읊거나 노래를 불렀다.

동화사 서쪽에 있는 비로전(毘盧殿)의 석불(石佛)은 아주 거대한데 한 늙은 스님이 있었다. 비로전 동쪽에는 탑 하나가 있으니 곧 고려말에 세웠는데 높이가 4, 5길[丈] 가량 되고 동쪽으로 조금 기울어져 있다. 위쪽에 일주문(一柱門)이 있는데 '팔공산동화사봉황문(八公山桐華寺鳳凰門)'이라는 편액이 있다. 곧 이 사찰의 스님 기성대사(箕城大師)의 글씨이다.

깊고 긴 골짜기 어귀에 건물이 주위를 첩첩히 둘러싸고 있고 골짜기 가운데는 구방(九房)이 즐비하니 산중의 일대장관이라 할 만하다. 고적으로는 석가(釋迦)의 사리치(舍利齒)가 대웅전(大雄殿)에 있는데 그 크기가 손가락만 하고 길이는 몇 치쯤 된다. 절의 동쪽에 금당(金堂)이 있는데 땅의 형세가 넓고 환하여 더욱 볼 만하였다.

성재(聖哉)가 "이번 유람에 기록이 없어서는 안 된다."라고 하여 동유록(同遊錄)을 만들어 후일의 고사(故事)로 삼기로 하였다.

赤馬 淸和節 十二日 李聖哉與仁星僉益 來宿松林 投書 要共遊公山 而期自

架巖始 余之居 卽山之下也 山之勝槪 非不歷覽 惟其心交新會 曾未有如今日諸
君子也 乃以十三 早策笻理履 偕之者三從兄仲賓氏及用三從也 遂緩步 至架城
門外 綠陰交翠之中 但聞瀄瀄之流 出於巖崖 若將行人聲息而來 脚疲不能追 暫
憩于道傍店舍 直向天柱 倚枕少睡而起 夕照在山 遊人下笻 乃相邀團坐 披心吐
膽 夜久乃寢 夢魂淸爽 翌日 使識路僧導 行路如削壁 杖而後 可上 遂命僧 客
供一杖 通彥所取 最勁直 幼輝請見 而通彥不肯 余乃引寒岡先生遊伽倻時戲言
郭存齋之說 以供一笑 及登東門 有特立於門之南數十步而近者 是名最高峰 一
逕橫亘於絶頂 去天若尺 北顧南望 直將眼力爲彊界 但見遙山遠水 隱見於雲烟
之表而已 相戒愼步 東迤南廻 縹緲林樹之間 忽見有淸淨道場 卽佛殿也 雖無絶
特怪奇之可賞 高處山陽 眼界谿敞 遂午飯 至把溪 汝直從且來到焉 因向聱淵亭
諸君曰 百弗翁遊息之所 豈非此行之第一大觀耶 未至亭 有淸冷瀯澈之聲 卽聱
淵上流也 自架東及此 幾三十里之間 峰巒之高秀 巖崖之盤踞 奇樹異木之翁鬱
而薈蕝者 無非吾目之所得 惟其淸聲入耳 神爽氣淸 物累自消者 始見於此矣 沿
溪而坐於淵上 跳波散落 鏡面照人 顧而樂之 不覺日之將夕 遂扶杖而起 徧觀仁
智堂基址及亭舍僧寮 而上夫仁寺休宿 翌朝 轉向桐華 山路逶曲 升降甚艱 而各
自乘輿 或咏或歌 寺之西 有毗盧殿 石佛甚大 而一老緇在焉 殿之東 有一塔 乃
麗末所築 而高可四五丈 小轉東上 有一柱門 扁之曰八公山桐華寺鳳凰門 卽寺
之僧箕城大師筆也 水口深長 拱抱周疊 一谷之中 九房櫛比 亦可爲山中一壯觀
其古蹟 則釋迦舍利齒在大雄殿 其大如指 長可數寸許 寺之東 有金堂 地勢通敞
尤可觀也 聖哉曰 此遊不可無記 乃作同遊錄 以作日後故事

## ■ 김익동(金翊東), 「유팔공산기(遊八公山記)」

팔공산은 영남좌도(嶺南左道)의 명산이다. 나는 일찍부터 그 꼭대기에 올라 한번 유람하려 하였다. 을유년(1825) 봄에 속세를 빠져나와 중제(仲弟) 현(弦)과 함께 금호(琴湖)에서 출발하여 환성(環城)에 이르렀다. 옛날의 법당(法堂)과 사원(寺院)이 반이나 퇴락하고 불과 10여 명의 승려가 있을 뿐이다.

이튿날 승려를 길잡이로 삼아 서현(西峴)에서부터 불당(佛堂)을 경유하였다. 술병을 차고 기이한 경치를 찾아 바짝 전진하니 골짜기마다 조물주가 감추어둔 비경(秘境) 아님이 없었다.

맑은 시내를 건너 숲에 이르러 잠시 앉아 휴식하고 다시 힘을 내어 험한 바위를 딛고 비탈을 넘어 봉우리 가운데 평평한 곳에 이르니 한 암자가 있었다. '마주암(摩珠庵)'이라 하는데 산승(山僧) 승추(勝秋)가 세운 것이다. 동북쪽에 영천(靈泉)이 있는데 대통을 달아 물을 끌어왔다. 구슬 같은 물방울이 주방(廚房)으로 들어오는데 맑고 향기롭고 달콤하기가 산삼물과 같았다.

돌아와 작은 마루에 앉으니 장강(長江)의 굽이쳐 흐르는 모습과 봉우리들의 모여 있는 모습이 푸르고 희게 엉켜 앞에 펼쳐졌다. 술을 따르고 운(韻)을 내어 연구(聯句) 한 편을 짓고 차를 마신 뒤에 다시 걸음을 재촉하여 앞사람은 허리를 숙이고 뒷사람은 그 허리를 붙잡고 벼랑을 따라 6, 7리쯤 전진하니 한 봉우리가 반쯤 구름 끝에 솟아 있었다. 속설에서는 감두봉(疂頭峰)이라 불렀는데 팔공산 남쪽 기슭의 제일봉이다. 그 위에 첩첩이 쌓인 편편한 돌이 있는데 탑과 같고 높이가 5, 6길[丈]이다. 자리를 깔고 모여 앉아 길잡이 스님에게 손가락으로 가리키게 하니 삼성(三聖), 부도(浮屠), 동화(桐華), 지장(地藏)은 북쪽 기슭의 절이고 마전(麻田), 초례(醮禮), 치현(鴟峴)은 앞의 산기슭에서 뻗어나간 것이다. 그 나머지 수백 리 안에 있는 명산대천(名山大川)의 경치를 한눈에 볼 수 있었고 술이 한 순배 돌고 나서 시 한 수를 지었다.

朗吟臨絶頂   꼭대기에 올라 낭랑히 시 읊으니,
襟抱豁如空   가슴 환해져 하늘과 같다네.
平遠江爲際   저 멀리 강은 경계가 되었고,
迷茫寺在中   아득히 그 가운데 절이 있다네.

八公嶺左之名山也 余嘗欲登臨絶頂 一遍遊覽 乙酉春 擺脫塵臼 與仲弟弦聯筇 自琴湖抵環城 昔之琳宮梵宇半頹 緇衲不過十數 翼日 使善上人前導 自西峴由佛堂 賒酒佩壺 搜奇涉怪 接跟前進一洞一塹 無非化翁所慳護也 度淸溪 得平林 少坐休息 仍復强力 履巉巖跨欹側 到中峙平鋪處 有一禪菴 號曰摩珠 山之僧勝秋所搆也 東北有靈泉 懸竹引之 滴滴如珠 入於山廚 淸澈香甛 有類蓼液也 回坐小軒 長江之屈曲 羣巒之藂集 縈靑繞白 畢湊於前 乃命酒拈韻 賦聯句一篇 喫茶訖 更進竿步 前者僂 後者扶 緣厓可六七里 有一峰 半沒雲端 俗呼匾頭 寔爲八公南麓第一峰 上有疊石盤陀如塔 高可五六丈 回茵雜坐 使前導僧指點 曰三聖 曰浮屠 曰桐華 曰地藏者北嶽之僧舍也 曰麻田 曰醮禮 曰鴟峴者 前麓之走起者也 其餘數百里內 名山大川之勝一擧目 而盡得之酒一行 占一絶曰 朗吟臨絶頂 襟抱豁如空 平遠江爲際 迷茫寺在中 風氣逼人 不可久留 乃回筇 從南佛峴下 竊喜償宿 願略記顧末

## ■ 유원식(柳元軾), 「공산유록(公山遊録)」－임인년(1902)

팔공산은 영남의 명승(名勝)이 되었다. 여덟 고을에 걸쳐 있다 하여 팔공이라 이름하였다. 지금 나는 적라현(赤羅縣, 軍威)에 살고 있는데 이 고을 역시 여덟 고을 가운데 하나이다.

임인년(1902) 5월 5일에 5, 6명의 동지들과 함께 고산골¹⁾에서부터 남쪽으로 내려와 대율리(大栗里)의 친구 최대려(崔大呂, 자는 應八)의 집에서 유숙하였다. 응팔은 문학하는 선비로 만나보니 매우 성실하였다.

이튿날 함께 막암(幕巖)으로 갔다. 막암은 곧 여헌선생(旅軒先生, 張顯光)이 거닐던 곳이다. 폭포는 흰 물보라를 내뿜고 맑은 연못은 거울 같이 환하니 술 한 잔에 시 한 수로 깊은 속내를 활짝 펼칠 수 있었으나 응팔은 어떤 일 때문에 사양하고 떠났다.

오후에 오도암(悟道庵)으로 들어갔다. 암자는 절벽 아래에 있었는데 매우 맑고 깨끗하여 거의 선경과 같았다. 월송(月松)이라는 노승이 머물고 있었다.

이튿날 고성(古城)에 올랐는데 곧 팔공산에서 가장 오래된 곳이다. 동쪽, 서쪽, 남쪽은 가팔라 하늘과 나란히 있고 북쪽은 한 면이 깎여 평탄한데 가운데는 오목하여 동이와 같아 수많은 병마(兵馬)도 수용할 만했다. 초목이 우거져 있고 기와조각이 땅에 가득하니 고성임을 알 수 있고 이검각(二劍閣)이라 불릴 만하였다. 북쪽으로 요새가 많아 중간에 폐지하였다고 한다. 이때 땅을 쓸고 앉아서 운자를 뽑아 시를 읊으며 거닐었다. 동북쪽을 바라보니 태백산(太白山)과 청량산(淸凉山)이 아득한 구름 사이에 듬직하게 나열해 있는 것이 마치 현인과 군자가 의젓하게 서 있는 모습과 같았다. 이곳은 퇴계선생(退溪先生)이 지나간 곳이다. 남쪽으로 사라(斯羅, 慶州)를 바라보며 회재선생(晦齋先生, 李彦迪)의 유풍(遺風)을 우러러 생각하였다. 그 서쪽에는 만 길의 금오산(金烏山)이 높이 구름 속에 있으니 곧 야은선생(冶隱先生, 吉再)이 고사리를 캐던 곳이다.

---

1) 고산골 : 경북 군위군 우보면 달산리에 있다.

아! 사방을 돌아보니 모두 산인데 특별히 드러난 곳이 몇이던가. 고금에 많다고 하는 석덕(碩德)은 또 몇 사람이던가. 용이 구슬을 머금고 돌이 옥을 품어 팔공산이 높이 하늘에 닿아 있는 것과 같으니 어찌 맑은 기운이 길러낸 바가 아니겠는가. 이에 깊은 감회가 일어나 서로 돌아보며 탄식하였다.

날이 벌써 저물어 갔다. 곧바로 남쪽으로 내려와 염불암(念佛庵), 양진암(養眞庵), 내원암(內院庵), 부도전(浮屠殿)을 답사하였다. 8일에 동화사(桐華寺)로 들어갔다. 동화사는 팔공산의 큰 사찰이다. 기이한 첩첩의 봉우리가 좌우에 공손하게 서 있고 옥소리 울리는 시냇물은 굽이굽이 맑게 흘러내렸다. 여러 새들은 기이한 소리로 지저귀고 온갖 나무들은 무성한 잎을 드리우고 있었다. 그 가운데로 큰 길이 있었다. 예전에 나의 증조부와 부친이 유람하면서 이곳을 지나간 적이 있었다. 여기에 두 분의 흔적이 그대로 남아 있어 슬픔을 견디지 못하고 눈물을 흘렸다.

금당사(金唐寺)를 지나 운부암(雲浮庵)으로 향하였다. 수십 명의 승려들이 붉은 가사와 흰 장삼을 입고 앉아서 능엄경(楞嚴經)을 강론하다가 차례대로 일어나 절하니 그 공경스런 모습을 볼 만하였다. 점심을 먹고 드디어 백흥암(百興庵)으로 갔다가 은해사(銀海寺)에서 유숙하였다. 은해사는 평지 아래에 있는 사찰이다. 추사(秋史) 김정희(金正喜)의 필적이 누각의 편액에 걸려 있었는데 필력이 매우 힘찼다.

드디어 손을 놓고 헤어지며 운을 뽑아 시를 주었고 함께 유람한 것이 우연이 아니었음을 기록하였다. 함께 유람한 사람이 누구인가. 유인모(柳仁模, 자는 聖陶), 권규범(權奎範, 자는 文極), 유원식(柳元軾, 자는 善叔), 장창원(張昌遠, 자는 德老), 사공담(司空倓, 자는 光顔)이 그들이다.

나는 그 대강을 기록하여 후일의 고찰에 대비하고자 할 뿐이다.

八公山爲嶺南名勝也 以跨八邑公府之居 故名八公 今余所居赤羅縣 亦八邑之
一也 歲壬寅端陽日 與五六同志 自高山而南 宿大栗崔友應八大呂家 應八文學
士也 見之甚款 翌日 偕往幕巖 巖卽旅軒先生杖屨地也 飛瀑噴雪 澄潭開鏡 一
觴一詠 足以暢敍幽情 應八以事辭去 午後入悟道庵 庵在絶壁下 甚蕭灑 殆仙境
也 有老僧月松者主之 翌日 登古城 乃公山最古處也 東西南巉矗齊天 北一面削
平坦 中凹如鏊狀 可容百千兵馬 草木蓊密 瓦礫滿地 可驗爲古城 可稱二劍閣
而向北多塞 故中爲廢設云 於是 掃地列坐 拈韻口號 逍遙 聘目東北 則太白淸
凉 縹緲雲間 凝重羅列 隱然若賢人君子儼立之象 蓋退陶夫子所過也 南望斯羅
仰想晦齋先生之遺風 其西則金烏萬丈 高揷雲霄 乃冶隱先生採薇處也 嗚呼 四
望皆山而特著者有幾 古今許多碩德 又幾人哉 龍之神含珠 石之璞抱玉 以若公
山之峻極摩天 豈無淑氣所毓哉 於是乎 曠感興焉 相顧噓欷 日已向西 乃南下
踏念佛庵養眞庵內院庵浮屠殿 八日入桐華寺 乃公之大刹也 奇峰疊巒 左拱右揖
漱玉鳴澗 曲曲淸冽 百鳥呈怪 萬樹交陰 而中有大路通焉 昔我曾王考若先考 嘗
遊覽過此 而遺躅依俙 不勝愴焉 以涕也 過金唐寺 轉向雲浮庵 有僧數十輩 紅
袈白衲 列坐講楞嚴 次第起拜 其敬可觀也 午飯 迄又向百興庵 宿銀海寺 其地
平 下乃野寺也 有金秋史筆跡 懸在樓額 其骨力甚遒也 遂解携分歸 拈韻相贈
以誌同遊之不偶 同遊者誰 柳聖陶仁模權文極奎範柳善叔元軾張德老昌遠司空光
顏俠也 元軾略記其槩 以備後攷云爾

## ■ 김세락(金世洛), 「유팔공산기(遊八公山記)」

갑진년(1844) 늦봄에 동당시(東堂試) 때문에 동화사에 갔는데 팔공산의 승
경(勝景)을 본 것은 다른 사람에게 뒤처지지 않을 것이다. 개벽 이래로 산
수의 이름은 혹 형용에서 취하기도 하고 혹 붙인 뜻에 따르기도 한다. 지

지(地志)에 이르기를 "기(冀)·호(鄗)의 사이에 사명산(四明山)이 있는데 석굴의 네 개 구멍이 일월과 별의 빛을 비추므로 이름으로 삼았다. 태하(泰河)의 사이에 구리호(九鯉湖)가 있는데 한나라의 하씨(河氏) 형제 9명이 신선술을 배우다가 잉어를 던지고 떠나버리자 그곳의 이름으로 불렀다. 옹(雍)·화(和)의 사이에 팔공산이 있는데 여러 공과 더불어 술 마시며 놀다가 떠나자 공중에서 지팡이 날아가는 소리가 들렸다. 지금 우리나라의 영천, 신녕, 하양, 경산의 사이에 또한 팔공산이 있으니 상세(上世)에 팔현(八賢)이 은거하던 곳으로 생각된다. 처음에 산수를 명명한 뜻이 어찌 안과 밖의 다름이 있겠는가. 천하가 같은 것이다.

산 위에 지극히 공평한 물건이 있어 돌이 되었다. 처함에 치우침이 없고 움직임에 절도를 넘지 않으니 옛사람들이 삼동석(三動石)이라 이름하였다. 그 옆에는 삼인(三印)이라는 글자가 돌에 새겨져 있는데 후세에 삼인석(三印石)이라 불렀다. 아! 팔공(八公)의 진적(眞蹟)과 삼인의 고사(故事)는 모두 신라시대에 있었으니 유리왕 19년에 구봉(龜峯) 아래에서 계음(禊飮)[2]했다는 설이 아직도 근거가 있다. 더구나 관직명으로 오가(五伽), 육부(六部), 팔공(八公)이라 한 것이 명확하다.

지금 사람들은 기묘한 봉우리와 석혈(石穴) 사이에 노닐면서 다만 '낙엽이 산에 가득하네'라는 구절만 외우고 모두 이 산의 면모를 알지 못한다. 연일(延日)의 남쪽에 오정동(五井洞)이 있는데 신라 때 다섯 상공이 거처하던 곳이어서 그렇게 부르는 것을 들었으니 팔공이라는 명칭도 이와 같을 따름이다.

산의 남쪽에 비구니 사찰이 있는데 어떤 사람이 "어느 때 어느 사람이 세운 것인가?"라고 물었다. 나는 답하기를, "한나라 때 아반(阿潘)이 처음

---

2) 계음(禊飮) : 음력 3월 上巳日에 모여서 1년 동안 몸에 밴 부정을 냇물에 흘려보내는 풍속을 이른다. (『三國遺事』 卷21, 「紀異」, <駕洛國記>)

비구니가 되었고 진(晉)나라 때 하충(何充)이 처음 비구니 사찰을 세웠다.
양나라 무제의 딸이 비구니가 되어 부사산(浮槎山)에 거처했는데 그 풍조가
우리나라로 건너와 고려초에 비구니 사찰이 삼각산 아래에 세워졌는데 지
금의 경리관곡(京裏館谷)이 바로 이것이다. 아마도 이 산의 비구니 사찰도
필시 신라 때 향제(香齊)들이 거처하던 곳일 것이다.”라고 하였다. 드디어
두세 명의 동지들과 더불어 운산(雲山)을 실컷 유람하고 평소의 뜻을 칭송
하였다.


　　歲甲辰季春 因東堂試 遊桐華寺 得八公之勝 庶不在人後耶 自開闢來 山水得
名 或取諸形容 或因其所寓 地志所云 冀鄃之間 有四明山 石窟四穴 通日月星
辰之光 故因名焉 泰河之間 有九鯉湖 漢之河氏兄弟九人 學仙術 控鯉而去 而
稱其地 雍華之間 有八公山 有白鶴道人與諸公 遊觴而去 而空中猶聞飛錫聲 今
於東方永靈河慶之間 又有八公之山 意上世八賢公之所隱居也 始者 山水命名之
義 豈有中外之殊者乎 所以同天下者也 山上蓋有至公之物 其爲石也 處無偏倚
動不踰節 古人所名三動石 旁有石刻三印字 後世 號爲三印石 噫 八公之眞蹟
三印之故事 全在羅代 而儒理十九年 龜峯下禊飮之說 猶有所據 況以官名居 必
曰 五伽六部八公者 明矣 今人之來遊於妙峯石穴之間者 但誦落葉滿空山之句
而渾不識此山之面矣 余嘗聞延日之南 有五井洞 卽羅朝五相公 所居之地云爾
則八公之稱 亦類於是已 山之陽 有尼院 或人問 尼是何代何人所作俑者也 曰
漢時 阿潘始爲尼婆 晉時 何充始作尼寺 梁武帝之女爲尼 居浮槎山 餘風東渡
麗初 尼院作於三角山下 今之京裏館谷是也 想此山尼院 必羅代香齊屬之所居也
遂與一二同志 厭飫雲山 以賞素志

## ■ 박재현(朴宰鉉), 「유팔공산기(遊八公山記)」

영남의 대구부(大邱府)는 71고을을 관장하는 도순안사(都巡按使)가 정무를 펼치는 곳이다. 부(府)의 안과 밖이 각각 10,000호(戶)이다. 부의 진산(鎭山)이 팔공산으로 산은 동쪽에서 북쪽으로 뻗어 있고 경주로부터 칠곡에 이르기까지 6, 7고을의 경계에 걸쳐 있다. 충만한 기상이 쌓여 아래로는 넓은 들판이 펼쳐져 있고 아득한 장강이 마치 비단처럼 흐르니 실로 금성천부(金城天府)[3]이다. 부에서 바라보니 울창하여 숲과 골짜기의 아름다움은 눈에 들어오지 않고 다만 형세의 웅장함만 보일 뿐이었다. 안개 휘장과 구름 병풍 같은 산이 어슴푸레한 사이로 빽빽이 늘어서 있다.

산의 북쪽 등마루에는 가산산성(架山山城)이 있다. 산성엔 별장(別將)이 있고 그 외성(外城)은 남창관(南昌關)으로 여기에 창고와 거주민 그리고 사찰이 있어 식량과 땔나무와 병기를 저장하여 갑작스러운 일을 경계하니 국가의 큰 방비처이다.

신미년(1871) 가을에 내가 선비를 조정에 뽑아 올리는 일로 대구에 이르러 낙육재(樂育齋)에 기거하였다. 며칠 지나서 달성(達城)에 오르니 낙육재의 벗들이 모두 따라와 술을 마시며 함께 즐겼다. 내가 공산(公山)을 가리키며 "이 산의 아름다운 경치를 한번 보려 했지만 보지 못했다."라고 하니 모두 말하기를, "재유(齋儒)[4]들의 공산 유람은 전례가 있었다."라고 하였다. 드디어 내가 흔연히 기뻐하며 날을 정하니 9월 4일로 온 산에 단풍과 국화가 한창인 때이다.

낙육재의 벗 일곱 명은 전날 출발하였다. 나는 족종(族從) 정옥(廷玉)과

---

3) 금성천부(金城天府) : 금성은 견고한 성곽, 천부는 천연의 요새를 말함.
4) 재유(齋儒) : 성균관이나 四學 또는 향교에 기숙하며 공부하는 유생이다. 여기서는 樂育齋의 유생을 말한다. 齋生이라고도 한다.

함께 그들의 뒤를 따라 출발하였고 친구 심성홍(沈聖弘)이 또 뒤따라 왔다. 금호강 가를 따라 무태(無怠)의 뒤쪽을 넘어 산을 따라 가니 이른바 도덕암(道德庵)이 나타났다. 두세 명의 늙은 승려들이 입구에서 기다리고 있었다. 읍리(邑吏)가 각 사찰에 통지하여 응대하도록 하였으니 모두 전례가 있었기 때문이다.

저녁에 천주사(天柱寺)에 갔다. 천주사는 남창산(南昌山)에 있는데 여러 사찰이 천주사의 관할에 있었다. 이 사찰에 산성의 군기(軍器)와 영문(營門)의 장부가 소속·보관되어 있어 관문으로서의 듬직하고 견고함은 다른 사찰과는 저절로 구별되었다. 그런데 지금 보니 절이 쇠락한데도 승려 수십 명이 향을 사르고 염불하고 있으니 이토록 소홀함이 심하단 말인가. 태평성대라 하여 미리 방비하지도 않고 산성과 봉수대를 다시 살피지도 않아 단단하게 지키지 못하니 어찌 개탄스럽지 않겠는가. 이곳은 대구와의 거리가 40리이다.

먼저 출발한 여러 사람들은 여기서 모였는데 의관과 십수 명의 시종들이 또한 갖추어져 있었다. 술을 주고받으며 시를 읊조리는데 앞에서 부르면 뒤에서 응하니 실로 시인의 즐거움이요, 명승지에서의 아름다운 모임이었다.

이튿날 파계참(巴溪站)으로 먼저 여러 사람들을 보내고 정옥과 더불어 가산에 올라 산성의 형세를 두루 살펴보았다. 남서쪽으로는 석벽이고 북동쪽으로는 언덕이고 성안은 수만의 갑병(甲兵)을 수용할 만하였다. 네 성문 밖으로는 달리 발붙일 데가 없으니 천연의 험지라 완급 조절이 필요한 곳이었다. 그 최고의 요새는 남장대(南將臺)로 천 길이나 솟은 바위가 땅에서 솟구쳐 우뚝 서 있었다. 굽어보니 어지러워 토할 듯하여 오래 머무를 수가 없었다.

그 다음으로는 서장대(西將臺)의 가암(架巖)으로 큰 바위가 단단히 붙어 있고 사면은 깎은 듯하였다. 위는 네모난 평상과 같아 100여 명이 앉을 만하였고, 아래는 천 길의 구덩이였다. 평지를 굽어보니 어떤 언덕도 보이지 않고 다만 등불이 점점이 떠 있고 여러 시내가 맑게 흐르고 있었다. 황홀하기가 마치 신선이 속세를 내려다보는 것 같았다. 바위에는 옛 전서체로 가암(架巖)이라는 두 글자가 있는데 새기지 않고 획이 자연스럽게 이루어진 것이 또한 하나의 기이함이었다. 대개 공산의 승경은 가산에 있고 가산의 기이함은 가암에 있어 급히 떠나고 싶지 않았지만 앞의 일행과 파계에서 만나기로 약속하였기에 잠시 머무르고 내려왔다.

파계에 도착하자 날은 벌써 어둑해졌다. 파계 또한 아름다운 곳이다. 한 줄기의 맑은 시냇물이 두 봉우리의 골짜기 사이에서 쏟아져 나왔고, 봉우리는 감돌고 길은 깊어지니 동천(洞天, 仙境)이 홀연히 열리고 불전(佛殿)은 들쭉날쭉 나타났다. 그윽하고 깊은 정취가 이미 다른 절이 미칠 바가 아니었다. 절 안에 천향각(天香閣)이 있는데 영조(英祖)의 친필이 보관되어 있다. 성덕(聖德)이 깊고 넓어 끼치지 않은 곳이 없어 깊은 산속 절에서도 오히려 그 성덕을 잊지 않고 종이의 유묵을 신명(神明)처럼 섬기니 이것 또한 가상한 일이다.

날이 밝자 동화사(桐華寺)에서 향을 사르고 봉심하기 위해 부인동(夫仁洞)을 경유하여 가려 하였는데 부인동은 예전에 백불암(百弗庵) 최흥원(崔興遠)이 계(契)를 결성하던 곳이다. 골짜기의 경치는 볼 만하고 계[鄕約]의 규모와 조약은 매우 상세하였다. 토착민들이 향약을 준수하여 백 년 후에도 폐지하지 않으니 이른바 '현인이 지나가면 초목이 빛을 띤다'는 게 바로 이것을 말한 것이다. 백불암의 행의(行義)는 내가 일찍부터 많이 들었기에 지금 이곳에 이르니 나도 모르게 정색하며 옷깃을 여미게 되었다.

저녁에 동화사에 이르자 승려들이 길에다 장막을 마련하여 예우를 잘 갖추었다. 동화사는 큰 사찰로 일찍부터 귀에 익숙히 들었고 산에 배치된 형세는 과연 이 산의 핵심이었다. 동화사에 속해 있는 암자 가운데 아름다운 곳으로는 부도암(浮圖庵)과 내원암(內院庵)이니 모두 볼 만하였다. 두 암자에는 문자를 아는 승려가 있어 등불의 심지를 자르며 현묘한 담론을 나누었는데 어느새 달빛이 뜰에 내리니 또한 산속의 기이한 만남이었다.

이로부터 동쪽으로 금당(金堂)을 지나 수령(藪嶺)을 넘어 운부암(雲浮庵)에 갔다가 백흥암(百興庵)으로 내려와 은해사(銀海寺)에 머물렀다. 때는 9월 9일이고 땅은 또한 명승지였다. 들판에 향기로운 벼가 익으니 소달구지와 짐을 진 사람들이 이어졌고, 산에 수유가 익으니 광주리를 든 자가 함께 하였다.

이날 높은 데 올라 고향을 바라보는 것은 또한 나그네의 일이었다. 이번 유람에 관악과 현악, 퉁소와 북의 즐거움은 없었지만 함께한 여러 벗들이 서로 시를 읊으니 도착한 명승지마다 아름다운 시가 종이에 가득하였다. 난정(蘭亭)의 유흥[5]이 비록 아름다운 일이라 하지만 당시 모인 자들 가운데 벌주를 받은 자가 반이 넘었다. 이로부터 살펴보건대 우리들의 풍류가 고인에 비해 뒤쳐지지 않으니 참으로 즐거워할 만하였다.

기이한 경관으로는 가산의 매우 가파름, 파계의 깊숙함, 동화사의 웅장함, 은해사의 평탄하고 넓음이다. 내원암의 맑고 고요함은 부도암의 온축(蘊蓄)에 모자라지 않고 백흥암의 크고 널찍함은 운부암의 그윽함과 같았다. 기타 암자와 절의 기이하고 아름다운 형상은 모두 기록할 수가 없다. 다만 백운이 감도는 산꼭대기에 검은 연기가 피어오르는 게 보이고, 무성한 숲과 깊은 골짜기에 절의 경쇠소리가 울렸다. 5리, 10리에 우렁차게 부딪쳐 내리는 것은 시냇물이 비를 만났기 때문이고 앞산과 뒷산이 비단을

5) 난정(蘭亭)의 유흥 : 東晉 때 王羲之가 당시의 名士인 謝安, 孫綽 및 조카 王凝之, 아들 王獻之 등 40여 인과 함께 경치가 빼어났던 浙江省 紹興의 蘭渚山 蘭亭에서 연회를 베풀고 曲水에 띄운 술잔을 마시면서 시를 지었던 일을 가리킨다.

덮은 듯이 영롱한 것은 단풍잎이 가을을 알았기 때문이다.

수령(藪嶺) 위에 동석(動石)이 있는데 길이 가팔라 가서 볼 수가 없었다. 들으니 하나의 작은 돌이 큰 바위를 이고 있는데 그 형세가 떨어질 듯하지만 떨어지지 않는다고 한다. 한 손으로도 오히려 움직일 수 있지만 여러 사람의 힘으로도 더이상 움직이지는 않는다고 하니 또한 기이한 물건이다.

은해사 동쪽은 들판과 하늘이 평원(平遠)하여 문득 밝고 맑은 느낌이 있는데 산세만 그러할 뿐만 아니라 인심 또한 그러하였다. 여러 날 고생하여 정신이 피로하였는데 문득 우로평천(雨露平川)[6]을 느끼니 이로부터 내가 이곳을 즐기게 되었다. 옛날의 고사(高士)들은 운림(雲林)을 매우 좋아하여 오랫동안 은거하며 돌아오지 않으니 또한 무엇 때문이겠는가.

이곳은 대구와의 거리가 80리이다. 앞에는 신녕(新寧) 약천(藥泉)의 기이함이 있지만 이미 평탄한 길에 오르니 다시 굽은 길로는 한 걸음도 옮기고 싶지 않아 곧바로 능성(菱城)의 큰 길을 택하여 옹현(甕峴)의 여사(旅舍)에서 1박하고 돌아왔다. 갔다 오는 데 7일이 걸렸다.

우리나라의 여러 산에 이름난 암자와 큰 사찰이 많고 하나의 산 가운데도 또한 많지만 팔공산과 같은 경우는 없다. 산에 독충과 사나운 짐승이 없고 풍기(風氣)가 넉넉하고 온화하며, 샘이 짙푸르고 그 사이에 토지가 넉넉하니 참으로 교남(嶠南)에서 얻기 어려운 승지(勝地)이다. 아! 큰 길이 이미 희미하고 홍교(虹橋)가 한번 끊어지고 수많은 골짜기와 바위가 안개비에 아득하니 다시 이 산중에 거문고를 연주하고 책을 읽는 나그네가 있는가? 내가 장차 그의 손을 잡고 함께 돌아가리라.

---

6) 우로평천(雨露平川) : 朱子의 「武夷櫂歌」에서 "구곡도 다할 즈음에 눈앞이 활짝 열리니 뽕과 삼은 비와 이슬에 젖고 평평한 시내 보여라(九曲將窮眼豁然 桑麻雨露見平川)." 하였다. (『朱子大全』 卷9)

중양일(重陽日, 9월 9일)이 지난 6일 뒤 단구자(丹邱子)가 기록하다.


嶺之南大邱府者 七十一州 都巡按使布政之所也 府中外 各萬戶 府之鎭山曰
八公山 山自東而北自慶州 至漆谷 歷六七郡之界 而磅礴積氣 下開廣野 迷茫長
江如練 眞金城天府也 自府而望 蒼蒼鬱鬱 不分林壑之爲美 而但見形勢之甚壯
霧幛雲屛 森羅於杳茫之間 山之北脊 有架山山城 城有別將 其外城曰南昌關 於
是 有倉庫焉 有居民焉 有寺觀焉 貯藏糧柴兵器 以戒不虞 蓋國家之大防也 辛
未秋 余以選士到大邱 居于樂育齋 旣數日 登達城 齋友悉從 飮酒相樂 指示公
山曰 玆山之勝 嘗欲一見 而未邃者 僉曰 齋儒 公山之遊 從前有例 余遂欣然
約日以行 乃九月上四日也 滿山楓菊 正當其時 齋中七友 前日啓行 余與族從廷
玉 躡後而發 沈友聖弘又跟焉 遵琴湖之上 踰無怠之後 緣山一躋 有所謂道德菴
者 兩三老釋出洞候待 蓋邑吏先通于各寺 支供接應 俱有舊例 夕投於天柱寺 寺
在南昌山 衆剃悉管於此寺 蓋山城軍之所屬焉 營門帳籍之所藏焉 其爲關重固
與他寺自別 而今見寺樣殘敗 貧僧數十念佛守香 何其疏忽之甚也 晟代無事 不
賴備守 山壘海烽 無復識訶 綢繆之不密 可不歎哉 此距大邱四十里也 先發諸人
與會于此 衣冠滿十 陪僕亦具 酌酒賦詩 前唱後應 固騷人之樂事 而名區之勝會
也 翌日 先遣諸人於巴溪站 獨與廷玉上架山 周覽城勢 南西石堞 北東土屯 城
中可容甲兵數萬 四門之外 他無傳足處 眞天作絶險 而緩急所須也 其最要阨 則
南將臺是也 千丈礐石 拔地特立 據手俯眺 眩不可久留 其次則西將臺架巖也
而巨磐硬着四面 如削上 如方牀 可坐百人 下又千仞坑坎 俯瞰平地 不分某邱
而但孤煙點浮 衆川泓奔 怳若天上人之眺下界也 石面有古篆架巖二字 而不鏤不
刻 畫痕天成 亦一奇也 蓋公山之勝 在於架山 架山之奇 在於架巖 不欲遽然捨
去 而旣與前行 留約巴溪 故纔留半餉乃下 及到巴溪 日已昏黑 巴溪亦勝處也
一道泓㵢 瀉出兩峯林壑之間 而峯回路轉 洞天忽開 佛殿參差 其幽邃之趣 已非
他寺可及 而中有天香閣 乃英廟手筆之藏也 聖德淵廣 無隱不被 窮山叢寺間 猶

存不忘之意 而寸紙點墨 如事神明 是可尙也 天明 燃香奉審前之東華 路由仁洞
故隱逸崔百弗菴修禊處也 洞壑泉石可悅 規模條約甚詳 土人遵守 百年不廢 所
謂賢人所過草木精彩者 其在斯歟 蓋弗翁行義 余聞夙飽 而今到玆邱 不覺愀然
斂衽 夕抵于東華寺 僧設帳于道 禮數甚備 東華大刹 曾所耳熟 而山局排鋪之勢
果是一山主張也 其屬菴佳處 則浮屠內院 皆可一覽 而兩菴俱有識字師 翕紅談
玄 不覺山月下庭 亦山間之一奇遇 自此東過金堂 轉踰藪嶺 訪雲浮 下百興 至
于銀海而止焉 時維重九 地又名區 野則香稻旣登 牛馱與人擔者相續 山則茱萸
方熟 携筐及筥者同焉 此日之登高望鄕 亦旅人之一事也 是行也 雖無管絃簫鼓
之娛 而聯笻諸益 迭唱詩章 所到名區 瓊瑰滿篋 蘭亭之遊 雖云勝事 然當時會
者 罰觴强半 由此觀之 吾輩風流 無讓於古人 信可樂也 若夫所經奇觀則架山之
超截 巴溪之深澄 東華之雄偉 銀海之平曠 此其大者 而內院淸靜 不減浮屠之蘊
畜 百興宏敞 可埒雲浮之窈窕 其他孤菴小寺 一奇一勝之各具形狀者 不可殫述
第見白雲高頂 黑煙或出 茂林邃谷 禪磬相響 十里五里 震盪而砑砎者 澗泉之得
雨也 前山後山 錦披而玲瓏者 楓葉之知秋也 藪嶺上 有曰動石者 而徑路峻急
未能往見 然蓋聞一小石戴一巨巖 勢若將墜而不落 隻手而猶可撓動衆力 而莫可
加動云 亦一怪物也 銀海以東 野天平遠 頓有怡曠出谷之想 不惟山勢然爾人心
亦然 多日崎嶇 情倦神疲 便覺雨露平川 自是吾樂地 古之高士 癖於雲林 長往
而不返者 又何爲哉 此去大邱八十里也 前有新寧藥泉之奇 而旣登坦行 更不欲
一步曲逕 故直取菱城大路 一宿於甕峴旅店而歸 往返 凡七日也 蓋我國諸山多
名菴巨刹 而一山中多且富者 未有如此山者 山無毒蟲惡獸 風氣裕和 水泉紺淸
而間有田土之饒 眞嶠南難得之勝地也 噫 大道旣微 虹橋一斷萬壑千巖 煙雨迷
漫 可復有琴書之客於山中者耶 吾將携手而同歸矣

　　重陽後六日　丹邱子記

## ■ 구연해(具然海), 「유명연기(遊鳴淵記)」

기사년(1869) 4월에 가산(架山)에 유람 가서 법성동(法聖洞)으로 오경부(吳敬夫)를 방문하였다. 동네 뒤에 명연(鳴淵)이라는 아름다운 경관(景觀)이 있었는데 도암(陶庵, 李縡) 선생이 거닐던 곳이다. 걸려있는 폭포는 높이가 4, 5길로 좌우에는 기이한 바위가 있고 아래위에는 반석(盤石)이 있는데 물이 떨어져 못이 되었다. 내가 "이것이 명연입니까?"라고 물으니 오경부는 "아닙니다. 이것은 그 아래의 폭포입니다."라고 하였다.

시내를 따라 점점 들어가니 흰 돌이 반반하고 골짜기는 좁고 길은 끊어져 겨우 잰걸음으로 걸을 수 있었다. 6, 7백 보 들어가니 묏자리가 갈라져 있고 빙 둘러 있는 것이 모두 돌인데 마치 대나무통과 유리 같았다. 구멍 가운데가 끊어져 두 개의 못이 되었는데 큰 것은 사방 4, 5길이고 깊이는 한 길 가량 되었다. 물이 흘러 들어오니 우렁찬 소리가 마치 석종소리와 같아 '명연(鳴淵)'이라고 하였다.

반석 위에는 궤석(几石)이 있고 궤석 옆에는 상석(床石)이 있는데 모두 창연(蒼然)하였다. 성벽 남쪽에는 김양순(金陽淳)의 이름이 쓰여 있는데 경상감사로 재임할 때 유람왔다가 쓴 것이다.

위의 석혈(石穴)에서는 샘물이 쏟아져 나오는데 그 맥이 동아줄과 같고 그 차가움이 얼음과 같았다. 6, 7바가지를 마시니 뱃속이 상쾌하였다. 오경부가 술을 가지고 와서 마시다가 한 수를 읊고는 달빛을 타고 돌아갔다. 흥이 다하기 전에 이튿날 다시 술을 가지고 와서 노닐었는데 모인 자가 7, 8인이나 되었다. 안주로 돼지고기를 삶고 보리국수를 먹고 오후에는 비빔밥을 먹었다. 발을 씻으며 아름다움을 시로 읊다가 밤중에 돌아오니 참으로 평생의 기이한 유람이었다.

歲己巳四月 作架山之遊 訪吳敬夫於法聖洞 洞後有鳴淵之勝 乃陶庵李先生杖屨之地也 有掛瀑 高可四五丈 左右奇巖 上下盤石 水落爲淵 余曰是乎 吳曰非也 是其下瀑也 沿溪漸入 白石盤盤谷窄路斷 僅容步蹀 至六七百步 山穴砑然 環之皆石 如竹筒 似琉璃 竅中絶爲兩淵 其大方六七丈 其深丈餘 水至則噌呟然 有聲 如石鍾 故曰鳴淵 盤石之上 有几石 几石之傍 有床石 皆蒼 壁南有金陽淳 題名 監司時來遊焉 上頭石穴 飛泉匯出 其脈如索 其冽如冰 飲六七瓢 胸腹爽然 敬夫携酒來浪飮 號一絶 乘月而歸 淸興未了 明日 復携酒往遊 會者七八人 肴蒸豚 喫麥麵 午進骨董飯 濯足吟美而夜歸 儘平生奇絶也

## ■ 권상현(權象鉉), 「공산폭포기(公山瀑布記)」

폭포는 신녕현(新寧縣) 서쪽 20리 팔공산 북쪽 기슭 아래에 있다. 수도사(修道寺)와의 거리가 5리, 위로 진불암(眞佛庵)과의 거리가 5리이다. 땅은 가장 높고 여러 봉우리에 둘러싸여 있다. 날듯이 흘러내리는 것이 마치 여산(廬山)의 개원폭포(開元瀑布)와 같다.

공산의 줄기는 화산(華山)에서 비롯하여 갑령(甲嶺)을 거쳐 구불구불 십여 리를 가서 자지곡(紫芝谷)을 지나 십여 리 내달려 벼랑이 하늘에 우뚝하니 바로 시루봉[甑峯]이고, 그 남쪽은 속칭 구산성(舊山城)이라 한다.

조선 선조 임진년(1592)에 각 고을의 의병장들이 이곳에 진을 쳤는데 군대의 단(壇)과 성가퀴가 아직도 그대로 남아 있다. 아래에서 보면 바위가 가팔라 그 높이를 헤아릴 수 없다.

산성으로부터 동쪽으로 이어져 있는 비로봉(毘盧峰)은 높고 험준하다. 사방 수백 리의 여러 산들은 멀리 널려 있고 흐릿하게 아른거리고 위아래로는 탁 트이고 멀다. 여기에 올라와 보는 사람들은 자신이 높이 서 있고 땅이 멀리 있음을 알지 못하고 다만 해와 달이 옆에서 빛나다가 구름 속에서 나온다는 것을 알 수 있다.

진불암은 아래 봉우리[비로봉]의 위에 있고, 남쪽으로는 삼성암(三聖庵), 오도암(悟道庵), 염불암(念佛庵)이 있다. 염불암 동쪽으로 생불항(生佛項)이 있고 그 아래 남쪽 가에는 내원암(內院庵)이 있다. 그 위 바위 틈에는 조도(鳥道)[7]가 있다. 남쪽으로 달성을 바라보니 안개 낀 숲이 아득하다. 동쪽에는 동화사가 있는데 고려 태조가 견훤과 싸웠던 곳이다.

그 뒤쪽에는 길이 고개로 이어져 있는데 동쪽은 미현(薇峴)이고 은점(銀店)과 부귀사(富貴寺)가 그 골짜기 안에 있다. 서북쪽으로 가면 자타봉(紫駝峰)이 있는데 그 모양이 투구와 같고, 여기서 뻗어 내린 산줄기가 수도사의 안산(案山)이다. 산 뒤쪽에 오천곡(梧川谷)이 있고 중심에서 뻗은 산맥이 백운봉(白雲峰)이다. 귀천서원(龜川書院)이 그 아래에 있는데 선조가 하사한 충의공(忠毅公, 權應銖)의 초상화를 모신 곳으로 사림에서 받들어 지키고 있다. 충의공께서는 임진왜란이 일어나자 초야에서 창의하여 영천성을 수복하고 평난공신(平難功臣)이 되었다. 그 뒤 관직을 사양하고 물러나 백운봉 아래 귀수(龜水) 가에 정자를 세우고 배우러 오는 자들을 가르쳤다. 폭포는 귀천서원과 십 리 거리이니 반드시 자취를 남겼을 것인데 살필 만한 문적이 없으니 아마도 당시 병화에 불타버렸을 것이다.

천지가 후미지고 바위 골짜기가 깊고 초목은 칡넝쿨에 얽혀 있어 사방에서 배우려는 자들이 왕래하지 못할까 염려하여 백운오(白雲塢)에 터 잡았으니 주자가 운곡(雲谷) 가운데 폭포가 있는 서너 곳에 나아가 작은 정자를 지으려고 했지만 언덕 가운데 한 곳에 회암(晦庵)을 지을 겨를이 없었던 것과 같은 경우이다.

---

7) 조도(鳥道) : 새도 넘기 힘든 좁은 길.

금계(錦溪) 황준량(黃俊良)이 이곳의 수령으로 <선주암폭포> 시를 지었는데 퇴계선생이 이 시에 화답하였다. 명나라 장군 이여송이 폭포 중간에 구멍을 뚫고 쇠못을 박았다고 하는데 지금 유적이 남아 있다. 산천의 지맥을 아마도 구멍을 뚫어 끊으려 한 것이니 괴상한 일이다.

또 늙은 나무꾼에게 들으니 바위 위에 '선주암(仙舟巖)' 3자와 또 '조명사 무신하(趙明師戊申夏)' 6자가 새겨져 있다고 한다. 지지(地誌)에는 팔공산 폭포, 선주암, 읍선대(揖仙臺)가 기재되어 있는데 읍선대가 어디에 있는지는 알 수 없으니 한스럽다. 그러나 폭포가 고금에 이름을 날린 것은 알 수 있다.

폭포 위 불당곡(佛堂谷)에는 나의 6대조 할머니와 5대조 할머니의 묘가 있다. 지난해 선친의 묘소를 5대조 할머니의 묘소 왼쪽 곤좌(坤坐)의 등성이에 모셨다. 몇 칸의 정자를 짓고 아침저녁으로 성묘하며 종신토록 사모하고자 하였다. 금년 칠월 초순에 아직 정자를 짓지 못했지만 여기서 피서하였다. 어린 손자와 종형제의 세 아이, 그리고 재종증손이 책을 가지고 따라왔고, 사촌동생 공서(公緖)와 곽진오(郭進五) 군도 함께 왔다.

폭포는 공산 북쪽의 입구로 골짜기 가운데 여러 골짜기의 물이 모두 폭포에서 합쳐지므로 폭포소리가 산골짜기를 흔든다. 또 상류에는 서너 개의 작은 폭포가 있는데 모두 깊이가 한 길 가량으로 구슬과 눈처럼 흰 물보라가 뿜어져 나오고 우레와 천둥소리가 일어나니 몹시 두려워할 만하였다.

푸른 소나무와 무성한 숲이 좌우로 울창하였다. 폭포 가에 작은 길이 비탈지고 험해 연로한 사람은 다닐 수 없었다. 나무꾼과 목동들은 따로 길을 내어 왕래하였다. 정자가 폭포 위쪽에 가까이 있어 성묘하는 데 편리하였다.

오봉(五峯)은 안산으로 아침과 저녁의 안개와 노을이 태고 때부터 변하지 않았다. 이것을 즐기노라니 늙어가는 줄을 알지 못하였다. 맑은 물과 흰 돌에 글씨 익히는 어른과 아이들이 해마다 오고 승려와 시인들의 왕래가 끊이지 않으니 이 폭포가 깊숙하고 아름다운 곳에 있기 때문이었다.

이곳에 큰 돌이 있는데 마치 용과 호랑이가 웅크리고 있는 것 같고 혹은 누선(樓船)과 같았다. 산마루에서부터 모래흙이 만연하고 백여 보 위에는 초목이 그 사이로 뻗어 있었다. 물은 두 갈래로 나뉘어졌다가 아래 폭포의 위쪽에서 합쳐졌다. 나는 성묘할 때마다 돌다리를 건너 불당곡으로 들어갔다. 정자 앞에 빙빙 도는 물길을 막아 흙과 돌을 쌓고 못을 파서 고기를 길렀으니 주자의 운곡(雲谷) 석지(石池)를 본떠 대략 만든 것이다.

불행하게도 이달 7월 20일 밤에 큰비가 와서 물이 넘쳐 정자를 할퀴고 그 앞의 돌이 연못을 메웠다. 복구하려 했으나 힘쓸 겨를이 없었다. 이를 기록으로 남긴다.

을축년(1925) 8월 2일에 기록하다.

瀑布在新寧縣西二十里 八公山之北麓下 距修道寺五里 上距眞佛庵五里 地最高 群峰圍繞 飛流如廬山開元瀑布也 公山一脈 自華山而來 束咽于甲嶺 屈曲行十餘里 過峽于紫芝谷 奔騰行十餘里 壁立半天 爲甑峰 其南則俗號舊山城　宣廟壬辰 各邑義將 列陳于此 至今軍伍壇堞尙在 自下望之 巉巖不可測 自山城東迤 爲毘盧峰 高峻 四方數百里諸山平遠羅列 空濛唵靄 俯仰曠遠 登覽者 亦不自知其身之高地之逈 直可以旁日月而出雲霓也 眞佛庵 在其下峰之上 南馳爲三聖悟道念佛庵 自庵東 走爲生佛項 其下南邊 內院在焉 其上巖隙有鳥道 南望達城 烟藪杳茫 東迤爲桐華寺 卽麗太祖與甄萱戰處 其後則道媒嶺 東爲薇峴 銀店及富貴寺在其峽束處 西北馳爲紫駝峰 其形又如甲胄 行龍爲修道寺案山 山之後爲梧川谷 中心出脈爲白雲峰 龜川書院在其下 宣廟御賜忠毅公先祖眞影揭虔 士林奉守焉 先祖當龍蛇之亂 草野倡義 復城爲平難元勳 謝事休退 搆亭於白雲峰下龜水上 教授來學 瀑布之距龜川十里 必有杖屨於此地 無文蹟可考 想當時兵

火初經 天荒地僻 巖壑幽深 草樹繆葛 恐四方學者不能往來 而點地於白雲塢 如
朱夫子就雲谷中 懸水三四處 欲爲小亭 而未暇作晦庵於中阜之自爲一區耶 錦溪
黃公俊良爲縣宰 作仙舟巖瀑布詩 退溪先生和之 明將李如松鑿穴於瀑流中 揷鐵
釘 至今遺蹟在 山川支脈 豈爲穿穴而斷絶耶 可怪 已聞于樵老 巖上刻仙舟巖三
字 又刻趙明師戊申夏六字 地誌 有八公山瀑布仙舟巖揖仙臺 而臺不知所在 可
恨 然瀑之擅名於今古 可知矣 瀑之上佛堂谷 卽我六代祖妣曁五代祖妣之墓在焉
去年祔先考墓於五代祖妣墓左坤坐之原 思欲搆數間亭子 因昕夕展省 以寓終身
之慕 今七月初旬 屋未就而避暑于此 孫稚從兄弟三兒及再從曾孫 挾冊從之 從
弟公緖及郭君進五偕往焉 盖瀑布爲公山北來之咽喉 而谷中大闢生金千年三日道
媒及薇峴 其外諸谷之水 都合於瀑布 聲震山谷 其上又有小瀑三四 深皆丈餘 散
珠噴雪 雷霆竝作 凜然可畏 蒼松茂林 蓊鬱左右 瀑邊有小路傾險 年老者不可行
樵牧別作一路 爲往來之路 亭在瀑沛上 取近省墓之便也 五峰爲案 朝暮烟霞 不
變太古 亦足以樂而不知老矣 水淸石白 習字冠童 歲一到焉 釋子韻客 往來不絶
盖是瀑在深阻敻絶處 大石如龍蜓虎踞 或如樓船 自爲嶒脊 雜以沙土蔓延 百餘
步上 有草木橫亘于其間 水分兩派 合于下瀑之上 余每省墓 渡石梁而入佛堂 意
欲塞其亭前 下流洄互處 築土累石 鑿池養魚 欲倣雲谷石池 而略有經紀 不幸
爲今月二十日夜 雨大水分 流水齧亭前石 堆塡池 將復開拓而力不暇焉 因附記
之 乙丑 八月 初二日

## 팔공산 유산시

### ■ 정광천(鄭光天), 「유팔공산십수(遊八公山十首))」

• 팔공산으로 오는 도중에 주상사8)의 시에 차운하다[道中次朱上舍韻]

| | |
|---|---|
| 斜陽扶得老人筇 | 석양에 부친 모시고 지팡이 짚고 오르니, |
| 洞壑迷茫暮靄封 | 골짜기에는 아득히 저녁노을 감도네. |
| 曉來始理登山屐 | 새벽에 출발하여 나막신 신고 오르니, |
| 豪興先飛第一峰 | 흥이 넘쳐 정상에 먼저 날아오를 것 같네. |

• 파계사에 묵으며[宿把溪寺]

| | |
|---|---|
| 竹杖穿雲徑 | 대지팡이 짚고 구름 속 지름길로 오르니, |
| 危峰聳碧旻 | 가파른 봉우리 푸른 하늘 위로 솟아있네. |
| 人間曾入夏 | 인간 세상 이미 여름에 접어들었는데, |
| 山頂尙留春 | 산꼭대기에는 아직도 봄기운 남아 있네. |
| 雨歇殘紅濕 | 비 개어 붉은 꽃엔 물기가 촉촉하고, |
| 風輕軟綠新 | 바람 살랑 부니 연녹색 잎새 산뜻하네. |
| 松風驚俗客 | 솔바람은 나그네 놀라게 하고, |
| 時復喚醒人 | 때때로 사람들 깨우치게 하노라. |

---

8) 주상사 : 進士 朱愼言.

• 파계사 뒤 봉우리에 올라[登把溪後峰]

暫拂塵衫攀石壁　　세속의 적삼 잠시 벗고 석벽에 오르고,
更穿芒屩度雲坡　　짚신 고쳐 신고 구름 낀 언덕을 넘었네.
如今始識乾坤大　　비로소 우주의 광대함 알 것 같으니,
遠近山河入眼多　　원근의 산하가 모두 눈으로 들어오네.

• 정각암 작은 암자에 이르러[到靜覺小庵]

暮向靜庵路　　날 저물어 정각암으로 향하니,
超然物外情　　훌훌 세상 밖에 있는 것 같아라.
塵心隨鴈斷　　속세의 마음 기러기 따라 끊어버리고,
閒脚趁猿行　　한가로운 발걸음으로 원숭이 좇아가네.
翠壑呈奇狀　　푸른 골짜기에는 기이한 형상 보이고,
幽禽送好聲　　숲속의 새들은 아름다운 소리 보내네.
山中多少事　　산중에서 이러저러한 복잡한 일들
都付酒盃盈　　모두 한잔 술에 가득 부어 보내리라.

始攊人間塵土裾　　비로소 속세의 티끌 털어버리고,
遠尋仙境小庵虛　　멀리서 선경 같은 작은 암자 찾았네.
愧余苦被多拘攣　　부끄럽구나! 괴롭게 얽매여 살던 삶
今日名山識面初　　오늘에야 명산의 모습 처음으로 알았네.

• 삼성암에 묵으며[宿三聖庵 二首]

奇巖萬疊一庵孤　　만 겹의 기이한 바위 위에 한 암자
身世飄飄俗慮無　　방랑하는 신세 세속의 근심을 잊었네.
縹緲暮雲連海口　　아득한 저녁노을 바다로 이어져 있고,

|  |  |
|---|---|
| 蔥蘢佳氣揖香爐 | 짙푸른 기운 향로봉에 절하는 듯하네. |
| 亂峰環列如辰拱 | 봉우리는 별처럼 감싸듯 둘러 있고, |
| 川瀆縱橫似練紆 | 계곡은 굽이굽이 비단처럼 감돌아 흐르네. |
| 回首北宸違咫尺 | 머리 돌려 보니 북쪽 궁궐 멀리 있는데, |
| 寸心飛越繞王都 | 내 마음 날아서 왕도를 두르고 있다네. |

|  |  |
|---|---|
| 危峰直上薄雲靑 | 가파른 봉우리 오르니 하늘과 가까운데, |
| 絶勝何殊大隱屛 | 빼어난 경치 어찌 대은병산9)과 다르리. |
| 夜入小庵山寂寂 | 밤이 되니 작은 암자 적막하고, |
| 曉鍾聲斷夢初醒 | 새벽 종소리에 단잠에서 깨어나네. |

▪ 빗속에 광석대의 작은 암자에 이르러[雨中 到廣石臺小庵]

|  |  |
|---|---|
| 廣石臺前投竹杖 | 광석대 앞에서 대지팡이 던지니, |
| 淸高境落入虛無 | 맑고 높은 경지 허무에 들었네. |
| 若非海上神仙島 | 바다 위 신선 사는 섬이 아니라면, |
| 定是壺中別一區 | 정녕 호리병 속 특별한 곳10)일세. |
| 翠壁崔嵬千仞壯 | 푸른 절벽 높아 천 길이나 장대하나, |
| 板庵瀟灑數椽孤 | 암자는 고요하고 기둥 몇 개 서 있네. |
| 天工又獻山奇絶 | 하늘이 또한 절경을 이 산에 두었으니, |
| 風雨飜成水墨圖 | 비바람이 도리어 수묵화를 이루었네. |

---

9) 대은병산 : 朱子의 武夷九曲에 나오는 산 이름. 그 가운데 七曲을 노래한 시에 보인다. "칠
　곡이라 배를 옮겨 벽탄으로 올라가서, 大隱屛山 仙人掌 봉우리 다시 돌아보네. 어여뻐라 지
　난밤 산꼭대기에 뿌린 비여, 불어난 저 비천은 몇 번의 추위를 넘겼던가(七曲移船上碧灘
　隱屛仙掌更回看 可憐昨夜峯頭雨　添得飛泉幾度寒)."

10) 호리병 속 특별한 곳 : 仙境. 신선이 사는 별천지를 말한다. 後漢의 術士 費長房이 시장에서
　약을 파는 仙人 壺公의 총애를 받아 그의 호리병 속으로 들어갔더니, 그 안에 日月이 걸려
　있고 선경인 別天地가 펼쳐져 있었다는 전설을 인용한 것이다. (『後漢書』 卷82下, 「方術列
　傳下」, <費長房>)

- 염불암에 이르러[到念佛庵]

| 竹杖芒鞋山水裏 | 대지팡에 짚신 신고 산수 속에서 |
| 探眞消遺世間心 | 승경 찾으며 세속의 마음 날려 보냈네. |
| 今日下山時擧首 | 오늘 하산하며 머리 들어보니, |
| 天王峯上白雲深 | 천왕봉 위에는 흰 구름 깊어라. |

- 동화사 어귀에서 여러 친구들과 작별하며[桐華寺洞口 與諸益叙別]

| 踏盡千峰萬壑雲 | 구름 속 천만 봉우리와 골짜기 두루 답사하고, |
| 更臨流水洗塵紛 | 다시 물가에 이르니 세상의 티끌 씻은 듯하네. |
| 一杯叙別斜陽裏 | 한잔 술로 석양 내릴 때 작별하니, |
| 白石晴川肯許分 | 흰 돌 맑은 냇물도 헤어짐 아쉬워하네. |

## ■ 권익구(權益九), 「공산잡영병소서(公山雜詠 幷小序)」

나는 팔공산을 보고서 영남의 명승지로 여겼다. 뜻을 숭상하고 독서하
는 선비들이 이곳에 많이 은둔하였다. 혹 이른바 조정의 부름을 받지 못
한 사람들인가? 스스로 독선(獨善)한다고 말하는 것도 잘못된 것이요, 조정
의 부름을 받지 못했다고 말하는 것도 또한 잘못된 것이다. 그렇다면 우
거(寓居)한다고 말하는 것이 또한 마땅할 것이다.

우리들은 혹 전염병을 피하여, 혹은 가까운 곳으로부터 혹은 먼 곳으로
부터 혹은 다른 지방이나 본 지방으로부터 모여들었다. 무인년(1698) 12월
에 온 사람과 기묘년(1699) 정월과 2월에 온 사람들은 기약 없이 모였는데
십여 명이나 되었다.

같은 밥상에서 밥을 먹고 같은 베개를 베고 잤다. 노닐며 오래 머물다 보니 여러 달이 지났다. 무료한 가운데 다시 시를 읊조리고 번갈아 화답하였다. 기이한 나무와 돌을 두루 찾아다니지 않은 적이 없었다.

대개 산의 명승(名勝)은 여러 문헌에 매우 자세히 실려 있어 논할 필요가 없었는데 다만 그 가운데 고적(古蹟)이 많았다. 하루는 옥행(玉行)이 역사책을 내놓았는데, 사적(事蹟)이 수록되어 있었다. 절의 창건, 누각의 건립, 산의 빼어남, 물의 맑음에 이름을 붙인 것이 한둘이 아니라 많았다. 나는 그 가운데 사랑스럽고 좋아할 만하고 기이한 것들을 취하여 십경(十景)으로 정하고 시를 붙여 심회를 펼쳐 내었다.

이는 글 짓는 재주가 능함을 말한 게 아니라 단지 후일에 잊지 않기 위해서이다. 그 취지를 서술하여 서문으로 삼았다. 드디어 10운(韻)의 시를 지어 그 말미에 붙이고 화답하는 시를 구한 것이다. 시에 능한 이들이 읊조리며 계속 시를 이어나간 것이다.


余觀公山爲嶺南名勝之地 而尙志讀書之士 多隱遁於其間 倘所謂不得於朝者耶 謂之獨善其身 非也 謂之不得於朝者 亦非也 然則謂之僑寓也 亦宜矣 吾儕或避疫癘 或自近自遠 或自他本邑 戊寅十二月 而有來者 至己卯正月二月 有來者 不期而會者 以十數 連盤供食 同枕而宿 遊泛遲留山月屢縠 無聊中 更唱而迭和之 一樹之異 一石之奇 靡不討揀而歷訪之 盖山之名勝載籍 極博不須論也 而第其中 有多古蹟 一日 玉行進其一史卷 乃事蹟載錄者也 寺之創 樓之建 山之秀 水之清者 命其名焉 不一而多 余撮其中可愛可好可奇可異者 目之以十景 以寓其詠 以舒其懷 非曰能之 欲其不忘于他日 叙其意而爲之序 遂爲十韻小詩 以續其尾 以求其和 工乎詩者詠 詠以繼之

▪ 고풍정(古風亭)

種得山前歲月深   산 앞에 심은 세월 오래 되니,
風枝露葉自成陰   바람과 이슬에 가지와 잎들 무성하네.
也知造物能扶護   조물주가 지키고 있음 알겠으니,
休憩行人役役心   지친 나그네들이여 쉬어 가시게.

▪ 망폭대(望暴臺)

玉屑分懸散白波   옥가루 여기저기 걸려 흰 물보라 흩날리고,
銀缸如帶一條河   은빛 항아리 띠처럼 한 줄기 물을 둘렀네.
登臨如識臺名美   올라보고 망폭대 이름 아름다운 줄 알겠으니,
太守當年好事多   우리 태수 올해 좋은 일 많으리라.

▪ 환희교(歡喜橋)

橫空大道倚巖開   허공을 가로지른 큰길 바위에 기대어 있으니,
疑是神龍扡水廻   아마도 신룡이 물을 끌어와 돌려놓은 듯하네.
臨橋可識經營力   다리에 이르러 세운 공력 알겠으니,
前後行人喜去來   앞뒤로 행인들 왕래하며 기뻐하네.

▪ 은신굴(隱身堀)

仙翁一去鎖巖扉   신선 한번 떠나가자 바위 문 잠기고,
石路苔深俗跡稀   돌길에 이끼 쌓이니 속인 자취 드무네.
自是世人無復隱   이로부터 사람들 다시 숨지 않으리니,
我今方欲拂塵衣   나도 이제 속세의 먼지를 털려 하네.

▪ 괘호암(掛瓠巖)

| 修道山人强自粮 | 수도산 산인들 애써 스스로 자급하니, |
| 一身遊處卽仙鄕 | 이 몸 노닌 곳이 바로 신선의 고향이라네. |
| 莊生五石元無用 | 장자(莊子)의 다섯 섬 술통 본래 쓸데없으니, |
| 高臥巖崖臥夕陽 | 높이 바위 절벽에 올라 석양에 누웠노라. |

▪ 와룡석(臥龍石)

| 禹斧何年過海東 | 우 임금의 도끼 어느 때 우리나라에 왔던가? |
| 工鐫此石置山中 | 솜씨 좋게 돌을 깎아 이 산중에 두었구나. |
| 機形宛似還無用 | 베틀모양과 비슷하나 쓸 수 없으니, |
| 虛負風雲受化功 | 헛되이 풍운을 지고 조물주의 일 받았네. |

▪ 법왕봉(法王峰)

| 八桂山中第一峰 | 팔계산 가운데 제일 봉우리, |
| 嵬然獨出接淸空 | 우뚝 높이 솟아 맑은 허공에 닿았네. |
| 地靈聽法高臨上 | 땅은 신령하여 불법 듣고 높이 솟아 있으니, |
| 幾幻如來膝下風 | 여래(如來) 슬하에서 모습 몇 번이나 변했던가. |

▪ 사리재(獅利峙)

| 山外山中到此分 | 산밖과 산중이 여기서 갈라지는데, |
| 靑泥九折上連雲 | 험한 청니판11) 위로 구름이 닿아있네. |

---

11) 청니판 : 甘肅省에 있는 고개 이름. 甘陝에서 蜀으로 들어가는 要路인데, 높은 절벽을 끼고
   있고 비와 구름이 많아 길 가는 사람들이 진흙 때문에 애를 먹는다고 한다. 李白의「蜀道

吾生已慣行難險　우리 인생 이미 험한 길에 익숙하니,

無試平途向洞門　골짜기로 가는 평탄한 길 찾지 마시게.

• 진불암(眞佛庵)

結庵淡洞命名眞　깊은 골짜기에 지은 암자 진불암,

眞積工夫日日新　참된 공부 쌓여 나날이 새롭네.

僧乎莫厭尋眞客　스님! 찾아오는 손님 싫어하지 마시게

吾不顧眞謝俗人　나는 참됨 기르지 못해 속인들 사절하네.

• 물방아 소리[水砧聲]

掛杵厓空引水淡　절벽에 달린 절구공이 깊이 물 끌어당기니,

自相低處若聞琴　낮은 곳으로부터 거문고 소리 들리는 듯하네.

看渠可識公輸巧　물방아 보고 공수반(公輸般)[12]의 솜씨 알겠으니,

日夕舂舂不絶音　아침저녁으로 방아 찧는 소리 끊어지지 않네.


■ 하시찬(夏時贊), 「공산팔영(公山八詠)」

• 소년대(少年臺)

公山奇蹟石臺留　공산의 기이한 자취 석대로 남아,

劫雨藍風閱幾秋　홍수와 폭풍 겪으며 몇 해나 지났던가.

---

難」에 "청니판은 어찌 그리 꾸불꾸불한가, 백 발자국에 아홉 번을 꺾이면서 바위 뿌리 감
도네(靑泥何盤盤 百步九折縈巖巒)."라고 하였다.

12) 공수반(公輸般) : 춘추시대 魯나라 名匠. 그는 물건을 만드는 손재주로 유명하였다.

仙子植松松已老   신선이 심은 소나무 이미 늙었고,
佳名惟屬少年遊   아름다운 이름만 소년이 놀던 곳에 있네.

▪ 방은교(訪隱橋)

白雲深處石爲橋   흰 구름 깊은 곳에 돌다리 있으니,
到此飄然俗慮消   여기에 이르면 훌훌 세속의 근심 사라지네.
渡津盡溪人不見   나루 건너 계곡 지나면 사람 보이지 않으니,
松壇何處弄仙簫   소나무집 어디선가 신선의 퉁소 불고 있겠지.

▪ 동화사(桐華寺)

寺古千年塔不移   천년 고찰의 불탑도 그 자리에 있고,
碧梧棲老鳳凰枝   벽오동 가지에 늙은 봉황 깃들었네.
漕溪日暮疎鐘起   조계의 저녁 종소리 간간히 들리니,
夢裡同參竺國師   꿈속에서 부처님께 함께 참배하리라.

▪ 염불암(念佛菴)

廣石臺前隱小菴   광석대 앞에는 작은 암자 숨어 있고,
山嫌俗客故垂嵐   산은 속객 싫어 일부러 노을 드리웠네.
巨僧入定千峰靜   큰스님 참선에 드니 산봉우리 고요하고,
夜永燈明繡佛龕   긴 밤 밝은 등불 불탑을 비추네.

▪ 일인석(一人石)

麗祖何年石上來   고려 태조 언제 일인석에 왔던가

祇今傳作一人臺　　다만 지금 일인석만 전해오네.
頑然與世無情意　　무디게도 세상과 정이 없어,
閱盡興亡獨不頹　　흥망 보며 홀로 무너지지 않았네.

### ▪ 삼성암(三省菴)

畵幛連雲拱列仙　　아름다운 휘장 구름에 닿아 신선 받들고,
小菴如掛絶塵緣　　작은 암자 매달린 듯 세속 인연 끊었네.
登臨半日疑蟬蛻　　반나절 오르니 매미가 허물 벗은 듯
眼界貫通萬里天　　시야는 멀리 만 리의 하늘에 통하네.

### ▪ 선인대(仙人臺)

層層疊石逈超塵　　층층으로 쌓인 돌 멀리 세속 벗어나니,
五老雲臺堪作隣　　오로봉과 운대 이웃 삼을 만하네.
何日眞仙經過去　　어느 날 신선이 지나갔던가
至今疑惑世間人　　지금 사람들 의심스러워하네.

### ▪ 용문동(龍門洞)

古洞深深水石奇　　옛 골짜기 깊숙하고 물과 돌 기이하고,
宛看神禹鑿山時　　신령스런 우임금 산 뚫은 일 뚜렷하네.
群魚點額前程潤　　물고기들은 넓은 앞길에 머리만 부딪히고,
潤雨和雲處處隨　　계곡엔 구름에 섞인 비 곳곳에 내리네.

## ■ 이정기(李鼎基), 「팔공기행이십운(八公紀行二十韻)」

| | |
|---|---|
| 晚況在逝山 | 늘그막에 산에 갔다가, |
| 敗意十常八 | 열에 여덟은 낭패 본다네. |
| 無事難因緣 | 어려움 없이 무사하려면, |
| 有伴方搜括 | 일행과 함께 찾아가야지. |
| 名區與勝會 | 명승지에서 성대하게 모여, |
| 相須勢甲乙 | 서로 반드시 우열을 다투네. |
| 八公雄南紀 | 팔공산은 남쪽의 웅장한 산, |
| 衆山少相將 | 서로 견줄 만한 산 적다네. |
| 百里非云遠 | 백리길 멀다 할 수는 없으나, |
| 奈此塵相掣 | 어찌 먼지길 같이 가리오? |
| 故人來招招 | 벗들이 오라고 부르니, |
| 令我補前闕 | 다시 만날 좋은 기회로세. |
| 解設文字飲 | 시를 주고받는 잔치 마련하니, |
| 衿佩如雲結 | 선비들 구름처럼 모여드네. |
| 雅誼皆青眼 | 평소의 우의로 모두 기뻐하며, |
| 高調盡白雪 | 고상한 곡조로 백설가[13]를 부르네. |
| 乘暇入山去 | 여가를 내어 산에 들어가는데, |
| 笻一與屐一 | 지팡이 하나에 나막신 하나라네. |
| 遙望忠孝洞 | 멀리 충효동 보이니, |
| 少憩方丈室 | 방장실에서 잠시 쉬어가세. |
| 胎峰儼中處 | 태봉은 의젓하게 가운데 있고, |
| 群巒環拱列 | 여러 산이 공손히 둘러 서 있네. |
| 沿溪更穿雲 | 계곡 따라 또 구름 속으로 오르니, |

---

13) 백설가 : 너무도 고상해서 따라 부르기 힘든 노래를 말한다. 춘추시대 楚나라의 대중가요
   인 '下里'와 '巴人'은 수천 명이 따라 부르더니, 고상한 '白雪'과 '陽春'의 노래는 너무 어
   려워서 겨우 수십 명밖에 따라 부르지 못하더라는 이야기가 宋玉의 <對楚王問>에 나온
   다. (『文選』 卷23)

境深愈奇絶　　깊은 산속 경치 더욱 뛰어나네.

欲招淮南隱　　회남자처럼 은거하고자 하니,

不愁夸父渴　　과보[14]의 목마름 근심스럽지 않네.

上聳最高特　　상용암 가장 높이 솟아,

其勢摩星月　　별과 달에 닿을 기세라네.

石動將隕谷　　돌 굴러 골짝에 떨어질 듯한데,

巖穹或戒窟　　바위 끝에 참선하는 굴이 있네.

逝觀似讀書　　산에 오르며 보는 것 독서와 같으니,

搜索貴深密　　탐색하면서 깊고 무성함 귀히 여기네.

全山半程途　　이 산에 이제 반 정도 왔는데,

力瘦愧蔑裂　　힘 부쳐 지리멸렬함에 부끄럽다네.

僧言玆山弊　　스님이 이 산의 병폐를 말하노니,

採栢渴民血　　잣 채취하느라 백성의 고혈 말리네.

塞士干何事　　변방의 선비들 무슨 일로,

猶憂上未達　　임금에게 이르지 못할까 근심하는가.

歸飮白蓮社　　백련사에 돌아와 술 마시며,

留詩期後日　　시 남겨 후일을 기약하네.


■ **이광정(李光靖)**


■ 농연에 노닐며[遊聾淵]


一道澄江萬疊山　　한 줄기 맑은 강 만 겹의 산

古人逃世此中間　　옛사람 여기서 세상을 피했다네.

客來相視無言語　　손님들 와서 서로 보면서 말이 없고,

---

14) 과보 : 자신의 힘을 헤아리지도 않고 해와 경주를 하다가 도중에 목이 마르고 지쳐서 쓰러
　　져 죽었다는 신화 속의 인물이다. (『山海經』, 「海外北經」)

午睡初醒春意閒　　비로소 낮잠 깨니 봄날 마음 한가롭네.

- 인지석(仁智石)

講問仁智名　　인지(仁智)의 이름을 물으려,
今來仁智石　　지금 인지석(仁智石)에 왔다네.
得意已忘言　　뜻은 얻었으나 할 말 잊어버렸는데,
水流山更碧　　물은 흘러가고 산은 더욱 푸르네.

- 고연(鼓淵)

澗水流不住　　골짜기 물 흘러 멈추지 않아,
到處暫縈洄　　이르는 곳마다 잠깐 돌아 흐르네.
俛仰千載感　　아래위 살펴보니 천년의 감회에 젖는데,
遊人來不來　　나그네들 오기도 하고 오지 않기도 하네.

- 최사교가 보내준 시에 차운하다[次崔士教見贈韻]

　농연(聾淵)에 머문 지 오래되었는데 병 때문에 산에 오르는 것을 꺼려서 공산 유람을 하지 못하였다. 아침저녁으로 머리 잡고 고민하다가 21일에 결행하기로 하였다. 최수옥(崔壽玉) 부자, 조한방(曹翰邦)과 그의 조카와 함께 지팡이를 짚고 올라갔다. 가는 길에는 기암(奇巖)과 폭포가 있어 세속의 먼지를 씻을 만하고 구경할 만하였다. 철쭉이 암석 사이에 활짝 피어 있었다.

　고개 하나를 넘으니 나뭇잎이 정강이가 빠질 만큼 쌓여 있었다. 염불사(念佛寺)에 들어갔다. 절은 산 아래 가장 깊은 곳에 있었다. 절 뒤에는 가파

른 기암이 줄 지어 서 있었는데 마치 병풍을 펼쳐놓은 것 같았다. 암자 뒤
에는 큰 바위 2개가 우뚝 서 있었다. 그중에 하나에는 부도상(浮屠像)을 새
겨놓았다. 또 하나는 일인석(一人石)인데 세상에 전하기를, 고려 태조가 견
훤(甄萱)과 싸우다가 패하여 여기로 도망와서 이 바위 위에 앉았다고 한다.
또 그 위에는 석굴이 있는데 눌암(訥菴)이라고 한다. 이때 보조국사가 이
석굴에 머물면서 고려 태조와 서로 마주 보면서 병사(兵事)를 의논했다고
한다. 그 위에 잠시 앉으니 고금의 일에 대한 감회가 일어났다.

광석대(廣石臺)는 가장 높은 곳에 있다고 들었는데, 산 가운데서 가장 아
름다운 곳이 되었다. 한번 올라가 보고 싶었으나 때마침 다리에 힘이 없
었다. 염불암의 승려들이 다투어 말하기를, 돌길이 위험하고 빗물이 미끄
러워 올라갈 수 없다고 하였다. 드디어 올라가는 것을 멈추고 후일을 기
약한 채 염불암을 거쳐 내려왔다.

내원암(內院庵), 양진암(養眞庵), 부도암(浮屠庵)의 세 암자가 있는데 모두
깊숙하고 고적하여 사랑할 만하였다. 여기에 머물고 있는 승려들은 모두
참선(參禪)하는 승려들이었다. 나와 더불어 이야기를 나누었다. 부도암에서
묵었다.

다음날 아침에 동화사를 보았다. 절은 대찰(大刹)로 법당과 누각은 우뚝
하고 장려(壯麗)하였다. 원당으로 여러 차례 하사받았다고 한다. 앉아서 잠
시 쉬었다가 또 지팡이를 짚고 내려왔다. 처음에는 여기에서 시를 지어
품평하고자 하였으나 게을러 여가를 내지 못하였다. 이에 장가(長歌)를 지
어 대신하였다.

病臥聾淵已浹旬    농연(聾淵)에서 병든 지 열흘이나 되었는데,
氣萎未辦公山遊    기력 회복하지 못했지만 공산을 유람하였네.
歸期已隔兩三朝    돌아갈 날 이미 2, 3일 지났으나,

| | |
|---|---|
| 失今不圖後難酬 | 지금 놓치면 후일에는 응하기 어렵다네. |
| 同行三子亦勸之 | 함께 가는 세 사람 또한 부지런히 재촉하니, |
| 於山覓筇於囊餱 | 산에서 지팡이 짚고 주머니엔 말린 음식 넣었네. |
| 徐徐攜筇步步上 | 지팡이 짚고 천천히 걸어 위로 올라가니, |
| 到處風煙坐淹留 | 도처에 풍연 가득해 오래도록 머물고 싶네. |
| 攀藤緣崖入谷深 | 벼랑을 기어올라 들어가니 골짜기 깊고, |
| 樹陰翳日澗瀉流 | 녹음은 해 가리고 계곡에 시냇물 흐르네. |
| 念佛最在萬疊中 | 염불암은 만 겹의 첩첩 산중에 있어, |
| 一塵不到心幽幽 | 티끌조차 없으니 마음 그윽하구나. |
| 老僧不覺山客來 | 노승은 잠에서 깨지 못했는데 손님은 오고, |
| 和睡打鉦聲未休 | 졸다가 징을 치니 소리 그치지 않네. |
| 小憩來登一人石 | 일인석에 올라 잠시 앉아 쉬노라니, |
| 爲說麗王坐上頭 | 여기가 고려 태조가 앉았던 자리라 하네. |
| 想像英豪濟世功 | 영웅호걸이 세상을 구한 공덕을 생각하니, |
| 只餘尺松風飅飅 | 한 자 남짓 소나무가 바람에 휘날리네. |
| 欲尋廣石足已倦 | 광석대에 오르고 싶지만 다리는 피곤하고, |
| 冰泮路滑勢未由 | 얼음 녹아 길이 미끄러워 오를 수 없었네. |
| 逶迤下來桐華寺 | 구불구불 비탈길 따라 동화사로 내려오니, |
| 內院浮屠次第搜 | 내원암과 부도암이 차례로 보이네. |
| 移步風水便換形 | 발길마다 물과 바람 바로 모습 바꾸고, |
| 占此地勢果明眸 | 이런 곳 차지하다니 과연 밝은 눈이로세. |
| 桐華巨刹更雄麗 | 동화사는 거찰이라 더욱 웅려(雄麗)하고, |
| 山川寬敞而匝周 | 산천은 트여서 두루 살필 수 있다네. |
| 二十年前暫到此 | 20여 년 전에 잠시 왔었는데, |
| 舊題壁上猶認求 | 벽 위의 현판 아직도 나를 알아보네. |
| 同遊諸子半已仙 | 함께 왔던 사람들 절반은 신선이 되었으니, |
| 存歿人間心悵惆 | 사람들의 생사에 마음이 슬퍼지네. |
| 居僧往往舊相識 | 여기 머무는 스님들 때때로 예전에 알았고, |
| 山肴野蔬情綢繆 | 산나물과 야채에 인정은 더욱 친밀하네. |

眼前諸景難一一　눈앞에 여러 경치는 일일이 말하기 어렵고,
筆力懶弱剝藤愁　필력은 약하여 시를 짓지 못해 근심스럽네.
歸到聾淵陶然臥　농연(聾淵)에 돌아와서 도연명처럼 누워보니,
夢裏煙霞更悠悠　산의 산수가 꿈결처럼 더욱 아득하구나.


留聾淵久矣 病餘憚於登陟 未作公山之遊 朝暮矯首 以自耿耿 二十一日決計
與崔壽玉父子曹翰邦及甥君 扶策而上 沿路奇巖潤瀑 可濯可玩 躑躅杜鵑 爛開
巖石間 踰一嶺 木葉沒人脛 入念佛寺 寺在山下最深處 奇巖疊嶂列於後 若張屛
然 菴後大石屹立者二 其一刻浮屠像 其一曰一人石 世傳麗太祖與甄萱戰敗 遁
逃至此 坐此石上 又其上有石窟 名訥菴 時普照國師居此窟中 與麗祖相見論兵
事云 爲坐其上須臾 有古今俛仰之感 聞廣石臺最在高處 爲一山佳處 而時足力
已疲 居僧競言石路危側 雨水濃滑 不可上也 遂止留後約 由念佛而下 有內院養
眞浮屠三菴 皆幽深孤寂可愛 居僧皆禪敎釋也 可與之語 宿浮屠菴 翌朝觀桐華
寺 寺大刹也 法堂樓閣 穹崇壯麗 願堂錫賚頻蕃云 坐少憩 又扶策而下 初欲逐
處題品 倦未暇 作長詞以塞之

# 찾아보기

## 필자 소개(차례 순)

### 정우락

경북대학교 국어국문학과에 재직하고 있으며, 영남학파를 중심으로 한 한국문학사상에 대하여 연구하고 있다. 특히 우리 문학의 체계를 성리학적 세계관에 입각하여 밝히고자 하는 노력을 꾸준히 해왔다. 최근에는 문화공간으로서 영남이 갖는 의미에 주목하여 관련 글을 발표하기도 한다. 주요 저서로는 『남명문학의 철학적 접근』(박이정, 1998), 『삼국유사, 원시와 문명 사이』(역락, 2012), 『남명학의 생성공간』(역락, 2014), 『남명학과 현대 사회』(공저, 역락, 2015) 등이 있다.

### 전영권

대구가톨릭대학교 지리교육과 교수로 지난 30여 년간 자연지리학 분야를 토대로 문화역사적 다양성을 융합·발전시켜오고 있다. 특히 향토인 대구지역의 자연과 인문의 조화로운 지역학(대구학) 발전을 위해 방송활동, 언론매체 기고, 인문학 특강, 다학제간 연구 등 다양한 분야에서 활동 중이다. 주요 저서로는 『지구환경문제와 보전대책』(공저, 법문사, 1994), 『자연환경과 인간』(공저, 한울아카데미, 2000), 『이야기와 함께하는 전영권의 대구지리』(신일, 2003), 『살고 싶은 그곳, 흥미로운 대구여행』(푸른길, 2014), 『찬란한 고대 압독 문화』(공저, 영남대출판부, 2015), 『대구 남구사』(공저, 멀티애드, 2018) 등이 있다.

### 박규홍

2019년 2월 경일대학교에서 정년퇴직하여 현재 사단법인 대학정책연구소 이사장, 한국대학신문 논설위원으로 활동하고 있다. 주요 저서로는 『시조문학연구』(형설출판사, 1996), 『어부가의 변별적 자질과 전승양상』(보고사, 2011), 『고시조 대전』(공저, 고려대 민족문화연구원, 2012), 『고시조 문헌 해제』(공저, 고려대 민족문화연구원, 2012), 『화랑유적지에서 리더십을 배우다』(학이사, 2013) 등이 있다.

## 최형우

현재 대구한의대학교 기초교양대학 교수로 재직하고 있다. 우리나라 불교 문학에 대해 지속적인 관심을 가지고 있으며, 주로 사찰 승려들이 지어 부른 국문시가 작품과 이러한 문학 작품의 창작과 연행에 관련된 사찰의 문화를 연구하고 있다. 주요 논저로는 『한국 고전문학과 문화어문학』(역락, 2018), 「불교가사의 연행과 사설 구성 방식 연구」(경북대학교 박사학위 논문, 2016), 「서왕가 사설의 전승과 향유의식 연구」(2016), 「불교가사의 산수 인식을 활용한 치유의 문학교육 방안」(2018) 등이 있다.

## 최은숙

경북대학교 국어국문학과에 재직하고 있으며, 영남지역 기행가사 및 여성의 놀이문화에 대한 연구를 지속하고 있다. 주요 논저로는 「<화전가>에 나타난 자연 인식 양상과 시적 활용 방식」(2013), 「<갑오열친가>와 <답가>의 작품특성 및 전승양상」(2016), 「친정방문 관련 여성가사에 나타난 유람의 양상과 의미」(2017), 『민요담론과 노래문화』(보고사, 2009), 『아리랑의 역사적 행로와 노래』(공저, AW, 2014) 등이 있다.

## 조유영

경북대학교 국어국문학과 BK21플러스 사업단 계약교수로 재직하고 있다. 우리의 고전시가 및 전통문화에 대해 지속적으로 관심을 가지고 연구하고 있고, 최근에는 문화론적 시각에서 우리의 고전시가를 살피는 데 집중하고 있다. 주요 논저로는 「조선조 구곡가의 시가사적 전개양상 연구」(경북대학교 박사학위 논문, 2016), 「조선 후기 향촌사족의 이상향 지향과 그 의미-<황남별곡>을 중심으로」(2016), 「<하서도통가>의 서술양상과 창작배경」(2015), 『한국 고전문학과 문화어문학』(공저, 역락, 2018) 등이 있다.

## 황명환

경북대학교 국어국문학과에서 박사과정을 수료하였다. 경전이 문학에 미치는 영향에 관심을 갖고 있으며, 특히 조선후기 한시의 『논어』 수용 양상에 대해 지속적으로 연구하고 있다. 최근에는 대구·경북지역의 문학에 나타난 문화론적 요소에 대해서도 공부하고 있다. 주요 논저로는 「근대전환기 한시의 『論語』 수용 양상과 그 의미-響山 李晚燾와 深齋 曺兢燮을 중심으로-」(경북대학교 석사학위 논문, 2015), 「종가문화의 인류무형문화유산 등재 방법 연구」(공저, 2016), 『한국고전문학과 문화어문학』(공저, 역락, 2018) 등이 있다.

## 김성은

우송대학교 교양교육원 초빙교수로 재직하고 있다. 고전시가를 새로운 방법론으로 연구하는 것에 관심을 가지고 있다. 특히 장소에 주목하여 고전시가 작품에 나타나는 장소성을 구명하고 그것의 의미를 밝히는 연구를 계속하고 있다. 주요 논저로는 「『小有亭題詠』詩의 장소성 연구」(2018), 「<만전춘별사>에 나타나는 장소 語句의 특성과 그 의미」(2015), 「노계 박인로 가사의 공간 연구」(경북대학교 박사학위 논문, 2013) 등이 있다.

## 김소연

경북대학교 국어국문학과 박사과정에 재학 중이다. 고전비평 및 한문학을 전공하였고, 서당과 서원의 강학문화와 이와 관련한 문학 작품에 관심을 가지고 있다. 주요 논저로는 「낙재 서사원의 선유시 연구-금호강에 대한 감성을 중심으로」(2018), 「<자암일록>에 나타난 강학문화와 그 의미」(경북대학교 석사학위논문, 2016)가 있다.

## 이철희

경북대학교 국어국문학과 박사과정에 재학 중이다. 방언 접촉과 음운 현상에 대해서 관심을 가지고 연구하고 있다. 주요 논저로는 「대구지역어의 모음 음운 현상에 대한 사회방언학적 연구」(경북대학교 석사학위 논문, 2017), 「대구 지역어의 이중모음의 단모음화에 대한 사회언어학적 연구」(2018)가 있다.

## 정병호

경북대학교 한문학과에 재직하고 있으며, 영남의 한문학과 선비문화에 담긴 인문정신을 집중적으로 탐색하고 있다. 누정과 유산기에도 각별한 관심을 지니고 있다. 주요 저서로는 『마음이 머무는 자리, 성주 동강 김우옹 종가』(예문서원, 2013), 『퇴계문학의 현장을 가다』(국학미디어, 2013), 『영남 선비의 형상과 인문정신』(지성인, 2015), 『경북의 누정 이야기』(지성인, 2015) 등이 있다.